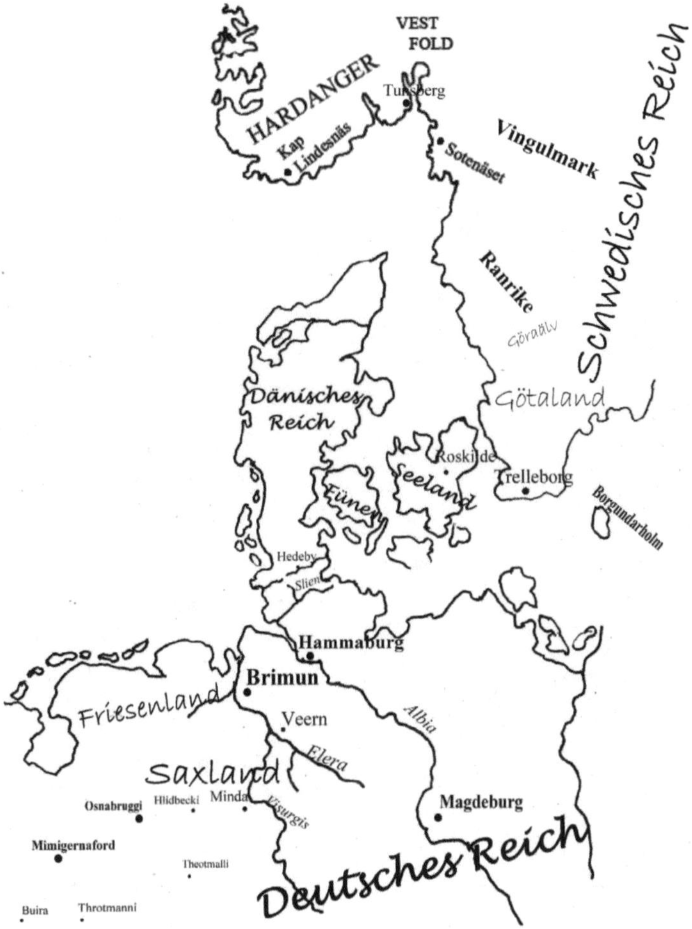

VEST FOLD
HARDANGER
Tunsberg
Kap Lindesnäs
Sotenäset
Vingulmark
Ranrike
Göraälv
Schwedisches Reich
Götaland
Dänisches Reich
Roskilde
Seeland
Trelleborg
Fünen
Borgundarholm
Hedeby
Slien
Hammaburg
Brimun
Friesenland
Veern
Albia
Elera
Saxland
Osnabruggi
Hlidbecki
Minda
Visurgis
Magdeburg
Mimigernaford
Theotmalli
Deutsches Reich
Buira
Throtmanni

Nachdem die Grafen ihre Jagd auf die letzten Asentreuen eröffnet haben und ihre Schergen brandschatzend durch die Dörfer und Wälder zwischen Aller, Emscher und Ruhr ziehen, ist Bran, der Sohn des Schmiedes in dem kleinen Dorf Buira schon bald gezwungen, seine Heimat zu verlassen. Als Seemann in Diensten eines friesischen Kaufmannes gerät er während eines Überfalls in die Hände umherziehender Wikinger und wird als Sklave in das vom dänischen König Harald besetzte Norwegen gebracht. Nun Eigentum des Schmiedes Askold, ergeht es ihm dort jedoch gut, und er entdeckt seine Fähigkeiten in der Kunst des Dichtens. Da wird der Jarl des Gaus auf Bran, der nun den Namen Rune trägt, aufmerksam. Dieser holt den Sachsen als Skalden auf seinen Hof, und er erkennt schnell, dass der junge Bursche noch ein größeres Talent besitzt als das des Dichtens. Bald schon muss sich Rune als Mörder verdingen und dem Jarl unliebsame Widersacher vom Halse schaffen. Doch die Liebe zu der Tochter des Jarls und sein Drang danach, ein freier Mann zu werden, zerstreuen schnell all seine Bedenken. Und so beginnt für den jungen Sachsen ein abenteuerliches Leben als Skalde in den Ländern von Thule.

*Rainer W. Grimm* wurde 1964 in Gelsenkirchen geboren und lebt auch heute noch mit seiner Familie und seinen beiden Katzen im Ruhrgebiet. Erst mit fünfunddreißig Jahren entdeckte der gelernte Handwerker die Liebe zur Schriftstellerei, und es gelang ihm, ohne die Hilfe eines großen Verlages sein erstes Buch zu veröffentlichen. Mit den beiden Bänden der Saga von Sigurd Svensson sowie den drei Bänden der Saga von Erik Sigurdsson erschien seine große Wikingersaga. Des Weiteren veröffentlichte der Autor den Roman „Pakt der Barbaren" und bisher drei Bände der Kurzgeschichtensammlung „Wikingerwelten"

ᛟᛞᛁᚾ ᛋᚲᚺᛖᚾᚲᛖ ᛗᛁᛦ ᚹᛖᛁᛋᚺᛖᛁᛏ

Rainer W. Grimm

\*

# Der Skalde

**Historischer Roman**

ᛏᚺᛟᛦ ᚦᛖᛦ ᛚᛖᚺᛖ ᛗᛁᛦ ᚲᚱᚨᚠᛏ

*Bibliografische Information* Der Deutschen Bibliothek:
*Die Deutsche Bibliothek verzeichnet diese Publikation in der
Deutschen Nationalbibliografie; detaillierte bibliografische Daten
sind im Internet über* http://dnb.ddb.de *abrufbar.*

Alle Rechte liegen beim Autor
© 2015 Rainer W. Grimm
www.rwgrimm.jimdo.com
Herstellung und Verlag: Books on Demand GmbH,
Norderstedt
Titelgestaltung, Layout: RWG & Bod
Fotografie: Frank Reuter
Bildbearbeitung: Manfred Lohmann
ISBN: 978-3-7347-7298-6

## *Inhaltsverzeichnis*

1. Düstere Wolken ........……………………….11

2. Von Verrat und Tod ………….……....……...22

3. Der Weg nach Norden ……………....………39

4. Der Sklave Rune ……………………………53

5. Schwertkampf und Liebesspiel ……....……….70

6. Ein neuer Herr ...…………………………....87

7. Pfaffenmord ...…………………………....111

8. Dem Tode entronnen …………………….125

9. Die Thorleifsson-Brüder……………………142

10. Ein dunkler Plan……………………….....158

11. Runes Wut ............................................174

12. Siegmars verhängnisvoller Fehler..............194

13. Eine böse Überraschung..........................216

14. Von den Göttern verlassen......................231

15. Flucht und Hoffnung..............................260

16. Kampf in Haithabu................................277

17. Wieder vereint....................................295

18. Von Lust und Streit..............................308

# *Historischer Hintergrund*

Im Sommer des Jahres 782 n. Chr. hatte Carolus Magnus, der Frankenkönig Karl, den man nicht nur wegen seiner stattlichen Erscheinung den Großen nannte, das Land der Sachsen unterworfen, wie er glaubte.
Die christlichen Priester und die Kriegsknechte des Franken bekehrten das Volk der Sachsen mit Feuer und Schwert zum Glauben an den einen Gott. Wer sich der Taufe verweigerte, starb!
Auf dem Reichstag zu Lippspringe hatte Karl strenge Gesetze über das Volk der Sachsen beschlossen und seine Grafen als Vögte im ganzen Land eingesetzt, die er zur Umsetzung der Gesetze verpflichtete, und die mit harter Hand dafür Sorge trugen, das sich die Menschen wirklich dem neuen Glauben unterwarfen.
Doch der Widerstand des asentreuen[1] Volkes an den Ufern zwischen Ruhr und Weser war beileibe noch nicht gebrochen, und so gelang es dem Sachsenfürsten Widukind im Herbst des gleichen Jahres, ein Heer des Franken vernichtend zu schlagen. Doch die Rache des Frankenkönigs ließ nicht lange auf sich warten.
Die Grafen schickten ihre Schergen aus und trieben die Männer aus den Dörfern und Städten zusammen.
Dazu kamen die gefangenen Sachsen, die sich in großer Zahl in der Hand des gnadenlosen Feldherrn und Frankenkönigs befanden.
In einem Lager am Ufer des Flusses Elera[2], wollte Karl dem Widukind zeigen, dass die Sachsen keine Wahl hatten und ihnen nichts anderes als die Unterwerfung übrig blieb.

---

[1] Asen – Germanisches Göttergeschlecht mit Wodan/Odin als oberstem Gott
[2] Elera - Aller

Blutrot färbte sich der Strom nahe der Stadt Veern[3]. Karl der Große hatte viel sächsisches Volk bei Androhung von Gewalt an diesen Ort gerufen, denn sie sollten Zeugen seiner Rache werden und die Kunde von dem, was geschehen würde, in das ganze Land tragen, - in die Städte, Dörfer und an die Kultstätten mit den heiligen Bäumen tief in den dichten, sächsischen Wäldern.

Nach und nach führten die fränkischen Kriegsknechte die Gefangenen über einen breiten Kiesstrand hinunter in die Fluten der Elera. Dort standen die Krieger mit ihren scharfgeschliffenen Schwertern in einer langen Reihe bis zu den Knien im kalten Wasser. Man führte die Sachsen aus dem Gefolge des Widukind vor die Scharfrichter, sie mussten sich in die Fluten niederlassen, und das eisige Wasser reichte ihnen bis zur Brust. Dann fielen die Köpfe, und die Körper trieben mit der Strömung fort.
Den Anführer des heidnischen Sachsenheeres hatten die Franken nicht in ihre Gewalt gebracht, denn der Sachsenfürst war in den Norden in das Reich der Dänen geflüchtet.
Es sprach sich schnell im Land herum, dass mehr als viertausendfünfhundert Menschen an dem Tage im Herbst ihr Leben lassen mussten, geschlachtet von den Schergen des Frankenkönigs. Im Namen ihres Gottes!
Den Kampfeswillen der heidnischen Sachsen hatte Karl mit dieser Tat aber nicht gebrochen.
Schon im Frühjahr des folgenden Jahres war Widukind mit seinem Gefolge aus dem Norden in die dichten Wälder seiner Heimat zurückgekehrt, und er ließ keine Zeit verstreichen, um ein neues Heer um sich zu scharen. Doch der Fürst musste erkennen, dass die Zahl derer, die bereit

---

[3] Veern - Verden

waren, sich ihm anzuschließen, geringer war als bei seinen Feldzügen zuvor. Es schien ihm, als trüge die christliche Saat des Franken erste Früchte.
Im Schatten einer riesigen, alten Esche opferten die Sachsen dem Wodan[4] und seinem Sohn Donar[5], um für einen Sieg über den verhassten Feind zu bitten. Doch die Ohren der Götter blieben verschlossen, und den Fürsten der Sachsen sollte das Heil verlassen!
Entgegen seiner bisherigen Kampfesweise, kleinen Stichen gleich mit überfallartigen Angriffen den Feind zu schwächen, forderte Widukind seinen Widersacher nun zu einer offenen Feldschlacht heraus. Und im Sommer des Jahres 784 n. Chr. trafen die Heere in der Nähe von Theotmalli[6] aufeinander. Nun aber zeigte sich die militärische Überlegenheit des christlichen Heeres, das dem der Sachsen schwere Verluste zufügte.
Viele Männer zogen an diesem Tage in Walhalla, der Halle der toten Krieger ein, um an der Tafel Wodans auf den Tag der Götterdämmerung zu warten.
Und wieder musste Widukind vor den Franken fliehen. Doch der Sachse blieb nicht untätig, und es gelang ihm, die an der Küste ansässigen östlichen Friesenstämme auf seine Seite zu ziehen. Karl der Große aber ahnte was kommen würde, und um dem Sachsenfürsten zuvorzukommen, schickte er seine Truppen in den Kampf. In einem Sommer- und einem Winterfeldzug wollte er den Widukind und seine Krieger zermürben. Ihm die Luft zum Atmen nehmen!

---

[4] Wodan/Odin – Oberster Gott der germanischen Mythologie, Gott der Dichtkunst, der Runen., der Ekstase, Gott der Weisheit und des Wissens, opferte ein Auge für einen Schluck aus dem Brunnen der Weisheit

[5] Donar/ Thor – Der Donnergott, Gott der Bauern und Beschützer männlicher Kinder

[6] Theotmalli - Detmold

Als das Frühjahr kam, war die Streitmacht der Sachsen und Friesen besiegt. Die überlebenden Krieger hatten sich in die dichten Wälder zurückgezogen und waren dann auf ihre Höfe und in die Dörfer heimgekehrt.
Sie waren des Kämpfens überdrüssig, denn sie sahen, dass Wodan ihnen ihr Heil in der Schlacht genommen hatte. So ließen sie sich taufen - und mit ihnen ihre Sippen und Knechtschaft.
Die Priester schrieben das Jahr 785 n. Chr., da unterwarf sich auch Widukind dem Frankenkönig Karl und empfing die Taufe. Dieser war darüber so erfreut, dass er die Gesetze für die Sachsen abschwächte und den Papst in Rom um einen dreitägigen Dankgottesdienst bat.
Der Christenkönig war größter Hoffnung, die Sachsen nun endgültig besiegt zu haben. Doch er sollte sich täuschen! Denn seine Gebeine lagen längst entfleischt und bleich im kühlen Grab, da gab es in den Wäldern des Sachsenlandes immer noch Menschen, die heimlich den Asen ihre Opfer darbrachten.

*

# 1

## *Düstere Wolken*

Stille herrschte in dem großen, aus Stein und Holz erbauten Gebäude, an dessen Wänden das Leben des Gottessohnes Jesus Christus in bunten Bildern dargestellt war. Auf einer steinernen Empore stand vor einem großen, aus Eichenholz geschreinerten Altar ein Mann, dessen schütteres Haar zu dem für christliche Mönche typischen Haarkranz geschnitten war. Obwohl der in eine braune Kutte aus grobem Wollstoff gekleidete Mann in seiner Erscheinung nicht besonders beeindruckend schien, er war klein und auch dick, so war doch seine Stimme umso gewaltiger.

Keiner der Anwesenden wagte es zu sprechen oder auch nur zu hüsteln. Alle starrten gebannt auf den Mann, der vor ihnen auf einer Empore stand, und über dessen Kopf ein großes, hölzernes Kreuz hing. Und der nun, nachdem er seine Predigt beendet hatte, mit dunkler Stimme wüste Beschimpfungen über die Menschen dieser Gemeinde ausschüttete.

„Ein jeder von euch soll im Fegefeuer Luzifers brennen!", rief der Mönch böse aus und hob beschwörend seine Arme. „Glaubt ihr etwa, ich weiß es nicht, dass es immer noch übles Heidenpack unter euch gibt? Kerle und Weiber, die des Nachts ihren Teufeln Wodan und Donar Opfer darbringen? Vielleicht sitzen ja sogar einige hier vor mir?"
Betreten sahen die Gläubigen den Mann in der Kutte an, einige senkten sofort ihren Blick.

Wie an den meisten Sonntagen waren die Menschen aus der ganzen Gegend in die Kirchen und Kapellen gekommen, um die Predigten der angereisten Mönche und Priester aus der

Abtei Werden, einem Kloster an den Ufern des Flusses Ruhr, zu hören. Kaum einer wagte es, sich der Anordnung des Grafen Herimann von Lochtropgau[7], dem neuen Vogt des Landes, den Gottesdiensten beizuwohnen, nicht nachzukommen.

„Doch glaubt mir, ihr Heiden werdet der gerechten Strafe des Herrn nicht entgehen. Die Grafen werden euch noch Mores lehren! Seid euch dessen gewiss, und seid auch gewarnt, ihr Ungläubigen! Nun gehet in Frieden!"

Unbemerkt von dem grauhaarigen Mann in dem Mönchsgewand, der den größten Teil seines Lebens sicher bereits hinter sich hatte, wechselten einige der zahlreichen Kirchenbesucher mit ernsten Mienen verstohlene Blicke. Mit einem lauten „Amen" und einem mit der Hand geschlagenen Kreuz entließ der Priester seine Gemeinde.

„Barthold!", rief der Mann, nachdem er sich dem Schmied und seiner Familie mit schnellem Schritt genähert hatte und diese so dazu bewegen wollte, auf ihn zu warten.

Die Familie hatte sich nach dem sonntäglichen Kirchgang auf den weiten Heimweg begeben, denn die Siedlung Buira[8], aus der Barthold stammte, war mehr als einen halben Tagesmarsch von der nächsten Kirche entfernt.

Der Schmied, sein Weib Irmhild, seine beiden Töchter Ida und Idun und sein Sohn Bran hatten die letzten Häuser der Siedlung längst hinter sich gelassen und gingen den Weg, der durch den Wald und entlang von Feldern nach Westen und Süden führte. Es war der Weg, den die Kaufleute und fahrenden Händler benutzten, um auf den Hellweg zu gelangen, der in die großen Handelsstädte weiter im Süden und die Seehäfen im Norden führte.

---

[7] Herrmann oder Herimann I. von Werl – Graf von Lochtropgau
                                    gest. 985 n. Chr.

[8] Buira, Puira – Buer in Westfalen, heute ein Teil der Stadt
    Gelsenkirchen in Nordrhein-Westfalen

„So warte doch, Kerl", sprach der Mann, als er den Gerufenen endlich erreicht hatte. „Was willst du, Albin?"
„Was soll ich schon wollen? Hast du etwa die Worte des Pfaffen nicht gehört?"
„Ach was! Alles nur leere Drohungen", wiegelte Barthold ab. „Dieser Ludgerius ist ein großmäuliger Kerl, und doch nur ein kleiner, dicker Pfaffe. Glaubst du etwa, der Graf wird seinen Worten Glauben schenken?"
„Dem Ludgerius nicht, da magst du recht haben, aber sein Gekeife ist längst an die Ohren des Bischofs gedrungen", sprach der großgewachsene Albin zu dem Mann, der ein Gode[9] der Asentreuen war.
„Und es geht das Gerücht, das der Vogt Herimann wenig erfreut ist. Der Bischof von Mimigernaford[10] soll ihn bereits aufgerufen haben, alle Heiden zu jagen."
„Woher weißt du das?", fragte Barthold erstaunt und sah an dem blonden Mann empor. Barthold war selbst eher von kleiner Statur, was seiner Kraft aber nicht abträglich war.
„Ich kam erst vor einigen Tagen zurück vom großen Markt in Mimigernaford. Da spricht man bereits davon, dass der Bischof von den Grafen Waffenhilfe einfordert."
Irmhild ergriff die Hand ihres Mannes, und man sah ihr die Besorgnis über das Gehörte an. „Was, wenn die Männer des Grafen Herimann nach uns suchen werden?"
„Sie werden uns nicht finden. Niemand weiß von uns", versuchte Barthold sein Weib zu beruhigen.
„Wodan wird seine Hand schützend über uns halten", sprach da Bran, der Sohn des Schmiedes. Er zählte vierzehn Winter, sein dunkelblondes Haar reichte ihm bis auf die für seine Jugend doch schon recht kräftigen Schultern herab, und ein Flaum unter seiner Nase und am Kinn zeugte davon, dass Bran nun langsam zum Mann wurde. Seit er acht

---

[9] Gode – Häuptling, Schamane oder Priester
[10] Mimigernaford - Münster

Winter zählte, half er dem Vater in dessen Schmiede, schlug das heiße Eisen mit dem Hammer auf dem Amboss, schmiedete Waffen und Gerät, wie sein Vater es ihm gezeigt hatte.
Bran hatte schon viel von dem Handwerk des Barthold gelernt und würde dereinst ein würdiger Nachfolger in der Schmiede werden. So hoffte der Vater!
Doch der Junge unterschied sich auch in anderen Dingen von den vielen Burschen seines Alters, die in der Siedlung lebten. Barthold entstammte dem Geschlecht eines Sattelmeiers des Sachsenfürsten Widukind, wie er selbst immer wieder behauptete, und als Gode der Asentreuen beherrschte er das Wissen über die alten Runenzeichen. Auch dieses Wissen hatte er schon früh an seinen Sohn weitergegeben, genau wie er ihm den Umgang mit dem Sax[11] lehrte.
„Bran hat recht! Wodan und alle Götter werden uns ihren Schutz gewähren. Der Platz der Irminsul[12] ist tief im Wald versteckt, und keiner der Heuchlerbrut kennt den Weg dorthin. Sie wissen nicht einmal, dass der heilige Baum besteht."
Barthold sah sein Weib mit einem beruhigenden Lächeln an.
„Für die Pfaffen sind wir brave und gottesfürchtige Christen. Glaube mir, wir sind sicher!"
Sie setzten den Weg über den baumgesäumten Pfad fort, und bevor sich Albin von der Familie des Barthold trennte, raunte ihm der Schmied zu, er möge am nächsten Abend zu seinem Haus kommen. Und so geschah es auch!

Am folgenden Tag, nachdem die Sonne untergegangen war, und dies geschah recht früh, denn es war bereits Spätherbst

---

[11] Sax – einschneidiges Kurzschwert der Sachsen
[12] Irminsul – der heilige Eschenbaum der Sachsen

geworden, kam der große Sachse, so wie es Barthold verlangt hatte, in die Schmiede.
Doch als Albin an die Tür klopfte, bat ihn der Schmied nicht einzutreten. „Warte", sagte er knapp und schob den großen Mann zurück, der sich gerade anschickte, über die Schwelle zu treten. Barthold rief nach seinem Sohn, der ihm folgen sollte, und verließ dann mit diesem das Haus.
Bran griff nach einer der beiden Fackeln, die zu beiden Seiten des Eingangs in eisernen Halterungen steckten, und folgte den beiden Männern in die offene Schmiede, die ein paar Schritte vom Haus entfernt im Schatten einiger dicker Eichen stand.

„Höre, Albin! Es ist wohl an der Zeit, den Rat zusammenzurufen. Die Lage scheint mir ernst zu sein", sprach Barthold mit grimmiger Miene.
„Aber du sagtest, wir seien sicher. Es gäbe keine Gefahr", unterbrach Bran seinen Vater. „Junge, das habe ich gesagt, um deine Mutter und deine Schwestern zu beruhigen. Wenn dieser elende Klosterabt tatsächlich nach der Unterstützung des Bischofs und der Grafen schreit, werden diese sicher ihre Krieger auf die Suche nach uns schicken!"
Das Gesicht des Barthold verhieß nichts Gutes, und Bran erkannte dies sofort. Sein Vater war sichtlich beunruhigt.
„Zum nächsten vollen Mond müssen alle Häuptlinge im Schatten der Irminsul erscheinen. Sorge dafür, Albin!"
Barthold zog eine kleine Schriftrolle aus seinem Hemd und reichte sie dem großen Blonden. Es gab nur noch wenige Männer, die des Lesens der alten Runenschrift mächtig waren, und Bran war einer von ihnen, denn Barthold hatte es ihn schon früh gelehrt.
Der großgewachsene Mann nickte zustimmend, denn auch er war der Meinung, dass die Lage für die Wodanstreuen brenzlig wurde. Dann wandte sich Barthold seinem Sohn zu

und sprach: „Ich will nicht, dass deine Mutter in Angst leben muss. Also schweige über das Gehörte!"

„Kein Wort wird über meine Lippen kommen, Vater", versprach Bran, und Albin legte ihm zustimmend seine Pranke auf die Schulter.

„So ist es recht, Junge. Wodan wird es dir vergelten!"

Barthold vermied fortan jedes Gespräch über die Drohungen des Priesters, und sein Weib fragte nicht, denn sie hatte nach einiger Zeit bemerkt, dass Barthold ihr auswich. Dass ihr Gemahl und auch ihr Sohn nun täglich den Umgang mit dem Sax übten, das war ihr allerdings sofort aufgefallen, denn der Schmied trug eigentlich nie eine Waffe bei sich. Die Tage vergingen, bis die helle Scheibe des Mondes fast ihre volle Rundung erreicht hatte.

Noch bevor die Sonne hinter dem Horizont versank und sich die Dunkelheit über die Wälder des Sachsenlandes legen würde, nahm Barthold seinen Gürtel mit dem Kurzschwert, schnallte sich diesen um, hüllte sich in seinen Umhang, setzte seine Pelzkappe auf und verabschiedete sich von seinem Weib.

„Was wird geschehen?", fragte Irmhild ihren Gemahl, und dieser zog seine Schultern hoch. „Ich weiß es nicht", sagte er ruhig und küsste sein Weib auf die Stirn. Dann wandte er sich um und verließ das Haus, gefolgt von seinem Sohn, der noch einmal seine Mutter umarmte, bevor auch er durch die Tür ins Freie trat.

\*

Mehrere Tage waren sie marschiert, und in einer wolkenlosen Nacht, erhellt von einem grellen Mondschein, der durch die dichten Kronen der Bäume strahlte, erreichten die Männer der Siedlung den Eingang einer Schlucht.

Weit waren sie nach Nordosten gegangen, denn der Platz, an dem die asentreuen Sachsen ihr Thing[13] abhielten, war dort, wo auch einst Widukind, der große Fürst des Volkes, wirkte. Doch auch hier waren sie nicht sicher, denn der Bischof von Minda[14] mit Namen Milo hatte den Heiden ebenso den Kampf erklärt wie sein Glaubensbruder in der großen Stadt etwas südwestlich gelegen. Es war sogar noch schlimmer, denn die Kerker in den Burgen der Grafen in diesem Teil des Sachsenlandes begannen bereits, sich mit Gefangenen zu füllen.

Immer dichter und enger wurde der Weg durch den Wald, bis nur noch ein Trampelpfad, von dornenbewehrten Brombeersträuchern und wilden Rosen gesäumt, durch das Unterholz hindurchführte.
Hintereinander liefen die Männer durch die Nacht den dunklen Pfad entlang. Noch hatten sie ihr Ziel nicht erreicht, und beschwerlich war der Weg, denn er führte bergauf, bis ihnen plötzlich einige hohe Felsen den Durchgang versperrten. Nur Eingeweihte erkannten, was sonst niemand wohl gesehen hätte, denn zwischen den hohen, grauen, mit Moos überwachsenen Felsen befand sich ein schmaler Eingang, zu schmal, um ein Pferd hindurch zu führen. Nacheinander traten die Männer in die enge Gasse, die sie auf felsigem Boden weiter bergauf führte, bis sie endlich auf eine kleine, kreisrunde Lichtung traten, die umringt war von niedrigem Buschwerk und hohen alten Eichen. Von dort führte ein Pfad nach Osten, ein weiterer Pfad nach Norden und ein breiter Weg nach Westen. Die Männer kannten natürlich den rechten Weg und wandten sich nach Osten. Nach einer Weile erreichten sie einen von Lagerfeuern und

---

[13] Thing – Ratsversammlung der germanischen Stämme
[14] Minda - Minden

großen Fackeln hell erleuchteten Platz, auf dem viele Zelte standen. Aus dem ganzen Sachsenland waren die Häuptlinge, die Goden der Sippen, die sich dem Christenglauben widersetzten, hierher an den geheimen Ort der Asensanbeter gekommen. Die Männer aus Buira zogen auf den Platz und begannen ihre Schlafplätze einzurichten. Dann sahen sie sich im Lager um, suchten nach bekannten Gesichtern, um die Männer aus anderen Dörfern und Städten zu begrüßen. Bis tief in die Nacht saßen einige von ihnen an den Feuern und sprachen miteinander, während andere tief schliefen. So auch Bran, der von dem langen Weg erschöpft auf sein Schlaflager gefallen war. Sein Vater Barthold, der Schmied, Albin und auch andere Männer der Siedlung vom Ufer des Flusses Lämscher[15], saßen bis spät in die Nacht und sprachen mit anderen Sachsen. Und schnell zeigte sich, dass nicht nur im Westen die Bischöfe zum Kampf gegen die Asentreuen aufriefen. Sogar Kaiser Otto der Zweite selbst sollte bereits im Osten des Reiches, dort, wo viele Sippen der Slawenstämme der Obodriten, der Liutzen und der Heveller ansässig waren, auf Drängen des Erzbischofs von Magdeburg, den Heiden nachstellen.

Noch zwei Tage vergingen, dann hatte der Mond seine volle Rundung erreicht, und das Thing konnte stattfinden. Dichte, dunkle Wolken waren aufgezogen, ließen die leuchtende Himmelsscheibe nur hin und wieder ihr Antlitz zeigen. Es waren die Häuptlinge und Goden der Sippen und Stämme, die nun im Schein ihrer Fackeln, die sie mit sich trugen, tiefer in den Wald hinein zogen. An den Ort, in dessen Mitte ein uralter, riesiger Eschenbaum stand. Hochgewachsen war er, mit vielen verzweigten Ästen, so alt, dass sich niemand mehr an die Tage erinnern konnte, in denen der junge Trieb

---

[15] Lämscher - heute Emscher

seine ersten Blätter in die Sonne gereckt hatte, und trotz des fortgeschrittenen Herbstes war er immer noch genauso voll belaubt wie die Eichen, die ihn umgaben. In seinen Stamm, hoch über den Köpfen der Männer, hatte man Gesichter der Götter in das Holz geschnitzt. So sahen Wodan, Donar und Saxnot[16] auf ihre Anhänger hinab. Doch dieses Thing diente nicht zur Anrufung der von den Sachsen verehrten Götter, denn diesmal musste darüber entschieden werden, wie man sich gegen die Übergriffe der christlichen Schergen zur Wehr setzen sollte.

Nach und nach füllte sich der Platz mit den Männern aus dem ganzen Reich, die dem Thingruf gefolgt waren. Allesamt waren sie Häuptlinge sächsischer Sippen mit ihren engsten Vertrauten. Die Begleiter waren in dem Lager zurückgeblieben, denn was gesprochen wurde, war nicht für alle Ohren bestimmt. So blieb auch Bran an einem der großen Feuer sitzen, um dort auf die Rückkehr seines Vaters zu warten.

Es war bereits hell geworden, als die Mitglieder des Rates zurückkehrten, und ohne zu zögern wurde das Lager abgebrochen. Auch die Männer von Buira machten sich auf den Rückweg.

Lange hatte Bran geschwiegen, als sie durch den dichten Wald gingen, doch dann konnte er nicht mehr an sich halten. „Was haben die Häuptlinge entschieden? Was wird geschehen?", fragte er neugierig.

„Das geht dich nichts an", kam sofort die knappe Antwort des Barthold, der nur einige Schritte vor ihm ging.

Doch damit wollte sich der junge Bran nicht zufrieden geben. „Es geht mich wohl an. Schließlich bin ich tagelang mit euch hierher marschiert, und wenn ich auch jung bin, so bin ich doch einer aus der Sippe."

---

[16] Saxnot – nordgermanisch Tyr

Da mischte sich auch Albin ein. „Bran hat recht! Sag uns, was der Rat beschlossen hat!"
Der große Mann forderte eine Antwort von dem Schmied, und auch die anderen stimmten dem nun zu. Da blieb Barthold stehen, sah die Männer ernst an und sagtet: „Nichts wird geschehen! Gar nichts! Der Rat hat beschlossen, dass sich die Bedrängten in das Versteck bei der Irminsul zurückziehen sollen! Und keiner soll seinen Sax erheben!"
„Aber wir müssen uns zur Wehr setzen, bevor es zu spät ist", sprach einer der Männer drängend.
„Nein, das werden wir nicht! Es wird keinen Kampf geben!" Barthold war sichtlich erbost, denn er war einer der Anführer, die den Grafen im Kampf entgegentreten wollten. Doch der Rat hatte anders entschieden.

\*

„Und du bist dir sicher, mein Sohn, dass ich dich mit dieser Aufgabe betrauen kann?", fragte Barthold, als sie am Abend gemeinsam an dem Tisch im Haus der Schmiede saßen und eine Hirsegrütze löffelten.
„Ich bin kein Kind mehr", antwortete Bran und schien ein wenig beleidigt.
„Aber ein Mann bist du auch noch nicht", wandte Irmhild ein, und seine Schwestern kicherten albern.
„Mutter!", beschwerte sich Bran und giftete seine Schwestern an. „Und ihr haltet den Mund, ihr Gänse!"
„Lass deine Schwestern in Ruh", befahl Barthold und sprach dann ruhig. „Nun gut! Höre mir zu. Morgen in der Früh wirst du dich auf den Weg nach Werlaha[17] machen, und trödele nicht. Der Zimmerer Ruland wartet auf die Beschläge."

---

[17] Werlaha – Werl, bedeutende Stadt am Hellweg

Bran winkte ab, als hätte er solche Aufträge schon oft erledigt, und löffelte hastig seinen Brei. Seine Schwestern kicherten weiter übermütig, das Gesicht seiner Mutter aber zeugte von Besorgnis. Doch Barthold sah sein Weib an und nickte.
Dunkelheit lag über dem Wald und der Schmiede, als Bran aus dem Haus trat. Es war kalt und noch sehr früh, selbst der Hahn in der Siedlung schien noch zu schlafen, da schulterte der junge Bursche den Sack mit der Ware seines Vaters und machte sich auf den Weg.

*

# 2

## *Von Verrat und Tod*

Laut klappten die Sohlen der schweren, ledernen Stiefel die die beiden Soldaten trugen, auf dem steinernen Boden des Saales, in dem der Graf seine Audienzen hielt. Unsanft warfen sie den jungen Burschen, den sie mehr mit sich schleiften, als dass sie ihn führten, dem Grafen vor die Füße. Der Vogt[18] dieses Gebietes, der auf einem kostbaren Stuhl in der Nähe eines großen, offenen Kamins saß, in dem ein wärmendes Feuer brannte, sah den geschundenen Jungen ohne Mitleid an.
„Herr, hier ist der Kerl!" Der Soldat versetzte dem Burschen einen kräftigen Tritt, sodass dieser aufheulte.
„Ein Bauer, was?", fragte der Graf in abfälligem Ton.
„Er ist ein zäher Bursche. Wollte nicht reden", sagte der eine der Soldaten, der der Hauptmann der Wache war.
„Aber wir haben da so unsere Methoden, die einem Mann schnell die Zunge lösen." Er grinste böse.
„Verschone mich mit deinen unappetitlichen Einzelheiten, Mann", raunzte der hohe Herr seinen Waffenknecht an.
„Wie ist dein Name, Bursche?"
Der junge Kerl, der sicher nicht älter als fünfzehn Jahre war, starrte mit gesenktem Kopf auf den Boden und schwieg.
„Los antworte, oder ich helfe dir nach", keifte der andere Soldat und schlug dem Burschen seine Faust in den Nacken. Doch der Graf hieß den Mann, inne zu halten.
„Lass ihn, es ist nicht wichtig. Woher habt ihr ihn?"

---

[18] Vogt - Der Vogt regierte und richtete als Vertreter eines Feudalherrschers in einem bestimmten Gebiet im Namen des Landesherrn.

„Der blöde Kerl latschte durch die Gassen von Werlaha und trug das hier um seinen Hals."
In hohem Bogen flog dem Grafen ein Gegenstand entgegen, und dieser fing ihn geschickt auf. An einem geflochtenen Lederband hängend, hielt der Graf einen kleinen, hölzernen Anhänger empor und ließ diesen durch seine Finger gleiten. Einen Hammer, das Zeichen des Donnergottes Donar! Fein mit Runenzeichen beschnitzt war der Anhänger des jungen Asentreuen, den Herimann in seiner Hand hielt.
Da begann der Graf von Werlaha lauthals zu lachen. „Sie sind einfach zu dumm, diese Bauern!"
„Er wollte nicht reden, aber wir haben ihn überzeugt, es doch zu tun", sprach der eine Soldat und verzog hämisch sein Gesicht. „Was der Herr Jesus erleiden musste, kann doch einem Heiden sicher nicht schaden." Er trat dem Burschen erneut in den Rücken, worauf dieser seine Hände öffnete und sie dem Grafen entgegenstreckte. In jeder Hand steckte ein dicker Nagel, der diese durchbohrt hatte. Verkrustetes Blut klebte daran.
„Das ist ja widerlich", empörte sich der Graf.
„Das wohl, Herr, aber es hat ihm geholfen, sich zu erinnern. Er hat gesungen wie ein Vögelein!"
Der Soldat griff zu und riss einen der Nägel aus der Hand. Der junge Bursche jaulte auf wie ein geprügelter Hund, und die Wunde begann erneut zu bluten. Da keifte der Graf den Waffenknecht wütend an: „Fort mit ihm! In den Kerker!"
„Es sind uns nun viele bekannt von dieser Heidenbrut, Herr", sprach der eine Krieger, und der andere nickte grinsend. „Bald hat der Spuk ein Ende!"
Die beiden Soldaten grüßten knapp, ergriffen den Gefangenen und verließen den Saal.

„Was will der Graf eigentlich mit dem ganzen Pack anfangen, das bald in seinem Kerker sitzen wird?"

Der Soldat sah den jungen Gefangenen ohne Mitleid an. „Wahrscheinlich wird das der Bischof von Mimigernaford entscheiden, doch am Ende warten sicher der Galgen oder die Sklaverei auf sie", antwortete der andere.
Die Männer führten ihren Gefangenen durch die dunklen, nur spärlich beleuchteten Gänge der Burg von Werlaha, und je weiter sie sich von den Gemächern des Grafen entfernten, umso kälter und ungastlicher wurde der Bau.
Bald erreichten sie eine große, mit eisernen Scharnieren beschlagene Tür, durch die sie den Gefangenen ins Freie führten.
Vor ihnen lag nun der große Burghof, dahinter einige kleine Gassen mit Häusern, und an der hölzernen Palisadenwehr der Burg, die auf einer mannshohen Steinmauer stand, waren die Wirtschaftsgebäude und Ställe sowie auch die Unterkünfte für die Soldaten erbaut. Direkt neben dem großen Tor befand sich das Wachhaus, von dem aus man auch die Kerkeranlage der Burg erreichte. Nur spärlich war der Burghof beleuchtet, vereinzelt brannten Feuerkörbe oder Fackeln, die an den Wänden der Häuser befestigt waren, und nur wenige Menschen liefen zu dieser späten Stunde noch durch die Gassen.
Einige Krieger sah man über die Wehrgänge entlang der Palisade gehen, doch bei den Ställen und den anderen Gebäuden war es still.
„Wer da?", tönte plötzlich eine Stimme durch die Nacht. Es war einer der Wachmänner, die auf den Wehrgängen und bei den Gebäuden ihre Runden drehten. Er hatte die Männer bemerkt.
„Ich bin es, Hrotgar, dein Hauptmann, du Esel! Es ist alles in Ordnung, und schrei hier nicht so rum in der Nacht!"
Der Wachmann murmelte etwas Unverständliches, gab sich aber mit dem Gehörten zufrieden und setzte seine Runde fort.

Nicht weit der Männer waren die Stallungen, in denen die Pferde der Burgwache standen.

„Ich muss mal pissen!"

Der Hauptmann wandte sich ab und verschwand kurzerhand in einer Nische zwischen den Wänden der Häuser in der Burg.

„Jetzt pisst dieser Drecksack den Leuten wieder in die Wassertonnen", kicherte der Wachmann und sprach eigentlich mehr zu sich selbst als zu dem Gefangenen. Gelangweilt begann er genüsslich in seiner Nase zu bohren. Und dies war der Moment, den der Gefangene nutzte. Mit aller Kraft warf er sich gegen den Krieger des Grafen, sodass dieser strauchelte und unsanft auf das Pflaster fiel. Dabei ließ er den Strick, an dem er den Gefangenen geführt hatte, aus den Händen gleiten, und noch ehe er wieder auf seinen Beinen stand, war der geschundene junge Bursche in der Dunkelheit verschwunden.

„Du elender Scheißkerl!", fluchte der Überrumpelte und schrie dann lauthals: „He, du Sohn einer blutpissenden Hure! Komm zurück! Alarm!"

Mit aller Kraft versuchte der junge Kerl seinen schweren Atem zu unterdrücken, als er regungslos zwischen dem Heu auf dem Futterboden des Pferdestalls lag. Lang konnte er hier nicht bleiben, das wusste er, denn bald würden die Schergen des Grafen auch hier nach ihm suchen. Doch einen Moment konnte er hier zur Ruhe kommen. Er betrachtete seine schmerzenden Hände, die ihn, verdreckt und blutverkrustet, an die Tortur der Folter erinnerten. Scham überkam ihn. Was würde nun geschehen, jetzt, nachdem so viele Namen verraten waren von den Menschen, die wie er dem Wodan huldigten? Menschen, die er auf den Opferfesten gesehen hatte, deren Namen er hörte

oder die er selbst auch kannte. Doch was war ihm anderes übrig geblieben, als zu reden? Ja, er hatte die Namen verraten, aber den Ort ihrer Zusammenkünfte hatte er eisern verschwiegen, und die Waffenknechte gaben sich zufrieden mit dem, was sie gehört hatten. Ihnen ging es wohl nur darum, dass sie ihn quälen konnten.
Vorsichtig wagte er sich nun zu der Öffnung im Giebel vor, durch den das Heu hier heraufgeschafft wurde, und sah hinaus. Soldaten erkannte er keine, doch er sah den Schein der Fackeln, und er hörte ihr Rufen. Die Jagd war eröffnet!

Wie sollte es ihm nur gelingen, die Burg zu verlassen? Näher und näher kam der Fackelschein, und der Bursche wusste, dass er hier nicht bleiben konnte. Und plötzlich erkannte er die Gestalt, die aus einer kleinen Gasse heraustrat. Der laute Tritt der Stiefel verriet den Soldaten, und dieser schien genau zu wissen, wohin er wollte. Zu den Ställen!
Der Bursche hielt den Atem an. Schweiß tropfte von seiner Stirn.
Mit dem Spieß in Händen trat der Mann an das große Tor, blieb stehen und sah sich um. Er horchte ins Dunkel der Stallungen, doch außer dem Schnauben und Stampfen der Pferde vernahm er nichts Verdächtiges.
Plötzlich verschwand er aus dem Blick des jungen Burschen und trat in das Gebäude ein. Langsam schritt er die Reihe der Pferde ab, beugte sich immer wieder nieder, um zwischen die Beine der Tiere zu sehen. Dann wanderte sein Blick nach oben, und er stieß den Spieß immer wieder durch die Ritzen zwischen den Holzbohlen in das Heu. Langsam begab er sich zu der Leiter, die hinauf zum Heuboden führte.

Mit aller Kraft presste der Junge seinen Rücken gegen die Bretterwand des Stallgebäudes, als wolle er darin gänzlich verschwinden. Seine Hände schmerzten, und er spürte, wie das Blut durch seine Finger rann.
Nur ein gewagter Sprung an das Seil des Galgens, mit dem man das Heu auf den Dachboden beförderte, hatte ihn vor der Entdeckung gerettet. Nun stand er an der Rückwand des Stalles in einer Nische zwischen dem Gebäude und der Wehranlage der Burg, auf der die Soldaten der Wache ihre Runden gingen. Plötzlich stockte ihm der Atem.
Da war es wieder, das Geräusch auftretender Stiefel, und es näherte sich. „Hätten sie den Dreckskerl gleich aufgehängt, dann müssten wir ihn jetzt nicht suchen", hörte er den Soldaten murmeln. Und dann sah er die dunkle Gestalt vor sich. Hätte sich der Bursche aus der Nische geneigt, wäre es ihm ein Leichtes gewesen, den Kerl zu berühren. Der Soldat trat an das dicke Mauerwerk der Wehranlage heran, lehnte seinen Spieß dagegen, und begann an seinen Beinkleidern zu nesteln.
Ein Plätschern verriet, womit der Mann beschäftigt war, und nun sah der Bursche das Loch in der Wand, in das der Soldat pisste.
Ein Abfluss muss das sein, dachte er, ein Abfluss, der bei starkem Regen das Wasser aus der Burg ablaufen ließ. Das Herz des Flüchtenden begann zu pochen, sodass er Angst verspürte, der Soldat könne es hören, doch dieser war damit beschäftigt, seine Kleidung zu richten. Dann nahm er den Spieß und verschwand in der Dunkelheit.
„Am warmen Feuer könnte ich sitzen", hörte er den Soldaten noch murmeln. Eine Weile, die dem Burschen wie eine Ewigkeit vorkam, stand er da, bis er sich endlich hervorwagte. Und die Götter waren mit ihm, denn da er nicht besonders groß und eher schmächtig von Statur war,

gelang es ihm, sich durch das feuchte Loch in die Freiheit zu zwängen.

\*

Barthold stand an der Feuerstelle seiner Schmiede, schürte das Feuer und stieß immer wieder ein Stück Eisen, das er mit einer langen Zange hielt, in die rote Glut, sodass die Funken sprühten. Plötzlich vernahm er in der Ferne den Donner des Hufschlags berittener Krieger, und es verging nur wenig Zeit, bis er die Reiter sah. Es waren mehr als zehn Krieger, die auf der Lichtung, an der sich die Schmiede befand, ihre Pferde zügelten. Sofort sprangen sie aus den Sätteln und begannen sich auf dem kleinen Gehöft zu verteilen.

„Bist du Barthold, der Schmied?", fragte einer der Krieger, der der Anführer der Horde zu sein schien.

Der Angesprochene war unter dem Dach der offenen Schmiede hervorgetreten, sah den Mann streng an und fragte nun seinerseits: „Wer fragt danach?"

Statt einer Antwort schlug der Hauptmann dem Schmied mit der Faust in sein Gesicht, sodass Barthold strauchelte und zu Boden fiel.

„Wenn hier einer fragt, dann bin ich das, elender Heide!", rief der Hauptmann verächtlich und trat zu.

Da ertönte ein Aufschrei, denn Irmhild stand in der Tür. Sie hatte den Angriff auf ihren Mann mitangesehen.

„Geh zurück ins Haus!", rief Barthold seinem Weib zu.

„Ja, geh ins Haus!", rief auch der Hauptmann lachend und nickte einigen Männern zu. Diese drängten die Irmhild in das Gebäude zurück und folgten ihr. Die Schreie seines Weibes und seiner Töchter, die nun aus dem Haus an sein Ohr drangen, ließen Barthold das Blut in den Adern gefrieren, und er ahnte, was sie nun erleiden mussten.

Mit einem Satz sprang er auf und stürzte sich wütend auf den Hauptmann der Reiter. Schwer trafen seine Fäuste das Gesicht des Mannes, und dieser taumelte zurück. Wieder und wieder schlug er zu, bis ihn ein kräftiger Schmerz durchzuckte. Alles um ihn herum begann sich zu verdunkeln, nur die Schreie nahm er noch für einen kurzen Moment wahr. Dann verlor er die Besinnung!

Zwei Soldaten halfen ihrem Anführer auf die Beine, während ein anderer über dem Körper des besinnungslosen Schmiedes stand und frech grinste.
„Dieser elende Hurensohn! Soll ich ihm den Hals durchschneiden?"
Der Hauptmann hielt sich sein blutendes und geschwollenes Gesicht. „Nein, der Graf will die Kerle lebend. Aber brennt alles nieder!", rief er voller Zorn.
„Und die Weiber?", fragte einer der Soldaten.
„Ich sagte, brennt alles nieder!", schrie ihn sein Anführer zornig an.
„Ja, ja... ist ja gut. Ich dachte nur, dass man die jungen Weiber noch an ein Bordell verkaufen könnte", sagte der Soldat kleinlaut und gehorchte.
Nachdem die anderen Männer das Haus verlassen hatten, dauerte es nicht lange und die Flammen fraßen sich den Giebel empor. Entsetzliche Schreie erschallten aus dem Inneren, die irgendwann verstummten, und als Barthold seine Augen öffnete, brannte sein Haus lichterloh.
Zwei der Waffenknechte hatten den Schmied hochgerissen, hielten ihn fest ihm Griff, und der Hauptmann brüllte ihn an:
„Sieh genau hin, du Hundsfott! So ergeht es denen, die sich gegen den Grafen auflehnen!"
Die Stimme versagte dem Barthold, und er heulte in Tönen auf, die nur wenig Menschliches hatten. Plötzlich sah er mit

tränengefüllten Augen eine Gestalt aus dem Unterholz des Waldes heraustreten. Es war Bran!
Er hatte ihn sofort erkannt. Der junge Bursche stand da wie angewurzelt, keiner Bewegung fähig, und noch schienen ihn die Soldaten gar nicht bemerkt zu haben. Barthold aber hatte nur noch einen Gedanken: Er musste seinen Sohn retten! Mit aller Kraft schrie er dem Bran entgegen: „Verschwinde von hier! Und kehre nicht zurück!"
Doch der junge Bursche schien die Worte seines Vaters nicht zu hören, denn er stand immer noch regungslos da und starrte auf die Flammen, die hoch in den Himmel schlugen. Nun hatte aber auch der Hauptmann den Sohn des Schmiedes entdeckt, und sofort gab er den Befehl, den jungen Sachsen zu ergreifen. Jetzt, da die Soldaten auf ihn losstürmten, erkannte Bran die Gefahr, und er vernahm auch die kreischenden Worte seines Vaters. Fast hätten die Krieger ihn erreicht, da floh er in den Wald und lief, ohne sich noch einmal umzudrehen.

Bran wusste nicht, wie lange er gelaufen war. Und er wusste auch nicht, wie lange ihn die Schergen des Grafen verfolgt hatten. Er war einfach gelaufen, bis seine Beine ihm den Dienst versagten, bis er strauchelte und in tiefe Ohnmacht fiel. Es war ein kräftiger Regenschauer, der ihn aus seinem tiefen Schlaf weckte, und völlig durchnässt, von blutigen Kratzern übersät, saß er nun an einen dicken Baumstamm gelehnt. Die Beine ganz nah an den Körper gezogen, verharrte der junge Bursche, und sein Kopf schien zu zerspringen, denn die Gedanken an das Geschehene ließen ihn nicht los.
Als der Sohn des Schmiedes aus seiner Starre erwachte, lag der Wald in völliger Dunkelheit, und die Tiere der Nacht

sangen ihre Lieder. Braunes Laub lag auf seinem Kirtel[19], und Kälte kroch an ihm empor.
Wieviel Zeit mochte wohl vergangen sein? War es ein Tag oder vielleicht schon zwei?
Bran wusste es nicht! Aber trotz aller Trauer verspürte er nun Hunger, und er kannte nur einen Ort, an dem er etwas zu Essen bekommen würde. Dass es diesen Ort nicht mehr gab, daran dachte er nicht.

Langsam, mit größter Vorsicht, schlich Bran durch das Unterholz des Waldes. Die Dornen der Brombeersträucher hakten sich in seine Kleidung und zerrten an ihm, als wollten sie ihn davon abhalten, sich dem Haus seiner Eltern zu nähern. Das Hämmern in seiner Brust wurde immer schneller, je näher er dem Ort kam, an dem er eine glückliche Kindheit verbracht hatte, und von dem nun soviel Leid ausging.
Bald würde sich die Sonne hinabsenken, um gänzlich hinter dem Horizont zu verschwinden und der Dunkelheit zu weichen. Dann würde er es wagen, so dachte Bran.
Er legte sich an den Stamm eines Baumes, um dort zu warten. Der junge Bursche schloss seine Augen. Nur für einen Moment, dachte er.
Als der Sohn des Barthold seine Augen wieder öffnete, vernahm er in der Ferne das Krähen eines Hahnes, und mit Entsetzen stellte er fest, dass bereits der Morgen graute. Er war eingeschlafen, und nun wurde es hell.
Bran sprang auf und sah sich um. Alles war ruhig!
Mit dem Ärmel seiner wollenen Jacke wischte er sich den Schweiß und die Tränen aus dem Gesicht, denn in der Nacht hatte er schlecht geträumt, hatte gegen die bösen Gedanken angekämpft, die ihm das Erlebte wieder und wieder vorgaukelten.

---

[19] Kirtel – wollener Klappenrock

Als er aus dem Wald auf die Lichtung trat, sah er, dass von der Schmiede seines Vaters nur noch ein Haufen Schutt und Asche geblieben war.

„Oh, ihr Götter", flüsterte Bran und setzte langsam einen Fuß vor den anderen, doch es schien, als würde ihn eine unsichtbare Hand zurückhalten wollen. Jeder Schritt, den er ging, verursachte ihm unendlichen Schmerz.

Bedächtig trat er zwischen die verkohlten Balken, nur die steinerne Feuerstelle war noch als solche zu erkennen. Wände oder gar Tisch und Stühle waren ein Raub der Flammen geworden. Nicht weit der Feuerstelle warf sich Bran auf die Knie und begann, zwischen verkohltem Holz und Asche zu wühlen, und tatsächlich fand er, wonach er suchte. In einer länglichen Mulde, überdeckt von drei flachen Steinplatten, lagen ein Schwert, ein Sax und ein Messer. Das Schwert war völlig verbogen, der Griff verbrannt, doch der Sax, das Messer und der lederne Gürtel hatten den Brand, in ein Tuch gewickelt, wie durch ein Wunder fast unbeschadet überstanden. Vorsichtig nahm er den Sax auf und befreite das Kurzschwert von Russ und Dreck. Es war die Waffe des Barthold!

Bran kannte das Versteck, in dem sein Vater die Klingen aufbewahrte, denn der Schmied trug sie nur selten. Graf Herimann sah es nicht gern, wenn sich die einfache Bevölkerung bewaffnete, und seine Knechte achteten darauf, dass die Befehle des Vogtes eingehalten wurden. So hatte es Barthold meist vorgezogen, den Ärger mit den Kriegern zu vermeiden. Zaghaft strich die Hand des jungen Sachsen über den geschnitzten Bärenkopf, der den Knauf des Saxgriffes zierte.

Plötzlich fiel der Blick des jungen Burschen auf einen Gegenstand, der zur Hälfte aus einem Haufen Asche ragte. Er war schwarz verrusst, und nur schwer zu erkennen, doch

Bran hatte ihn entdeckt. Er griff zu und zog die Hand sofort mit schmerzverzerrtem Gesicht wieder zurück. Aus seiner Handfläche tröpfelte das Blut in die Asche, und der junge Sachse fluchte leise. Doch er griff erneut zu und hielt nun eine Fibel in seiner Hand. Bran hatte das Schmuckstück sofort erkannt, es gehörte seiner jüngsten Schwester Idun. Plötzlich schreckte er zurück. Diese Asche, sollte das etwa…?
Bran fuhr es eiskalt über den Rücken, dann aber senkte sich seine Hand langsam hinab. Fast zärtlich fuhr sie in den Aschehaufen, und der Staub rann durch seine Finger, während er die andere Hand, mit der er die Fibel hielt, fest zur Faust ballte. Tränen rannen über sein Gesicht, und das Blut tropfte zu Boden.

Der junge Sohn des Schmiedes war der Verzweiflung nahe, und er konnte nicht sagen, wie lange er in dem großen Wald herumgeirrt war, bevor er den Weg in die Siedlung Buira einschlug. Der Weg führte ihn aus dem Schutz der Bäume hinaus, an den stoppeligen Feldern entlang, bis er die Dächer der Hütten und Häuser erkannte.
Langsam ging er längs der Knüppelzäune, die die meisten Häuser umgaben, bis auf den Platz des Dorfes.
Zuerst begaffte man ihn neugierig und wie ihm schien, mit Misstrauen, als sei er ein Geist, bis Albin um die Ecke eines Hauses trat und Bran erkannte.
„Bran!", rief er und kam nun eilig auf den Sohn des Barthold zugelaufen. „Du lebst!"
Freudig fasste er den Burschen bei den Schultern. „Du lebst! Wir glaubten dich tot, wie deine Familie!"
Mit leerem Blick sah Bran den großen Mann an und stotterte dann: „Meine Mutter und meine Schwestern starben… aber mein Vater lebt!"

„Barthold lebt?", rief Albin. „Denn Göttern sei gedankt. Wo ist er?"
„Ich weiß es nicht", antwortete Bran mit erschöpfter Stimme. „Ich weiß es nicht!"
„Komm, Junge, du musst etwas essen! Mein Weib wird dich schon wieder auf die Beine bringen." Er fasste Bran am Arm und zog diesen unter den Blicken der Dorfbewohner mit sich.
Auch sein Weib zeigte sich glücklich den Sohn des Barthold lebend zu sehen, und tischte diesem sofort ein gutes Mahl auf. Gierig schlang er das Brot und die Grütze hinunter, und erst als die Schüssel bis zum letzten Krümel geleert war, legte er den hölzernen Löffel nieder.
„Was hast du gesehen, Bran?" Jetzt erst fragte Albin den Jungen. „Wo ist Barthold?"
Mit leisen Worten antwortete Bran: „Ich glaube der Graf hat ihn."
„Graf Herimann hat auch hier aus dem Dorf einige Männer und Frauen wegschleppen lassen", sprach das Weib des Albin. „Zwei Männer haben sie gar erschlagen, aber wir konnten uns rechtzeitig vor den Schergen im Wald verstecken."
„Ich kam an diesem Tag aus Werlaha zurück, als ich den Vater in den Händen der Waffenknechte des Grafen sah und als das Haus brannte", sagte Bran, und wieder rann eine Träne über sein Gesicht. Da trat Albins Weib neben den Bran und strich ihm mit der Hand tröstend über das Gesicht.
„Deine Mutter und deine Schwestern sind jetzt bei den Göttern. Sie verspüren nun kein Leid mehr!"
Sie lächelte den Sohn des Schmiedes Bran freundlich an.
„Was hast du da? Bist du verletzt?" Sie zeigte auf die Hand, um die der Bursche ein Stück seines Hemdes gebunden hatte. Noch ehe er antworten konnte, hatte sie zugegriffen und den Verband entfernt. Bran verzog sein Gesicht vor

Schmerz, denn das verkrustete Blut, das in der Mitte seiner Handfläche an dem Stoff klebte, zerrte beim Entfernen an der Verletzung.
„Was für eine merkwürdige Wunde. So etwas habe ich noch nie gesehen", wunderte sich das Weib, und Albin neigte sich neugierig über den Tisch, um besser sehen zu können. Die Asche der Idun hatte das Blut auf der kreisrunden Wunde schwarz gefärbt.
„Ich... ich stach mich an der Fibel."
„An welcher Fibel?", fragte Albin.
„Die Fibel meiner Schwester. Ich fand sie in der Asche", sprach Bran leise und starrte auf die Wunde in seiner Hand.
„Es sind schlimme Zeiten geworden", stellte Albin fest.
„Und der Schutz der Götter ist nicht sehr groß!"
Er erhob sich, trat zur Tür und öffnete diese, um hinaus zu sehen. Seinen Blick in den Himmel gerichtet, sagte er abschätzend: „Bald kommt der Schnee! Es wird nicht mehr lang dauern." Er schloss die Tür und nahm wieder Platz.
„Wir sollten Saxnot ein Opfer darbringen!"

\*

Fast zwei Wochen waren vergangen, seit Bran nun im Hause des Albin lebte. Er hatte sich gut erholt, war wieder zu Kräften gekommen und half dem Bauern, wo er nur konnte. Es war an der Zeit, sich auf den Winter vorzubereiten, denn die immer öfter über das Land ziehenden Herbststürme waren ein untrügliches Zeichen dafür, dass die kalte Jahreszeit nicht mehr weit war.
Von den Menschen, die der Graf geraubt hatte, gab es kein Lebenszeichen. Es war, als hätte es sie nie gegeben!
Düster war der Novembertag, an dem mehrere Männer in das Dorf kamen, von Hof zu Hof und Haus zu Haus gingen. Es schien, als kannten sie die Bewohner, denn alle, die sie

aufsuchten, waren als Asentreue bekannt. Zu den wenigen Christen in Buira gingen sie nicht!
So kamen sie auch in das Haus des Bauern Albin.
Bran hatte vom Stall aus gesehen, wie die Männer von Albin freundlich begrüßt worden waren und er sie in sein Haus geführt hatte. Lange blieben die Fremden auf dem Hof, und als sich die Tür des Hauses öffnete, war das Gesicht des Albin so düster wie die Wolken, die über Buira hinwegzogen.

Erst als die Fremden den Hof verlassen hatten, rief die tiefe Stimme des Bauern nach dem jungen Sachsen, und sie klang wenig freundlich. Doch Bran folgte dem Ruf und trat in das Haus. Dort stand Albin, groß und kräftig, und noch ehe der Sohn des Schmiedes ein Wort sagen konnte, traf ihn die Faust des Bauern, und dessen Weib kreischte mit hoher Stimme: „Erschlage diesen Verräter! Bei Wodan, erschlage ihn!"
Doch Albin hielt inne und sah streng auf Bran herab, der auf dem Boden des Hauses saß und sich das Kinn rieb.
Blut rann aus seiner Lippe, und er sah den Bauern fragend an.
„Was machst du, Albin?", rief das Weib. „Schlag ihn tot!"
„Schweig!", fuhr da der Bauer seine Frau an.
„Du hast die Männer gesehen, die gerade fort sind?" Er sah Bran zornig an. „Sie suchen den Verräter! Du warst in Werlaha vor nicht allzu langer Zeit?"
Er musterte Bran mit strengem Blick. „Und dort gerietst du in die Fänge des Grafen!" Da schüttelte Bran heftig seinen Kopf.
„Lüge nicht!", kreischte die Bäuerin, und Albin wandte sich ihr erneut zu und strafte sie mit einem bösen Blick.
„Lüge mich nicht an", wiederholte er die Worte seines Weibes. „Es geht das Gerücht um, dass ein junger Kerl der

Verräter ist, der so viele von uns an den Grafen verraten hat. Er wurde von den Schergen gefoltert." Albin sah den Sohn des Schmiedes mit durchdringendem Blick an. „Man trieb ihm Nägel durch die Hände, und er sprach!"
„Warum zögerst du? Denk an Irmhild und die Mädchen! Erschlage ihn, oder soll ich es tun?" Albins Weib griff nach einem dicken Holzscheit, das neben der Feuerstelle lag, und erhob diesen zum Schlag, doch der Bauer hielt ihre Hand.
„Bist du von Sinnen, Weib? Das ist Bran!" Er nahm ihr den Knüppel aus der Hand und warf diesen zurück auf den Haufen mit dem Brennholz. „Ich trug ihn schon als Kind auf meinen Armen, und du willst, dass ich ihn töte?"
Da griff sie nach der Hand des Bran und riss diese empor.
„Und was ist das? Er ist der Verräter!"
Albin sah auf die kleine schwarze Narbe inmitten der Hand.
„Aber du sagtest, sie trieben ihm die Nägel durch die Hände", wandte Bran mit zitternder Stimme ein, und er wusste, dass es um nicht weniger ging als um sein Leben.
„Hier, sieh doch!" Er hob auch die andere Hand, und die war unversehrt. „Ich war in Werlaha. Ja, das stimmt! Aber ich war Gast des Zimmerers Ruland und nicht der Gefangene des Herimann!"
„Schwörst du das, bei allen Göttern?", fragte Albin streng, und Bran nickte heftig. „Ja, ja! Ich schwör es! Ich bin kein Verräter!"
„Das wirst du ihm doch nicht glauben?" Albins Weib blieb unversöhnlich. „Der Rat soll entscheiden!", verlangte sie trotzig.
„Nun ist es genug", fauchte da der große Sachse sein Weib an. „Geh in den Stall und melke die Kuh", befahl er und schickte sie fort. Und sein Weib gehorchte erbost.
Doch sie ging keineswegs in den Stall, sondern begab sich in die Siedlung, um asentreue Männer herbeizuholen, die den Verräter töten sollten.

Fünf Männer stürmten in das Haus des Bauern und forderten erzürnt die Herausgabe des Verräters Bran. Doch da griff Albin auch schon mit seinen Pranken zu, ergriff den Wortführer und schüttelte diesen heftig. „Was fällt euch ein, ungebeten mein Haus zu betreten? Ich prügele euch zu Brei!"
„Dein Weib hat uns gerufen", verteidigte der Geschüttelte erschrocken sein Eindringen, doch er fasste sich schnell und forderte erneut mit drohender Stimme von dem Bauern: „Gib den Bran heraus. Er ist ein Verräter, und wegen ihm sitzen viele unserer Leute nun in den Ketten des Grafen Herimann!"
„Ja!", rief da ein anderer. „Gib in heraus, sonst …!"
„Was, sonst?", fuhr Albin den Mann an.
„Wir kriegen ihn sowieso!", rief der Mann, den der Bauer immer noch am Kragen hielt.
„So, glaubst du das!" Die Faust des großen Bauern traf den Kerl im Gesicht, und ein lautes Knacken verriet allen, das die Nase des Mannes den Hieb nicht unbeschadet überstanden hatte.
„Das wirst du bereuen, Albin", drohte der Getroffene, trat aber gleichzeitig den Rückzug an. Die anderen folgten ihm fluchend.
„Bran ist fort! Ihr werdet ihn nicht in eure Finger bekommen", rief Albin den Männern aus der Siedlung hinterher. Dann schloss er langsam die Tür des Hauses und wandte sich seinem Weib zu. „Und nun zu dir, Frau!"

*

# 3

## *Der Weg nach Norden*

**B**ran hatte sich vom Hof des Bauern Albin in den nahen Wald geflüchtet und war nicht weit des Hauses auf eine große Eiche geklettert. Dort hatte er in einer Astgabel gesessen und gesehen, wie die Männer und auch das Weib in das Haus gestürmt waren. Er hatte die lauten Stimmen gehört und gesehen, wie die Männer erbost den Hof wieder verlassen hatten. Er hatte das flehende Kreischen und Jammern des Weibes gehört, und er wusste, was in dem Haus geschah. Aber er wusste auch, dass er nicht zurück konnte in die Siedlung.

„Geh fort von hier, Junge", hatte Albin zum Abschied gesagt. „Geh weit fort. Vielleicht an die Küste. Vergiss uns, vergiss deinen Vater, sonst stirbst du!"

Nachdem die Dämmerung eingesetzt hatte und es ruhig wurde in Buira, kletterte Bran von dem Baum und machte sich noch einmal auf den Weg dorthin, wo einst das Haus seiner Eltern gestanden hatte. In den Ruinen verbrachte er die kalte Nacht, denn er wollte seiner Mutter und den Schwestern noch einmal so nah sein, wie es möglich war. Wäre er erfroren in dieser Nacht, hätte er den Göttern dafür gedankt. Doch Bran erfror nicht!

Irgendwann in der Nacht hatte der junge Bursche keine Tränen mehr, und die Müdigkeit schloss seine Augen, sodass er tief und fest einschlief. Und diesmal so fest, das ihn kein noch so böser Traum zu wecken vermochte.

Das Gezwitscher einer frechen Drossel, es wurde bereits hell, hatte Bran seine Augen öffnen lassen. Er gähnte heftig, sog dabei die kalte Luft in seine Lungen, und mit dem

Ärmel seiner Jacke wischte er sich den Schlaf aus den Augen.
Der Wald, der Hof, die Ruinen des Hauses, alles lag in dichten Nebel gehüllt.
Bran verspürte Hunger, und ein leises Grummeln in seinem Bauch ließ es ihn auch hören. Er erhob sich, klopfte sich den Dreck von der Kleidung, richtete seinen Gürtel mit dem Kurzschwert seines Vaters und ging den Weg nach Norden, ohne sich noch einmal umzudrehen.

*

Viele Tage waren vergangen, seit Bran die Ruine des Hauses seiner Eltern und die Gegend um die Siedlung Buira verlassen hatte, so wie es der Bauer Albin von ihm verlangt hatte. Er schlief in den Wäldern, erbettelte oder stahl in den Dörfern die Nahrung die er brauchte, und wanderte Tag für Tag den Weg, den er vom Besuch des Thingplatzes kannte, nach Norden.
Der junge Bursche war erschöpft, das Geschehene nagte immer noch an ihm und in manchen Momenten war seine Verzweiflung groß. Die Frage, was mit seinem Vater Barthold geschehen würde, ließ ihm keine Ruhe. Vielleicht hätte er bleiben sollen, hätte versuchen sollen, den Vater zu befreien, wenn dieser noch lebte. Doch wie?
Außerdem hielten ihn die Seinen nun für einen Verräter, und sie würden ihn ohne zu zögern töten. Dessen war sich Bran bewusst.
Der Anblick des Todes seiner Mutter und der seiner Schwestern hatte sich in seinem inneren Auge festgebrannt, überfiel ihn fast in jeder Nacht und raubte ihm den Schlaf. Der helle Schein der Flammen, die hoch in den Himmel loderten und die gellenden Schreie rissen ihn schweißnass

aus dem leichten Schlaf, immer dann, wenn ihm die Erschöpfung für kurze Zeit seine Augen schloss.
Seit einigen Tagen trieb er sich nun in der Gegend von Minda herum. Die Nächte verbrachte er im Wald, schlief auf Bäumen, um nicht den Soldaten des Grafen oder des Bischofs in die Hände zu fallen.
Tagsüber wagte Bran sich in die Dörfer oder auch auf die Höfe, um dort Nahrung zu erbetteln. Oft aber musste er den ganzen Tag schwer schuften, für ein Stück Brot und etwas Milch oder eine Schüssel dünner Grütze, denn nur wenige hatten in diesen Tagen etwas zu verschenken.
Eines Morgens, es war kühl, und Bran schlenderte lustlos einen Feldweg am Rande eines kleinen Wäldchens entlang, da erblickte er einen Hof in der Ferne, und als er näher kam, sah er einen Mann, der damit beschäftigt war, eine Mauer aus Feldsteinen auszubessern. Sofort schlug sich der Sohn des Barthold in das Unterholz des Waldes und beobachtete den Mann eine Weile. Er nahm sein Bündel und öffnete auch den Gürteln, an dem der Sax seines Vaters hing, um die Habseligkeiten im Dickicht des Waldes zu verstecken, bevor er sich wieder hervorwagte. Langsam näherte er sich dem Mann und blieb stumm neben ihm stehen.
„Sieh dir das an. Die ganze Mauer haben mir diese Hurensöhne mit ihren Pferden niedergetrampelt", sprach dieser verärgert, ohne Bran zu grüßen oder eines Blickes zu würdigen.
„Wer?", fragte der junge Bursche, obwohl ihn das eigentlich gar nicht interessierte. Er hatte nur Hunger!
„Na, die Schergen des Milo", sagte er laut und murmelte leise hinterher: „Elende Kreuzanbeter!"
Jetzt erst wandte sich der Bauer dem jungen Bran zu, erhob sich mit schmerzverzerrtem Gesicht und fragte: „Wer bist du? Was willst du hier?"
Erstaunt sah Bran den Mann an. Er kannte diesen Bauern!

Er war einer der Männer, die Bran bereits mehrmals bei den Opferfesten und auf dem Thingplatz gesehen hatte. Dieser Mann war einer von ihnen!"

„Ich bin Bran, der Sohn des Barthold. Erkennst du mich nicht?", sprach der Sohn des Schmiedes. Da sah der Bauer den jungen Burschen prüfend an. „Du meinst den Barthold aus dem Dorf Buira?"

Bran nickte.

„Woher sollte ich dich kennen, Junge?", fragte der Bauer misstrauisch. „Aber wir sahen uns auf dem Thing im letzten Herbst. Und nochmal auf dem Fest zu Ehren der Huldr."

Nun nickte auch der Bauer. „Ja, ich glaube mich an dich zu erinnern. Wie geht es deinem Vater? Und was führt dich hierher nach Minda?"

Bran senkte seinen Blick und mit trauriger Stimme begann er zu berichten. „Barthold, mein Vater, sitzt wohl in Mimigernaford im Kerker des Bischofs, und wenn er noch lebt, wartet er sicher auf den Strang. Die Mutter und die Schwestern hat man uns ermordet!"

Erschrocken sah der Bauer den jungen Burschen an. „Wer tat euch dies an?"

„Es war Graf Herimann, aber er tat es auf Geheiß des Bischofs von Mimigernaford. Sie schlossen meine Mutter und meine Schwestern im Haus ein und brannten es dann nieder", sprach Bran leise.

„Barthold im Kerker?" Der Bauer trat neben den Jungen, legte ihm seine Hände auf die Schultern und sprach: „Das ist wahrlich eine grausame Tat. Und du? Wie gelang dir die Flucht?"

„Ich war im Wald und habe Kaninchen gejagt. Als ich heimkam, stand das Haus in Flammen. Die Männer des Grafen hielten meinen Vater, der Wodan und Donar um Hilfe anfloh. Er musste mit ansehen, wie sein Weib und seine Töchter starben!"

Aus Vorsicht verschwieg Bran nun, dass er in Mimigernaford gewesen war, denn er wusste nicht, ob die Geschichte des Verräters schon bis zu dem Bauern vorgedrungen war.

„Es geht vielen in diesen Tagen so, Junge", sprach der Bauer. „Auch hier, wie du siehst, geht es den Unseren schlecht, und die Kerker füllen sich. Doch soweit ist der Bischof von Minda noch nicht gegangen, dass er unsere Weiber verbrennt!"

„Ich werde Rache nehmen, und ich werde meinen Vater befreien. Das schwöre ich!" Bran sah sein Gegenüber mit düsterem Blick an.

„Sei nicht so voreilig mit deinen Schwüren, junger Bran. Um deinen Vater zu befreien, bräuchtest du wohl ein Heer!" Der Bauer beugte sich nieder, nahm einen der großen grauen Steine und legte ihn auf die Mauer. „Ich bin Guntram!"

„Das weiß ich, du bist einer der Goden", antwortete Bran.

„Du kannst ein paar Tage bleiben, wenn du willst. Ich kann immer eine helfende Hand gebrauchen", bot der Bauer dem Jungen gönnerhaft an. Er hatte keinen Knecht auf dem Hof, und sein Weib hatte ihm auch nie Kinder geboren. So war sein Angebot nicht ohne Hintergedanken.

„Du bist ein großzügiger Mann. Ich danke dir, Guntram!" Der Bauer nickte. „Los, fass mit an!"

Sofort ergriff Bran einen der Steine, obwohl die Wunde, so klein sie auch war, immer noch schmerzte. Da erst bemerkte Guntram den Verband und auch die Blessuren in Brans Gesicht. „Was hast du da? Bist du verletzt?"

„Ach, das sind nur ein paar Kratzer. Die heilen schnell wieder", antwortet Bran, und der Bauer gab sich zufrieden. So vergingen die Tage wie im Fluge, denn der Bauer sorgte dafür, dass der junge Sachse für seine Mahlzeiten schwer arbeiten musste. Schlafen konnte er in einem Stall, denn soweit ging die Gastfreundschaft des Guntram nicht, als dass er Bran in sein Haus geholt hätte. Schon sein Weib sorgte dafür, dass Bran nicht entging, dass er nur geduldet war, und dann kam der Marktag, an dem Bran den Bauern nach Minda begleitete, um dort einige Waren zu verkaufen. Viel war es nicht, was Guntram anzubieten hatte, doch der Karren, den Bran ziehen musste, war trotzdem nicht leicht. Noch ahnte er nicht, dass er den Hof des Guntram nicht wiedersehen würde.

An einer Stelle des Marktplatzes, die dem Bauern als geeignet erschien, stellten sie den Karren ab und warteten darauf, dass sich die Leute für die Waren des Guntram interessierten. Und es dauerte auch nicht lang, bis die ersten Käufer neugierig herantraten. Meist waren es die ärmeren Bewohner, diejenigen, die außerhalb der Stadt lebten und die sich bei dem Bauern minderwertige Ware erhofften. Aber es traten auch Männer heran, die den Guntram gut kannten und diesen begrüßen wollten. Und fast bei jedem, mit dem dieser sprach, wandten sich die Männer dem Bran zu, und ihn trafen misstrauische Blicke.

Meist schien es dem jungen Burschen sogar, der Guntram müsse die Männer von einer Gewalttat zurückhalten, denn sie sahen zornig aus oder zeigten ihre Fäuste.

Am Abend dann sollte er erfahren, wie recht er mit seiner Vermutung hatte.

Bran lag bereits im Heu, als der Bauer den Stall betrat, und die Miene des Mannes verhieß nichts Gutes.

Gerade wollte Bran den Bauern grüßen, da befahl dieser barsch: „Zeig mir deine Hand!"

Nun ahnte der junge Sachse, was geschehen würde. Langsam streckte er dem Guntram seine Hände entgegen und dieser ergriff sie. Er starrte auf die kleine Narbe in der Mitte der rechten Handfläche, die die Asche der Idun schwarz gefärbt hatte.

„Also doch!" Es lag Wut und Zorn in der Stimme des Bauern, aber auch Enttäuschung. „Du bist ein Verräter, Bran!"
„Nein, das bin ich nicht!", entgegnete der Junge, doch hatte er wenig Hoffnung, dass ihm der Bauer, so wie zuvor in Buira der Albin, glauben würde.
„Was willst du nun tun? Wirst du mich töten?", fragte Bran, und seine Stimme klang, als sei es ihm einerlei.
„Eigentlich sollte ich das, aber ich werde es nicht tun. Du wirst aber meinen Hof sofort verlassen, Bran, und ich rate dir, geh fort aus dem Sachsenland!"
Der Sohn des Schmiedes nickte nur zustimmend, denn er wusste, dass hier jedes gesprochene Wort zuviel war.
Aber Guntram hatte recht! Er musste fort von hier.
Der Makel eines Verräters klebte nun an ihm, und er würde diesen nicht mehr abschütteln können. „Ich werde gehen! Aber ich sage dir, und das schwöre ich bei Saxnot, ich bin kein Verräter!"
Brans Worte bestärkten den Bauern in seiner Entscheidung, den Burschen ungeschoren zu lassen. Er nickte nur und ging.

Den größten Teil des Tages hatte Bran frierend auf einem der dicken Pfosten des Anlegers gesessen und die Zeit totgeschlagen.
„Hast du Hunger?" Mit einem großen Satz war der Mann auf den mit Schnee bedeckten Anlegesteg gesprungen und hatte sein Wort an den jungen Burschen gerichtet.
Von seinem Schiff aus hatte der Seefahrer den jungen Kerl, der sicher nicht mehr als fünfzehn Jahre zählte, beobachtet. Mal war er da, dann verschwand er wieder, um wenig später wieder auf dem Pfosten zu hocken. Bran sah den Seemann mit leerem Blick an und nickte stumm.

Tagelang war er von Minda hierher gewandert, in die große Hafenstadt Brimun[20]. Nun trieb er sich schon seit einiger Zeit in der Stadt und der Nähe der Rundburg herum, suchte nach Arbeit oder etwas zu Essen, um dann immer wieder an den Fluss zurückzukehren.
„Was tust du hier?", fragte der Mann, und Bran zuckte mit den Schultern. „Hast du kein Heim?"
Der junge Sachse antwortete auf die Frage mit einem stummen Kopfschütteln.
„Sehr gesprächig bist du ja nicht gerade. Oder bist du etwa stumm?"
„Nein!", sagte Bran nun, als wolle er beweisen, dass er sprechen konnte. Der blonde Friese begutachtete den jungen Burschen und sprach dann: „Nun, sehr groß bist du nicht, aber du scheinst kräftig zu sein. Ich könnte einen Mann auf meinem Schiff gebrauchen. Wir fahren in den Norden, nach Tunsberg, solltest du also ohne Angst sein, nehme ich dich an Bord!"
Es war schon sehr spät im Jahr, und der erste Schnee war ja bereits gefallen, aber der Schiffsführer wollte es wagen, noch einmal hinauszusegeln. Jetzt konnte ein Händler gute Preise aushandeln, da es nicht viele gab, die sich auf die raue See hinauswagten. „Also, hast du den Mut, Junge?", fragte der Seemann herausfordernd. Was hatte Bran schon zu verlieren? Er dachte an die Worte des Guntram, und ohne lange zu zögern reichte Bran dem Friesen die Hand.

Die See war rau, und Schneeflocken tanzten vom Wind getrieben um das große Segel, als das Schiff die Mündung der Visurgis[21] erreichte und der Friese sein Schiff in das Nordmeer steuerte. Der Schiffsführer schien ein erfahrener

---

[20] Brimun - Bremen
[21] Visurgis - Weser

Seemann zu sein, brachte das Schiff gekonnt in den Wind, und mit geblähten Segeln gingen sie auf Nordkurs.
Am Tag zuvor hatten sie ihr Schiff beladen, und dieses lag nun tief im Wasser. Es war eine recht kostbare Fracht an Bord, denn der Eigner des Schiffes glaubte, dass zu dieser Jahreszeit die besten Geschäfte zu machen seien. Außerdem hoffte er darauf, so das Risiko auf einen Piratenüberfall zu verringern.
Mit Bran waren sechs Männer an Bord, und der Sachse hatte seine Entscheidung, sich dem Friesen anzuschließen, längst bereut. Schwer hatte er schuften müssen, als es an das Beladen des Schiffes ging. So war er froh, dass er, als sie die Visurgis hinaufgesegelt waren, endlich Ruhe fand. Zwischen Fässern und Kisten hatte er ein Plätzchen gefunden und war auch bald eingeschlafen. Auf der offenen See aber, mit kräftigem Wind und hohen Wellen, hieß es wieder anzupacken.
Sie segelten an der Westküste des Dänenreiches entlang nach Norden, und bald schon sahen sie, dass hier das Land von einer dicken, dichten Schneedecke bedeckt war.
Je weiter sie nach Norden vordrangen, umso höher lag der Schnee. Die Strände, die Wälder und die Felder, die Berge und Täler, alles war in ein weißes Kleid gehüllt.
Sie umsegelten die dänische Halbinsel und nahmen Kurs nach Osten auf die norwegische Handelsstadt Tunsberg zu. Doch dann geschah, womit der Schiffseigner nicht mehr gerechnet hatte!
Immer noch segelten sie in Sichtweite zur dänischen Küste, und sie passierten gerade eine kleine Inselgruppe, die dem nördlichsten Zipfel des Reiches Harald Blauzahns vorgelagert war, als sie in einer Fahrrinne zwischen den Inseln das eckige Segel eines nordischen Langschiffes erkannten. Und es näherte sich schnell!

Das schlanke Schiff nahm sofort Kurs auf den Handelskahn des Friesen, und es würde nicht mehr lang dauern, da würden sie längsseits kommen. Der Steuermann und der Schiffsführer standen auf dem Achterdeck und versuchten das Schiff im Wind zu halten. Die anderen vier Männer der Besatzung standen an der Reling und sahen dem fremden Schiff entgegen.

„Der Herr stehe uns bei", murmelte der Mann neben Bran und konnte nicht damit aufhören sich zu bekreuzigen. Dann sah er dem Sachsen in dessen Gesicht und sprach: „Das sind Wikinger! Blutrünstige Heiden! Piratenpack! Wenn die uns in ihre Hände bekommen, ergeht es uns schlecht!"

Mit größter Geschicklichkeit manövrierte der Steuermann das kleine Handelsschiff durch die raue See, doch der Abstand zu dem schnellen Langschiff der Wikinger wurde immer geringer.

„Nehmt eure Waffen!", befahl der Friese und trat auf Bran zu. „Du auch, Junge!" Da reichte einer der Männer dem Sachsen ein Schwert.

Es war eine alte Klinge, stumpf, rostig und von schlechter Machart. Bran konnte dies beurteilen, schließlich war Barthold ein hervorragender Schwertschmied gewesen.

Er lehnte dankend ab und erhob sich, um nach seinem Bündel zu greifen, das zwischen den Kisten und Fässern lag. Kurzschwert und Messer hatte er mit dem Gürtel daran befestigt. Und als er die Klinge in seinen Händen hielt, waren seine dunklen Gedanken wieder da.

Die Gesichter des Vaters, der Mutter und die der beiden Schwestern erschienen wieder vor seinem inneren Auge. Plötzlich war seine Angst, wie verflogen. Ja, er sehnte sich den Tod sogar herbei! Vielleicht würde er seine Familie wiedersehen, wenn die Götter ihn in das Totenreich riefen?

Während Bran seinen Gedanken nachhing, er auf die Klinge starrte, legte sich die Schnigge[22] der Wikinger neben den Kahn des Friesen. Reling an Reling pflügten die Schiffe das Meer, und Enterhaken flogen durch die Luft, krallten sich tief in die Planken des Handelsschiffes. Da schrie einer der Männer laut auf, schrill, wie ein Weib, und sprang in die eisigen Fluten. Die Wellen rissen ihn fort, und er versank unter Brans entsetztem Blick im Dunkel der See.

Jetzt enterten die Nordmänner den Kahn des Friesen, um sich ihre Beute zu holen, und der erste Seekrieger, der mit einem mächtigen Satz über die Reling gesprungen war, ließ seine Axt in den Schädel eines Friesen fahren, noch ehe seine Füße die Planken berührten.

Das eherne Blatt der Axt hatte sich bis zur Nasenwurzel in den Kopf gegraben, und dem Getroffenen entfuhr ein kurzer, spitzer Schrei, bevor er niedersank und starb.

Ohne zu zögern stürzte sich der friesische Kaufmann auf den Angreifer, ließ sein Schwert kreisen, und ein heftiger Kampf entbrannte, der zu Brans Verwunderung den Nordmann sein Leben kostete.

Der Friese war ein geschickter Schwertkämpfer und wusste sein Eigentum zu verteidigen. Jetzt aber stürmten auch die anderen Wikinger an Bord des Handelsschiffes, und sie waren an Männern überlegen. Einen schickte der Friese noch in das Totenreich, bevor ihn selbst dieses Schicksal ereilte. Ein kräftiger Hieb traf ihn in die Seite, ein zweiter in den Schwertarm, sodass dieser nur noch von wenigen Muskeln gehalten, an seinem Körper hing. Dann bohrte sich eine Klinge tief in seine Brust.

Bei diesem Anblick überkam den jungen Bran die Wut, er hob die Klinge und stürmte auf den Mörder des Friesen zu. Während die beiden noch lebenden Seefahrer vor den

---

[22] Schnigge, Sneki - Langschiff der Nordmänner, hatte bis zu vierzig Riemen

Piraten auf die Knie fielen und um ihr Leben flehten, kämpfte der Sohn des Schmiedes Barthold einen aussichtslosen, den Tod suchenden Kampf.
Von der Empore des Achterdecks aus ließ er seinen Sax auf die anstürmenden Wikinger niederfahren, und diese taten sich sichtlich schwer, dem jungen, wutentbrannt kämpfenden Burschen näherzukommen. Drei oder vier Krieger schlugen abwechselnd auf den Sachsen ein, und dieser wehrte die Schläge gekonnt ab. Der Kampf um sein Leben schien die anderen Wikinger zu erheitern, denn sie lachten lauthals, und Bran wehrte sich weiterhin erfolgreich. Geschickt wich er den Hieben und Stichen aus und konnte von seiner erhöhten Position lange Widerstand leisten.
Bald aber wurde Bran der Arm schwer, und er sah sein Ende nahen. „Wodan, lass mich meine Familie wiedersehen", flehte er leise. „Vereine uns im Reich der Toten!"
Wie von selbst bewegte sich der Arm, ließ den Sax kreisen und verweigerte geschickt den Klingen der Nordmänner immer wieder den tödlichen Streich.
So kämpfte er und erwartete doch den todbringenden Hieb.
Da rief einer der Wikinger, ein schnauzbärtiger Kerl mit rötlich-braunem Haar, einige Befehle, die Bran nicht verstand.
„Lasst den Kerl am Leben", rief der Wikinger. „Der junge Bursche gefällt mir! Er hat wenigstens Mumm in den Knochen. Nicht wie diese Weiber da!" Er trat einem der knienden Friesen gegen die Brust, sodass dieser zur Seite fiel.
Noch während Bran die Angriffe abzuwehren versuchte, war einer der Männer über die Reling balanciert und gelangte so in den Rücken des Sachsen.
Plötzlich durchdrang ein kurzer Schmerz den Körper des jungen Burschen, ein letzter Gedanke, dann umgab ihn Dunkelheit. „Mutter, ich komme!"

Als er mit schmerzendem Schädel erwachte, blickte er in ein grinsendes Antlitz. Ein schmales Gesicht mit einem braunen Schnauzbart, dessen Enden bis weit unter das Kinn reichten.
„Hat dich Gunnars Schlag also doch nicht zur Hel geschickt", sprach der Mann, doch der Sachse verstand seine Worte nicht.
Plötzlich fasste der Kerl zu, öffnete mit einem festen Griff dem Bran den Mund und besah sich dessen Gebiss. Bin ich ein Pferd?, schoss es dem Gefangenen durch den Kopf. Da griff der Mann nach seinem Arm.
„Er scheint gesund zu sein und wird uns sicher etwas einbringen. Was denkst du, Gunnar?" Der Kerl hatte sich einem anderen, rotbärtigen Mann zugewandt, der hinter dem Knienden stand. „Kräftig ist er, zäh und jung. Der kann gut arbeiten!"
Der Rotbart nickte. „Ja, du hast sicher recht, Ubbe. Wir nehmen ihn mit!" Dann sah er die beiden anderen überlebenden Friesen an. Er zeigte mit dem Finger auf den einen. „Den da auch!"
Dann sah er wie beiläufig auf den anderen, der in einer Pfütze seines Urins kniete. „Den nicht, der ist zu alt! Gebt ihn der Ran[23] für eine ruhige Fahrt! Zu mehr taugt er nicht!"
Kurzerhand packten zwei Männer den älteren der beiden Seefahrer, einer zog sein Messer und durchschnitt dem Friesen die Kehle. Er rief einige Worte auf das Meer hinaus, dann warfen sie den Röchelnden über Bord.
Dies alles hatte Bran aus seinen Augenwinkeln beobachtet, …und es war ihm völlig egal. Er zeigte keine Regung, kein Mitleid oder Entsetzen für den Mann. Er hockte an der Reling und starrte vor sich auf die Planken.

---

[23] Ran – düstere Meeresgöttin. Sie zieht die Seefahrer mit dem Netz an sich und gebietet über die Seelen der Ertrunkenen, Weib des guten Aegir

Plötzlich packten sie ihn und rissen ihn an seinen Fesseln empor. Sein Blick fiel auf den Anführer mit dem rotbraunen Haar und auf den Gürtel, den er trug. Daran hing neben einem Wikingerschwert nun der Sax mit dem Bärenkopf, der einmal Barthold, seinem Vater, gehört hatte.
Sie schleppten ihn zu dem anderen überlebenden Friesen, der schlimm zugerichtet vor dem Achterdeck lag.
Sein Gesicht war der Beweis dafür, dass man ihn schwer misshandelt hatte. Scheinbar hatten die Piraten sich einen Spaß daraus gemacht, den Ärmsten zu verprügeln. Doch er lebte, so wie Bran!
Zwei Tage auf rauer See waren vergangen, bis die beiden Schiffe den Hafen einer Stadt erreichten. Eine Bucht mit hellem Kiesstrand und mehreren langen Landungsbrücken, die weit in den Fjord hinausragten, empfing sie.
Einige nordische Schiffe waren daran festgemacht und es herrschte darauf reges Treiben. Bran hatte sich an der Reling empor gezogen, und die Wikinger hatten ihn gewähren lassen. Hatten ihn kaum beachtet, so wie sie ihn eigentlich schon die ganze Fahrt über kaum beachtet hatten.
Einen hohen Erdwall mit Palisaden darauf konnte Bran erkennen, und dahinter sah er die Dächer der Hütten und Langhäuser. Die meiste Zeit während der Überfahrt hatte Bran vor sich hingedöst, hatte die Nordmänner beobachtet und ihre Gespräche belauscht. Dabei war ihm aufgefallen, dass viele Worte, die sie sprachen, den sächsischen ähnelten. Manch gesprochenen Satz verstand er sogar oder konnte sich zumindest einen Reim darauf machen. So glaubte er erfahren zu haben, dass dies die Stadt Tunsberg war. Welch Ironie des Schicksals, dies war doch das Ziel des friesischen Händlers gewesen, dachte Bran und musste grinsen.

*

# 4

## *Der Sklave Rune*

Oft und lange hatte Bran in den letzten Tagen darüber nachgedacht, ob er eine Flucht wagen sollte. Schließlich hätte er es gekonnt, wenn er gewollt hätte, denn nach nicht mehr als vier Tagen, die sie in Tunsberg verbracht hatten, kam der rothaarige Wikinger Gunnar zu den beiden Sklaven und löste ihre Fesseln. Ein anderer kam und führte sie zu einem Mann, der an einem hölzernen Gestell hing und an dem die Krähen fraßen, dann schor er ihnen das Haar.
Nur wenige Worte, die der Anführer an die beiden Unfreien richtete, verstand Bran, aber er konnte sich denken, was der Mann gesagt hatte. Eine Flucht wäre vergebens!

Schon während der Überfahrt hatte der junge Sachse damit begonnen, die nordischen Worte aufzuschnappen, über ihren Sinn nachzudenken und diese nachzusprechen. Dies hatte er auch weiterhin in Tunsberg getan, so wuchs sein Wortschatz, und er lernte schnell.
Auf einem Hof nicht weit einer kleinen Siedlung außerhalb Tunsbergs lebte Ubbe, der Anführer der Wikinger, und darüber war Bran nicht wenig verwundert, denn dies hatte er nicht erwartet. Ein Knecht führte den Hof für seinen Herrn. Auch dieser Gunnar und noch weitere drei Männer der Besatzung lebten auf dem Hof, doch Weiber gab es hier keine.
Zwar musste der sächsische Sklave niedere Arbeiten verrichten, doch man behandelte ihn gut, und so erfuhr er auch, dass Ubbe meist für einen Jarl auf Sklavenfang,

manchmal aber auch für sich selbst auf die Jagd nach Menschen ging.

Dann kam der Tag, an dem in der großen Stadt der Markt abgehalten wurde. Schon früh am Morgen, es war ein düsterer Tag und die Sonne hatte gegen die dichten, grauen Wolken, aus denen es immer wieder schneite, das Nachsehen, da schafften die fünf Seeräuber ihre erbeuteten Waren auf den Markt nach Tunsberg. Das Schiff des Friesen hatte bereits einen neuen Besitzer gefunden.

Bran und dem anderen Überlebenden des Überfalls, wurden wieder die Hände gefesselt, und auch ein Seil legte man ihnen um die Hälse. Danach führte man die beiden jungen Kerle aus dem Saxland wie Vieh auf den verschneiten Marktplatz. Über mit Holzplanken ausgelegte Wege, vorbei an Hütten, die von Zäunen umgeben waren, bis auf einen großen Platz, an dem in alle vier Himmelrichtungen je ein großes Langhaus erbaut worden war. Hier herrschte bereits reges Treiben, obwohl es noch sehr früh am Tage war. Noch aber verkauften sich die Waren der Wikingfahrer schlecht. Nach und nach aber kamen einige Männer, deren Augenmerk auf das Dargebotene fiel, doch die Preise, die der schnauzbärtige Ubbe aufrief, waren ihnen zu hoch. So gingen sie, ohne ein Geschäft zu tätigen, wieder ihres Weges.

Es war zur Mittagszeit, und aus den Wolken fielen immer noch kleine Schneeflocken zu Boden, da trat ein Mann vor die beiden Gefangenen, die frierend auf dem Boden saßen. Er wandte sich dem Friesen zu, der etwas älter war als Bran, fasste ihn prüfend an Armen und Schultern, und sofort kam der Schnauzbart heran.

„Das ist ein kräftiger Kerl", sprach er, um seine Ware anzupreisen.

„Ja, das ist er wohl!", antwortete der Mann. Er war groß gewachsen, und er war auch gut genährt, hatte den Zenit seines Lebens aber wohl schon um einige Winter überschritten. Dann griff er dem Friesen in den Mund und besah sich seine Zähne, so wie er es beim Kauf eines Pferdes wohl auch getan hätte.

„Bah, was ist das für ein Gestank? Der Kerl stinkt ja aus dem Maul wie eine Jauchegrube", schimpfte er, als ihm der faule Atem des Sklaven in die Nase stieg.

Das Gebiss des Friesen bestand tatsächlich nur noch aus schwarzen Stummeln, und Bran hatte sich schon des Öfteren gefragt, warum der Kerl keine Schmerzen verspürte.

Ihn selbst hatte auch schon Zahnschmerz gequält, doch zu seinem Glück war er ja der Sohn eines Schmiedes, und dieser wusste mit einer Zange umzugehen.

„Woher kommen die Kerle?", fragte der Mann den Händler.

„Das sind Sklaven aus dem Saxland", antwortete dieser mit einem freundlichen Lächeln.

„Saxland, sagst du?" Er wandte sich Bran zu. „Mach den Mund auf!", forderte der Mann in der Sprache, die Bran seit Kindesbeinen sprach. Verwundert sah er den Koloss an, und ohne darüber weiter nachzudenken, öffnete er seinen Mund.

„Hm, der hier scheint mir gesünder zu sein!"

Interessiert blickte der Mann dem jungen Burschen in den Rachen. „Was willst du für den hier?", fragte er den Wikinger, und dieser nannte seinen Preis. Da begann der große Mann lauthals zu lachen, doch es glich eher einem Donnergrollen. „Niemals! Du Halsabschneider willst mich wohl übers Ohr hauen?", rief er, und die beiden ungleichen Nordmänner begannen erst zu streiten und dann ausgiebig zu feilschen, bis sie sich endlich doch auf einen Preis zu einigen schienen.

Der Schnauzbart löste das Seil von dem Pfahl, an den die Sklaven angebunden waren, und reichte es dem großen Kerl. Dieser nahm den Strick in seine Pranke und zog Bran wortlos mit sich fort.
Schweigend gingen die Männer durch die Stadt nach Norden, und einen Sack, den der Mann vorher über seiner Schulter getragen hatte, musste nun Bran schleppen.

Bald wurden es immer weniger Hütten, an denen sie vorüber gingen, stattdessen lagen nun zu beiden Seiten des Weges verschneite Weiden, auf denen langmähnige Pferde standen und mit den Hufen unter dem Schnee nach Gras scharrten. Wolken ihres warmen Atems bliesen sie aus den Nüstern in die kalte Luft.
Sie marschierten lange, bis tief in die Nacht, und dann erreichten sie ein Tor in einer aus groben Ästen geflochtenen Palisadenwehr, die das Dorf umgab. Und als sie über einen breiten Weg die Siedlung durchschritten, erkannte Bran zu seiner Rechten die Fluten eines Fjordes und in einem Hafen die Umrisse einiger Schiffe, die dort vor Anker lagen. Nach einiger Zeit, die sie gegangen waren, sie hatten das Dorf schon lange wieder verlassen, kamen sie an eine kleine Baumgruppe, in deren Mitte zwei Gebäude standen. Eine Hütte und eine Schmiede, die Bran natürlich sofort als solche erkannt hatte.
Jetzt erst wandte sich der große Kerl dem Sklaven zu und sprach mit tiefer Stimme zu ihm: „Hier bin ich zu Hause. Das ist meine Schmiede!"
Erstaunt sah Bran seinen neuen Herrn an, und dieser war ein Schmied, und du sprichst meine Sprache?"
Dies waren die ersten Worte, die der junge Sachse mit dem Nordmann wechselte. Der Schmied nickte. „So ist es wohl! Wie ist dein Name, Junge?"
„Ich heiße Bran."

„Bran, also. Gut! Ich bin Askold, der Schmied."
Die beiden betraten die Schmiede, und er nahm Bran den Sack von der Schulter und legte diesen auf einen Tisch. Dann ergriff er ein Messer und durchschnitt die Fessel des jungen Burschen. Er sah Bran streng an. „Du kannst versuchen zu fliehen, aber es wird dir sicher nur den Tod bringen. Füge dich, und du wirst leben!"
Der Sklave senkte den Blick, dann nickte er. Der Schmied legte einige Scheite Holz in die Glut des heruntergebrannten Feuers. „Setz dich ans Feuer, Junge", befahl der Schmied.
„Wärme dich auf! Hast du Hunger?"
Bran nickte, denn er hatte seit dem vergangenen Tag nichts mehr gegessen, und der lange Marsch hatte ihn viel Kraft gekostet.
„Wo hast du gelernt, meine Sprache zu sprechen, Askold?", wagte Bran nun zu fragen, und der Schmied antwortete barsch: „Das geht dich nichts an!"
Der Sachse erschrak, doch die erwartete Schelte des Schmiedes blieb aus. Der Junge erhob sich und ging langsam, fast bedächtig durch die Schmiede, ließ seine Hände über das ihm gut bekannte Werkzeug gleiten. Erinnerungen wurden wach, und eine Träne rann über sein Gesicht. Bran trat vor die Feuerstelle, in der nur wenig Glut glimmte, und legte seine Hände auf die warme Esse.
„Was soll das, Junge?", fragte der Schmied brummig.
„All dies hier erinnert mich an meine Heimat. Mein Zuhause! Ich bin der Sohn eines Schmiedes!"
Da huschte für einen kurzen Moment ein Lächeln über das Gesicht des Askold. „Du bist mein erster Sklave, Bran. Ich hatte nie einen vor dir, doch es ist viel zu tun, und darum…!" Der Mann mit der tiefen Stimme sprach nicht weiter, kratzte seinen Bart. „Arbeite fleißig und führe dich gut, dann wirst du nicht hungern. Aber wage es nicht, in

meiner Anwesenheit zu deinem Christengott zu beten, dann setzt es Prügel!"

„Aber ich bin kein Christ", sprach Bran mit beleidigter Stimme. „Ich bete zu den Göttern! Zu Wodan, den ihr Odin nennt, und zu Saxnot, dem Gott meines Volkes!"

Da lachte der bärbeißige Schmied auf, schlug dem Sklaven seine Pranke auf die Schulter und sagte: „Mit dir habe ich wohl einen richtigen Glücksgriff getan! Komm, wir gehen hinüber ins Haus!"

\*

Schnell war dem Schmied gewahr geworden, dass der junge Sachse wahrlich ein Glücksgriff war, denn er war kein dummer Kerl. Die Zeit war wie im Fluge vergangen, und so war Bran nun schon drei volle Monde in Frigghavn, wie das Dorf genannt wurde. Und er fühlte sich gar nicht mehr wie ein Sklave, denn der Askold war kein schlechter Kerl, und es war so gekommen, wie er es gesagt hatte: Da Bran keinen Fluchtversuch gewagt hatte - wo hätte er auch hingehen können? - und er auch fleißig arbeitete, erging es ihm gut. Der bärbeißige Schmied Askold war von friedlichem Gemüt, und Bran verstand viel von dem Handwerk und schien ihm eine wahrhafte Hilfe zu sein.

Es war die Zeit des Festes zur Wintersonnenwende, da kam ein Mann in die Schmiede und verlangte den Askold zu sprechen. Bran führte ihn in die Hütte, in der der Schmied schnarchend auf seinem Schlaflager lag. Als er erwachte, sah er den Mann böse an, doch dieser zeigte sich wenig eingeschüchtert. „Jarl Siegmar schickt mich zu dir, Schmied", sprach er wenig freundlich und bestimmt.

„So, was will der Jarl von mir?" Askold gefiel der Ton des Mannes gar nicht, und so hatte er größte Mühe freundlich zu bleiben. Außerdem arbeitete er nicht gern für diesen Jarl, denn es war bekannt, dass er gern einmal zu zahlen vergaß, was er aus eigener Erfahrung kannte.

„Siegmar braucht ein Schwert. Ein gutes! Er weiß, du machst die besten, darum schickt er mich zu dir. Es soll ein Geschenk sein, das Eindruck hinterlässt!"

Askold erhob sich, und der Mann zog ein Stück Leder aus seinem Kirtel, das er auf dem Tisch ausbreitete. Runen waren darauf gemalt, die der Schmied aber bis auf eine nicht zu deuten vermochte.

„Dies sollst du in die Klinge einarbeiten", sprach der Bote des Jarls. „Kannst du das?"

Der Schmied nickte.

Da trat Bran heran und las die Bedeutung der Schrift laut vor. „Du kannst die Runen lesen?" Askold war erstaunt.

„Ja, das kann ich. Der Mann, der mein Vater war, war ein Priester und Gode unseres Stammes, und er lehrte mich die Bedeutung der Zeichen. Diese da sind nicht anders als die unseren!"

Der Gesandte des Jarls sah den Schmied an und sprach frech: „Der Sklave ist gescheiter als der Herr! Dann wird es für dich ja nicht schwierig sein, das Schwert nach den Wünschen des Jarl Siegmar zu schmieden!"

Askold sah den Mann böse an, und am liebsten hätte er ihm seine Hände um den Hals gelegt, doch er besann sich.

„Der Preis wird hoch sein, sage das dem Jarl!"

Der Bote nickte und murmelte einige Worte, die Askold nicht verstand, dann schickte er sich an, die Hütte zu verlassen, wandte sich aber noch einmal um. „Und eile dich! Der Jarl ist kein geduldiger Mann!" Dann ging er.

„So ein Ziegenschiss, und sein Herr ist nicht besser!", sprach der Schmied abfällig über den Boten seines Jarls und sah dann Bran an, der den Ärger Askolds nicht verstand.

„Jarl Siegmar ist ein Mann vom Nordweg, doch er buckelt vor dem Jarl von Tunsberg der ein Untertan des Dänenkönigs ist. Sonst wäre er wohl längst kein Jarl mehr. Na ja, so ist es nun mal!" Dann grinste er seinen Sklaven an.
„Die Götter scheinen dich wahrlich mit vielen Talenten beschenkt zu haben, Sachse. In der Schmiede kennst du dich aus, und die Runen kannst du auch lesen. Vielleicht sollte ich dich fortan Rune nennen! Mit was wirst du mich noch überraschen, Sachse?" Der Schmied begann kehlig zu lachen.

Die Zeit verstrich schnell, so war es Bran zumindest vorgekommen, denn der Sommer neigte sich bereits seinem Ende zu, und die Nächte wurden auch schon merklich kühler. Das Schwert für den Jarl war längst geschmiedet, und Bran konnte sein Wissen in der Schmiede zur Genüge beweisen.
Askold nannte Bran nun tatsächlich Rune. Anfangs nur, um ihn zu necken, doch dann blieb er dabei, denn der Name klang ihm nordischer.
Rune war nun nicht weniger als der Lehrbursche des Askold geworden, und er fühlte sich keineswegs als Sklave des großen norwegischen Schmiedes. Wenn er des Nachts auf dem Schlaflager darauf wartete, endlich in den wohlverdienten Schlaf zu sinken, dachte er oft über sein Schicksal nach, und es war ihm gewahr geworden, dass es ihm oft in der väterlichen Schmiede schlimmer ergangen war als bei dem Askold. Er hatte ein Dach über dem Kopf und war bisher an jedem Tag satt geworden. Und der Schmied hatte seinen Sklaven noch nie geschlagen!
Die Nornen[24] hatten es eigentlich gut mit ihm gemeint, denn es gab sicher strengere Herren als den brummigen Askold.

---

[24] Nornen – die Göttinnen des Schicksals

Und in Anbetracht dessen hätte es ihm im Sachsenland weit schlechter ergehen können.

Die Sprache der Nordleute hatte Rune gelernt, denn Askold war ihm, wie bei so vielem, ein guter Lehrmeister. So saßen die beiden an einem warmen Sommertag vor der Schmiede und warteten auf die Dunkelheit. Da sprach Askold: „Du hast mich einmal gefragt, warum ich die Sprache der Sachsen und Friesen spreche. Ich sage es dir. Ich war einmal ein Sklave, so wie du jetzt!"
Erstaunt sah Rune den Schmied an. Dieser Bär von einem Mann sollte dereinst ein Unfreier gewesen sein?
„Ja, ich war ein Sklave in Saxland[25]. Viele Winter gehörte ich dem Hausstand eines Hersen an, denn ich wurde geboren als Sohn einer Sklavin. Und wie du, arbeitete ich in einer Schmiede und erlernte so, das Eisen zu formen.
Ein alter Knecht, der aus dem Land meiner Mutter stammte, erzählte mir viel von der Heimat, die ich nie sah. Und als ich siebzehn Winter zählte, war mein Verlangen nach Freiheit so groß, dass ich die Flucht wagte. Aber man fing mich ein, und ich bekam die Peitsche meines Herrn zu spüren!
Doch ich wagte es ein zweites und auch ein drittes Mal, denn nun war ein starker Wille entflammt. Außerdem hasste ich den Herrn, denn oft hatte ich mit ansehen müssen, wie er sich meine Mutter holte. Da gelang mir endlich die Flucht. Ich hatte das Heil der Götter auf meiner Seite, denn ich erreichte das Reich der Dänen und kam später bis nach Tunsberg, der Geburtsstadt meiner Mutter."
„Sag, warum hast du eigentlich kein Weib und Kinder, Askold?", fragte nun Rune und hatte doch gleich ein schlechtes Gewissen, da er so dreist war, diese Frage zu stellen. Doch der Schmied gab dem Burschen Antwort, denn der Met, den er trank, hatte den Askold redselig gemacht.

---

[25] Saxland – Bezeichnung der Nordleute für das Reich der Deutschen

„Ich hatte einmal ein Mädchen, dem mein Herz gehörte. Aber sie erwählte einen anderen, der einmal ein guter Freund war. Und so verlor ich beide!"
„Aber es gibt doch so viele Weiber im Land! Warum nahmst du keine andere?", fragte Rune ein wenig überrascht, denn obwohl Askold sicher nicht der schönste Mann in der Siedlung war, so hätte er doch sicher eine Gefährtin abbekommen.
„Nein, ich wollte sie und keine andere!"
Der Sklave war erstaunt, nicht nur über die Geschichte des Schmiedes, sondern über die Offenheit, mit der er sie erzählte. Die Saga war vielleicht der Grund, warum Askold den jungen Burschen gut behandelte. Warum er ihn nicht spüren ließ, dass er ein Sklave war.

*

Ins Ohr gedrungen Odins Rat,<br>
von Saxland fort, gar mut'ge Tat.<br>
Eherner Wille den Askold treibt,<br>
Gesippenblut im Saxland bleibt.<br>
Gen Norden er zieht mit großer Eil.<br>
Erst Sklave, dann Herr, mit Odins Heil.

Verschmähte Liebe ein Herz zerbrach,<br>
oh Freya, oh Vanin, warum diese Schmach?<br>
Im Rücken das Messer, die Freundschaft zerronnen,<br>
unrechtes Schicksal die Nornen ersonnen.<br>
Verwehrt von der Vanin das Liebesglück,<br>
wann kehrt der Götter Heil zurück?

Erz gerötet in heißer Glut,<br>
Erz geschlagen mit Rotbarts Wut.<br>
Gewalt'ger Mann, dem Bären gleich,

in kaltem Nass wird Eisen bleich.
Eherne Klingen scharf und hart,
für Krieger geschmiedet, von bester Art.

Grinsend sah Rune dem Schmied in sein Gesicht, der gerade ein Eisen in die rote Glut tauchte, um es in die Klinge eines Schwertes zu verwandeln. „An dir ist ein echter Skalde[26] verloren gegangen, Junge", sprach Askold lachend und fühlte sich durch den Lobgesang doch sehr geehrt.
„Ach, so manche Nacht, wenn ich auf dem Schlaflager liege und darauf warte, in das Reich der Träume zu gehen, kommen mir diese Gedanken in den Sinn. Es ist nichts Besonderes!"
„Oh doch, Rune, das ist es wohl, denn diese Gabe verleiht Odin nicht jedem", lobte der Schmied den jungen Sachsen.
„Wer diese Gabe besitzt, ist ein von Odin Geliebter und kann sich seines Heils sicher sein!"

Eigentlich war es nicht die Art des Askold, Besucher in sein Haus zu laden oder gar Feste zu feiern, denn der große, bärbeißige Mann war ein Mensch, der die Nähe der anderen mied, so es ihm möglich war. Meist war es so, dass der Schmied in einem Dorf oder einer Siedlung ein angesehener Mann war. Doch der Schmied Askold war nur wenig bekannt.
Manchmal aber lud auch er die wenigen Freunde, die er besaß, an sein Feuer. Eine Magd kam ins Haus, deren Aufgabe es war, die Gäste zu bewirten.
Und der Schmied hatte dies nicht ohne Hintergedanken getan, denn das Lobgedicht des Rune ging ihm nicht mehr aus dem Kopf. Es hatte ihm natürlich geschmeichelt, und so

---

[26] Skalde – Dichter und Geschichtenerzähler, lebten oft an den Höfen der Jarls und Könige um auf diese ihre Lobverse zu verfassen

wollte er, dass auch andere in den Genuss kamen, dies zu hören.
Zwar hatte sich der junge Sachse darüber gewundert, dass sein Herr Gäste in sein Haus lud, aber er freute sich auch über die Abwechslung zu dem täglichen Einerlei in der Schmiede. Und die geladenen Gäste kamen gerne. Schon allein aus dem Grunde, da es äußerst selten vorkam, dass Askold etwas springen ließ.
Sechs Männer kamen in das Haus des Schmiedes, zwei von ihnen waren in Begleitung ihrer Frauen, und der Abend war von ausgelassener Stimmung und Fröhlichkeit. So redselig hatte Rune seinen Herrn noch nie gesehen.
„Komm, Junge", rief Askold ihm zu. „Komm her und trage uns dein Skaldenwerk vor!"
Ein wenig verschämt trat der Sklave neben die längliche Feuerstelle in der Hütte, an der die Gäste auf den Podesten Platz genommen hatten, er räusperte sich und trug sein Lobgedicht auf den Askold vor.
Als Rune geendet hatte, herrschte für einen Moment Stille in dem Raum, nur das Feuer knisterte leise, doch dann begannen die Gäste begeistert zu jubeln. Sie lobten den Burschen aus Saxland für seine Kunst und gratulierten dem Schmied für sein Glück bei der Auswahl seines Sklaven.

Es musste nicht viel Zeit vergehen, bis sich die Kunde vom Heil des Schmiedes, der einen Sklaven kaufte, der die Gabe eines Skalden besaß, im ganzen Gau bis hin nach Frigghavn herumsprach.
Und wie es nun mal die Angewohnheit der Menschen war, schmückte jeder seine Geschichte ein wenig aus. Bald schon kamen die Bewohner der Siedlung in die Schmiede, denn sie wollten den Burschen sehen, das Lobgedicht hören, und so mancher der etwas auf sich hielt, meist reisende Kaufleute

oder auch andere Handwerker, erhofften sich von dem jungen Skalden ebenfalls ein Lobgedicht.

Askold bestimmte, auf wen Rune dichten sollte, und er ließ sich dafür natürlich gut entlohnen. Der Sklave hatte sich für ihn längst bezahlt gemacht.

Da trat eines Tages ein Mann vor die Schmiede, der dem Askold nicht unbekannt war, denn es war der Gesandte des Jarls, der Askold schon einmal aufgesucht hatte. Damals fertigte der Schmied ein kostbares Schwert für Jarl Siegmar.

„Was führt dich zu mir? Wie kann ich dir zu Diensten sein?", fragte der Schmied freundlich. „Braucht der Jarl wieder ein Schwert?"

„Nein, diesmal nicht", antwortete der Mann aus der Burg und schüttelte seinen Kopf. „Dem Jarl ist zu Ohren gekommen, dass unter deinem Dach ein Skalde lebt, dessen Lobgedichte im ganzen Gau gepriesen werden."

„Einen Skalden gibt es hier nicht. Doch mein Sklave Rune besitzt die Gabe des Dichtens. Aber hat der Jarl nicht längst einen Skalden an seiner Tafel sitzen?"

„Oh, das wohl", sprach der Gesandte. „Aber der Kerl ist seit langem satt, und seinem Munde entspringt nur noch wenig Erquickliches. Also stimmt es, was man sich erzählt?"

Da nickte Askold. „Rune, mein Sklave hat viele Gaben!"

„Nun, dann rufe ihn her", forderte der Mann, dessen Namen Askold immer noch nicht kannte.

„Das ist schlecht möglich, denn Rune ist nicht hier."

Ein wenig betreten sah der Bote den Schmied an, sprach dann aber: „Bringe deinen Sklaven in die große Halle, der Jarl will ihn sehen und seine Dichtkunst hören!"

Askold sah den Mann erstaunt an und nickte, doch dieser hatte sich bereits abgewandt, um die Schmiede zu verlassen. Den Schmied überkam ein ungutes Gefühl, und anstatt sich über die Ehre zu freuen, denn es war zweifelsohne eine

solche, ärgerte er sich darüber, dass der Jarl nach ihm und dem Sklaven verlangte.
Auch Rune war über die Nachricht des Askold wenig erfreut. Er war doch kein Skalde, der einen Jarl unterhalten konnte! Er war nur der Sklave des Schmiedes, nicht mehr.
„Was werden wir tun, Askold?", fragte Rune bedrückt, denn er ahnte nichts Gutes.
„Na, was wohl? Der Jarl verlangt nach uns, und wir folgen seinem Ruf! Jarl Siegmar kann ein nachtragender Mann sein, wenn man seine Wünsche missachtet", antwortete Askold betreten. Der Schmied wusste wohl, dass es gefährlich war, sich dem Jarl zu widersetzen.

So begaben sie sich am nächsten Tag auf den Weg zur großen Jarlshalle von Frigghavn. Dem Rune war es gar nicht wohl in seiner Haut, und auch Askolds Gesicht zeugte davon, dass er auf die Begegnung mit dem Jarl gut hätte verzichten mögen. Sie traten vor die große Pforte der Methalle des Goden der Siedlung, der sich freiwillig König Harald von Dänemark unterworfen hatte.
Die übermannshohe, zweiflügelige Holztür war mit schlangenförmigen Eisenbeschlägen verziert, und zur Verwunderung des Schmiedes standen hier keine Krieger des Jarls als Wachen, so öffnete er die große Pforte, und sie traten ein. Vor ihnen lag die große Halle, die Askold natürlich kannte, obwohl auch er erst einmal hier war, um einem Thing beizuwohnen. Rune war sichtlich beeindruckt! Der Boden der Halle war mit steinernen Platten ausgelegt, und in der Mitte des Raumes hatte man eine große Feuerstelle in den Boden eingelassen, auf der man sicherlich einen ganzen Ochsen braten konnte, und dazu gab es auch noch einen großen Kamin. Mehrere dicke, entrindete Baumstämme standen mittig längs des gesamten Gebäudes, um den Dachgiebel zu stützen. Und in den eisernen Haltern,

die an den Stämmen befestigt waren, steckten Fackeln, deren Licht den Raum erhellte, denn Fenster gab es nicht. Dieses Langhaus hätte auch einem König zu Gesicht gestanden, denn es war für die kleine Siedlung Frigghavn viel zu protzig, wie Askold fand.

Langsam traten die Männer vor, da stellte sich ihnen plötzlich ein Krieger in den Weg, der wie aus dem Nichts erschienen war.

„Halt, keinen Schritt weiter!", befahl die Stimme des Kriegers drohend. „Wer seid ihr, und warum wagt ihr es, ungebeten einzutreten?"

Hatte den Rune die große Schildhalle des Jarls schon erstaunt, so war seine Überraschung nun vollkommen. Dieser Krieger war ein junges Mädchen, nicht älter als er selbst. Sie trug eine Tunika, so wie die Männer sie trugen, doch diese war aus feinsten Stoffen genäht, und in die Borte hatte man silberne Fäden eingewirkt. Die Hose, die sie trug, war aus bestem Hirschleder, und in ihrer Faust hielt sie ein kostbares Schwert. Ihr braunes, langes Haar lag zu einem dicken Zopf geflochten auf ihrer Schulter.

„Du musst Sigrun sein", sprach Askold. Er hatte das junge Weib zwar nie gesehen, aber die Tochter des Jarls war in Frigghavn als furchtlose Schildmaid bekannt und als Kriegerin gefürchtet. Man sagte ihr nach, recht ungestüm und nicht von bestem Wesen zu sein.

„Das geht dich gar nichts an, Kerl! Also antworte mir, was wollt ihr hier?"

„Ich habe sie rufen lassen!"

Eine Stimme hallte durch den großen Raum, und Jarl Siegmar selbst trat heran. „Steck dein Schwert weg und hole uns etwas zu trinken", befahl der Häuptling der Siedlung, doch seine Tochter wandte sich ab und ging.

„Ich bin nicht deine Magd", rief sie beleidigt, öffnete die Tür und verschwand hinaus ins Freie.

Runes Augen hatten die ganze Zeit auf dem Antlitz der schönen Sigrun gelegen, und die bösen Worte des jungen Weibes hatte er überhört. Ihre Schönheit aber hatte sein Herz berührt.

„So, das ist also der Sklave, der die Gabe eines Skalden besitzt", stellte der Jarl fest. „Tretet näher!"
Askold und Rune folgten der Aufforderung des Häuptlings und gingen langsam auf den Hochstuhl zu, auf dem der Herr über Frigghavn Platz genommen hatte.

„Ich hörte, das man deine Dichtkunst in den höchsten Tönen lobt, Sklave. Also, lass mich hören!"
Askold wandte sich seinem Sklaven zu und nickte, auf dass Rune vortreten sollte. Dieser sah ein wenig verschämt drein.

„Es ist ein Lobgedicht auf meinen Herrn, den Schmied Askold!"
Dann begann der junge Sachse sein Gedicht vorzutragen, und der Jarl hörte aufmerksam zu.

Als die Worte geendet hatten, sah er Rune wohlwollend an und nickte mit dem Kopf. „Du wählst deine Worte gut, Sklave, und du scheinst kein dummer Kerl zu sein."
Nun wandte er sich dem Askold zu. „Wieviel willst du für ihn haben, Schmied? Ich kaufe ihn dir ab."

„Kaufen?"
Der Askold sah den Jarl mit ernster Miene an. „Ich kam nicht hierher, um meinen Sklaven zu verkaufen. Nein, ich verkaufe Rune nicht! Ich brauche ihn in der Schmiede, denn er versteht das Handwerk gut."

„Höre, Schmied! Dir entgeht ein gutes Geschäft", sprach der Jarl streng, und er konnte seine Verärgerung kaum verbergen, denn schließlich war er der Herr in diesem Teil des Landes, und er war es gewohnt zu bekommen, wonach er verlangte. Askold wusste nur zu gut, dass dieser Mann seinen Willen auch mit Gewalt durchzusetzen vermochte. Doch er blieb stur. „Ich gab dir bereits ein kostbares

Schwert, das du mir schlecht bezahltest, aber meinen Sklaven verkaufe ich nicht!"
Diese Antwort gefiel Siegmar keineswegs. Doch er musste sich fügen. Vorerst!
„Rune soll aber ein Loblied auf dich dichten, Jarl Siegmar", sprach der Schmied versöhnlich. „Und wenn es dir gefällt, so soll er dir zu Diensten sein, wenn du das wünschst. Aber am Tage brauche ich den Burschen in meiner Schmiede."
Er sah Rune an, und dieser nickte. Was hätte er auch sonst tun sollen? Er war ein Sklave!
„Über die Entlohnung werden wir uns sicher einig", fügte Askold noch grinsend hinzu, denn er war nicht gewillt, dem Jarl den er nicht sonderlich mochte, seinen Sklaven ohne Gegenleistung zu überlassen. Da nickte der Jarl des kleinen Fjordgaus und sprach: „So soll es sein!"

\*

# 5

## *Schwertkampf und Liebesspiel*

Wieder war fast ein ganzes Jahr vergangen, und der Jarl hatte Rune immer öfter in seine Halle gerufen, denn der junge Bursche verstand es gut, die Gäste des Anführers zu unterhalten. Und der Sachse fand Gefallen daran, in der großen Methalle seine Verse zum Besten zu geben. Doch es war nicht nur dies allein, das ihn freudig auf den Ruf des Jarls warten ließ. Die Tochter des Siegmar hatte es dem jungen Sachsen angetan!
So hochmütig, wie Sigrun sich auch gab, glaubte er doch, dass sie mehr und mehr Gefallen an ihm fand. Und die warnenden Worte des Askold verhallten ungehört in seinen Ohren.
Es war zu der Zeit, als sie das Fest zu Ehren der Göttin Ostara feierten, und der Jarl hatte wieder einmal viele Gäste aus dem Umland geladen. So war auch der junge Skalde anwesend, um den Jarl in seinen Versen zu lobpreisen.
An diesem Abend hatte die schöne Tochter des Siegmar viel vom süßen Met getrunken, und wie es zu erwarten war, kam es zu fortgeschrittener Zeit bei solchen Fruchtbarkeitsfesten auch zu wolllüstigen Ausschreitungen. Zügellos gaben sich die Feiernden, von den Getränken betrunken, dem Liebesspiel hin. Jarl Siegmar lag bereits schnarchend mit dem Kopf auf dem Tisch und schlief, während es einer seiner Gäste unter dem Tisch, zu seinen Füßen, einer Magd besorgte.
Da trat Sigrun neben Rune, der selbst auch den ein oder anderen Becher des Honiggebräus getrunken hatte, und sie sprach in strengem Ton, dem sich der Sklave nicht zu widersetzen wagte: „Los, komm!"

Sie ergriff seine Hand und zog den Burschen mit sich hinaus in die Dunkelheit.
„Wo willst du mit mir hin?", fragte er verwundert. „Frag nicht so dumm", antwortete sie. „Es ist das Fest der Ostara, ich will mein Vergnügen!"
Rune sah Sigrun erstaunt an, und diese sprach: „Stell dich nicht dumm! Du sollst mich besteigen!"
„Ich? Warum ich?" Nicht, dass er abgeneigt war, mit der schönen Sigrun der Ostara zu huldigen. Das war es nicht, das ihn schreckte. Es lag daran, dass Rune noch niemals vorher einem Weib beigelegen hatte.
„Was sträubst du dich, Sklave?", fragte sie erbost mit lallender Stimme. „Bin ich dir nicht schön genug, oder bist du kein Mann? Vielleicht hast du gar keinen Schwanz mit dem du mich ficken kannst?" Sie begann wirr zu kichern.
Endlich erreichten sie eine Hütte, ein Lagerhaus, in das Sigrun den Rune zog. Hier waren sie allein!
Eigentlich hätte es der Hütte nicht bedurft, denn überall vergnügten sich die Paare ungeniert im Freien und in der Methalle, doch Sigrun war die Tochter des Jarls, und keiner sollte sehen, dass sie es ausgerechnet mit dem sächsischen Sklaven trieb. Sie war die furchtlose Schildmaid und zu gut für einen Sklaven!
Es war dunkel und kühl in der Hütte, aber sie waren allein, so wie Sigrun es wollte, und Rune war dies ganz recht.
„Komm", verlangte sie, und ihre Stimme war plötzlich sanft und nicht mehr bestimmend wie zuvor.
Rune folgte gehorsam ihren Worten, und es kam ihm vor wie ein Traum. Langsam gewöhnten sich seine Augen an die Dunkelheit, und er suchte nach dem Weib. Fahles Mondlicht fiel durch die Ritzen im Dach und den Wänden, und Rune sah sich suchend um. Ein Kichern verriet ihm, wo er Sigrun suchen musste. Plötzlich ergriff sie seine Hand,

führte diese auf ihren Körper, und Rune wurde gewahr, dass das Weib schon entkleidet war.
Ihre Haut war weich und warm, und ihre Hände führten die seinen auf die wohlgeformten, jungen Brüste. Dann begann sie an seinen Beinkleidern zu zerren, und in Rune stieg die Erregung. Plötzlich rutschten ihm die Hosebeine unter die Knie, und er spürte, wie eine Hand nach seiner Männlichkeit griff. „Nun mach schon, dring in mich ein", hauchte sie und zog den jungen Mann auf ihren Leib, der nun tat, was sie von ihm erwartete. Wieder und wieder!
Dies sollte nicht das letzte Mal gewesen sein, dass der junge Sachse die Begierden der Sigrun stillte.

Einige Monde waren seit dem Fest vergangen, und oft hatte Rune nun der Sigrun beigewohnt. Immer, wenn der Jarl ihn auf seinen Hof rief, ergab sich die Gelegenheit für die Jarlstochter, den Skalden in ihre Kammer zu holen.
Und Rune folgte dem Ruf nur zu gern!
Doch sie taten dies heimlich, denn es blieb dabei, dass niemand erfahren sollte, mit wem es die stolze Kriegerin in ihrer Kammer trieb. Schon gar nicht Jarl Siegmar!
Dann rief der Jarl wieder einmal nach seinem Skalden, und dieser begab sich in die Methalle. Doch es war noch früh am Tage, und zu dieser Zeit hatte Jarl Siegmar noch nie nach ihm verlangt. Was hatte das zu bedeuten? Sollte Siegmar etwa von seinen Besuchen bei dem Weib erfahren haben? Nun war dem Rune überhaupt nicht wohl in seiner Haut, denn es könnte ihn recht schnell sein Leben kosten.
So betrat er das Gebäude mit einem üblen Gefühl, und als er in die Halle trat, waren dort nur wenige Leute anwesend. Einige Krieger des Jarls standen herum, der Jarl selbst saß mit seiner Familie und wenigen Gästen beim Mittagsmahl.
„Ah, der junge Skalde!", rief er in bester Laune. „Tritt näher, Rune!"

Dem Sachsen fiel ein Stein vom Herzen, denn was die Sigrun anging, schien der Jarl ahnungslos.
Wie immer, wenn er zu Jarl Siegmar gerufen wurde, trug Rune seine beste Tunika, eine von denen, die der Jarl ihm zum Geschenk gemacht hatte. Es kam nun oft vor, dass der Skalde von dem Herrn beschenkt wurde, wenn diesem gefiel, was er hörte. Das Haar des jungen Skalden Rune, dieser zählte nun siebzehn Winter, war lang gewachsen, denn Askold hatte nicht darauf bestanden, den Sklaven zu scheren, damit man ihn als Unfreien erkennen konnte.
So lagen seine dunkelblonden Locken bis hinab auf die Schultern, sodass er von den Einheimischen kaum mehr zu unterscheiden war.
Sigrun sah den Sachsen mit starrem Blick an, während alle anderen freundlich lächelten. In Anwesenheit ihrer Sippe, der Mutter und des Vaters, zeigte sie wenig Zuneigung für den Sklaven aus dem Saxland.
„Dieser Mann hier", der Jarl zeigte auf einen seiner Gäste, „ist Sveyn Gunnarsson. Er ist der Sohn eines Jarls aus Götaland und er kam, um meine Tochter zum Weib zu nehmen."
Rune erschrak bei den Worten des Siegmar, doch ließ er sich dies nicht anmerken. „Er will nun deine Verse hören, da ich damit prahlte, welch guten Skalden ich habe."
Er begann zu lachen, doch dem Rune war es gar nicht lustig zumute.
Sein trauriger Blick lag auf dem Antlitz der schönen Jarlstochter, und der des Sveyn lag auf dem Seinen. „Nun lass schon hören, Sklave!", forderte der Fremde, der nach Runes Meinung etwa fünfundzwanzig Winter erlebt hatte.
Und eine besondere Augenweide war dieser Sveyn auch nicht, wie Rune fand.

Der Skalde trug einige Verse vor, die er auf den Jarl von Frigghavn gedichtet hatte, doch es fehlte ihm die Inbrunst, mit der er sonst seine Werke vortrug.
„Nun ja, ganz nett!!" Der abfällige Ton in der Stimme des Gastes war nicht zu überhören, und so traf ihn der strafende Blick Jarl Siegmars. Dies bemerkte Sveyn natürlich sofort, und da er nicht in Ungnade fallen wollte, sprach er schnell:
„Verzeih mir Jarl, aber ich bin ein Mann des Schwertes, und ich habe wenig Sinn für schöne Worte!"
Beleidigt sah der Vater der Sigrun den grinsenden Sveyn an, wandte sich dann dem Skalden zu und sprach zu diesem:
„Rune, bleib auf meinem Hof. Heute Abend feiern wir ein Fest zu Ehren meiner Gäste, da brauche ich dich noch."
Und an Sveyn gewandt fuhr er mit einem Vorwurf in der Stimme fort: „Es gibt nämlich auch Leute hier, die deine Verse auf mich mögen!"
Rune verließ die Halle und begab sich in das Gesindehaus, das zum Gehöft des Siegmar gehörte. Hier setzte er sich auf eines der Podeste, und eine Magd brachte ihm etwas zu essen.
„Was schaust du so betrübt, Skalde?", fragte sie, denn er war auf dem Hof inzwischen bekannt und gern gesehen. Rune zog nur die Schultern empor, er wollte nicht reden, denn seine Enttäuschung war groß.
„Es ist der götäländische Freier, hab ich recht?"
Die junge Frau hatte sofort erraten, welche Laus dem Skalden über die Leber gelaufen war, schließlich war seine Zuneigung zu der Sigrun unter dem Gesinde bekannt.
Mit traurigem Blick sah er die Magd an.
„Rune, was hattest du erwartet? Sie ist die Tochter eines Jarls, und du bist ein Sklave!" Sie begann zu lächeln. „Du bist für sie nur ein Zeitvertreib. Aber ich kann dich trösten, wenn du willst. Auch ich bin ein Weib, und auch meine Möse braucht manchmal einen Kerl!"

Sie begann zu kichern, doch ehe Rune etwas entgegnen konnte, trat plötzlich die Tochter des Jarls in das Gesindehaus. Die Magd schwieg, wandte sich ab und verließ die Hütte.

„Bist du mir gram? Es ist der Wunsch meines Vaters, dass ich Sveyn zum Gemahl nehme", sprach sie fast entschuldigend, und ihre Stimme klang sanft und freundlich. „Was soll ich dagegen tun? Ich kann mich nicht gegen den Siegmar stellen, darum muss ich seinem Befehl folgen. Das ist mein Schicksal!"

„Du, die starke Schildmaid, fügst dich in das Schicksal, welches dein Vater für dich bestimmt hat?" Rune schüttelte enttäuscht seinen Kopf.

„Das geht dich nichts an", blaffte Sigrun den Sklaven da beleidigt an, wurde aber sofort wieder ruhig und sanft in der Stimme. „So höre doch, Rune, ich kann mich nicht widersetzen. Aber jetzt bin ich hier, und ich will, dass du mich noch einmal liebst! Ein letztes Mal will ich dich zwischen meinen Beinen spüren!"

„Jetzt? Hier?", stammelte der Skalde überrascht. Sigrun nickte. „Ja, jetzt und hier! Ich will es so!"

Und schon begann sie, sich zu entkleiden. „Worauf wartest du?", drängte sie den jungen Sachsen, und dieser entledigte sich stumm seiner Beinkleider. Sie setzte sich auf das Podest, umschlang Rune mit ihren Beinen und zog ihn an sich. Sie wollte ihn genießen, den jungen Sklaven, ein letztes Mal, und ein leiser Seufzer entfuhr ihrer Kehle, als er in sie eindrang.

„Wo ist Sigrun?", fragte Sveyn den Jarl und schien wenig erfreut zu sein, dass das schöne Weib schon länger nicht mehr an seiner Seite saß.

„Was weiß ich, wo sie sich herumtreibt? Trink noch einen Becher und sorge dich nicht, sie wird schon noch

zurückkommen", antwortete der Jarl brummig, denn er hatte längst Zweifel daran, dass dieser Aufschneider der richtige Mann für Sigrun war.
Es ging bei dieser Vermählung um ein Bündnis und um den Zugriff auf wichtige Waren und Güter. Doch dieser Sveyn Gunnarsson gefiel dem Jarl immer weniger, denn er prahlte mit seinen Taten, obwohl sein Name wenig bekannt war.
„Sie wird mein Weib sein, und da verlange ich, dass sie an meiner Seite sitzt!", forderte Sveyn mit düsterem Blick.
„Wenn dir soviel daran liegt, dann geh sie halt suchen."
Die Stimme des Jarls klang ein wenig spöttisch, doch der Gast erhob sich, schlug mit der flachen Hand auf den Tisch und rief: „Das werde ich auch tun!"
Dann verließ er mit schweren Schritten die Halle.

Vergeblich hatte der Götaländer in dem großen Langhaus gesucht, und so begab er sich ins Freie hinaus. Der Weg führte ihn auch zu der Hütte, in der das Gesinde des Jarls schlief. Zwei Knechte saßen auf einem dicken Baumstamm, der vor der Hütte lag, doch Sveyn beachtete sie nicht, und so sah er ihr Grinsen nicht. Nicht dass der Götaländer erwartet hätte, sein künftiges Weib dort zu finden, doch er öffnete die Tür trotzdem. Das Gebäude war nicht sehr groß, und so konnte ihm nicht entgehen, was sich auf einem der Podeste abspielte. Einen Moment betrachtete er grinsend das Treiben der beiden nackten Leiber, doch dann erstarrte er, und das Grinsen wich einer wutverzerrten Fratze. „Sigrun!", platzte es aus ihm heraus. „Was wagst du dich?"
Die Wut stieg in dem Gunnarsson wie ein züngelndes Feuer empor, und er zog sein Schwert, doch da warfen sich die beiden Knechte, die vor der Hütte gesessen hatten, in die Arme des Wütenden, um einen Totschlag zu verhindern. Doch sie hatten alle Hände voll zu tun, den Zornigen zu bändigen.

Nun wurden auch die Krieger des Jarls auf das Gebrüll aufmerksam und kamen herbeigeeilt. Jetzt war es Sveyn kaum noch möglich, die Liebenden zu erschlagen, denn das hätte unweigerlich zu seinem eigenen Tod geführt.
Keiner der Krieger hätte es zugelassen, dass der Tochter des Jarls ungestraft auch nur ein Haar gekrümmt würde.
„Steck dein Schwert ein, Sveyn", sprach einer der Krieger streng, während Sigrun und Rune sich ankleideten. „Kläre das mit dem Jarl!"
Beleidigt nickte der Götaländer und sah die Sigrun drohend an, doch diese trat an ihn heran und sprach: „Was regst du dich auf? Noch bin ich nicht dein Weib!"
Da wandte er sich dem Rune zu. „Ich werde dir deinen Schwanz abschneiden! Ich will dein Leben, du geiler Bock!" Dann verließ er das Gesindehaus.
Die anderen aber standen wie angewurzelt da.
„Was glotzt ihr so?", schrie die Sigrun sie wütend an. „Raus hier! Alle!"
Die Männer trollten sich. Rune aber stand schweigend vor dem schönen Weib, und die Vorstellung, dass der Götaländer ihn töten wollte, verschaffte ihm Unbehagen. Er verspürte zwar keine Angst, aber sicher würde Jarl Siegmar über die Neuigkeiten wenig erfreut sein, und dass Sveyn nun auf dem Weg zu dem Häuptling war, um diesem zu berichten, stand außer Frage.
„Sie werden dir kein Haar krümmen", versprach da die Jarlstochter, und ihre Stimme klang fast gönnerhaft. „Hab keine Angst, Rune!"
„Ich habe keine Angst. Wenn dies der Weg ist, den die Nornen für mich bestimmt haben, so kann ich dem sowieso nicht entgehen!"
Es dauerte nicht lange und die Krieger kamen zurück. Sie betraten die Hütte, und einer sprach fordernd: „Der Jarl will euch sehen! Alle beide!"

Zeternd stand Sveyn Gunnarsson vor dem Hochstuhl des Siegmar, sodass ihn sein Gefolge immer wieder beruhigen musste, und er schwieg erst, als Sigrun und Rune die Halle betraten. Sofort traf die beiden ein böser Blick des Jarls, doch bevor er damit beginnen konnte, seine Tochter und den Skalden zu schelten, rief ihm Sigrun entgegen: „Ich bin noch nicht sein Weib und tue, was ich will! Ich beuge mich deinem Willen, Vater, aber ich werde nicht die Sklavin dieses Mannes sein!"
Kaum hatte sie den Satz beendet, überschüttete das Weib an der Seite des Jarls die junge Schildmaid mit Vorwürfen. Asrun gefiel es keineswegs, dass Sigrun sich so verhielt, wie sie es tat. Die Schildmaid kämpfte wie ein Mann, und es gelang ihr auch immer wieder, ihren Dickkopf durchsetzen.
„Wie kannst du es wagen, unseren Gast so zu beleidigen und dich mit einem Sklaven vergnügen? Du bist die Tochter eines Jarls und keine dahergelaufene Bauernhure!"
„Was geht das dich an?", blaffte Sigrun die Asrun böse an.
„Du bist nicht meine Mutter, und nur weil mein Vater dich besteigt, hast du mir noch lange nichts zu befehlen!"
Asrun war das zweite Weib des Siegmar, und sie selbst hatte dem Jarl bisher noch keine Kinder geboren. Die Tochter hasste die Asrun, denn ihretwegen hatte Siegmar vor drei Wintern sein erstes Weib verstoßen.
„Jetzt ist es aber genug! Schweigt! Alle beide!", rief der Jarl erzürnt, und die Frauen gehorchten. Nun herrschte Stille.
Da sah der Jarl von Frigghavn seine Tochter streng an, doch es fehlten ihm erst einmal die Worte. Der Herr des Hofes überlegte einen Moment, dann sprach er streng: „Du hast mich vor Sveyn in eine missliche Lage gebracht, Sigrun, aber ich muss dir Recht geben. Noch bist du nicht sein Weib!"

Da begehrte die Asrun erneut auf: „Du nimmst sie in Schutz?" Doch Siegmar fuhr seinem Weib über den Mund. „Schweig, habe ich befohlen!", rief er böse, legte dann aber seine Hand auf die der Asrun und sagte noch einmal mit ruhiger Stimme: „Schweige jetzt, Asrun."
Er wandte sich seinem Gast zu. „Wenn ihr vermählt seid, wird sie dir sicher ein treues und gehorsames Weib sein und sich nicht mehr mit Sklaven einlassen!"
Nun war es Rune, den ein böser, vorwurfsvoller Blick traf.
„Damit gebe ich mich nicht zufrieden, Jarl Siegmar!", rief Sveyn verärgert. „Ich kann Sigrun nichts befehlen. Noch nicht! Aber ich will das Leben dieses Kerls, der es gewagt hat, meine Braut zu besteigen!"
Das Gefolge des Götaländers stimmte lautstark der Forderung ihres Anführers zu, der Blick des Jarls aber zeigte Besorgnis. „Der Mann ist mein Skalde, und dazu noch der beste, den ich je hatte. Du verlangst von mir, dass ich ihn hinrichte?" Siegmar war über das Ansinnen seines Gastes wenig erfreut, ja sogar erzürnt, doch es ging für ihn um ein Bündnis, mit dem Vater dieses großspurigen Kerls und somit um viele Münzen, die seine Schatulle füllen sollten.
„Nein, Jarl Siegmar! Du sollst ihn nicht töten. Beim Hammer des Thor, das will ich selbst erledigen. Mein Schwert soll dem Sklaven sein erbärmliches Leben nehmen!"
„Wenn dir soviel daran liegt", rief da die schöne Sigrun, „wenn du sein Blut willst, dann erschlage ihn halt, er ist doch nur ein Sklave. Ruhm aber wird dir das nicht bringen, Sveyn Gunnarsson!"
Der entsetzte Blick des Skalden traf das Weib, doch Rune schwieg.
Da erhob sich der Jarl. „Schluss jetzt! Ich werde es nicht zulassen, dass du meinen Skalden wie ein Stück Vieh abschlachtest!"

„Dann soll er um sein Leben kämpfen. Gebt ihm ein Schwert, und die Götter sollen entscheiden, ob er stirbt oder lebt!", rief Sveyn siegessicher. Was sollte ihm dieser Sklave schon anhaben?
„Wenn du kämpfen willst, so kämpfe mit mir, Götaländer!", rief da Askold dem Sveyn entgegen.
„Ich will aber nicht dein Leben, sondern das seine!" Der Götaländer zeigte auf den Sklaven mit dem dunkelblonden Haar. Da trat Rune neben den Schmied. „Ich kämpfe gegen ihn", sagte er bestimmt. „Wenn es der Götter Wille ist, so kann ich mich nicht dagegen sträuben."
Nun begehrten aber die Männer des Götaländers auf, denn viele hielten es für wenig ehrenhaft, in einem Zweikampf gegen einen Sklaven anzutreten. „Haltet euer Maul!", fuhr der Jarlssohn die Männer an. „Ich will den Kerl zur Hel[27] schicken", rief der Anführer erbost. „Also schweigt, denn ich habe euch nicht nach eurer Meinung gefragt!"
Askold sah Rune besorgt an, doch dieser streckte ihm seine Hand entgegen, auf dass der Schmied ihm sein Schwert reichen sollte. Da traf Askolds fragender Blick den Jarl, und dieser nickte wenig erfreut. Der Schmied zog sein Schwert aus dem Wehrgehäng und reichte es seinem Sklaven Rune. Das Schwert war von bester Machart! Es war nicht schartig oder stumpf, und es war leicht. Der Griff lag gut in Runes Hand, und es fühlte sich an, als sei die Klinge sein verlängerter Arm. Der Schmied verstand sein Handwerk gut, und diese Waffe war der Beweis dafür.
„Los, komm!", herrschte Sveyn seinen Kontrahenten an und ging siegessicher, gefolgt von schulterklopfenden Männern, nach draußen ins Freie auf den Platz vor die große Methalle.

---

[27] Hel – Die Göttin der Unterwelt, in die all diejenigen einkehren, die nicht als Krieger im Kampf gestorben sind.

Der Jarl trat neben seinen Skalden und sprach mit traurigem Blick: „Mögen dir die Götter gewogen sein, Rune!"
Er war sicher, dass er den Skalden verlieren würde.

Als sich die beiden Männer, umringt von den Neugierigen, deren Zahl sich schnell mehrte, gegenüberstanden, zögerte der Götaländer keinen Augenblick. Er hob seinen Schwertarm und ließ die Klinge auf Rune niederfahren. Der aber hatte mit dem schnellen Angriff gerechnet und war dem Hieb geschickt ausgewichen, sodass Sveyn von der Wucht seines eigenen Schlages fast strauchelte. Und auch ein zweiter Hieb des Götaländers verfehlte sein Ziel. Wut stieg in Sveyn auf, und so folgte nun ein Schlag nach dem anderen, denn er glaubte immer noch, den Kampf schnell beenden zu können. Doch Rune war flink, wich der Klinge des Angreifers geschickt aus oder wehrte die Schläge gekonnt ab, und langsam ermüdete der Arm des Gegners. Und wie Rune es erwartet hatte, ließ bald schon die Heftigkeit der Schläge nach. Nun aber war der Moment gekommen, an dem der Sachse zurückschlug, und alle mussten erstaunt erkennen, dass der junge Sklave des Schmiedes den Umgang mit der Klinge wohl beherrschte. Das von Askold geschmiedete Schwert war zwar länger als der Sax des Barthold, mit dem Rune schon seit frühester Jugend den Schwertkampf geübt hatte, aber da die Waffe leicht war, hatte sich der Sachse schnell daran gewöhnt. Angesichts der misslichen Lage ihres Anführers wurden die Götaländer unruhig, und Jarl Siegmar erkannte dies.
Er winkte einen Knecht heran und flüsterte ihm etwas zu. Der Knecht nickte und verschwand, um wenig später mit einigen Kriegern aus dem Gefolge des Jarls zurückzukehren.
„Wusstest du, dass er den Umgang mit dem Schwert beherrscht?", fragte Siegmar, nachdem er neben den Askold getreten war. Dieser schüttelte erfreut seinen Kopf. „Nein,

das wusste ich nicht. Aber er ist der Sohn eines Schmiedes, und da ist es nicht verwunderlich, dass er die Klingen auch beherrscht, die er schmiedet." Da nickte der Jarl.
„Außerdem wundere ich mich bei Rune über nichts mehr!" Askold musste lachen.
Sveyn, der Jarlssohn, war nun in arge Bedrängnis geraten, denn die Klinge seines Gegners ließ ihm kaum mehr eine Möglichkeit zur Gegenwehr, außerdem konnte er seinen Schwertarm nicht mehr richtig heben. Jeder Hieb des Sachsen, der auf die Klinge des Götaländers schlug, fuhr ihm schmerzhaft in den Arm, sodass er sein Gesicht verzog. Längst hatte sich gezeigt, dass er nicht der überragende Schwertkämpfer war, der er vorgab zu sein, und je länger die Auseinandersetzung andauerte, umso geschickter wurde der Sklave. All das vom Vater in der Kindheit Gelernte war wieder gegenwärtig, obwohl er schon so lange kein Schwert mehr geführt hatte.
Und plötzlich war der Kampf beendet!
Ein Knacken zerberstender Knochen und ein markerschütternder Aufschrei des Götaländers hallten über den Platz vor der Halle. Das Schwert lag im Staub, und sein rechter Arm hing schlaff und von Blut überströmt an seinem Körper herab. Es gab sicher nicht wenige Krieger, die mit einer solchen Verwundung versucht hätten, den Kampf fortzusetzen. Nicht aber dieser Sveyn!
Da trat Rune heran und hob sein Schwert zum letzten, todbringenden Schlag. Schweiß rann dem Sachsen über das Gesicht, und er zögerte.
Stille herrschte nun auf dem Kampfplatz. Erschrockene, erwartungsvolle Stille!
Es wäre für Rune ein Leichtes gewesen, diesen Mann in das Reich der Götter zu schicken, doch er ließ langsam sein Schwert sinken und sprach: „Es ist mir nicht daran gelegen, dich zu töten. Ich bin nur ein Sklave, und du bist ein

Jarlssohn. Schwöre mir, dass du mir nichts nachtragen wirst, dann sollst du leben!"
Da begannen die Götaländer zu murren, denn es war ehrenvoller, nach Walhalla einzukehren, als von einem Sklaven Gnade zu erfahren. Der Jarlssohn aus Götaland aber hing an seinem Leben, und es war sicher auch nicht weniger ehrlos, von einem Sklaven getötet zu werden.
Langsam nickte er, und mit schmerzverzerrter Stimme willigte er ein. Da sprach Jarl Siegmar: „Ihr habt es alle gehört, das Sveyn dem Skalden keine Rache schwört. Und nun holt die Völva[28], dass sie die Wunden heilt! Schnell!"

\*

Der Götaländer hatte sich für einige Tage zurückgezogen, wohl um seine Wunden zu lecken. Auch war die Stimmung unter seiner Gefolgschaft seit dem Kampf nicht die beste.

Askold aber war stolz auf Rune! Stolz wie ein Vater auf einen Sohn, und fortan gestattete er dem Sklaven, den Umgang mit dem Schwert zu üben. Ja, er selbst lehrte den Sklaven sein eigenes Können.
Von der Sigrun hatte sich der Sachse nun gänzlich zurückgezogen, und das nicht, weil es Jarl Siegmar verlangt hatte. Es waren vielmehr die Worte, die das Weib gesprochen hatte, denn für sie schien Rune tatsächlich nur ein Sklave zu sein, nach dem sie rief, wenn es sie zwischen den Beinen juckte. Was Rune aber nicht wusste, war, dass sein Ansehen in den Augen der Sigrun seit dem Kampf gewachsen war. Sie sah nun in ihm nicht mehr den Sklaven oder den Skalden, der nur schöne Worte dichten konnte. Nein, nun war er ein Kämpfer, und das imponierte der Schildmaid sehr!

---

[28] Völva – Heilerin, Seherin, Kräuterkundige

Doch so oft sie auch nach Rune schickte, der Gehilfe des Schmiedes mied ein Zusammentreffen mit dem Weib.
Dann aber war es der Jarl selbst, der nach Rune verlangte, und diesem Ruf musste er folgen. So begab er sich in Begleitung des Askold zur Jarlshalle.
Mehr als ein halber Mond war seit dem Kampf mit Sveyn vergangen, und als die beiden Männer vor die Pforte des großen Gebäudes traten, wurden sie von zwei Kriegern des Jarls empfangen und in die Methalle geführt.
Jarl Siegmar saß auf seinem Hochstuhl, und neben ihm saßen sein junges Weib Asrun, seine Tochter Sigrun und der Gast, der bald Sigruns Gemahl sein würde. Er trug seinen Arm in einer Schlinge vor der Brust. Das Gesicht des Häuptlings über Frigghavn ließ nichts Gutes erahnen, als er den Schmied und seinen Sklaven erblickte.

„Tretet näher", forderte er, und die Gerufenen folgten dem Befehl. „Du hast gerufen, und hier sind wir", sprach der Schmied mit ernster Stimme. Was immer in den letzten Tagen geschehen sein mochte, hatte die Meinung des Jarls über seinen Skalden scheinbar geändert. Sicher war dies den Einflüsterungen der Sigrun geschuldet, denn sie hatte zum ersten Mal erfahren müssen, dass sich jemand ihrem Willen verweigerte.
Und auch Sveyn, als künftiges Sippenmitglied, so vermutete Rune, dürfte dem Jarl gegenüber mit seiner Meinung über den Skalden nicht sonderlich zurückhaltend gewesen sein.

„Skalde! Du hast Schande über mich gebracht", begann Jarl Siegmar mit strenger Stimme und versteinertem Gesicht.

„Ich bin zu der Erkenntnis gekommen, dass es nicht sein darf, dass ein Sklave einen Hochgeborenen besiegt!"

„Aber es war ein ehrlicher Kampf", verteidigte sich der junge Skalde.

„Schweig!", befahl der Herr über Frigghavn schroff. „Du bist in Ungnade gefallen, doch ich will dir dein Maul nicht

stopfen, denn du bist ein guter Skalde. Doch du wirst dich beweisen müssen, um meine Gunst zurückzugewinnen!"
Erstaunt sah Rune den Jarl an, denn er war sich keiner Schuld bewusst.
„Du vergisst, dass Rune mein Eigentum ist!", sprach da Askold böse. „Ich habe dich nicht darum gebeten, dass du ihn zu deinem Skalden machst!"
„Was erlaubst du dir, Askold?", rief Siegmar erzürnt und sprang von seinem Hochstuhl auf. „Habe ich dich nicht jedes Mal gut entlohnt, wenn ich Rune in meine Halle rief?" Jarl Siegmar trat auf den großen Mann zu. „Doch er hat meine Güte missbraucht. Hat meine Tochter besprungen wie ein geiler Schafbock! Allein dafür könnte ich ihn töten!"
„Du vergisst, dass Sigrun sich ihm hingab, ja, dass sie ihn drängte", erwiderte Askold nicht weniger zornig. „Und Sveyn, der Hochgeborene", sprach der Schmied spöttisch, „hat den Kampf verloren, weil er das Maul zu voll nahm!"
„Zügele deine Zunge, Askold!"
Jarl Siegmar trat langsam an den großen Mann heran und sprach dann leise: „Bedenke, dass es mir ein Leichtes wäre, dir den Sklaven zu nehmen." Der Klang seiner Stimme ließ keinen Zweifel daran, dass er es ernst meinte. „Und ich könnte dir sehr viel Ärger bereiten. Willst du das, Askold?"
Die Macht des Jarls und seiner Krieger war groß, das wusste der Schmied genau, so schüttelte er langsam seinen Kopf, wandte sich dann dem Rune zu und sagte: „Tue, was er verlangt!"
Mit einem zufriedenen Grinsen nahm Jarl Siegmar wieder auf seinem Hochstuhl Platz. „Wie wir alle sehen konnten, bist du mit dem Umgang des Schwertes wohl vertraut, Sachse. So höre, was ich von dir verlange: Im Norden des Fjordes gibt es einen Bauern, Thorbjörn geheißen, der es wagt, sich immer wieder meinen Befehlen zu widersetzen.

Es ist an der Zeit, dass er dafür büßen muss. Töte diesen Mann für mich!"
Entsetzt sah Rune den Jarl an. „Herr, ich bin nur ein Sklave, kein Krieger", versuchte er den Jarl umzustimmen, doch Siegmar blieb hart. „Bist du nicht Manns genug, mir diesen Dienst zu erweisen? Denke daran, du hast es gewagt, meiner Tochter beizuwohnen, und allein dafür könnte ich dich töten lassen!"
Der Blick des Sachsen fiel auf die schöne Sigrun, doch das Gesicht des Weibes war wie versteinert, und sie schwieg. So nickte der Skalde. „Ich werde tun, wonach du verlangst, Jarl Siegmar!"
„Das ist gut", sprach Siegmar gönnerhaft. „Ihr dürft nun gehen!"
„Dies wird sicher kein leichtes Unterfangen. Glaubst du, dass du dieser Aufgabe gewachsen bist?", fragte Askold besorgt, als sie wieder in der Hütte des Schmiedes angekommen waren. Den langen Weg dorthin hatte er geschwiegen.
„Ich werde es versuchen. Nein, ich tue es! Die Götter werden mir ihr Heil nicht verweigern! Du selbst hast gesagt, dass Odin mich liebt!"
Rune zählte jetzt achtzehn Winter, und nun musste er eine Tat vollbringen, die ihm zutiefst widerstrebte. Doch es ging um nicht weniger als sein eigenes Leben!

*

# 6

## *Ein neuer Herr*

*M*it sechs Männern im Gefolge war Rune zu Pferd in den Norden des Gaus, über das Jarl Siegmar herrschte, aufgebrochen. Doch die sechs Krieger waren weniger zu Runes Schutz gedacht oder dazu, ihm beizustehen, sondern eher, um dem Jarl den Beweis zu erbringen, dass der Sklave den Bauern auch wirklich tötete oder selbst getötet würde.
Rune hatte schnell der Verdacht überkommen, dass der Sinneswandel des Jarls seiner Person gegenüber nur dem Einfluss der Sigrun zu verdanken war. Er, der Sklave, hatte die Jarlstochter verschmäht, und nun nahm sie für diese Kränkung Rache an ihm.
Einen ganzen und einen halben Tag waren sie geritten, bis sie den Hof des widerspenstigen Bauern erreichten. Es war ein schöner Tag, der Himmel war blau, wolkenlos, und die Sonne wärmte schon kräftig.
Der Sommer war nicht mehr weit.

Einer der Krieger, der schon bei Runes Kampf mit dem Sveyn zugegen gewesen war, ritt an der Seite des Skalden. Meist hatte er auf dem Weg geschwiegen, doch einmal hatte er leise das Wort an Rune gerichtet. „Mein Name ist Thorbart." Er grinste. „Es ist nicht recht, was der Jarl dir antut. Ich weiß aber, dass du die Klinge gut beherrschst, doch der Bauer Thorbjörn ist ein anderer Kerl als dieser Sveyn. Er ist als übler Raufbold bekannt … und er kämpft gerissen! Ich habe es mit eigenen Augen gesehen, denn ich kenne ihn, da der Hof meiner Sippe nicht weit des seinen liegt."

Der dunkelhaarige, große Kerl, der um viele Winter älter war als Rune, lenkte sein Pferd näher an das des Sklaven heran. „Beim Odin, ich gebe dir den Rat, mache es kurz! Nutze den Moment der Überraschung, sonst wird er dich zerquetschen wie einen Käfer. Dies ist kein ehrenvoller Kampf, sondern eine Hinrichtung. Also tue es um deines Lebens willen!"
Die Worte Thorbarts gingen Rune nicht aus dem Kopf. Was sollte er tun? Er legte seine Hand auf den Knauf des Schwertes, welches ihm Askold vor seiner Abreise gegeben hatte. Es war eine gute Klinge, nicht viel schlechter als das Schwert, mit dem er gegen Sveyn gekämpft hatte.

„Ich konnte bei dem Jarl nichts für dich tun, denn ich bin schon lange bei ihm in Ungnade gefallen. Darum gebe ich dir dieses Schwert. Es soll dir gehören! Wie du es zu benutzen hast, das weißt du ja. Mögen die Götter dir ihr Heil schenken!" Mit diesen Worten hatte sich der Schmied verabschiedet, und Rune kam es vor, als wäre er beschämt darüber, dem Jarl nachgegeben zu haben.
Ein lautes Fauchen riss den Reiter aus seinen Gedanken, wie er dem Bauern beikommen konnte, als die Männer die flache Mauer des Hofes erreichten. Zwei Katzen, eine große und eine kleine, standen sich buckelnd gegenüber. Plötzlich stieß das kleinere der Tiere blitzschnell vor und schlug dem größeren seine krallenbewehrte Tatze auf die Nase. Sofort ergriff die große Katze die Flucht.
Vor dem Haus des Bauern zügelten sie ihre Pferde und stiegen aus den Sätteln. Da traten ihnen auch schon vier Männer entgegen, die auf dem Hof gearbeitet hatten.
Die Waffen in ihren Händen bewiesen, dass sie die Reiter längst entdeckt hatten und nichts Gutes erwarteten.

An der Bemalung der Schilde hatte der Bauer sicher auch längst die Krieger Jarl Siegmars erkannt, mit dem er in Fehde lag.

„Was wollt ihr hier? Verschwindet von meinem Hof!", begann er sofort zu keifen. Dieser Mann überragte Rune um eine ganze Kopfeslänge, und er war sicher auch viel kräftiger als der junge Sachse. In der Faust hielt er eine langstielige Axt und trat ohne zu zögern dem Rune entgegen, der ihm am nächsten stand.

„Odin, schenk mir dein Heil", murmelte der Skalde leise und fragte dann mit ruhiger, aber fester Stimme: „Bist du der Bauer Thorbjörn?" Plötzlich war alle Anspannung von dem jungen Skalden abgefallen, er fühlte nun eine innere Ruhe und war ohne Angst.

„Warum willst du das wissen?", blaffte der Bauer sein Gegenüber an, das nur noch eine Armeslänge von ihm entfernt stand.

„Bist du es, oder bist du es nicht?", fragte Rune streng.

„Ja, ich bin der Herr dieses Hofes, und ihr verschwindet besser wieder!"

Da machte Rune einen mächtigen Satz auf den Bauern zu, so wie er es bei der kleinen Katze gesehen hatte, dabei zog er sein Messer aus der Scheide und rammte dieses dem Thorbjörn in den Hals. Mit weit geöffneten Augen starrte dieser seinem Mörder ins Gesicht. Sein Mund öffnete sich, doch kein Wort entfuhr ihm, sondern ein Schwall schäumenden Blutes quoll hervor. Da drückte der Sachse die Klinge tiefer in das Fleisch und riss sie mit einem Ruck wieder heraus. Der große Mann sackte zu Boden.

Rune aber zog sein Schwert, und noch ehe ihn die überraschten Knechte angreifen konnten, fiel der erste von ihnen mit einer klaffenden Wunde in den Staub.

Da ergriffen die beiden anderen Knechte des Bauern die Flucht, denn obwohl keiner der Krieger des Jarls einen

Finger rührte, waren sie nicht bereit, gegen den Mordknecht zu kämpfen.

„Beim Barte Odins, das hätte ich dir gar nicht zugetraut!" Thorbart ritt neben dem Skalden, als sie den Hof verlassen hatten. „Hast es schnell und ohne Gnade erledigt. Den Jarl wird das freuen!" Er klopfte dem Sklaven fast freundschaftlich auf die Schulter. „Du bist ein kaltblütiger Kerl, Rune!"
Das Lob des Kriegers war dem Sachsen einerlei. Er fühlte sich schlecht. Sehr schlecht! Doch was hätte er anderes tun können? Der Jarl hatte ihm keine Wahl gelassen, also musste der Bauer sterben.
Die Dunkelheit zwang die Reiter zum Rasten, und so verbrachten sie die Nacht auf dem Hof eines Bauern, ob dieser es wollte oder nicht. Die Krieger des Siegmar sorgten schon dafür, dass er ihnen seine Gastfreundschaft anbot. Als die Gäste schon früh am Morgen weiterzogen, war der Bauer heilfroh und dankte seinen Göttern dafür, dass sein Weib und auch seine Töchter unangetastet geblieben waren. Wieder ritt der dunkelhaarige, redselige Thorbart an der Seite des Sklaven und fragte diesen plötzlich: „Sag, Rune, hast du deinem Schwert schon einen Namen gegeben?"
Der Angesprochene sah den Krieger überrascht an.

„Ja, die Klinge hat nun Blut geleckt, und somit muss sie einen Namen erhalten. So ist es Sitte!" Er grinste den Reiter an seiner Seite freundlich an. „Du bist sowieso der erste Sklave, den ich kenne, der ein Schwert tragen darf. Aber Askold muss selbst wissen, was er tut."
Blut geleckt, ging es Rune durch den Kopf. „Blutlechzer", sagte er laut. „Ja, Blutlechzer soll es heißen."

Während die Krieger des Jarls zum Hof des Siegmar ritten, das Pferd Runes nahmen sie mit sich, ging der junge Skalde zur Schmiede seines Herrn.

„Askold... ich bin wieder da!", rief er in die Schmiede, denn dort vermutete er den großen Mann zu finden.

Doch niemand war da, und zu Runes Verwunderung war die Glut in der Feuerstelle erloschen. Er lief hinüber zu der Hütte, doch auch dort war keine Menschenseele. Was war hier geschehen? Wo war Askold?

Rune trat aus der Hütte heraus und sah sich um, und nun erst bemerkte er den dunklen Fleck am Boden, ganz in der Nähe des Brunnens. Bei näherer Betrachtung stellte der Sklave fest, dass man an dieser Stelle etwas verbrannt hatte.

Den jungen Sachsen überkam eine böse Ahnung, und der grausame Gedanke fraß sich in seinem Kopf fest. Doch er versuchte sich selbst zu beruhigen, redete sich ein, dass Askold sicher nur irgendwohin gegangen sein musste. Vielleicht, um seine Ware auszuliefern.

Am Abend kamen drei Krieger des Jarls zu der Hütte des Schmiedes und verlangten von Rune, dass er ihnen folgen sollte.

Als sie die Schildhalle betraten, saß Siegmar wie gewohnt auf seinem Hochstuhl und winkte den Rune auch sofort heran, als er diesen sah. „Ich hörte nur Gutes von dir, Skalde! Du hast den Auftrag zu meiner vollsten Zufriedenheit ausgeführt, und darum will ich dir nicht mehr gram sein!"

„Das habe ich gehofft, Jarl Siegmar", log Rune frech, denn er wollte nicht schon wieder in Ungnade fallen. Nur die Götter wussten, was sich dieser Kerl dann wieder einfallen lassen würde, um Rune zu beseitigen. Ihn schützte nur, dass sein Herr Askold war und nicht der Jarl selbst.

„Jarl Siegmar, weißt du, wohin Askold gegangen ist?", fragte der Sklave nun nach seinem Herrn und hoffte, dass

der Jarl etwas über den Verbleib des Schmiedes zu sagen hatte. Da machte Siegmar ein bedrücktes Gesicht und seufzte schwer. „Rune ... dein Herr bin jetzt ich!"
Erstaunt sah der Skalde den Herrn über Frigghavn an. „Wo ist Askold?", rief er fragend und voller Zorn und Angst um den väterlichen Herrn. Da erhob sich der Jarl und nickte den Kriegern zu, die nicht zögerten, den Sklaven zu packen. Sie nahmen ihm das Schwert und sein Messer.

„Ach, Rune ... Rune. Askold, der Schmied, weilt nicht mehr unter den Lebenden", sprach der Jarl mit gespielt trauriger Stimme. „Er hatte Schulden bei mir, die er begleichen sollte. Da kam es zum Streit. Ja, stell dir vor, er wollte mich sogar töten!" Wieder seufzte Siegmar.

„Eigentlich ist es ja schade um ihn, er war ein hervorragender Schmied. Aber nun ist er im Reich der Hel!" Einer der Krieger reichte dem Jarl den Blutlechzer, den dieser sich genau besah. „Ich kannte wahrlich keinen besseren Schmied. Doch so ergeht es denen, die sich mir widersetzen!"

„Du... du hast ihn getötet?", stammelte Rune.

„Ja, so ist es. Und das sollte dir eine Warnung sein, wenn du nicht willst, dass es dir genauso ergeht!" Dann sah Siegmar die Krieger an und rief: „Schafft ihn fort!" Sofort befolgten sie den Befehl und schleppten Rune aus der Schildhalle hinaus.

„Was willst du mit dem Kerl?" Sveyn der Götaländer, war vor den Hochstuhl getreten. „Die Gefahr ist groß, dass es ihn nach Rache dürstet. Gib ihn mir, und ich schenke ihn meinem Vater. Dies wäre ein Zeichen des guten Willens und würde unser Bündnis sicher stärken."

Da beugte sich Siegmar dem Sveyn entgegen, sah diesen grinsend an und sprach belustigt: „Du hältst mich wohl für einen Narren? Willst du mir weismachen, dass du den Kerl mit dir nehmen willst, der dein künftiges Weib bestiegen hat

und der dich im Kampf besiegte? Entweder bist du nicht
Manns genug, es ihr selbst zu besorgen, oder du ersäufst den
Sklaven auf der Überfahrt! Nichts da, Rune bleibt hier! Er
ist der beste Skalde, den ich je hatte. Er wird sich fügen ...
oder sterben!"
Beleidigt wandte sich Sveyn ab, und Jarl Siegmar hoffte,
dass sein Gast möglichst bald in seine Heimat segeln würde,
denn der Kerl begann ihm langsam auf die Nerven zu gehen.
Er zweifelte sogar schon daran, ob ein Bündnis mit dem
Götaländer wirklich das Glück seiner Tochter wert war.

*

Mehrere Tage vergingen, die Rune unbekleidet in dem
Kerkerloch, das sich nicht weit des Langhauses befand,
verbringen musste. Der Jarl selbst hatte sich diese Art der
Züchtigung ersonnen, um Unwillige gefügig zu machen.
Und es waren keine Feinde, die diese Behandlung erfuhren,
sondern es waren die Menschen in seiner Gefolgschaft,
denen das Kerkerloch vorbehalten war.
Kalte Erde umgab ihn, und wenn er seine Arme ausstreckte,
konnte er die von Wurzeln durchwachsenen Wände
berühren. Ein Steinkranz umgab das Loch, einem Brunnen
gleich, und dieser war mit einem schweren, hölzernen
Deckel verschlossen. So drang nur wenig Licht durch die
Ritzen des Holzes.
Zusammengekauert saß er auf dem Boden und fror. Hunger
und Durst quälten ihn, denn seit man Rune in dieses Loch
geworfen hatte, war niemand mehr erschienen, um sich
seiner anzunehmen. Würde der Jarl ihn in diesem kalten
Verließ elendig verrecken lassen?
Hatten ihn die Götter, die ihm doch bisher wohlgesonnen
waren, verlassen und ihr Heil von ihm genommen?

Anfangs war sein Zorn groß, und ihn beherrschte nur der Wunsch, Rache zu nehmen an dem Mann, der Askold getötet hatte. Doch die Zeit, die er in dem Verließ verbrachte, war lang, dreimal erkannte er durch ein dickes Astloch, dass es draußen dunkel wurde, und so dachte er nach. Eben war er noch der Gehilfe eines Schmiedes und der von vielen bejubelte Skalde. Ein Mann, der sogar ein Schwert besaß. Nun aber war er wieder der Sklave Bran, der er war, als er in dieses Land kam. Von seinem einstigen Gönner in ein Erdloch geschmissen, um zu sterben! Wollte er leben, musste er seine Rachegedanken für lange Zeit ruhen lassen und ein gehorsamer Sklave sein. Noch aber war er ein Gefangener, und seine Kraft ließ nach, sodass er nun immer öfter einschlief.

Ein helles Licht ließ Rune aus dem Dämmerschlaf erwachen, und plötzlich vernahm er eine tiefe Stimme, die ihn in die kalte Wirklichkeit zurückholte. „Los, mach die Augen auf, Sklave! Noch will dich die Hel nicht in ihrem Reich."
Der Deckel des Kerkerlochs fiel krachend auf den Boden, und eine Leiter wurde in das Loch gestellt. „Komm, Jarl Siegmar will dich sehen!"
Langsam kletterte Rune Sprosse für Sprosse dem Tageslicht entgegen. Das Licht brannte in seinen Augen, als er über den steinernen Rand des Kerkers emporstieg.
„Sollen wir ihn waschen und ankleiden?", fragte einer der Männer. „Ich glaube nicht, dass das nötig ist", antwortete der andere und lachte laut. „Der kommt sowieso wieder ins Loch!"
Die Sonne wärmte angenehm seine Haut, und doch fror Rune. Nackt und verdreckt, wie er war, schleppten sie den zitternden Sklaven in die Schildhalle vor den Jarl von Frigghavn. Dieser saß mit seiner Familie und den Gästen an

einem der langen Tische und tafelte. Das Gesicht der Sigrun erstarrte für einen Moment beim Anblick des bemitleidenswerten Rune, den die Krieger auf den staubigen Boden geworfen hatten.

„So etwas hast du dich hingegeben", sprach Asrun abfällig und zeigte auf den Gefangenen. Schnell wurde da Sigruns Blick wieder kalt und lieblos. Anfangs beachtete der Jarl den Rune nicht und aß in aller Ruhe ein Stück Fleisch. Dann aber sah er auf und sprach freundlich, als sei nichts geschehen: „Ah, der Skalde!"

Rune hockte mit gesenktem Kopf zwischen den beiden Männern und wagte es nicht aufzusehen. Da erhob sich der Jarl und trat vor den Sklaven. „Du siehst, Rune, es ist nicht schön, mich zum Feind zu haben." Die Stimme des Siegmar klang milde, und doch überhörte der Sklave die Drohung in seinen Worten nicht.

„Sieh dich nur an, ein jämmerlicher Haufen Elend, der du bist. Aber höre: Ich stelle dich vor die Wahl!" Er sah seine Gäste wohlwollend an und nickte seiner Tochter zu. „Du kannst in meinem Kerker verrotten, oder du kannst als gehorsamer Sklave und vielleicht bald auch wieder als mein Skalde auf meinem Hof leben. Also wähle, Rune!"

Da hob der Angesprochene seinen Kopf. „Du hast Askold getötet", sprach er leise.

„Ja, das ist wohl wahr!" Siegmar nickte und kratzte sich seinen leicht ergrauten Bart. „Aber glaube mir, es ist mir nicht leicht gefallen. Askold wollte mich betrügen. Doch ich bin der Jarl, der Herr von Frigghavn, und ich kann es nicht zulassen, dass man sich mir widersetzt!"

Langsam ging der Jarl zurück zu seinem Stuhl, auf dem er wieder Platz nahm. Er brach ein Stück von dem Laib Brot ab. „Hast du Hunger? Aber was frage ich da, natürlich hast du Hunger." Er reichte dem einen Krieger das Brot. „Gib es ihm!" Hastig griff Rune zu und schlang das Stück hinunter.

„Was soll das? Der Kerl ist nur ein Sklave", sprach Sveyn brummig. Da traf den künftigen Gesippen des Siegmar ein böser Blick. „Was geht das dich an? Du hattest die Gelegenheit, ihn zu töten und hast kläglich versagt!"
Der Götaländer plusterte sich auf, schwieg dann aber und wandte sich beleidigt ab.
„Nun, Rune, wie willst du dich entscheiden? Willst du mein Skalde sein?", fragte Jarl Siegmar ruhig. Noch immer hockte der Sklave nackt auf den Knien, und unzählige Gedanken schwirrten durch seinen Kopf. Was sollte er nun tun? Sein Stolz würde ihn töten!
Es war ein Wunder, dass er noch nicht im Reich der Hel weilte. Vielleicht wollte Odin ja doch, dass er lebte! Und was, wenn Siegmar die Wahrheit sprach? Schließlich hätte er ihn längst töten können!
Da Rune lange schwieg, hob Siegmar seinen Arm und gab den Kriegern ein Zeichen. „Vielleicht brauchst du ja noch mehr Bedenkzeit. Bringt ihn fort!"
„Nein, Herr!", rief der Sklave eilig, denn er wusste, schleppten sie ihn wieder in das Verließ, wäre dies wohl sein Ende.
„Ah, hast du es dir doch überlegt?", fragte der Jarl wohlwollend und nickte dann wieder seinem Weib zu.
„Jarl Siegmar, ich werde dein gehorsamer Sklave sein. Das schwöre ich bei den Göttern", sprach Rune leise.
Da schlug der Jarl mit der flachen Hand auf die Tischplatte und erhob sich, trat vor den Sklaven und half diesem auf die Beine. „Dein Schwur soll mir reichen, Rune! Doch wenn du auf Rache sinnst, wegen des Askold, wird dich Thor erschlagen. Und wenn er es nicht tut, so tue ich es!"
Grinsend nahm Siegmar wieder Platz. Dann sah er die beiden Krieger an und sprach ein wenig erbost, als ob er erwartet hätte, dass sie seine Gedanken lesen könnten:

„Los, bringt ihn fort. Er soll gesäubert werden und ordentliche Kleidung erhalten. Dieser Mann ist schließlich mein Skalde!"

Die Krieger hatten eine junge Magd herbeigerufen und gaben ihr den Befehl, den zuvor der Jarl ihnen gegeben hatte. Dann verließen sie das Gesindehaus.
Bald darauf saß Rune gesättigt in einem großen Fass und ließ sich von der Magd, die ihm bereits schon einmal ihre Möse angeboten hatte, waschen. Langsam war die Wärme in seinen Körper zurückgekehrt, und er spürte wieder, dass er lebte. Und lachend entging der Magd nicht, dass alles an ihm lebte!

Mit großem Misstrauen wurde Rune von den Kriegern nun beobachtet, doch die Zeit verging, und der Sklave zeigte sich, wie er es geschworen hatte, gehorsam, und tat alles, was ihm aufgetragen wurde. Er hatte eine Schlafstelle im Gesindehaus und wurde auf den Befehl der Sigrun hin wie ein Knecht behandelt, und mit diesen arbeitete er auch auf dem Hof. Die junge Magd, die sich bereits einmal um ihn gekümmert hatte, tat dies auch weiterhin mit großer Hingabe, und so kroch sie ab und an des Nachts unter die Decke Runes, um sich liebkosen zu lassen und ihn in sich zu spüren.
Der Jarl aber rief den Sachsen noch nicht als Skalden in seine Halle.
Immer noch waren die Götaländer in Frigghavn, und der Jarl war längst nicht mehr erfreut über jene Gäste, die seine Vorratshäuser leerfraßen und die es sich seit mehr als zwei Monden auf seine Kosten gut gehen ließen. Und von der Vermählung der Sigrun mit dem Sveyn Gunnarsson sprach auch keiner mehr. Nicht einmal Asrun wagte es, in dieser Angelegenheit das Wort an ihren Gemahl zu richten.

Der Götaländer hatte sich auf die Einflüsterungen seiner Männer hin nur noch wenig um die schöne Jarlstochter bemüht. Wohl auch, weil diese ihm den Beischlaf verweigerte. So geschah es, dass beide oft in Streit gerieten, und dieser gipfelte lautstark während eines Mahls.
„Ich bin nicht deine Hure, die du besteigen kannst, wenn der Met dir den Mut dazu schenkt!", hatte sie erbost ausgerufen. „Also wage es nicht noch einmal, an meine Kammer zu klopfen, sonst wird es dir schlecht bekommen!" Beleidigt verließ an diesem Abend der Götaländer das Haus des Jarls und blieb nun meist bei seinen Männern im Lager am Strand. Nur noch selten zog es ihn an den Tisch seines Gastgebers. Doch es sollte noch schlimmer kommen!

„Willst du dieses Weib tatsächlich freien?", fragte der Stevenhauptmann den Sveyn. „Eine Möse, von einem Unfreien geritten? Sie ist eine Sklavenhure!"
„Hüte deine Zunge, Mann!" Erbost sah der Anführer seinen Gefolgsmann an. Doch dieser war dadurch wenig eingeschüchtert. „Dein Vater wird darüber wenig erfreut sein, Sveyn. Höre auf meine Worte: Vergiss das Weib!"
Da trat ein anderer Krieger hinzu, schlug dem Stevenhauptmann auf die Schulter und sagte lachend: „Höre auf ihn! Vielleicht gibt es hier ja noch einiges anderes zu holen. Etwas, das deinen Vater erfreuen würde. Dieser Siegmar scheint ja nicht arm zu sein!"
„Was redest du da, Borg? Wir sind nicht auf einer Raubfahrt, und außerdem würde mein Vater ein solcher Ausgang der Bündnisverhandlungen sicher wenig gefallen", empörte sich Sveyn, fügte aber hinzu: „Wenn sie uns allerdings einen Grund geben, wäre das etwas anderes!" Grinsend schlug er dem Stevenhauptmann seine Faust gegen die Brust.

Es war zur Mittagszeit, leichter Nieselregen fiel vom Himmel, und Rune arbeitete mit einem Fischer unten am Strand, nicht weit des Lagers der Götaländer. Zwischen den Nachen der Fischer, die kieloben auf dem Strand lagen, und dem Lager der Besucher aus dem Dänenreich befand sich eine mit hohem Schilf bewachsene Landzunge, die in den Fjord hinausragte. Auf der Seite des Lagers lag nicht weit der Inselzunge mit dem Schilfgras die Skaid[29] der Götaländer mit dem Kiel auf dem Strand.
Rune war damit beschäftigt, ein Netz über einem der hölzernen Gestelle aufzuhängen, damit es trocknen konnte. Ein Fischer aus der Siedlung saß auf dem Kiel seines Bootes und flickte ein Netz.
„Ich muss mal pissen", sprach Rune zu dem Mann und zeigte auf das hohe Schilfgras. Der alte Fischer nickte nur und setzte seine Arbeit ohne Unterbrechung fort. Der Sklave aber verschwand zwischen dem hohen Schilf, bis er sich unbeobachtet fühlte. Rune hatte seine Beinkleider herunter gelassen und wollte sich gerade erleichtern, als ein leises Stöhnen an sein Ohr drang. Plötzlich vernahm er auch eine gequälte Stimme. „Na los, komm schon!"
Wieder hörte der Sklave ein Stöhnen. „Es wird auch Zeit, dass hier endlich etwas geschieht!", stöhnte es angestrengt aus dem Schilf. Rune sah sich grinsend um, konnte aber niemanden entdecken. Langsam und bedächtig näherte er sich der Stimme und das Rauschen des vom Wind bewegten Schilfes sorgte dafür, dass er unentdeckt blieb.
Und plötzlich erblickte er zwischen dem hohen Gras einen Kerl, der versuchte, sich zu entleeren, und der ein für Rune hochinteressantes Selbstgespräch führte.
„Dieser dämliche Jarl wird sich noch wundern. Vielleicht wird diese Reise doch noch ein lohnender Raubzug!"

---

[29] Skaid - großes Langschiff mit bis zu sechzig Riemen

Wieder schlug Rune ein gequältes Stöhnen entgegen und er musste grinsen. „Wird doch auch Zeit … puh … dass Sveyn zur Besinnung kommt."
Langsam zog sich der Sklave zurück. Er hatte genug gehört, um zu wissen, was geschehen würde. „Daher weht also der Wind", sprach er leise zu sich selbst.

Einige Tage vergingen, doch noch verhielten die Götaländer sich ruhig. Der Versuch des Rune, vor den Jarl geführt zu werden, scheiterte kläglich, denn Siegmar wollte den Sklaven nicht sehen. Bisher hatte der Sachse über sein Wissen geschwiegen, hatte keiner Menschenseele etwas über die Worte des einsamen Scheißers erzählt, denn er wusste nicht, wem er trauen konnte. Was er aber wusste, war, dass Frigghavn großes Unheil drohte. Und er wusste auch, was mit ihm selbst geschehen würde, wenn der Götaländer ihn in seine Hände bekam.
„Ach, wäre doch nur Askold hier", dachte er, „der Schmied wüsste sicher, was zu tun ist."
Dann begegnete ihm Thorbart, der redselige Krieger, der schon an seiner Seite war, als er den Bauern Thorbjörn tötete. Dieser würde sicher vor den Jarl gelassen, und so entschied sich Rune, diesem Mann sein Wissen anzuvertrauen. „Thorbart, leihst du mir dein Ohr?", fragte er den Krieger, der sichtlich gelangweilt vor dem großen Langhaus saß. „Wenn du es mir zurückgibst", alberte dieser grinsend.
„Nun rede nicht so geschwollen daher. Was willst du, Rune?" Ohne Zweifel war er einer der wenigen, die dem Sklaven immer noch freundlich gesinnt waren. Da weihte Rune den Mann in sein Wissen ein und bat ihn, vor Jarl Siegmar zu treten, ohne dass der Götaländer dieses bemerken würde.

„Bist du wirr im Kopf?", empörte sich der Krieger. „Der Kerl wird bald zur Sippe unseres Jarls gehören, und ich soll ihn als Feind anklagen? Mein Kopf sitzt fest auf meinem Hals, und das soll so bleiben! Wenn es die Eifersucht ist, die dich treibt, gebe ich dir den Rat: Halt dein Maul!"
Auf die Hilfe Thorbarts musste Rune also verzichten, und so sah der junge Sklave nur noch einen Ausweg: Sigrun!

Zwischen der Tochter und dem Jarlssohn aus Götaland stand es nicht zum Besten, denn je länger dieser in Frigghavn weilte, umso mehr missfiel er der Sigrun. So kam es, dass die junge Frau vor ihren Vater trat, als dieser einmal allein in der Halle war. „Ich werde diesen Kerl nicht zu meinem Gemahl nehmen, Vater!"
„Bist du von Sinnen?", empörte sich Siegmar, denn damit würde ein Bündnis mit dem Vater des Sveyn in weite Ferne rücken. „Warum habe ich es wohl zugelassen, dass sich diese Kerle hier durchfressen?", rief der Jarl verärgert, doch dann sprach er in ruhigerem Ton: „Er wird dir sicher ein guter Gemahl sein, und schließlich ist er ein reicher Mann", versuchte er seine Tochter umzustimmen.
„Er hat mich eine Hure genannt", empörte sich nun Sigrun. „Bin ich dir so wenig wert, dass du mich an solch einen Kerl verheiratest?"
„Ich gab dem Sveyn mein Wort", sprach der Jarl, und seine Worte klangen fast schon entschuldigend. Da sah Sigrun ihren Vater böse an. „Hast du dich noch nicht gefragt, warum die Vermählung nicht längst stattfand?"
Der Jarl kratzte seinen Bart und sprach - mehr zu sich selbst: „Das ist in der Tat seltsam." Dann hob er seinen Blick. „Aber ich gab Sveyn mein Wort!"
„Niemals!", rief da die junge Schildmaid. „Ich will seinen Reichtum nicht, und ich will diesen Götaländer nicht!"
Dann lief sie weinend aus der Halle.

Es war ein leises Schluchzen, das dem Rune an sein Ohr drang, als er in die Hütte für das Gesinde trat. Auf dem Podest, das sein Schlaflager war, lag ein Weib und weinte. Rune hatte die Sigrun sofort an ihrem Kleid erkannt und trat nun langsam näher. „Sigrun, was ist mit dir? Warum weinst du?" Er nahm neben der jungen Frau Platz, und diese fiel dem Sklaven sofort um den Hals und weinte. „Ich kann und will nicht das Weib dieses Sveyn werden! Warum hast du ihn nicht getötet?", schluchzte sie.
Rune überhörte den Vorwurf und sprach: „Das darfst du auch nicht, und du wirst es wohl auch nicht!"
Da hob sie ihren Kopf, und Rune streichelte über ihr braunes Haar. Dann erzählte er der Jarlstochter, was er im Schilf gehört hatte.
„Das ... das kann nicht wahr sein!" Sigrun war wie versteinert. „Doch, glaube mir, ich hörte jedes Wort mit eigenen Ohren. Die Götaländer bereiten sich auf einen Angriff vor, und Sveyn hat den Gedanken, sich mit dir zu vermählen, längst verworfen. Diese Kerle sind nur noch auf Beute aus!"
„Aber warum weiß mein Vater nicht davon?", fragte sie empört und sah Rune vorwurfsvoll an.
„Weil er sich weigerte mir zuzuhören", verteidigte sich Rune. „Und weil Thorbart, dieser sture Hund, es nicht wagte, vor den Jarl zu treten!"
Da sprang Sigrun auf, ergriff seine Hand und stürzte mit ihm hinaus ins Freie.

*

Von dem Tage an, da Sigrun ihrem Vater das Wissen des Sklaven mitgeteilt hatte, beobachtete der Jarl seinen Gast argwöhnisch und suchte nach verräterischen Handlungen des Sveyn, wenn dieser bei Tisch saß oder am Abend mit dem Jarl an der Feuerstelle in der Schildhalle ein Horn leerte. Doch so dumm war der Götaländer nicht, dass er sein Vorhaben im Suff verraten hätte.

Meist kam der Gunnarsson nun auch in Begleitung seines Stevenhauptmannes und des Kerls, der Borg hieß, und so saßen die Männer zusammen, sprachen und tranken Bier. Es war schon der dritte Abend, an dem die Männer die Gastfreundschaft Jarl Siegmars in Anspruch nahmen, und dies sah Siegmar als schlechtes Zeichen.

„Höre, Sveyn Gunnarsson!" Die Zunge des Jarls war schon schwer vom Bier. „Was ich dir nun sage, fällt mir wahrlich schwer, aber es wird keine Vermählung mehr geben! Meine Tochter weigert sich, dein Weib zu werden!"

Da begannen erst der Steuermann und der Krieger, dann auch der Sveyn Gunnarsson lauthals an zu lachen.

Schnell wurden die anderen Leute auf das höhnische Gelächter aufmerksam. Die Familie des Jarls saß an einem der Tische, und auch der Skalde Rune war in der Halle zugegen, denn auf den Wunsch der Sigrun hatte der Jarl es gestattet, dass der Sklave wieder die Methalle betreten durfte.

Die Freunde des Jarls und seine Berater, die oft mit ihm an der Feuerstelle saßen, waren weniger belustigt über die Frechheit der Gäste und schauten finster drein.

„Komm", sprach Sigrun zu dem Skalden, sie erhoben sich und traten zu der großen Feuerstelle inmitten der Halle des Langhauses. Plötzlich erstarb das Lachen!

„Ah, die Hure und ihr Sklavenbock!", rief Sveyn verächtlich und sah Rune hasserfüllt an.

„Was erlaubst du dir?", rief da der Jarl erzürnt und sprang auf.

„Ach, halt dein Maul, Siegmar", erwiderte der Götaländer frech. „Ich kam von weither, und dieses Weib zieht den

Schwanz eines Sklaven vor? Aber das werdet ihr mir büßen! Ihr alle!" Nun erhoben sich die drei Männer und verließen grußlos die Schildhalle.
Sprachlos sah der Herr von Frigghavn seinen Gästen nach, seine Tochter aber sprach: „Nun hat er, was er wollte! Knut, alarmiere unsere Krieger. Sie sollen sich vor der Halle sammeln. Noch heute Abend!"
Der Angesprochene erhob sich und ging. Dann sah Sigrun ihren Vater streng an und sprach: „Du wolltest es nicht glauben, doch nun weißt du, was geschehen wird!"
Dann richtete sie ihren Blick auf den Skalden. „Gib Rune sein Schwert zurück. Wir brauchen jeden Mann!"
Und Jarl Siegmar verstand. „Gebt dem Skalden sein Schwert. Er wird es brauchen!"

Die Zahl der Krieger, die sich bis zum Morgen auf dem Platz vor der Schildhalle eingefunden hatten, war nicht sehr groß, denn viele lebten auf weit entfernten Höfen oder waren auf Raubfahrt. Mit den Kriegern, die der Jarl zu seinem Schutz auf dem Hof hatte, dieses waren zwei Dutzend, dazu einigen wehrfähigen Frauen, allen voran seine Tochter, dem Sklaven Rune und einiger Männer die Knut von den umliegenden Höfen mit sich gebracht hatte, war die Zahl der Kämpfer gerade einmal um eine Handvoll mehr als die des Götaländers, der mit einem vollbemannten Schiff nach Frigghavn gekommen war.

In der Nähe des Lagers der Feinde hatte ein Späher seinen Platz bezogen. Er sollte den Jarl warnen, wenn Sveyn seine Krieger sammeln würde. Und dies ließ nicht lange auf sich warten.
Es lag noch morgendlicher Nebel über dem Strand, da füllte sich das Lager mit Leben, und auch der Späher erwachte. Die Männer des Sveyn, die als Gäste nach Frigghavn

gekommen waren, liefen nun in vollem Rüstzeug, mit Kettenhemden, Helmen, wer einen solchen besaß, mit Axt, Speer und Schild durch das Lager. Und dann sah er Sveyn Gunnarsson, auf dessen gelbem Schild ein schwarzes Ross gemalt war, und der einen Helm unter seinem Arm trug.
Nun war es für den Späher an der Zeit zu gehen, denn der Weg in die Siedlung war nicht weit, und wenn sich das Heer der Götaländer auf den Weg machte, würde es nicht lange dauern, bis sie die Heimstatt des Jarls erreichten.
Auch auf dem Hof herrschte bereits reges Treiben, und als Siegmar von dem Aufmarsch der Götaländer erfuhr, entschloss er sich, den Feind für die leergefressenen Lagerräume zahlen zu lassen.
Eine Handvoll Männer unter dem Befehl des Kriegers Thorbart schickte er an den Strand, denn sie sollten das Schiff der Götaländer in ihre Gewalt bringen.
„Vater, wir brauchen die Männer hier auf dem Hof, denn der Feind ist zahlreich, und es wird auch so schon schwer genug, sie zu besiegen", riet Sigrun von dem Vorhaben ab. Doch der Jarl blieb hart. „Ich will dieses Schiff!", wies er seine Tochter zurecht. „Diese Kerle haben sich über unsere Vorräte hergemacht wie eine Rattenplage. Dafür soll der Götaländer bezahlen! Und außerdem wird Sveyn das Schiff dort, wo er hingeht, sowieso nicht mehr brauchen."

So machte sich Thorbart auf, so wie es der Jarl befohlen hatte, um das Schiff zu erobern. Sicher würde dieser einfältige Jarlssohn nur wenige Schiffswachen am Strand zurücklassen, denn er brauchte für seinen Überfall jeden Mann. Die Siedlung und auch der Hof des Jarl Siegmar waren nur wenig befestigt, und die Wehranlagen würden den Feind nicht lange aufhalten können. So glaubte Sveyn, leichtes Spiel zu haben, und marschierte mit seinen

Männern geradewegs durch das Dorf zum Hof des Jarls. Hier sollte der Tanz beginnen!
Es galt, zuerst den Jarl und seine Krieger auszuschalten, das Dorf würde man dann später plündern.
Doch als die Angreifer den Hof erreichten, waren sie es, die überrascht wurden, denn dort erwartete sie ein Schildwall, und die Zahl der Verteidiger war der der Angreifer an Zahl überlegen.
„Wie ich sehe, Jarl Siegmar, erwartest du uns bereits!", rief Sveyn dem Herrn von Frigghavn entgegen. „So ist es, Sveyn Gunnarsson! Und ich schwöre bei Odin und allen Göttern in Asgard, hier gibt es für euch nur einen blutigen Schädel zu holen", erwiderte der Jarl kampfeslustig.
„Das werden wir sehen, Siegmar!" Sveyn erhob sein Schwert, stieß einen Kampfruf aus, und die Angreifer stürmten gegen den Schildwall. Von Pfeilen und Speeren getroffen sanken einige Angreifer zu Boden, bevor sie die Verteidiger der Siedlung erreicht hatten. Dann aber prallten die Körper in ihren ledernen Panzern und Kettenhemden gegen die Schilde. Verbissen wurde gekämpft!
Immer wieder rannten die Feinde gegen die buntbemalten Schilde an, schlugen mit den Äxten gegen die Wehr, um diese auseinanderzutreiben oder versuchten, mit ihren Speeren hindurchzustechen. Dann rief Thorbart den Befehl, und der Schildwall wurde geöffnet. Mit aller Macht schlugen die Verteidiger auf die Feinde ein, und das Eisen färbte sich rot.
„Schildwall!", ertönte der Befehl, und die Krieger formierten sich erneut. Auch Sveyn rief seine Befehle, und seine Krieger sammelten sich, um erneut gegen den Wall aus Rundschilden anzurennen, und diesmal änderte Thorbart seine Taktik. Einzelne Krieger des Feindes wurden gepackt und hinter den Schildwall gezogen. Dort ereilte sie ein grausames und blutiges Ende. Doch wieder schlugen die

Äxte in die Schilde, und so mancher zerbrach und splitterte in tausend Teile.

„Schildwall runter!", rief Thorbart. Die Verteidiger des Jarl Siegmar drängten nun den Feind zurück und schlugen ihrerseits mit ihren Äxten und Schwertern auf die Götaländer ein.

Rune kämpfte an der Seite der Sigrun, und sein Blutlechzer durfte den Saft schmecken, nach dem er benannt war. Den meisten Gegnern war der Sachse an Körperkraft und Größe unterlegen, doch er war flink wie ein Eichhörnchen, und seine Klinge war leicht und ließ seinen Arm nicht ermüden. Und so mussten sich einige Krieger, die in ihm eine leichte Beute sahen, eines besseren belehren lassen.
Außer einem Schlag gegen sein Gesicht, der ihn die Nase bluten ließ, war der Sachse noch unverletzt geblieben, denn der Schild, den ihm ein Krieger des Jarls gegeben hatte, fing so manchen todbringenden Schlag des Feindes ab.
Plötzlich sah er, dass Jarl Siegmar in arge Bedrängnis geriet.

„Sigrun, dein Vater!", rief er der Schildmaid zu und stürmte dem Jarl zu Hilfe. Der Krieger, gegen den er gerade noch gekämpft hatte, blieb mit einem dummen Gesicht zurück. Zwei Männer hielten Jarl Siegmar, der verletzt war, doch waren es Krieger des Sveyn, und dieser stand mit dem Schwert vor dem Herrn von Frigghavn. „Nun ist es vorbei mit dir! Aber du sollst wissen, bevor wir in See stechen, wird hier in der Siedlung niemand mehr leben!"
Er hob sein Schwert zum Schlag, doch da kam der Sklave herangeeilt, mit dem der Götaländer ja bereits schlechte Erfahrungen gemacht hatte. Mit einem markerschütternden Schrei warf er sich dem Sveyn entgegen, und die Körper der beiden Männer prallten gegeneinander, sodass der Götaländer zu Boden fiel.

„Du?" Aus schmalen Augenschlitzen musterte er den Sklaven, der nun angriffslustig vor ihm stand. Langsam erhob er sich, und Rune ließ ihn gewähren. Sveyn ergriff sein Schwert, das aus seiner Hand geglitten war, und rief voller Zorn und Hass: „Nun stirbst du, Sklave!"
Indes hatte Sigrun die beiden Krieger angegriffen, die den Jarl hielten, und so mussten die beiden Götaländer den Jarl freigeben, um sich gegen die wilde Schildmaid zu wehren. Ihr Anführer Sveyn aber lag bereits im Staub, und seine toten Augen starrten in den wolkenverhangenen Himmel. Der Kampf der beiden Männer war nur von kurzer Dauer gewesen. Rune war die Art, mit der Sveyn seine Angriffe führte, ja bereits bekannt, und er hatte sein Wissen genutzt. Statt den ersten Hieb des Götaländers abzuwehren, stach er selbst zu. Die Klinge des Gunnarsson traf die Schulter Runes, und ein heißer Schmerz durchzuckte seinen Körper, der Blutlechzer aber steckte tief in den Eingeweiden des Jarlssohnes aus dem Götaland. Ein kräftiger Hieb des Skalden ließ den Helm des Gegners vom Kopf fliegen und hinterließ eine klaffende Schädelwunde.

Beim Anblick seines toten Anführers versuchte Borg, die Krieger noch einmal anzuspornen, sie auf die Rache für den Tod des Sveyn einzustimmen. Doch so wie auf der Seite der Verteidiger, war auch die Zahl der Krieger aus dem Dänenreich zusammengeschmolzen, und so befahl der Stevenhauptmann bald den Rückzug zum Strand.

*

Es waren sechs Krieger, die in der Nähe des Schiffes an einem Feuer saßen. Einer von ihnen schlief, die anderen unterhielten sich gelangweilt. Thorbart und seine Männer waren einen großen Bogen gegangen, um nicht dem

anrückenden Heer des Sveyn Gunnarsson in die Arme zu laufen. Nun saßen sie geduckt im hohen Schilf auf der kleinen Landzunge, und zwischen ihnen und den Wachen lag der große Schiffsrumpf auf dem Strand.
Dieser verdeckte den Lagerwachen weitestgehend den Blick auf die Landzunge mit dem hohen Gras.
Thorbart schlich nun mit seinem Gefolge, geschützt vom im Wind wehenden Grün, bis zum Wasser. Dann wateten sie durch die knietiefen Fluten, bis sie die Skaid erreichten.
Sie waren glücklicherweise unentdeckt geblieben, dies bewiesen die Stimmen, die nun gut hörbar von der Feuerstelle herüberdrangen.
Aufmerksam wurden die götaländischen Krieger erst, als einem von ihnen ein Pfeil tief in die Brust schlug. Da aber war es zu spät!
Die Männer aus Frigghavn stürmten aus dem Schatten des Schiffes hervor und fielen gnadenlos über die Götaländer her. Mit ihren Äxten und Speeren schlugen und stachen sie nach den überraschten Feinden, denen es gerade noch gelang, sich zu erheben.

Als Borg, der Steuermann, und die überlebenden acht Männer der Besatzung das Lager erreichten, war ihr Entsetzen groß. Die Lagerwachen lagen allesamt niedergeschlachtet auf dem blutrot gefärbten Strand, und das Schiff dümpelte weit draußen in den Fluten des Fjordes.
Die Götter hatten sich nun endgültig gegen sie gewandt, und sie hatten ihr Heil verloren. Es gab für sie keinen Ausweg mehr aus dieser misslichen Lage.
„Was sollen wir tun, Borg?", rief einer der Männer. Da zog der Angesprochene seine Schultern empor. „Was schon? Freut euch, Männer! Heute speist ihr an Odins Tafel!"
Plötzlich stürmten die Verfolger auf den Strand und griffen ohne zu zögern an.

Auf dem Hof Jarl Siegmars war nun eine bedrückende Stille eingekehrt. Totenstille! Viele der Kämpfer lagen in ihrem Blut, hatten sich auf den Weg gemacht, um geleitet von den Töchtern des Göttervaters, ihren Platz in der großen Halle der Krieger einzunehmen. Die Verletzten von Frigghavn wurden versorgt, die der Götaländer auf Befehl Siegmars gnadenlos getötet. Und als es Abend wurde, hatten alle Dänen aus dem Gefolge des Sveyn Gunnarsson ihr Leben gelassen.

*

# 7

## *Pfaffenmord*

Vor dem Langhaus erkannte man noch die großen dunklen Flecken auf dem Boden, und ein Sklave Jarl Siegmars war damit beschäftigt, den Platz zu säubern. Er versuchte mit einem Reisigbesen die Flecken zu beseitigen, und verteilte die Asche in der Hoffnung, dass der nächste Regen dafür sorgte, dass nichts mehr an die Scheiterhaufen erinnern würde.
Viele leblose Körper hatten sie dem Feuer übergeben, vor allem die der Krieger aus Götaland, aber auch Männer und Frauen aus der Siedlung, sowie einige Krieger des Jarls, die waren an diesem Tag zu den Göttern gegangen waren.
„Du hast mir deine Ergebenheit bewiesen, Rune. Und so sollst du mein Wohlwollen zurückerhalten", hatte Jarl Siegmar gesagt, nachdem er den Sklaven vor seinen Hochstuhl gerufen hatte.
„Aber Siegmar, er hat deine Tochter bestiegen", beschwerte sich Asrun, die neben ihrem Gemahl saß. „Du kannst ihm nicht vergeben!"
„Halt den Mund, Weib!", fauchte der Jarl sein um viele Winter jüngeres Weib an. Die schmerzhafte Verwundung des Jarls war längst versorgt worden, und die Götter hatten darauf verzichtet, ihn in ihr Reich zu berufen.
Rune nickte nur freundlich, denn er hatte den Mord an Askold und die quälenden Tage in dem Kerkerloch keineswegs vergessen, und wenn Siegmar gewusst hätte, wie sehr Rune ihn dafür hasste, hätte er ihn auf der Stelle töten lassen.

Das heiß brennende Feuer der Rache war in dem Sklaven noch nicht erloschen, doch es war nicht der richtige Zeitpunkt. Noch nicht!

Von den Götaländern des Sveyn Gunnarsson hatte keiner den Abend des Kampftages überlebt, und der Jarl besaß nun ein neues Schiff. Schöner und größer als das, welches er bereits sein Eigen nannte.

*

„Es gibt da einen Mann", hatte Siegmar zu dem Sachsen gesagt, als er diesen vor seinen Hochstuhl gerufen hatte, „der ist mir schon lang ein Dorn im Auge. Er wiegelt meine Leute gegen mich auf, und das gefällt mir ganz und gar nicht."
Rune sah den Jarl fragend an, denn er verstand nicht, warum ihm Siegmar dies erzählte, doch er sollte es bald erfahren.
„Du hast bewiesen, dass du mir ein treuer Sklave sein willst, und so gebe ich dir die Gelegenheit, dich erneut zu beweisen. Reite einen halben Tag nach Süden, die Küste des Fjordes entlang, dann erreichst du ein Dorf."
Das Antlitz des Jarls, das zuvor noch freundlich war, wurde nun zu einer bösen Fratze. „In diesem Dorf hat sich der Kerl breit gemacht und pflanzt den Menschen allerlei dumme Gedanken in ihre Köpfe. So werden sie ungehorsam, und der Häuptling des Dorfes wagt es, sich mir zuwidersetzen. Ich will, dass dieser Mann für immer verschwindet!"
Ein eindringlicher Blick traf den Rune. „Verstehst du, was ich von dir wünsche?"
Der Sklave verstand nur zu gut, was der Jarl verlangte. Diesem Kerl sollte es nicht anders ergehen als dem Bauern, den er besucht hatte, und Rune nickte und fragte dann: „Wie werde ich den Mann erkennen?"

„Oh ... das dürfte dir nicht schwer fallen", der Jarl begann nun laut zu lachen. „Es ist ein christlicher Pfaffe! Sein Name ist Ludher oder so ähnlich."
„Lutger", mischte sich einer der Krieger ein, die in der Nähe des Hochstuhls standen und verbesserte den Jarl. Ihn traf ein böser Blick, dann wandte sich der Jarl wieder dem Rune zu. „Lutger also! Der Kerl ist ein Sachse wie du und wurde von dem Dänen Harald Gormsson zu uns geschickt, so wie viele seiner Art. Reicht es nicht, dass dieser Däne über uns herrscht? Nein, er schickt uns auch noch seine Christenbrut auf den Hals!"
Seit mehr als zehn Jahren war der größte Teil des norwegischen Reiches nun in der Hand des Dänenkönigs, und da dieser sich dem Kaiser Otto II. unterwerfen musste, hatte er sich von dem Glauben an die alten Götter abgewandt. Um dem Kaiser zu gefallen, verlangte er dies auch von seinen eigenen Untertanen und den unterworfenen Norwegern. Jarl Siegmar aber war, wie viele Norweger, fest im Glauben an die alten Götter von Asgard.

Ein Pfaffe also war der Mann, den er töten sollte!
„Der Herse von Tunsberg ist doch einer dieser christlichen Jarls des Dänenkönigs", gab Rune nun zu bedenken, „wird er nicht erzürnt und auf Rache aus sein?"
„Ja, sie verbreiten sich wie Ungeziefer, diese Christen", sprach Siegmar nachdenklich, wandte sich dann aber wieder seinem Sklaven zu. „Der Kerl wird es sicher nicht wagen, wegen eines toten Pfaffen einen Streit vom Zaun zu brechen. Außerdem wird er nie erfahren, wer den Gottesmann erledigt hat!"
Böse Erinnerungen wurden wach. Gedanken an den Tod der Mutter und der Schwestern - ermordet von den Schergen der christlichen Vögte in seiner Heimat! Ihnen hatte Rune all

sein Leid zu verdanken, und plötzlich waren seine Bedenken wie fortgeblasen.
„Ich werde tun, was du verlangst, Jarl Siegmar!", sprach er fest entschlossen. „Und es ist mir nichts weniger als eine Freude, dir diesen Mann zu töten!"
Überrascht sah der Jarl den Sklaven an. „Nun, wenn das so ist, mögen die Götter dir ihr Heil schenken!"

Als der Sachse aus der Halle trat, griff eine Hand nach seinem Arm. „Rune!"
Er wandte sich um und sah in das schöne Antlitz der Sigrun.
„Ich hörte, was mein Vater von dir verlangt", sprach sie, und er erkannte, dass sie sich sorgte. „Sei auf der Hut, dieser Gottesmann wird von den Leuten in dem Dorf gut geschützt. Du wirst viele Krieger benötigen, um den Willen meines Vaters zu erfüllen. Lass mich mit dir reiten!"
„Ich danke dir, Sigrun, für deinen Rat. Aber es gibt kein Heer, das ich mit mir nehmen könnte, darum gehe ich allein!"
„Das… das kannst du nicht wagen!"
Da sah Rune das Weib streng an und sprach ein wenig, vorwurfsvoll: „Ich bin nur ein Sklave! Man wird auf mich verzichten können, sollte ich versagen!" Dann ließ er das Weib stehen und begab sich in das Gesindehaus.

Es war sehr früh am Morgen, als zwei Krieger mit Pferden vor das Haus traten, in dem Rune sein Schlaflager hatte. Einer der Männer trat an die Tür, doch da wurde diese auch schon geöffnet, und Rune erschien unter dem Türstock.
„Es wird Zeit aufzubrechen", sprach der Krieger. „Ich bin Wulfger, und der da ist Thure!"
Rune nickte und wollte heraustreten, da griffen von hinten zwei Hände nach ihm, und die junge Magd umarmte und

küsste ihn. „Mögen die Götter dich schützen", sagte sie leise und verschwand dann wieder im Haus.
Die beiden Krieger begannen zu grinsen, der eine reichte dem Sklaven die Zügel des dritten Pferdes, und die Männer saßen auf. Als sie über den Platz vor dem Langhaus ritten, war noch kein Leben in der Siedlung, denn erst jetzt kündigte ein heller Schein am Horizont den kommenden Tag an.

Die Männer waren zügig vorangekommen, und so erreichten sie das Dorf, welches an der Grenze des Gaus lag, das Jarl Siegmar beherrschte noch bevor die Sonne im Zenit stand. Es war ein schöner Tag geworden, die Sonne schien, und die Kühle des Morgens war längst einer angenehmen Wärme gewichen. Rune zügelte sein Pferd. „Ihr wartet besser hier, ich reite allein weiter."
„Ich weiß nicht ...", äußerte Wulfger seine Bedenken. „Der Jarl hat uns befohlen..."
„Ihr seid Krieger Jarl Siegmars und tragt seine Farben auf euren Schilden", unterbrach Rune den Mann, „wollt ihr, dass man uns gleich tötet?"
„Er hat recht", sprach da Thure. „Soll er allein sein Glück versuchen!"
Rune schnallte sein Wehrgehäng mit dem Schwert ab, zog die Klinge aus der Scheide und reichte das Wehrgehäng dem Wulfger. Dann suchte er sich einen mannshohen Busch und schlug mit dem Schwert einen dicken Ast heraus, der ihm als Wanderstab dienen sollte. Das Schwert reichte er nun auch dem Krieger. „Gib gut darauf acht!"
An Runes Gürtel, den er umgeschnallt hatte, hing nur noch das Saxmesser in der ledernen Scheide über der grünen Tunika. Darüber trug der Sklave seine Weste aus weißem Schafsfell. Er nahm einen groben Leinensack vom Sattel des Pferdes, in dem sie ein wenig Nahrung mit sich genommen

hatten, hängte diesen um seine Schulter, nahm seinen Umhang und ging zu Fuß den Weg entlang, der zum Dorf führte.

Bald schon begegnete ihm nicht weit der ersten Häuser der Siedlung ein junges Weib. „Sei mir gegrüßt", sprach er freundlich, doch das Mädchen erschrak und wollte davon laufen. „So warte doch", rief er. „Ich werde dir sicher kein Leid antun!"

Da wandte sich das Weib neugierig um. „Wer bist du? Was willst du?", fragte sie misstrauisch.

Rune lächelte. „Man nennt mich Bran! Und ich komme aus dem Saxland. Was mich hierher führte, weiß nur der Herr allein!"

Da erhellte sich das Gesicht des jungen Weibes. „Du bist ein Sachse!", stellte sie fest, und Rune nickte. „Oh, der Herr Jesus lässt doch Wunder geschehen", lachte sie verzückt, und Rune tat verwundert. „Was hat der Herr Jesus damit zu tun?"

„Nun, in unserem Dorf lebt ein Priester, und dieser kommt wie du aus dem Saxland!" Sie lachte auf und schien ihre Angst nun abgelegt zu haben. „Willst du den Priester sprechen? Es wird ihm sicher eine Freude sein!"

Oh, du einfältiges Kind, dachte Rune und lächelte. Das junge Mädchen führte den Sachsen durch das Dorf, und jeder, der fragte, wer er sei, bekam von ihr die Antwort: „Ein Mann aus dem Saxland, so wie Lutger."

Rune staunte nicht schlecht, denn auf der Hütte des Pfaffen prangte ein großes, hölzernes Kreuz, und ihm schien, dass der Gottesmann ein hohes Ansehen in der Siedlung genoss. Beinahe bekam er ein schlechtes Gewissen, diesen Mann in das Paradies seines Gottes zu schicken, doch er besann sich der Gräueltat an seiner Familie, und der Hass auf die Heuchlerbrut erwachte aufs Neue.

„Lutger!", rief das junge Mädchen, das sicher nicht älter als dreizehn Winter sein konnte. „Priester, sieh, was ich für dich habe!"
Da wurde die Tür der Hütte geöffnet, und ein Mann trat heraus. Er trug die dunkelbraune Kutte eines Mönches, und um seinen Hals hing ein silbernes Kreuz hinab, fast bis auf seinen dicken Bauch. Der Pfaffe war wahrlich gut genährt! Aus schmalen Augenschlitzen musterte der dicke Pfaffe den Besucher.
„Er ist ein Sachse, wie du", rief das junge Weib vergnügt und erhoffte sich wohl ein Lob des Priesters. Doch dieser sah sie nur streng an. „So, so!"
„Wer bist du? Woher kommst du?", fragte er nun Rune in sächsischer Sprache, und dieser antwortete: „Mein Name ist Bran, und ich komme aus einem kleinen Dorf, das man Buira nennt!"
Der Mönch schüttelte seinen Kopf mit dem dünnen, blonden Haar. „Kenne ich nicht!"
„Es liegt nicht weit der Abtei von Werden", sprach der junge Sachse, doch die Reaktion des Dicken bewies, dass er die Gegend nicht kannte.
„Was willst du hier?", fragte Lutger nun. „Bist wohl ein entflohener Sklave?"
Da senkte Rune sein Haupt, und dies sah der Pfaffe als Bestätigung für seine Vermutung. Brummig sah der Mönch den Fremden an. „Hast du Hunger?", fragte er schließlich in nordischer Sprache, und Rune nickte. „So komm halt herein und iss etwas!" Dann sah er das junge Weib an. „Und du, Sif? Hast du nichts zu tun?" Die Angesprochene schüttelte den Kopf.
„Dann such dir etwas, der Herr mag keine Faulenzer!"
Da trollte sich das Mädchen.
Die beiden Männer aber betraten die Hütte. „Nimm Platz!"
Das Haus des Pfaffen war geräumig, und so, wie es üblich

war, befand sich in der Mitte unter der Abzugklappe im Dach eine Feuerstelle. Doch die Glut darin war erloschen. In einer Ecke stand ein Bett, und auf den Podesten an den Längsseiten lagen weiche Felle. Eigentlich war dies eine ganz normale nordische Hütte, wenn nicht die vielen christlichen Utensilien gewesen wären. Rune kannte die Gegenstände natürlich, denn einen Becher für das Abendmahl oder ein silbernes Kreuz, wie es an der Kopfseite des Hauses an der Wand hing, hatte er oft genug gesehen, wenn er mit der Familie die Kirche besuchen musste, um nicht als Anbeter der alten Götter aufzufallen. Über dem Bett des Mönches hing sogar ein auf Holz gemaltes Bildnis, das den Gekreuzigten zeigte. So etwas war selten in dieser Gegend.

Rune setzte sich auf das Podest, und der Mönch kam und reichte ihm ein Stück Speck und etwas Brot. Und der junge Sachse aß, denn er hatte tatsächlich großen Hunger.

„Nun, erzähle", forderte der Mönch seinen Gast auf, und Rune musste erst einmal schlucken. „Ich komme aus dem Norden, war dort Sklave eines Bauern, aber nicht lange. Ich fuhr mit einem Kaufmann aus Hlidbeki[30] erst nach Brimun[31], und dann sollte die Reise nach Jumne[32] gehen. Doch wir wurden von einem Wikinger überfallen und nach Tunsberg verschleppt!"

Die Augen des Mönches musterten Rune misstrauisch. Irgendwie gefielen ihm die Geschichte und auch der Sachse nicht, der vor ihm saß. „Wann geschah das?"

„Es war im letzten Herbst", log Rune.

„Nun, für solch eine kurze Zeit beherrschst du die Sprache der Nordleute aber recht gut", sprach der Mönch zweifelnd.

---

[30] Hlidbeki - Lübbecke
[31] Brimun – Bremen
[32] Jumne – großer Handelsplatz im Oderhaff, Heimstatt der gefürchteten Jomswikinger

„Oh, das war der Grund, warum mich der Kaufmann auf sein Schiff nahm. Ich bin der Sohn eines Schmiedes, und es gab bei uns einen Sklaven, der ein Norweger war", erzählte Rune seine gesponnene Geschichte weiter. „Er lehrte mich die Sprache der Nordleute. Und als ich die Schmiede meines Vaters verlassen musste, kam mir der Kaufmann in Hlidbeki gerade recht!"

Er biss herzhaft in den Speck, um nicht noch länger reden zu müssen. Dieser Pfaffe war ein wahrlich misstrauischer und neugieriger Kerl.

„Deine Kleidung sieht nicht aus wie die eines Sklaven, Bran!"

Da begann der Sachse hämisch zu lächeln. „Was glaubst du, wie weit ich in den Lumpen, die man meine Kleidung nannte, gekommen wäre? Ein junger Bursche war so nett und überließ mir die seine!"

„Ich will doch hoffen, dass du ihn nicht getötet hast", rügte der Mönch seinen Gast.

„Ach, wo denkst du hin? Ein kleiner Schlag mit einem Knüppel. Das war alles!"

„Und nun? Wohin soll dich dein Weg führen, Bran?", fragte der Mönch.

„Ich will nach Süden, an die Küste, und dann mit einem Schiff in die Heimat zurück! Aber sag, was verschlägt dich zu den Heiden, Priester?"

„Dies sind keine Heiden", antwortete Lutger. „Nicht mehr! All diese Menschen sind nun gläubige Christen!"

Er grinste überheblich, und Rune hätte ihm nur zu gern auf der Stelle sein Messer in den fetten Wanst gerammt. Doch dann wäre er sicher nicht mehr lebend aus diesem Dorf herausgekommen. Nein, es galt, Vorsicht walten zu lassen!

„Ich kam aus dem Reich König Haralds, denn dort hatte mich der Abt meines Klosters vor einigen Jahren hingeschickt. Doch der König wünscht, dass auch die

Untertanen in den unterworfenen Gauen an den wahren Gott glauben und nicht mehr diesen Teufeln opfern. So begann ich mein Bekehrungswerk!" Die Stimme des Mönchs klang stolz, doch dann sprach er verärgert: „Die Jarls im Norden sind allerdings noch störrisch! Aber König Harald wird sich das nicht mehr lange bieten lassen!"
Plötzlich klopfte es an der Tür, und der Mönch erhob sich.
„Tritt ein, Ansger", forderte er den bärtigen Mann auf, der dort stand.
„Ich hörte du hast einen Gast, Lutger", sprach der Mann in nordischer Sprache und trat ein.
„So ist es!", antwortete der Priester und zeigte auf Rune.
„Der Mann heißt Bran und kommt aus meiner Heimat!"
„Spricht er meine Sprache?", fragte der Mann, und der Lutger nickte.
„Was führt dich zu uns, Sachse?", fragte der Mann. Doch es war Lutger, der antwortete. „Er ist ein Bote aus meinem alten Kloster, der mir eine Nachricht des Abtes überbrachte", log der Priester frech.
„Ah, ich hoffe doch, es sind gute Nachrichten?" Der Bärtige lächelte neugierig.
„Oh ja", antwortete der Priester, ohne weiter auf die Frage einzugehen, stattdessen reichte er dem Mann einen Becher mit Bier. „Dieser Mann ist der Häuptling des Dorfes, und früher hörte er auf den Namen Tyrger."
Der Mann nickte und sprach: „Doch es ziemt sich nicht für einen guten Christen, den Namen eines Heidengottes zu tragen! So taufte mich der Priester auf den Namen Ansger."
Dieser Mönch hatte, wie es schien, ganze Arbeit geleistet, und Runes Abscheu für diesen Mann wuchs. Lange redeten die Männer, und Rune musste auf der Hut sein, sich nicht zu verraten. Erst als es dunkel wurde, verließ der Häuptling das Haus des Priesters, und er war nicht mehr nüchtern, als er ging.

Rune trat aus dem Haus und atmete tief ein. Seine Gedanken waren aufgewühlt, denn durch die Anwesenheit dieses Ansger hatte sich keine Möglichkeit ergeben, den Befehl des Jarl Siegmar auszuführen. Das Haus des Priester stand nicht weit des Hofes, den der Häuptling sein Eigen nannte. Es lag nur eine große Weide zwischen den Häusern, auf denen einige Schafe grasten. Da trat der Mönch hinaus und sprach wenig erfreut: „Für diese Nacht bist du mein Gast. Doch ich will, dass du gehst, sobald die Sonne aufgeht! Möge der Herr dich auf deinem Weg beschützen!"
Rune nickte nur stumm, doch er hätte frohlocken mögen, denn es schien, als seien ihm die Götter gnädig. In der Nacht würde er dem Schlafenden die Kehle durchschneiden und verschwinden.

*

„Ich glaube, dieser elende Dreckskerl hat sich aus dem Staub gemacht", fluchte Wulfger, als er mit Thure an dem Feuer saß.
„Du glaubst, der Sklave ist geflohen?", fragte Thure. „Bei Thors Hammer! Jarl Siegmar wird uns die Köpfe abreißen!"
Längst hatte sich Dunkelheit über den Wald gelegt, an dessen Rand die Männer sich ein Feuer entfacht hatten, um hier zu lagern. Zwischen den Bäumen standen die drei Pferde und knabberten Flechten von den Rinden.
„Wenn ich diesen Rune in die Finger kriege, reiße ich ihm den Sack ab!" Wulfger war äußerst verärgert.
„Warten wir bis morgen, dann müssen wir uns in dem Dorf umsehen", schlug Thure vor. „Dieser Tyrger wird es sicher nicht wagen, uns anzugreifen!"
Noch lange sprachen und fluchten die beiden Krieger, bis sie sich zur Ruhe legten. Was sollten sie auch sonst tun?

„Dort kannst du schlafen", sagte Lutger und zeigte auf einen der Podeste. Dann begab er sich zu dem großen, silbernen Kreuz, kniete nieder und wollte beten, doch er wandte sich noch einmal dem Rune zu. „Bran, wir beten!" Seine Worte klangen wie ein Befehl.
„Oh, ja!" Rune erhob sich und trat neben den Priester, dort ließ er sich auf seine Knie nieder. Beim Klang des Gebetes, der lateinischen Worte, die der Mönch vor sich hin murmelte, erwachten in dem jungen Sachsen erneut böse Erinnerungen an die Heimat. Doch er musste seinen Hass noch zügeln. Noch!
Denn nichts wünschte sich Rune mehr, als diesen Pfaffen zu seinem Gott zu schicken.

Der Priester hatte ein kleines Feuer entfacht, kniete vor der Feuerstelle und fütterte die Flammen mit kleinen Holzscheiten, als Rune sich seiner Tunika entledigte.
Da plötzlich rief Lutger: „Was ist das?"
Der fette Mönch schnellte hoch und in nicht zuerwartender Gewandtheit stand er vor dem Rune. Griff an dessen Hals und hielt den aus Knochen geschnitzten Thorshammer in seiner Hand, den der Sachse an einer Lederkordel auf der Brust trug.
„Du bist kein Christ!", rief der Mönch erbost. „Was willst du hier? Was soll das Theater?" Seine Hände legten sich blitzschnell dem Rune um den Hals, und er begann diesem die Kehle zuzudrücken.
Der junge Sachse versuchte den Griff des zornigen Priesters zu lösen, ließ dann aber seine Hände sinken, fischte nach dem Messer, das in der Scheide an seinem Gürtel steckte, der ihm noch über der Hüfte hing, und mit letzter Kraft stieß er dem Mönch die Klinge in den Bauch. Dieser ließ sofort von Rune ab und wankte zurück. Der junge Sachse hustete und rang nach Luft, und der Priester schien noch gar nicht

begriffen zu haben, was geschehen war. Er sah auf seine blutverschmierte Kutte herab und öffnete seinen Mund. Doch ehe ihm ein Schrei entfahren konnte, hatte Rune einen Satz auf den Mann zu gemacht und diesem die Klinge in den Hals gestoßen. So wurde aus dem Schrei nach Hilfe nur noch ein krächzendes Röcheln. Der Priester Lutger sank zu Boden und starb.
Schwer atmend stand der junge Sachse über dem Leichnam des fetten Priesters. „Für meine Mutter und die Schwestern", sprach Rune leise, wischte die Klinge an der Kutte des Mannes ab und steckte das Messer zurück in die Scheide. Dann ergriff er seine Tunika, die Weste, nahm den Sack und den Stab. Langsam öffnete er die Tür und streckte vorsichtig seinen Kopf hinaus. Alles war ruhig!
Unbemerkt erreichte er den Weg, der aus dem Dorf führte, und nur das Bellen eines Hundes in der Ferne war zu hören, als er den Wald erreichte.

Der Schein des kleinen Feuers war in der Dunkelheit weit zu sehen, als sich Rune durch das Unterholz des Waldes schlug, und so fand er rasch die beiden Krieger des Jarls, die leise schnarchend an einem Baum lagen. Wie einfach wäre es für ihn gewesen zu fliehen. Aber wo sollte er hin? Er trat vor den Wulfger und stieß mit dem Fuß gegen den Schlafenden. Dieser grunzte nur, furzte laut und schlief weiter. Da trat Rune fester zu, und der Mann fuhr erschrocken hoch. „Was? Wer wagt es?"
„Ich wage es", sprach Rune leise. „Los, hoch mit euch, wir müssen fort von hier!"
Nun war auch Thure erwacht. „Hast du den Priester erledigt?", fragte er sofort.
„Natürlich", antwortete Rune knapp und begann, das Feuer mit Erde zu löschen. „Wollt ihr warten, bis dieser Tyrger mit seinen Männern nach uns sucht? Los, hoch mit euch!"

Die beiden Krieger des Jarls erhoben sich schwerfällig, begannen dann aber zügig die Pferde zu satteln, die zwischen den Bäumen standen.
Kurz darauf ritten die drei Männer den Pfad entlang durch die Nacht nach Norden.
„Hast du den Pfaffen wirklich erledigt?", fragte Wulfger misstrauisch, als sie einige Zeit geritten waren.
„Willst du zurückreiten und dich vergewissern, Mann?", fragte Rune frech zurück.
„Wieso hat es so lang gedauert?", wollte nun Thure wissen.
„Es ging nun mal nicht schneller."
Rune begann sich über die Fragerei der beiden Krieger zu ärgern. „Er ist tot, das reicht doch!"
Da reichte der Wulfger dem Skalden sein Schwert, das an seinem Sattel gehangen hatte, und grinste zufrieden.

\*

# 8

## *Dem Tode entronnen*

Die Zeit verging, und der Sklave, der nun wieder der Skalde des Herrn von Frigghavn war, hatte das Wohlwollen des Jarls zurückgewonnen. Ja, er wurde nun sogar oft an die Tafel des Siegmar gerufen, was wohl auch dem Bitten der Sigrun zu verdanken war.
Anders dachte die Asrun, die den Skalden Rune nicht mochte. Schließlich war er nur ein Sklave und hatte nicht das Recht, am Tisch eines Jarls zu sitzen, so ihre Meinung. Sigrun aber hatte sich besonnen, denn sie sah Rune nun mit anderen Augen. Sie behandelte ihn nicht mehr wie einen Unfreien, den sie rufen konnte, wann es ihr beliebte. Nein, sie schien sogar ein wenig verliebt zu sein!
Es dauerte allerdings, bis der Skalde wieder mit ihr das Schlaflager teilte, und der Jarl ließ sie ohne Groll gewähren. Rune hatte sich erneut bewährt, und da der Jarl keinen Groll gegen ihn hegte, erging es ihm nun nicht schlechter als zuvor im Haus des Askold. Sein Ansehen in Frigghavn war für einen Sklaven nicht gering, denn seine Tatkraft und auch sein gnadenloser Umgang mit den Feinden hatten sich unter den Kriegern des Jarls schnell herumgesprochen.
Auch bei dem Gesinde war er beliebt, denn er verstand es anzupacken, und scheute nicht vor harter Arbeit zurück. So gab es nur einen Knecht, der dem Rune nicht wohl gesonnen war. Dieser hatte ein Auge auf die junge Magd geworfen, mit der es der Sklave ab und an noch trieb.
So konnte Rune zufrieden sein, nur manchmal, wenn er allein auf seinem Schlaflager lag und ihm die Gedanken durch den Kopf gingen, dachte er an den Schmied, den

guten Askold, und es erwachte der Zorn auf den Jarl in ihm. Doch dann, in einer Nacht, die er wieder einmal mit der Magd verbrachte, fielen die Worte, die ihn in seinen Rachegedanken wanken ließen. Er starrte wortlos auf die Giebel des strohgedeckten Daches.
„Was denkst du?", fragte das junge Weib flüsternd, denn es galt leise zu sein, schließlich schliefen noch weitere vier Personen in der Hütte.
„Nichts", antwortete Rune wortkarg. „Man kann nicht Nichts denken", sagte sie spitz. „Also?"
„Oft sind meine Gedanken bei Askold, dem Schmied."
„Und dann steht dir der Sinn nach Rache", stellte sie flüsternd fest. Rune nickte.
Sie legte ihren Kopf sanft auf seine nackte Brust und sprach: „Auch bei dem Askold warst du nur ein Sklave! Ja ... er hat dich gut behandelt, aber das tut der Jarl nun auch."
Sie hob ihren Kopf und sah Rune an. „Sei nicht dumm, Rune, der Jarl mag dich, und am Ende wird es dich noch dein Leben kosten, wenn du an den Rachegedanken festhältst!" Sie küsste ihn, legte ihren Kopf nieder und nach einer Weile verriet ihr ruhiger Atem, dass sie wieder schlief.

Drei volle Monde vergingen, der Sommer neigte sich unaufhaltsam seinem Ende zu und das Laub der Bäume begann sich bunt zu färben, da segelte eine Schnigge in den Fjord und nahm Kurs auf Frigghavn.
Bald steuerte das Schiff in die Bucht, in der die Siedlung lag, und machte an dem breiten Anlegesteg fest. Die Krieger des Jarls erwarteten die Ankommenden bereits, um diese zu begrüßen.
Ein Mann trat auf den Anlegesteg, gefolgt von zwei Kriegern. „Ich bin Jarl Gunnar, und die hier sind mein Sohn Stiglar und mein Stevenhauptmann Kjelt", stellte sich der Mann mit dem weißen Haar und dem ebenso weißen, langen

Bart vor. „Ich bin auf der Suche nach meinem Sohn Sveyn. Führe mich zu Jarl Siegmar!"
„Ich grüße dich, Jarl. Folge mir!"
Thorbart war der Krieger, der die Fremden zum Langhaus geleitete, und er ahnte, dass großes Unheil drohte.
Nicht anders erging es Jarl Siegmar, als die drei Männer vor den Hochstuhl in der Schildhalle traten. Thorbart aber zog sich zurück und alarmierte die Krieger des Jarls.
„Wo ist mein Sohn?", fragte der Jarl der Götaländer sofort unfreundlich. „Ich sah sein Schiff im Hafen. Also, wo ist Sveyn?"
„Gunnar … welch eine Freude, dich zu sehen. Wie wäre es mit einem kühlen Trunk?", säuselte Siegmar, und Gunnar winkte verärgert ab. „Beim Thor, mir ist nicht nach einem Trunk! Wo ist Sveyn?"
Der Jarl von Frigghavn erhob sich langsam und sah den Gunnar streng an, dann sprach er: „Die Angelegenheit hat sich leider anders entwickelt, als wir es uns gedacht haben, Gunnar. Dein Sohn hat meine Gastfreundschaft schändlich missbraucht! Er hat es sich mit seinen Leuten an meinem Tisch gut gehen lassen und dann wohl geglaubt, er sei auf einer Raubfahrt. Anstatt meine Tochter zu freien, hat er uns überfallen!"
Das Gesicht des Götaländers wurde blass und er stand vor Siegmar wie versteinert, denn er ahnte, was kommen würde.
„Dein Sohn ist in Walhalla, Gunnar! Und mit ihm sein Gefolge!"
„Du … du hast meinen Sohn getötet?"
Der weißhaarige Jarl Gunnar flüsterte die Worte, doch in ihm war großer Zorn.
Jarl Siegmar nickte. „Die Götter sind meine Zeugen, ich hatte keine andere Wahl!"
Die Hand des Jarls aus dem Dänenreich schnellte zum Griff seines Schwertes, doch da traten einige Krieger des

Siegmar, angeführt von Thorbart, in die Halle, und als Gunnar dies sah, zügelte er seine Wut und ließ sein Schwert in die Scheide gleiten. Er wandte sich grußlos um, nickte seinen Männern zu, und sie verließen wortlos die Schildhalle.

„Er wird die Kröte nicht schlucken", sprach Thorbart zu dem Jarl. „Er wird auf Rache aus sein!"

„Ja, da hast du wohl recht, Thorbart", erwiderte Siegmar. „Der Vater ist sicher nicht weniger einfältig als der Sohn!"

Genau an der Stelle des Strandes, an der zuvor Sveyn sein Lager aufgeschlagen hatte, errichtete auch der Vater das seine. Und einige Tage geschah nichts!

Gunnar machte keine Anstalten, die Siedlung anzugreifen, und Jarl Siegmar ließ die Götaländer auf dem Strand gewähren. Dies natürlich nicht unbeobachtet.

„Wir sind in einer misslichen Lage", sprach Gunnar, der mit seinem Stevenhauptmann und einigen seiner Krieger in dem großen Zelt saß.

„Wir sind sicher zu wenige, um dem Siegmar und den Seinen entgegenzutreten", sprach der Stevenhauptmann verärgert. „Und wenn die Geschichte stimmt, war es wohl sein Recht, gegen Sveyn zu kämpfen", sagte sein Sohn Stiglar. Den jungen Mann traf ein böser Blick des Vaters.

„Sveyn war mein Sohn, wie du, und ich will Rache für seinen Tod!"

Ähnlich ging es dem Jarl von Frigghavn, der in seiner großen Halle saß und grübelte. Ein Angriff des Götaländers wäre ein großes Unheil, denn nach dem Kampf mit dessen Sohn war die Zahl der Krieger des Siegmar doch arg gesunken. Vom Jarl in Tunsberg, dem er abgabepflichtig war, brauchte er sicher keine Hilfe erwarten.

Im Lager der Götaländer trat zu dieser Zeit ein Mann in das Zelt des Gunnar, und obwohl ihn Angst und sein schlechtes Gewissen plagten, hatte er den Schritt gewagt.
„Was willst du? Wer bist du, Mann?", fragte der Däne grimmig.
„Ich bin einer der Knechte vom Hof Jarl Siegmars, und ich kann dir sagen, welcher Mann deinen Sohn tötete!"
Da wurde Gunnar hellhörig.
Der Knecht war jener Mann, der es auf die Magd abgesehen hatte, die es mit dem Rune trieb, und er hatte die Hoffnung, so den Nebenbuhler loszuwerden.
„Der Mörder meines Sohnes lebt?" Gunnar sprang auf.
„Wer ist der Kerl?"
In seinem Kopf mischten sich Neugier auf den Krieger und natürlich Rachegelüste. Der Knecht hatte nun wahrlich seine volle Aufmerksamkeit.
„Was verlangst du für dein Wissen?", fragte Stiglar, denn er glaubte, dass sich der Knecht bereichern wollte. Umso erstaunter war er, als der Knecht antwortete: „Nichts!"
„Du verlangst keinen Lohn für deinen Verrat?"
„Nein!"
Gunnar sah erstaunt seine Gefolgschaft an und zog seine Schultern empor. Da sprach der Knecht: „Es war ein Sklave, der Sveyn tötete!"
Da sahen sich die Götaländer entsetzt an und ließen ihrem Unmut freien Lauf. Sveyn, der Sohn eines Jarls, von einem Sklaven erschlagen! So eine Schmach wollten und konnten sie nicht auf sich sitzen lassen.
„Haltet euer Maul!", keifte der Jarl und sorgte so für Ruhe.
„Lasst ihn endlich reden!"
„Sein Name ist Rune. Er ist von Geburt ein Sachse, und er ist der Skalde des Jarl Siegmar. Man nennt ihn hier in der Gegend den bösen Skalden, denn er ist auch des Siegmars heimlicher Meuchler. Er war es, der deinen Sohn tötete!"

„Ein Sklave, bei allen Göttern, das darf nicht sein!"
Das Gesicht Jarl Gunnars war düster, und er war nicht weniger zornig als seine Männer. Doch er blieb ruhig!

*

Mit sechs Männern im Gefolge hatte sich Gunnar auf den Weg in die Siedlung gemacht. Und als einer der Krieger Siegmars seinem Jarl die Anwesenheit des Götaländers ankündigte, war dieser natürlich wenig erfreut!
„Ich sage es dir gerade heraus, Siegmar, es ist meine Absicht, Rache für den Tod meines Sohnes zu nehmen", sprach der weißhaarige Jarl zu dem Mann, der auf dem Hochstuhl saß, und ignorierte die freundliche Begrüßung des Siegmar. Neben den sechs Männern des Gunnar war die Halle gefüllt mit den Kriegern von Frigghavn.
„Ein Kampf würde aber viele Männer das Leben kosten, und Odin wäre der einzige der einen Nutzen davon hätte. Mir scheint es, als hätte mein Sohn dir keine andere Wahl gelassen, und darum will ich einen Kampf zwischen uns vermeiden!" Erstaunt sah Jarl Siegmar den Dänen an, bot ihm nun auch an, Platz zu nehmen, und rief nach einer Magd, die ihn bewirten sollte. Der weißhaarige Jarl aber lehnte ab.
„Gib mir den Mörder meines Sohnes, und es soll kein Zwist mehr zwischen uns sein", forderte Gunnar ruhig.
„Und sage nicht, er sei tot. Ich weiß, dass er lebt! Also, gib mir den Skalden Rune!"
Nicht nur der Herr von Frigghavn war über das Wissen des Gunnar überrascht, und ein Raunen ging durch die Halle.
„Meinen Skalden soll ich dir geben?", entrüstete sich Siegmar über das Ansinnen des Götaländers. „Warum sollte ich das tun? Die Götter sind uns gewogen, und wie deinen

Sohn würden wir dich und die Deinen nach Walhalla[33] schicken!"
„Du willst das Leben vieler für das eines Sklaven opfern?" Gunnar begann hämisch zu lachen. „Ich denke, das würden die Götter dir übel nehmen."
„Und sicher nicht nur die Götter", warf Stiglar ein. „Wäre deine Gefolgschaft bereit, für einen Sklaven zu sterben?" Mit eindringlichem Blick sah der junge Götaländer den Herrn von Frigghavn an, und er wusste, dass seine Worte ihre Wirkung nicht verfehlen würden.
„Wie viele Krieger hast du noch, Siegmar? Ich denke doch, mein Sohn hat es dir nicht leicht gemacht!" Gunnar sah den Herrn von Frigghavn durchdringend an.
Jarl Siegmar schwieg - und all seine Männer mit ihm. Woher wusste dieser Kerl all das? Der Gedanke, einen Verräter in den eigenen Reihen zu haben, ekelte ihn an und machte ihn wütend.
„Ich gebe dir zwei Tage, um deine Entscheidung zu überdenken. Dann greifen wir euch an!" Jarl Gunnar wandte sich ab und verließ, gefolgt von seinen Kriegern, die große Halle.

Nun bestürmten die Krieger und Berater ihren Jarl. Und es war nur einer unter ihnen, der für das Leben des Sklaven Rune eintrat.
„Bedenke, das er dir dein Leben rettete, Jarl", appellierte Thorbart an das Gewissen seines Herrn, nachdem sich der erste Sturm der Entrüstung gelegt hatte. „Rune ist ein guter Mann, der sicher einmal seine Freiheit erlangen könnte! Er hat es verdient, das wir für ihn kämpfen!"
Sofort wurde Thorbart bestürmt, sodass Siegmar erneut für Ruhe sorgen musste. „Du hast wohl recht, Thorbart, und

---

[33] Walhalla – Odins große Halle in Asgard, in der die gefallenen Krieger, die Einherjer, auf die große Schlacht warten

glaube mir, es fällt mir nicht leicht, ihn dem Feind zu überlassen. Aber es geht um das Leben meiner Gefolgschaft. Es sind Freie, deren Leben ich nicht für das eines Sklaven opfern kann!"
Während der Jarl von Frigghavn seinen Krieger traurig ansah, stimmten die anderen seinen Worten lautstark zu.
„Mögen die Nornen für ihn das Band des Schicksals knüpfen, denn ich habe mich entschieden, den Sklaven dem Gunnar zu übergeben. Es muss Frieden herrschen zwischen mir und dem Götaländer! Vielleicht kommt es doch noch zu dem Bündnis, denn er hat ja noch einen Sohn!"
„Das kannst du nicht wirklich wollen", rief Thorbart entsetzt. Da brauste Siegmar auf: „Ich bin der Jarl, und ich gebe die Befehle! Oder willst du dich mir widersetzen, Thorbart?"
Thorbart senkte traurig sein Haupt, er konnte nichts mehr für Rune tun.

Bald schon ließ der Jarl seinen Skalden in die große Halle rufen, und Rune folgte dem Befehl seines Herrn, ohne zu ahnen, was ihn erwartete. Doch kaum stand er vor dem Hochstuhl, kamen zwei Krieger heran, nahmen ihm das Schwert und legten ihm Fesseln an. Erstaunt sah er auf das Seil, das nun seine Handgelenke umschloss, doch er ließ es ohne Gegenwehr geschehen.
„Was wirfst du mir vor, Jarl Siegmar? Womit habe ich diese Behandlung verdient?"
Betrübt sah der Jarl den Sklaven an. „Glaube mir, ich bin wenig erfreut über das, was ich tun muss. Aber die Götter lassen mir keine andere Wahl!"
Da trat Sigrun in die Schildhalle und als sie den Sklaven in Fesseln sah, war sie auf das Äußerste erzürnt. „Was geht hier vor sich? Warum ist Rune gefesselt?"

„Gunnar verlangt sein Leben", antwortete der Jarl seiner Tochter.
„Und du gibst ihm, was er verlangt?", rief Sigrun entsetzt. „Das darfst du nicht tun!"
„Das Leben des Sklaven verhindert einen Krieg", mischte sich Asrun ein, „oder willst du wegen dieses Kerls das Leben der Menschen dieser Siedlung opfern?"
„Er ist einer dieser Menschen! Und was mischst du dich ein, Asrun?", keifte Sigrun das Weib an.
„Ich bin die Gattin des Jarls, und du solltest mich auch so behandeln", forderte Asrun beleidigt, doch die Tochter des Siegmar begehrte erneut auf. „Du bist nicht mehr als eine Hure, Asrun, die sich in das Bett meines Vaters geschlichen hat, noch bevor meine Mutter die Siedlung verlassen konnte. Niemals werde ich dich …!"
„Halt deinen Mund, Sigrun!", fuhr Siegmar seine Tochter an. „Es reicht! Ich habe entschieden, Tochter! Also schweig!"
Doch die Tochter schwieg nicht, sie zeterte, bettelte, flehte, begann die Männer als Feiglinge zu beschimpfen, doch es war vergebens.
„Bringt ihn dem Gunnar, auf dass der Zwist endlich ein Ende findet", befahl Jarl Siegmar. „Und gebt ihm auch das Schwert Blutlechzer. Es soll ihm meinen guten Willen bekunden!"
Und die Krieger taten, was der Jarl befohlen hatte.

In dem Lager am Strand herrschte bedrohliche Ruhe. Lagerfeuer brannten, um die sich einige Männer versammelt hatten. An den Planen der Zelte lehnten die runden, buntbemalten Schilde der Krieger des Gunnar. Speere und Äxte lagen im Sand. Einige Männer arbeiteten an dem Schiff, reinigten die Planken und die Ruderpinne, oder flickten an dem Segel. Andere kochten an den Feuern, aßen

aus ihren hölzernen Schüsseln. Wieder andere waren damit beschäftigt, ihre Klingen zu schärfen. Plötzlich aber wurde es unruhig!
Drei Krieger Jarl Siegmars führten den Gefangenen in das Lager der Feinde. „Wo ist Jarl Gunnar?", fragte einer der Krieger einen Mann, der ihnen entgegentrat. Dieser zeigte auf eines der Zelte und befahl barsch: „Folgt mir!"
Er schob die Plane des Zeltes beiseite, streckte seinen Kopf hinein und sprach: „Jarl Gunnar, es scheint, man bringt uns, wonach wir verlangten!"
Da trat der Jarl, gefolgt von seinem Sohn Stiglar und einigen Männern ins Freie, musterte den Gefangenen und fragte: „Wie ist dein Name, Mann?"
„Ich bin Rune, der Skalde", antwortete der Gefragte nicht ohne Stolz in seiner Stimme.
„Der Skalde? Der Sklave wohl eher", sprach Stiglar höhnisch. Da trat einer der Männer des Siegmar vor den Jarl der Götaländer und reichte diesem das Schwert Blutlechzer, mit den Worten: „Dieses Schwert soll ich dir geben, als Zeichen des guten Willens, und dieser Sklave ist der Mann, der deinen Sohn tötete."
Der Jarl mit dem weißen Haar besah sich die Waffe genau und begann zu grinsen. Doch als er den Sklaven musterte, verdunkelte sich sein Antlitz wieder. Rune war ganz und gar nicht so, wie er sich den Mörder seines Sohnes vorgestellt hatte. Er war weitaus kleiner, als es Sveyn gewesen war, und er schien dem Gunnar auch nicht übermäßig kräftig zu sein. „Du Wurm willst meinen Sohn getötet haben? Ich kann es kaum glauben! Ein Angriff aus dem Hinterhalt bestimmt! Eine Meucheltat!"
„Vielleicht hat man uns den Falschen geschickt und versucht uns zu täuschen", mutmaßte Stiglar.
„Ich bin Rune, und es war ein ehrlicher Kampf, Herr!", antwortete der Sklave rasch.

„Ein ehrlicher Kampf? Dass ich nicht lache", spottete Stiglar. „Auch das würde dir nicht dein Leben retten!"
Die Männer des Gunnar grinsten finster.
Nun wandte sich einer der Krieger des Siegmar an den götaländischen Jarl. „Der Sklave spricht die Wahrheit! Nun hast du, wonach du verlangtest, und jetzt setzt euer Segel und verschwindet von hier!"
Erstaunt über die frechen Worte des Kriegers sah Gunnar den Mann drohend an, doch er nickte nur. Da zogen sich die Männer von Frigghavn zurück und überließen Rune seinem Schicksal.

„Los, rede!", forderte der dänische Jarl, und Rune sah ihn fragend an. „Beweise mir, dass du der bist, der du vorgibst zu sein. Wenn du wirklich der Skalde bist, lass uns etwas hören!"
Verwundert sah Rune den Dänen an, räusperte sich und sprach einige Verse. Einen reimte er sogar aus dem Stegreif.

    Mit Freyas Hilfe, gekommen zu frei'n,
       Gesippe Jarl Siegmars wollte er sein.
    Der Wille der Väter, zu einen die Macht,
       das schöne Weib den Freier veracht.
    Den Sklaven die Sigrun holt in ihren Schoß,
       des Götaländers Ruf nach Rache ist groß.
    Der Sklave führt die Klinge gekonnt,
       des Götaländers Leben der Kämpfer verschont.
    Sveyn sich grollend den Raubzug erdacht,
       die Götter dafür den Tod ihm gebracht.

Der Dänenjarl nickte böse, dann wandte er sich seinem Sohn zu. „Wir haben, was wir wollen!"
„Wir gehen doch nicht ohne Beute?", fragte da ein Krieger des Gunnar seinen Jarl, doch ihn traf ein böser Blick.

„Willst du, dass es uns genauso ergeht wie Sveyn?"
Der Mann schüttelte sein Haupt, doch er bekam Hilfe von Stiglar. „Snorre hat recht! Wir können nicht ohne Beute heimkehren!"
„Ach, halt dein Maul!", ranzte Gunnar seinen Sohn an. „Noch gebe ich die Befehle! Los, baut das Lager ab und macht seeklar!"
„Was wird aus dem hier?", fragte der Steuermann, der sich neben Rune postiert hatte. „Sollen wir ihm den Schädel herunterschlagen?"
Nachdenklich fuhr sich Gunnar mit der Hand durch seinen Bart, dann sprach er: „Nein, lass ihn! Wir nehmen ihn mit uns. In der Heimat soll er dann brennen!"

Als das Schiff der Götaländer aus der Bucht in den großen Fjord segelte, standen die Sigrun und auch Thorbart der Krieger auf dem Strand, und das junge Weib weinte heiße Tränen.

*

Anfangs kam es vor, dass Rune Tritte und Schläge der Seefahrer ertragen musste. Doch dies ließ schnell nach, und bald strafte man den Sklaven mit Missachtung. So hockte er nun am Vordersteven, an die Bordwand gelehnt, schlief oder grübelte über sein Leben nach, und das, was ihn nun erwarten würde. Obwohl es Rune nicht wahrnahm, wurde er doch beobachtet. Es waren die Blicke des Jarls selbst, die auf dem Gefangenen lagen. Er stand meist neben dem Steuermann auf dem Achterdeck, und sein Blick schweifte über das Schiff. Der Vers des Skalden klang ihm immer noch in den Ohren. Dieser Kerl sollte Sveyn getötet haben, in einem ehrlichen Zweikampf? Er konnte es nicht glauben, dass sein Sohn so versagt hatte.

Einmal sprach der Steuermann zu seinem Anführer: „Der Kerl ist ein hervorragender Skalde."
Da nickte Gunnar und sprach: „Dieser Siegmar hat ihn sicher nicht ohne Grund wie einen Freien behandelt."
„Denkst du darüber nach, ihn am Leben zu lassen?", fragte der Steuermann, und es klang Enttäuschung in seiner Stimme, doch er kannte seinen Jarl gut, denn er war schon lange sein Gefolgsmann.
„Ich weiß es nicht", antwortete der Jarl. „Vielleicht nimmt es mir Odin übel, wenn ich dem Vogel den Schnabel stopfe. Und außerdem, ein Skalde auf dem Hof hat etwas Herrschaftliches und könnte sicher von Nutzen sein."
„Aber er tötete deinen Sohn! Willst du das ungesühnt lassen?" Dem Steuermann gefiel der Gedanke gar nicht.
„Sveyn war ein Narr! Vielleicht hat er die Götter einmal zu oft erzürnt", sprach Gunnar abfällig über seinen Sohn. „Und einfältig war er auch, das hatte er von seiner Mutter!"
Die beiden Männer begannen lauthals zu lachen.
Doch es dauerte nicht lang, da begann sich die Stimmung auf dem Schiff zu verschlechtern. Die Männer begannen zu flüstern, und ihre düsteren Gesichter verrieten dem Jarl, dass nichts Gutes vorging.
Rune bekam von alledem nur wenig mit. Wenn etwas seine Aufmerksamkeit erweckte, dann war es das Schwert, welches im Wehrgehäng des götaländischen Jarls hing. Es war sein eigenes!
„Welch närrische Gedanken", sagte Rune leise zu sich selbst. „Man wird mich töten, und ich mache mir Sorgen um mein Schwert!" Er begann über sich selbst zu lachen.
Dann aber wurde es laut an Bord, denn einer der Männer war vor den Jarl getreten.
„Was willst du, Thurlar?", fragte der Anführer wenig freundlich.

„Ist es wahr, dass du dem Mörder Sveyns das Leben lassen willst?"
Da traf den Steuermann ein böser Blick des Gunnar, dann wandte er sich dem Thurlar zu. „Was geht das dich an?", fragte er zornig.
„Sveyn war einer von uns, und die Götter verlangen, dass der Kerl stirbt, der ihn tötete!"
„So, woher weißt du, was die Götter verlangen? Sveyn war mein Sohn, und nur ich entscheide darüber, ob dieser Mann stirbt oder nicht!" Er zeigte auf den Sklaven, der an der Reling auf dem Vorderdeck kauerte. „Ich bin der Jarl, und ich sage, was geschieht!", fuhr er den Thurlar wütend an.
Da schwieg der Mann beleidigt und zog sich zurück.
Die Götter aber schienen dem Gunnar tatsächlich zu zürnen, denn als der Kiel des Schiffes die Wellen des großen, dänischen Sundes pflügte, verhießen dunkle Wolken wenig Gutes. Schneller als erwartet brach das Unwetter über sie herein. Der Wind hatte aufgefrischt, wurde wilder und wilder, zerrte an dem großen, grauen Tuch, das aufgebläht an der Rahe hing. Ließ die Nähte platzen, sodass das Segel an mehreren Stellen zu reißen begann. Graue und schwarze Wolken türmten sich nun über ihnen auf und ließen es unter Donnerhall herabregnen, als stünden sie unter einem Wasserfall. Gunnar ließ die Zeltplane über dem Schiff aufspannen, unter die sich die Männer drängten. Nur der Jarl und sein Steuermann kämpften an dem Seitenruder gegen die vernichtenden Gewalten der Natur.
Der Sklave saß weiterhin eng an die Bordwand gedrückt am Vordersteven, ihn hatte man nicht unter die Plane gelassen, und einige Krieger waren darüber äußerst erheitert.
Und dann kam der Zorn Thors über sie!
Es krachte ohrenbetäubend, und weiß leuchtende Blitze schlugen aus dem schwarzen Himmel in die stürmische See. Da geschah es!

Ein grelles Licht blendete Rune, und ein mächtiger Knall drang in seine Ohren. Dem Gefangenen raubte es die Sinne! Ihm war, als sauge eine übermenschliche Kraft alles Leben aus seinem Körper, sein Kopf drohte zu zerplatzen, und dann versank er in Dunkelheit.

Salziges Wasser spülte in seinen Mund, er verschluckte sich und begann zu husten. Rune öffnete seine Augen und erschrak, denn er blickte in ein großes, goldenes Auge, das ihn kalt anstarrte. Für einen kurzen Moment drohte sein Herz stillzustehen, doch dann erkannte er, dass er auf dem großen Drachenkopf und einem Teil des Vorderstevens lag, der einst das Schiff des Gunnar zierte, und der auf dem nun glatten Meer trieb. Ihn schmerzte sein Kopf, und in seinen Ohren herrschte Stille. Kein Plätschern der Wellen, die auf das Holz schwappten, kein Krächzen der Möwen, die über ihm ihre Kreise zogen, war zu hören.
„Oh, ihr Götter", seufzte er, und auch das drang nicht in sein Ohr. Er reckte seinen Kopf empor und sah vor sich den hellen Sand eines Strandes. Die Strömung musste ihn hierher getragen haben, oder waren es die Götter, die dafür sorgten, dass er lebte? Was war nur geschehen?
Rune konnte sich nicht erinnern!
Das Schiff des götaländischen Jarls war gesunken, war der Wut der Ran[34] zum Opfer gefallen. Der Drachenkopf auf dem er lag, bewies es!
Bald schon hatte er das seichte Wasser erreicht, und seine Füße berührten den weichen Boden. Er richtete sich auf und konnte stehen. Der Vordersteven des Schiffes, der ihm wohl sein Leben gerettet hatte, trieb mit den seichten Wellen auf

---

[34] Ran - düstere Meeresgöttin, zieht die Seefahrer bei Sturm mit ihrem Netz in die Tiefe, gebietet über die Seelen der Ertrunkenen, Weib des Aegir

den Strand zu. Nun sah Rune all das Treibgut, das die Strömung hierher gespült hatte, und er sah auch die beiden leblosen Körper, die von Wellen umspült auf dem Strand lagen. Langsam watete der sächsische Sklave durch das Wasser und erkannte nun, wer dort lag. Es waren der Steuermann und der Jarl selbst.

Sie mussten auf dem Achterdeck gestanden haben, denn alle anderen Männer hatten unter der Zeltplane Schutz gesucht. Rune erinnerte sich und begann hämisch zu grinsen.

„Diese dummen Kerle, haben sich selbst der Ran in das Netz gesetzt."

Es schien, dass all diejenigen, die unter der Plane gesessen hatten, von der Meeresgöttin in die Tiefe gerissen worden waren.

Neben dem Gunnar sank der Sklave in den weichen, nassen Sand. Und während die Brandung seine Beine umspülte, griff er dem Jarl in sein Haar und zog dessen Kopf empor. Wie er es geahnt hatte, war dieser Mann längst im Reich der Hel[35] angekommen. „Es scheint, mein Heil ist größer als das Deine, Jarl der Götaländer!" Da fiel sein Blick auf das Schwert im Wehrgehäng des toten Anführers. Es war sein Blutlechzer!

Ein freudiges Lächeln huschte über Runes Gesicht, und mit Mühe drehte er den Körper auf den Rücken, sodass er den Gurt des Wehrgehängs öffnen konnte. Rune war erschöpft, seine Handgelenke schmerzten, denn das Seil war eng gebunden und rieb seine Haut blutig. Dazu kam, dass der Jarl ein schwerer Kerl war, und so dauerte es eine Weile, bis Rune sein Schwert in Händen hielt. Auch den Umhang des Mannes nahm er an sich und dessen Geldkatze, die an seinem Gürtel hing. Doch in dieser waren nur wenige Silberlinge und ein kleiner Feuerstein.

---

[35] Hel - Göttin des Totenreiches, Tochter des Loki

Der Sachse erhob sich und ging wankend den Strand hinauf bis zu der Böschung, deren Höhe etwa eine halbe Manneslänge betrug. Mühsam erklomm er diese und sah nun auf eine grüne Wiese. In der Ferne erkannte er die Kronen einiger Bäume.
Es war noch früh am Tage, das sah Rune am Stand der Sonne. Dies bedeutete, dass er mehr als eine Nacht auf dem Wasser getrieben sein musste. Seine Erinnerung führte ihn soweit zurück, bis sich der Himmel verdunkelte, und da war es noch nicht einmal Abend gewesen. Und er erinnerte sich an den lauten Knall und das grelle Licht!

Lange war er gelaufen, bis er den Schatten einer hohen Eiche erreichte. Niemand war ihm begegnet, weder Mensch noch Tier. Es gab keinen Pfad oder Weg, der darauf hin wies, dass Menschen in der Nähe wären. Wo war er?
An dem dicken Baum, dessen Fuß mit weichem Moos bewachsen war, legte er sich nieder, das Schwert und den Umhang legte er beiseite. Der Platz war gut gewählt, denn die Sonne wärmte ihn und trocknete seine klamme Kleidung. Langsam schloss er seine Augen, und kraftlos sowie hungrig schlief er ein.

Was war das? Ein Stoss! Ein Rütteln!
„He … Los, wach auf!" Rune öffnete seine Augen und sah in das bärtige, grinsende Gesicht eines jungen Mannes.

\*

# 9

## *Die Thorleifsson-Brüder*

Ihre Hände in die Hüften gestemmt, sprach Sigrun fordernd zu ihrem Vater, dem Jarl: „Gib mir ein Schiff! Ich werde dem Gunnar folgen, denn ich will den Mann zurück, dem mein Herz gehört!"
Eine Nacht war seit der Abfahrt der Götaländer vergangen, eine Nacht, in der Sigrun kaum geschlafen hatte. Ihre Gedanken waren bei Rune, und die Vorstellung, diesen niemals wiederzusehen, war für sie unerträglich.
„Das wirst du nicht tun, Sigrun", entgegnete der Jarl. „Es ist, wie es ist, und so soll es sein! So haben es die Götter bestimmt!"
„Die Götter? Nein, Vater! Du hast es so bestimmt! Ich werde es nicht zulassen, dass Rune stirbt! Das kann nicht der Wille der Götter sein!", rief die Schildmaid trotzig.
Da trat Thorbart vor, legte der Sigrun seine Hand auf die Schulter und sprach ruhig zu dem Jarl: „Sigrun hat recht! Es war Sveyns eigene Schuld, dass er starb. Der Skalde rettete dein Leben, und es kann den Göttern nicht gefallen, wenn du seines dafür opferst."
„Was mischst du dich ein?", empörte sich Siegmar. „Du weißt wie ich, dass ich unsere Leute schützen musste!"
„Nun aber bedroht uns der Feind nicht mehr", warf Thorbart ein.
„Gib mir ein Schiff, und ich werde den Kampf nach Götaland tragen", forderte Sigrun hartnäckig. Dann sprach sie ruhig: „Ich will den Skalden heimholen, denn ich liebe diesen Mann!"

„Bist du völlig von Sinnen?", empörte sich Siegmar. „Er ist ein Sklave und du die Tochter eines Jarls! Das werde ich nicht erlauben!"
Zornig sah der Vater seine Tochter an. „Du wirst dich meinen Befehlen nicht widersetzen! Gunnar hat noch einen Sohn, und darum wirst du Stiglar heiraten!"
Da platzte es wütend aus dem jungen Weib heraus: „Du bist es, der nicht bei Sinnen ist! Bei allen Göttern von Asgard, niemals werde ich diesen Stiglar zum Gemahl nehmen! Nein, ich werde ihn töten!"
„Doch, du wirst", brüllte der Jarl. „Ich bin dein Vater und dein Jarl, also gehorche!"
Wütend begann Sigrun zu weinen. „Eher gehe ich freiwillig in das Reich der Hel!", drohte sie und lief aus der Halle.
Nun herrschte Ruhe, für einen langen Augenblick.
Dann aber sprach Thorbart mit ruhiger Stimme: „Du vermagst gegen die Macht der Freya nichts ausrichten, Jarl, und deine Tochter ist stur! So wie du!" Thorbart grinste frech und kratzte seinen dunklen Bart.
„So ein dummes Weib", brummte Siegmar beleidigt.
„Warum sträubst du dich? Der Skalde ist mutig und ein schlauer Kerl. Deine Tochter ist nicht weniger mutig, und schön ist sie noch dazu! Das gibt sicher eine gute Nachkommenschaft!" Der Krieger begann zu lachen, aber die Vorstellung, dass dieser Sachse, ein Sklave gar, einmal sein Gesippe sein sollte, konnte dem Jarl kein Lächeln abringen.
Doch Siegmar kannte seine Tochter nur zu gut, und so nahm er ihre Drohung ernst, und seine Sorge war groß.
„Wie wollt ihr vorgehen?", fragte er noch ein wenig brummig.
Thorbart schüttelte seinen Kopf. „Erst einmal müssen wir ihn finden. Thor wird uns den Weg weisen. Dann sehen wir weiter!"

„Keiner der Männer wird bereit sein, für einen Sklaven zu kämpfen", behauptete der Jarl, doch Thorbart wusste es besser. „Wir werden eine Mannschaft haben, glaube mir. Doch wenn wir segeln, wird es kein Bündnis mit Gunnar mehr geben, das weißt du!"
„Ach, du kennst doch den sturen Kopf meiner Tochter", seufzte Siegmar. „Niemals würde sie diesen Stiglar zum Gemahl nehmen."
Überrascht sah Thorbart seinen Jarl an, und er erkannte, dass dieser Jarl sich längst dem Willen seiner Tochter gebeugt hatte.
„Ich will mir nicht den ewigen Zorn der Sigrun zuziehen, darum gebe ich euch das Wellenpferd!"
Erfreut dankte Thorbart und verließ die Schildhalle, denn es gab noch viel zu tun.

Die Freude der Sigrun war groß, als sie erfuhr, dass der Jarl in das Vorhaben eingewilligt hatte. Und zehn Krieger des Jarls erhielten den Befehl, auf dem Wellenpferd mitzusegeln, um die Tochter des Jarls zu schützen. Weitere fünfzehn Männer aus der Siedlung hatten bereits erklärt, dem Thorbart zu folgen. Manche taten dies aus Wagemut, andere in der Hoffnung, vielleicht doch Beute machen zu können. Einige standen bei dem Thorbart in der Schuld und folgten ihm deswegen, denn der Krieger war allseits beliebt. All diese Männer waren mutige Krieger und bereit, den Götaländern entgegenzutreten. Es galt nun keine Zeit zu verlieren, und so tauchten bald schon die Riemen in die Fluten der See.

*

„Er trägt bereits Fesseln. Das trifft sich gut!", sprach einer der beiden Kerle, die vor dem Rune standen, und die

Fremden begannen zu lachen. „Wer bist du, Kerl?", fragte der Bärtige, dessen Gesicht der Sachse zuerst erblickt hatte, nachdem er seine Augen geöffnet hatte.
„Das ist ein entlaufener Sklave", sprach der andere voller Überzeugung.
„Sieh in dir doch an, Ivar. Hast du je einen Sklaven in solcher Kleidung gesehen?" Der Bärtige zeigte auf Runes Tunika, deren Säume mit feinster Borte verziert waren. Und auch der Umhang, den der Sachse dem toten Jarl abgenommen hatte, wies eher auf einen reichen Herrn hin denn auf einen Unfreien.
Rune verstand von alledem nichts, denn er vernahm immer noch keinen Laut.
„Los, nun sag schon, wer bist du?", fragte nun der Ivar ungeduldig.
„Vielleicht versteht er unsere Sprache nicht", vermutete der Bärtige. Da erhob sich Rune und sprach mit lauter Stimme: „Ich bin Rune, der Skalde des Jarl Siegmar von Frigghavn in Vestfold[36]. Doch ihr müsst mir verzeihen, denn Thor nahm mir mein Gehör!"
„Willst du uns veralbern?", rief Ivar laut und hoffte wohl, dass Rune seine Worte hören würde. Der Bärtige aber zeigte auf die Fesseln, mit denen der Fremde gebunden war. Und Rune verstand!
„Ein Jarl aus Götaland nutzte seinen Besuch, mich vom Hof des Siegmar zu entführen", verbog der Skalde die Wahrheit zu seinen Gunsten.
„Nehmen wir ihn mit auf den Hof, Björn", schlug Ivar vor, dessen Haupt kaum ein Haar zierte, obwohl er nicht älter zu sein schien als Rune. „Soll Vater entscheiden, was mit dem Kerl geschieht! Wir sollten von hier verschwinden, ehe uns noch jemand aus der Sippe des Tryggve entdeckt!"

---

[36] Vestfold – Gau in Südnorwegen

Da nickte der bärtige Björn und ergriff die Fessel, während Ivar den Umhang und das Schwert an sich nahm. Ihre Pferde an den Zügeln geführt, durchwanderten die Männer den Wald, und bald schon erkannte der Skalde in der Ferne eine mannshohe Palisade und das mit hölzernen Schindeln gedeckte Dach eines Langhauses. Sie durchschritten ein Tor und betraten einen großen Hof, der befestigt war wie eine Burg.

Interessiert sah sich Rune um. Nicht weit des Langhauses standen mehrere Hütten und Ställe, und dahinter, auf einer großen Wiese, grasten einige Pferde und Kühe. Menschen liefen umher, gingen ihrer Arbeit auf dem Hof nach, und hoben neugierig den Kopf, als die Männer an ihnen vorübergingen.

Als sie die Pforte des Langhauses erreichten, traten die Männer ein und zogen den Gefangenen mit sich. Das Gebäude war nicht so groß wie das des Jarls von Frigghavn, und es war auch nicht so prunkvoll wie dieses, doch trotzdem erkannte man sofort, dass hier kein armer Mann wohnte.

In dem Wohnraum, der etwa halb so groß war wie die Schildhalle in Frigghavn, befand sich in der Mitte eine Feuerstelle, und an den Längsseiten gab es Podeste sowie lange Tische, vor denen Bänke standen. An der Kopfwand stand der Hochstuhl des Hausherrn, über dem einige bunte Rundschilde hingen. An einem der Tische saßen ein Mann und eine Frau. Als er die beiden Brüder sah, erhob er sich und begab sich auf den Hochstuhl.

„Wen bringt ihr denn da?", fragte der Herr des Hofes. Sein langes Haar, braun und schon von grauen Strähnen durchzogen, lag auf den breiten Schultern, und ein dichter Schnauzbart, dessen lange Enden den Mund umrahmten, zierte sein Gesicht.

„Wir fanden den Kerl an der Grenze zu Tryggve Egilssons Land", sprach Björn zu seinem Vater. „Er lag unter einem Baum und schlief wie ein satter Säugling!"
„Wer bist du, und warum trägst du Fesseln an den Händen?" Der Bauer richtete seine Frage an den Gefangenen, doch Ivar gab die Antwort. „Er behauptet, das Thor ihm sein Gehör nahm! Doch sprechen kann er!" Björn nickte, um die Worte seines Bruders zu bestätigen.
„Er sagt, er sei ein Skalde aus Vestfold, und sein Jarl sei ein gewisser Siegmar. Ein Götaländer, der als Gast im Hause des Jarls war, hat ihn entführt!"
„Wie kommst du hierher?", fragte der Bauer wieder den Gefangenen, und Ivar verdrehte seine Augen. „Hörst du nicht, Vater? Er ist taub!"
Da sah der Bauer seinen Sohn böse an, wandte sich dann aber wieder dem Rune zu. „Was geschah?", fragte er und zeigte auf sein Ohr. Da erzählte der Sachse vom Untergang des Schiffes, davon, dass er der Einzige war, der das Unglück überlebt hatte. „Thors Blitz schlug neben mir in das Schiff und nahm mir mein Gehör!"
Der Bauer überlegte einen Moment, dann begann er zu lächeln. „Du bist der Einzige, den die Götter verschonten? Dann ist dein Heil groß, Skalde!"
Fragend sah der Sachse den Mann an, denn er verstand keines seiner Worte.
„Thyri!", rief der Bauer nach einer Magd, und diese erschien aus einem der hinteren Räume des Gebäudes. „Geh und hole die Völva", befahl der Bauer. Die Magd nickte und ging. „Und ihr sorgt dafür, das der Mann von den Fesseln befreit wird … und Ivar … gib ihm seinen Besitz zurück!" Der Angesprochene sah verärgert auf das schöne Schwert in seiner Hand.
„Wenn du meinst, Vater", sprach Björn, nickte, zog sein Messer und befolgte den Befehl des Bauern.

Ivar und Björn traten nun auf ihre Mutter zu und küssten diese. Noch drei weitere Frauen saßen an einem der Tische, und nach einer Weile traten die Magd und eine weitere Frau in das Langhaus. Sie hatte langes, feuerrotes Haar, trug ein Kleid aus feingewebtem Stoff und eine lange Schürze. Um ihren Hals trug sie mehrere Ketten mit Amuletten daran - und einen silbernen Thorshammer. In ihrer Hand hielt sie einen mit Federn geschmückten langen Stab. Trotz ihres Alters, der Skalde schätzte, dass sie sicher schon mehr als vierzig Winter erlebt hatte, war sie ein besonders schönes Weib.

Während der Hausherr mit der Völva sprach, trat die Thyri neben Rune, ergriff seinen Arm und führte ihn an den Tisch, an dem die drei jungen Weiber saßen. Auf dem Tisch lagen ein Laib Brot, ein großes Stück Speck, und es stand auch eine Schüssel mit Grütze darauf. Sie wies dem Rune den Platz vor der Schüssel und deutete ihm mit der Hand, er möge essen.

Gierig machte sich der Sachse über das Essen her, was die drei jungen Frauen, sie waren die Töchter des Bauern, köstlich zu amüsieren schien. Sie kicherten und feixten über die Art, wie Rune schlang.

„Es scheint, als hätte der Donner des Thor ihm sein Gehör geraubt", sprach der Bauer zu der Völva. „Dies war wohl der Preis für sein Leben! Weißt du ein Mittel, das den Fluch des Gottes von ihm nimmt?"

Die rothaarige Schöne sah den Bauer an, ging einen Moment in sich und nickte dann lächelnd. „Ich werde ihm einen Trunk bereiten, werde beschwörende Worte sprechen und dem Thor ein Opfer darbringen. Und wenn dieser es annimmt, wird der Mann wieder hören!"

Der Bauer war zufrieden, und die Völva zog sich zurück.

Nachdem Rune gesättigt war, führte die Magd ihn wieder vor den Bauern, und der Skalde ahnte, dass der Herr des Hofes nun wissen wollte, wer er war.
„Ich bin Rune, der Skalde", sprach er nicht ohne Stolz.
„Von Geburt bin ich ein Sachse, und mein Herr ist Jarl Siegmar von Frigghavn, bei dem ich in hohem Ansehen stand." Dann begann er zu dichten.

„Ruhm dem Jarl in des Skalden Wort,
gesprochen dem Gast, an wärmendem Hort.
Den Becher gefüllt, das Mahl dargebracht,
in des Gastes Sinn der Neid ist erwacht.
Geraubt von seines Heimes Glut,
der Skalde auf des Schiffes Planken ruht.
Durch des Neidings gierige Hand,
fortgebracht in fremdes Land.

Blitz und Donner sendet da Thor,
stürmische Wasser schlagen empor.
Erstarrt vor Angst in den Adern das Blut,
entfesselt ist der Ranes Wut.
Gestraft von des Hammergottes Hand,
darnieder liegt der Neiding im Sand.
Vergolten ist die böse Tat,
gerichtet wurde sein Verrat.

Den Weg in der Hels Reich er fand,
denn groß war des Götaländers ruchlose Schand.
All die Leiber in dunklen Tiefen versanken,
Odem des Lebens den Göttern zu danken.
Geraubt ist der Klang in des Skalden Ohr,
ew'ge Demut für die Gnade des Thor."

Eine Weile herrschte Stille in dem Raum, nachdem der Skalde geendet hatte. Dann aber klatschten und jubelten die Anwesenden.

„Er ist wahrlich ein guter Skalde", sprach der Bauer lobend zu seinem Weib. „Ja, das ist er", erwiderte diese. „Dem Gast des Jarls ist es nicht zu verdenken, dass ihn der Neid packte. So ein Skalde gereicht einem Haus zu viel Ehre!"
Das Weib lächelte seinen Gatten an, und dieser verstand.

Als es Abend wurde, kam die schöne Völva zurück auf den Hof des Bauern. „Ich habe getan, was zu tun war! Nun liegt es an den Göttern. Bring mir einen Becher, Thyri", sprach die kräuterkundige Frau, und die Magd brachte, wonach diese verlangt hatte. Aus einer ledernen Flasche füllte sie einen Trunk in das tönerne Gefäß und reichte diesen dem Rune, der wieder an dem Tisch mit den jungen Frauen saß.
„Trink!", befahl sie, und der Skalde gehorchte. Angeekelt verzog er sein Gesicht, denn der bittere Geschmack des Trankes ließ ihn erschaudern. Die jungen Frauen aber schien es zu erheitern, sie lachten herzhaft über den jungen Sachsen.
Plötzlich begann Rune zu husten, zu röcheln, er zitterte am ganzen Leib, verdrehte seine Augen und fiel mit dem Kopf auf die Tischplatte. Die jungen Weiber schrien erschrocken auf.
„Was soll das?", empörte sich der Bauer, der Thorleif Björnsson gerufen wurde, doch die Völva hob beruhigend ihre Hände. „Er wird schlafen, und wenn Thor mein Opfer angenommen hat, wird er den Fluch von ihm nehmen, und er wird hören, wenn er erwacht."
Björn und sein Bruder Ivar ergriffen den Schlafenden und legten ihn auf einen der Podeste. Da trat die Bäuerin neben ihre Söhne. „Entkleidet ihn! Ich will nicht, das er flieht", befahl sie und ihre Söhne taten, was sie verlangte. Dann

sagte sie zu der Magd: „Reinige seine Kleidung", und auch diese folgte ihrem Befehl wortlos.
Neugierig standen nun die drei Schwestern vor dem schlafenden Mann und betrachteten kichernd seine Männlichkeit. Da trat der Bauer hinzu. „Was glotzt ihr ihm so auf den Schwanz? Verschwindet, ihr Gänse!", befahl er und griff nach dem Blutlechzer, der auf dem Tisch lag.
„Eine herrliche Klinge", befand der Bauer.
„Ja, sie ist eines Jarls oder Königs würdig", sprach sein Sohn Björn ein wenig neidisch. „Der Mann muss wirklich in hohem Ansehen stehen, wenn er solch ein Schwert trägt!"
„Sicher das Geschenk seines Herrn", mutmaßte Ivar.
Da fragte die älteste der Töchter, deren Name Una war, und die trotz des Alters von achtzehn Wintern noch keinen Mann an ihrer Seite hatte: „Wenn dieser Jarl so großen Wert auf seinen Skalden legt, wird er dann nicht versuchen, ihn zu finden?"
Das Weib des Bauern nahm eines der Felle und legte es über den entblößten Skalden, dabei sah sie ihren Gatten beunruhigt an. Dieser aber sprach: „Vingulmark[37] ist groß, und außerdem werden sie ihn in Götaland suchen, aber sicher nicht hier!"
„Aber was machen wir mit dem Kerl?", fragte nun Björn.
„Willst du den Saxländer etwa durchfüttern?"
„Wir sollten ihn als Sklaven verkaufen", sprach Ivar grinsend. „Sicher bringt er uns einiges ein!"
„Du bist ein elender Narr, mein Sohn", tadelte der Bauer den Ivar, doch Björn legte seinem Vater die Hand auf die Schulter. „Vielleicht ist der Vorschlag gar nicht so dumm", sprach er. „Una hat es gesagt. Der Jarl könnte seinen hochgeschätzten Skalden suchen. Das glaube ich auch!"
Fragend sah der Bauer seinen ältesten Sohn an, denn er verstand noch nicht, worauf dieser hinaus wollte.

---

[37] Vingulmark – norwegischer Gau im Südosten des Reiches

„Wenn dieser Jarl seinen Gefolgsmann als Sklaven auf dem Hof eines Bauern findet", Björn grinste verschlagen, „sagen wir mal einen Bauern wie Tryggve Egilsson, wird er sicher erzürnt sein!"

Da wurde der Vater hellhörig! Der Gedanke, einen Skalden zu beherbergen, um die Nachbarn neidisch zu machen, gefiel ihm schon gut, doch der Einfall, dem verhassten Nachbarn Tryggve, mit dem seine Sippe schon seit der Zeit der Großväter in Fehde lag, einen fremden Jarl und dessen Krieger auf den Hals zu hetzen, gefiel ihm noch weit besser.

„Dieser Jarl wird sicher viele Krieger mit sich bringen", versuchte nun nochmal Ivar seinem Vater den hinterhältigen Plan schmackhaft zu machen. „Und der Sklave bringt uns auch noch ein hübsches Sümmchen ein!"

„Wie aber willst du diesen Trollschiss Egilsson dazu bringen, den Sklaven zu kaufen?", fragte Thorleif erbost.

„Lass das nur meine Sorge sein", antwortete Björn. „Aber wir müssen einen Boten zu diesem Jarl Siegmar schicken. Er soll ja erfahren, wo er seinen Skalden suchen muss!" Björn grinste böse. „Ich begebe mich derweil nach Sotenäset, dort kenne ich einen Händler, der mir noch etwas schuldig ist."

\*

Das schlanke Schiff war entlang der Südküste nach Osten gesegelt. Das Wetter hatte sich beruhigt, die See zeigte sich freundlich, und es wehte ein leichter Wind, der das Schiff vorantrieb. Thorbart stand am Vordersteven, als Sigrun neben den Krieger trat. „Glaubst du, wir finden ihn?", fragte sie betrübt.

„Ja, das glaube ich! Im letzten Sommer war ich mit Siegmar als Gast in der Halle des Gunnar. Ich weiß, wo wir suchen müssen, um Rune zu finden."

„Ich hoffe, die Götter sind mit uns, Thorbart!" Wehmütig sah sie auf das Meer hinaus, und der Wind spielte mit ihrem langen Haar.
„Was erhoffst du dir eigentlich davon, wenn wir den Skalden befreien?", fragte Thorbart und konnte sich ein Grinsen nicht verkneifen, denn es war ja bekannt, dass Sigrun nur zu gern mit dem Rune das Schlaflager teilte. „Die Lust des Fleisches allein kann es doch nicht sein!"
„Ich werde meinen Vater bitten, ihm die Freiheit zu schenken, und dann wird Rune mein Gemahl", sprach sie mit fester Stimme.
„Und du glaubst, dass er dem zustimmt?" Thorbart war skeptisch, denn er kannte den Jarl gut. Doch er war auch sicher, dass Sigrun alles dafür tun würde, um ihren Willen durchzusetzen.
„Ich habe zu der Freya gebetet und ihr ein Opfer dargebracht. Sie wird mir mein Glück nicht verweigern!"
„Die Freya sicher nicht, aber dein Vater wird es tun!"
Da sah Sigrun Thorbart streng an. „Er wird in Rune einen treuen Gefolgsmann finden und den besten Skalden noch dazu! Könige werden ihn beneiden", redete sie sich ein.
„Aber du musst mir helfen, Thorbart!"
„Du weißt, ich bin dem Rune wohlgesonnen, doch bei deinem Vorhaben wird meine Hilfe nicht ausreichen." Thorbart lächelte. „Aber ich will dir weiter zur Seite stehen."
Die Schnigge segelte nun in Sichtweite der Küste von Vingulmark weiter nach Süden.
„Sieh nur, Thorbart", sprach einer der Männer und wies mit dem Finger zu einem Strand, auf dem sich die Menschen über Treibgut hermachten. Sogar den Drachenkopf eines Vorderstevens hatten sie erbeutet.
„Sicher hat Ran nach Seefahrern gefischt!"
„Ja, und es scheint mir, dass sie dabei erfolgreich war!"

Die Stimme Thorbarts klang bedrückt. „Bald wird es dunkel werden. Ich denke, wir sollten uns einen Platz zum Lagern suchen. Wir wollen doch nicht das Schicksal dieser unglücklichen Männer teilen!"
Der Mann neben Thorbart nickte und begab sich zum Heckstand, um dem Steuermann den Befehl Thorbarts zu überbringen. Bald schon fanden sie eine kleine Bucht, in die der Steuermann das Schiff hinein segelte.
„Was tust du?", fragte Sigrun entsetzt. „Thorbart, wir müssen Gunnar folgen!"
„Sigrun, wir werden hier unser Lager aufschlagen", sprach der bärtige Krieger. „Ich werde nicht in der Dunkelheit segeln. Nicht so nah an der Küste!"
Die Jarlstochter musste sich fügen, ob sie wollte oder nicht. Den Befehl auf diesem Schiff hatte einzig Thorbart, und er war dem Jarl verantwortlich. So hatte es Siegmar bestimmt! Als die Dunkelheit hereinbrach, lag das Wellenpferd mit dem Kiel auf dem Strand, die Zelte waren errichtet und die Feuer entfacht, an denen sie ihr Mahl kochten.

\*

Unsanft wurde Rune geweckt. Ein kräftiger Stoß ließ ihn erwachen, und als er die Augen öffnete sah er in das wenig schöne Antlitz des Ivar.
„Los, erhebe dich!", befahl dieser barsch, und Rune konnte ihn hören. Ja, er vernahm die Worte dieses meist übellaunigen Kerls. Freude überkam ihn. Große Freude! Langsam erhob er sich, schob das Fell beiseite und erkannte seine Nacktheit. Was war geschehen? Warum war er unbekleidet? Die Gedanken schossen durch seinen Kopf.
„Los, hoch mit dir!", wiederholte Ivar unfreundlich seinen Befehl. Rune aber ignorierte den rüden Ton des Thorleifsson und sagte lächelnd: „Ich kann dich hören! Der

Trank der Völva hat gewirkt!" Doch ihm sollte die Freude bald vergehen!

„Hier, zieh das an", forderte der Bauernsohn und zeigte auf einen Haufen Kleidung. Es war nicht seine Tunika, nicht seine Hose und auch nicht seine Schuhe, sondern alte, verschlissene Kleidung, die Ivar einem Knecht abgenommen hatte.

Björn trat hinzu. „Gehorche, Sklave!", forderte er streng.

„Sklave?" Rune sah die Brüder zornig an. Wussten sie etwa…? Nein, das war nicht möglich!

Da zog Ivar das Schwert aus der Scheide, um seinen Worten Nachdruck zu verleihen, und Rune erkannte seinen Blutlechzer sofort.

„Was soll das, Ivar? Behandelt man so einen Gast?"

„Wer sagt denn, dass du unser Gast bist?" Der Kerl grinste hämisch. „Los jetzt, oder ich prügele dich ohne Kleidung über den Hof!"

Rune erhob sich und gehorchte.

Die Kleidung roch streng und passte ihm auch nicht, denn unter den Nordleuten war Rune eher klein geraten.

„Was wird geschehen?", fragte er verwirrt, und es stieg Zorn in ihm auf. Hätte er den Blutlechzer in Händen gehalten anstatt dieser Ivar, so wären die Bauernsöhne auf der Stelle zur Hel gegangen.

„Los, strecke deine Arme vor", befahl Björn, und Ivar hob das Schwert, um es gegen Runes Kehle zu richten. So gehorchte der Skalde und wurde gefesselt.

„Was tut ihr da?", ertönte plötzlich eine helle Stimme. Es war Una, die in den großen Raum getreten war, um nach dem schlafenden Skalden zu schauen. Sie sah die Fesseln an Runes Handgelenken und rief entsetzt: „Das dürft ihr nicht tun! Er ist unser Gast!"

Da fuhr der Ivar seine Schwester böse an: „Verschwinde, Una! Das geht dich nichts an!"

„Ihr seid nicht bei Verstand. Ich werde den Vater wecken, er wird euch zur Vernunft bringen!"
„Ja, tue das, dann setzt es ein paar Hiebe mit der Peitsche", fuhr Björn das junge Weib an. „Und jetzt halt deinen Mund, dumme Gans!"
Die Männer begaben sich mit dem Sklaven auf den Hof, setzten ihn auf ein Pferd, bestiegen ihre eigenen Tiere und ritten fort.

Es wurde gerade hell, als sie sich auf den Weg gemacht hatten, und nun, als sie eine Siedlung nicht weit des Handelplatzes Sotenäset erreichten, stand die Sonne fast schon im Zenit. Vor einer Hütte hatten sie Rune vom Pferd gezogen, und Björn blieb neben diesem stehen, während Ivar sich in die Hütte begab. Es dauerte eine ganze Weile, bis dieser in Begleitung eines Mannes wieder heraustrat. Björn begrüßte den Mann freundlich.
„Ist das der Kerl?", fragte der Mann und besah sich den Sklaven genau. „Scheint mir gesund zu sein. Besonders kräftig ist er aber nicht!"
Ivar sah den Mann streng an. „Das soll dir doch egal sein. Du weißt, was du tun sollst, und denke daran: Nur an den Tryggve Egilsson darfst du ihn verkaufen. Niemand anderer darf diesen Sklaven bekommen!"
„Ja, ja! Ich habe dich verstanden, auch wenn ich nicht weiß, was du im Schilde führst", wehrte der Mann ab. „Und nun lasst uns einen Becher Bier trinken!"
Doch die beiden Brüder schlugen die Einladung aus. „Es ist mir lieber, dass wir sofort wieder aufbrechen. Dieser Tryggve hat seine Augen und Ohren überall."
Der Mann nickte ein wenig beleidigt. „Wie du wünschst. Trinke ich mein Bier halt allein!" Dann sah er den Rune an und befahl barsch: „Komm!"

Traurig sah Rune, wie Ivar mit seinem schönen Schwert Blutlechzer davonritt und folgte dann dem Mann in die Hütte. Dort saß ein weiterer Mann, der wohl ein Knecht des Händlers war. „Macht das Schiff seeklar! Sofort!"

Zu dem Sklaven sprach er kaum ein Wort, begann einige Sachen zusammenzusammeln, die er in einer Kiepe verstaute, und noch zur selben Stunde brachen die beiden Männer auf.
Der Sklave hatte sich den großen Weidenkorb auf seinen Rücken geschnallt, als sie die Hütte verließen. Sie mussten eine Weile gehen, denn die Siedlung lag in einiger Entfernung zum Strand, an dem die Schiffe lagen. Darunter auch zwei dickbauchige Handelsschiffe. Aber die meisten Schiffe, die hier lagen, waren kleinere Fischerboote.
Der Knecht des Händlers und ein weiterer Mann hatten das Schiff seeklar gemacht, und dieses dümpelte nun in der Brandung.
Bald darauf segelte der Skuder[38] des wortkargen Händlers die Küste entlang nach Süden.

\*

---

[38] Skuder – leichte Boote mit acht bis sechzehn Riemen, wurden zum Fisch- und Robbenfang in den Fjorden und nahe der Küste benutzt

# 10

## *Ein dunkler Plan*

D er große Hof des Tryggve Egilsson lag im Süden von Vingulmark, nur einen Steinwurf von der Küste entfernt. Ein heller, breiter Strand, eine mannshohe Böschung und eine Wiese trennten die Gebäude des Hofes von der Brandung der See. Schon von weitem sah Rune das große Langhaus und einige kleinere Gebäude, denn auch dieser Hof schien nicht der eines armen Mannes zu sein. Am Rande der Böschung stand ein großes, offenes Bootshaus, in dem Männer mit dem Bau eines Schiffes beschäftigt waren. Wie das Gerippe eines Wales lag der Kiel mit den Spanten unter dem großen Dach. Ein breiter Bootssteg mit der Länge eines Langschiffes ragte in die See hinaus, sodass dieser zu beiden Seiten Platz für je ein Schiff bot.
Der Händler sah Rune streng an. „Du schweigst! Kein Wort will ich von dir hören!" Er legte seine Hand auf das lange Messer an seinem Gürtel, und Rune verstand. Dies waren die ersten Worte, die der Mann seit ihrer Abfahrt an Rune gerichtet hatte. Der Gefangene nickte und schwieg.
Der Skuder ging an dem Bootsteg längsseits, und einer der beiden Knechte sprang über Bord, um das Schiff an einem der Pfähle festzumachen.
„Nimm die Kiepe und komm", befahl der Händler, den die Knechte Buri nannten.
Seit seinem Erwachen aus dem heilenden, tiefen Schlaf, den der Trunk der Völva ihm beschert hatte, war nicht viel Zeit vergangen, und doch war einiges geschehen. Es schien, als hätten die Götter dem Rune ihr Heil genommen.

Sie gingen den Strand hinauf, einen breiten Pfad entlang, der über die Böschung an dem Bootshaus vorbei zum Hof des Bauern Tryggve führte.
„Wo finde ich den Herrn des Hofes?", fragte der Händler einen Mann, der in dem Bootshaus arbeitete.
„Zu dieser Zeit wird er sicher im Haus sein! Was willst du von Tryggve?"
„Ich bin ein Händler auf dem Weg in mein Heim nach Sotenäset und hätte noch einige Waren abzugeben. Vielleicht hat er ja Bedarf", sprach der Händler und setzte seinen Weg fort, ohne dem Mann weitere Beachtung zu schenken.
Der Hof war von einer flachen Steinmauer umgeben, und als die beiden Männer das große Langhaus erreichten, saß dort eine junge Frau und rupfte ein Huhn.
„Bist du hier die Magd?", fragte der Händler, und das Weib nickte. „Ich will den Herrn dieses Hauses sprechen."
Das Weib nickte wortlos, legte das Huhn neben sich auf die Bank und erhob sich, schüttelte seine Schürze aus und sprach dann: „Ich werde fragen, ob Tryggve dich sehen will."
Sie verschwand in dem Haus und trat nach einer kurzen Weile wieder heraus. „Komm!", forderte sie den Gast auf, ihr zu folgen.
Tryggve Egilsson trat dem Gast sofort entgegen, als er diesen sah. Freundlich sprach er: „Sei willkommen in meinem Haus. Los, bringt etwas zu trinken für unseren Gast! Sag, was kann ich für dich tun?"
„Mein Name ist Buri, und ich komme aus Sotenäset", stellte sich der Händler vor.
„So, ein Händler bist du also. Und was führt dich zu mir?"
„Nun, ich habe einige Waren, die ich dir anbieten möchte. Vielleicht einige Silberfibeln für die Frau des Hauses!"

„Da muss ich dich enttäuschen, Buri. Es gibt keine Frau des Hauses mehr. Sie starb!", sprach der dunkelhaarige Bauer.
„Oh, das tut mir leid für dich", heuchelte Buri Mitleid.
„Dann kann ich hier wohl kein Geschäft machen, denn meine Waren sind eher nach dem Sinn der Weiber."
Er tat, als überlege er. „So hätte ich nur noch eine Ware anzubieten. Diesen Sklaven hier!" Er zeigte auf Rune und kratzte sich den Bart. „Ich will ihn nicht wieder mit heimnehmen, da ich bereits zwei Sklaven besitze, und die fressen mir schon meine Haare vom Kopf. Natürlich werde ich ihn dir günstig überlassen!"
Tryggve musterte den Sklaven. „Nun ja, besonders kräftig scheint er mir nicht zu sein."
„Das ist wohl wahr, aber er hat andere Vorzüge", versuchte Buri den Sklaven anzupreisen. „Als ich ihn erwarb, sagte man mir, er sei ein fleißiger und gehorsamer Sklave."
„Ach, ich weiß nicht", zögerte der Bauer.
„Du bist ein freundlicher Mann, darum gebe ich ihn dir für nur zwei Silberlinge", schlug Buri vor. Da trat ein junger Mann in die Halle und grüßte den Gast.
„Dies ist mein jüngster Sohn Thoke. Und das ist Buri, ein Händler aus Sotenäset", stellte der Bauer die Männer vor.
Thoke nickte zum Gruß und sprach: „Ich muss dir etwas Schlechtes berichten, Tryggve! Wir fanden einen unserer Sklaven erschlagen, nicht weit der Grenze zum Land des Thorleif. Er sollte die Schafe von der Wiese bei der großen Eiche holen, heute Morgen schon. Doch er kehrte nicht zurück, darum ritten wir dorthin und fanden ihn erschlagen."
„Dieser elende Thorleif", brummte der Bauer.
„Ja, das denke ich auch! Sicher war es Ivar, dieser erbärmliche Troll!", antwortete Thoke.
Das Grinsen des Händlers entging den beiden Bauern, denn er hätte dem Tryggve seinen Verdacht bestätigen können.
Ivar, dieser Halunke, dachte Buri bei sich, denn auch für ihn

lag es auf der Hand, dass der Sohn des Thorleif ihm bei der Sache mit dem Sklaven behilflich sein wollte.

„Nun, Buri, wie du gehört hast, kommen wir wohl doch ins Geschäft", wandte sich der Bauer an den Händler.

„Vielleicht ist es ja der Wunsch der Götter, dass ich diesen Sklaven kaufe."

Nun war es Thoke, der den Sklaven begutachtete. Der Sohn des Bauern war etwa gleichen Alters wie Rune, überragte diesen aber um eine Kopfeslänge.

„Sag, kannst du auch sprechen?", fragte er, und Rune nickte. Ein böser Blick des Buri traf ihn, und er sah, wie dessen Hand an den Griff seines Messers glitt. Nein, noch war es für ihn nicht an der Zeit zu sprechen!

„Na, dann sag etwas", forderte der Sohn des Bauern.

„Mein Name ist Bran!", sprach der Sklave wortkarg. Da wandte sich Thoke an seinen Vater und lachte. „Na ja, er spricht wenigstens unsere Sprache!"

„Nun gut, Buri, ich werde den Sklaven kaufen, Aber zwei Silberlinge gebe ich dir nicht", begann der Bauer zu handeln. „Du wirst dich mit nur einem zufrieden geben müssen!"

Mürrisch willigte der Händler ein, und so wechselte der Sklave Bran seinen Besitzer. Der Händler Buri schlug eine Einladung Tryggves, einige Tage sein Gast zu sein, dankend aus und verließ eilig den Hof.

Buri hatte das Langhaus verlassen, und Tryggve trat auf den neuen Sklaven zu, wandte sich aber an seinen Sohn und sprach: „Seltsamer Kerl!"

Dann sah er den Sklaven an. „Nun zu dir. Thoke, er braucht ordentliche Kleidung, so abgerissen läuft niemand aus meinem Gesinde herum. Hast du Hunger?"

Bran nickte.

„Dann sollst du etwas zu essen bekommen."

„Darf ich sprechen, Herr?", fragte der Sklave, denn er hatte das Gefühl, einen aufrichtigen Mann vor sich zu haben. Plötzlich trat ein weiterer Mann, begleitet von einem Weib, in die Halle. „Vater, ich hörte, was geschah! Dieser elende Thorleif wird immer dreister. Wir sollten diesem Streit endlich ein Ende bereiten!"

„Ach, Thoralf! Und was, in Thors Namen, wenn es nicht Thorleif war, der den Sklaven töten ließ?", sprach Tryggve. „Außerdem habe ich schon einen neuen Sklaven gekauft!"

„Herr, darf ich sprechen?", fragte Bran erneut. Der Bauer nickte.

„Deine Söhne haben recht, ihr seid einer List aufgesessen. Mein Name ist nicht Bran! Ich bin Rune, der Skalde des Jarl Siegmar, und ich komme aus dem großen Fjord von Vestfold. Die Söhne des Thorleif Björnsson nahmen mich gefangen, als ich unter einem Baum ruhte."

Erstaunt sahen Tryggve und seine Söhne den neuerworbenen Sklaven an, und plötzlich rief der Bauer laut: „Holt mir den Kerl sofort zurück!"

Ohne zu zögern liefen die beiden Brüder aus dem Haus, um den Befehl ihres Vaters auszuführen.

„Warum nehmen diese einfältigen Ochsen einen freien Mann gefangen und verkaufen ihn als Sklaven?", fragte Tryggve nun wieder mit der für ihn gewohnt ruhigen Stimme.

„Nun, zu Anfang wurde ich im Hause des Thorleif freundlich aufgenommen und wie ein Gast behandelt, doch dann wendete sich das Blatt", erzählte Rune weiter. Tryggve strich sich über den dunklen Bart. „Ich habe für dich bezahlt, und du gehörst mir. Außerdem weiß ich noch nicht, ob du die Wahrheit sprichst. Aber heute Abend sollst du beweisen, dass deine Worte stimmen und dass du wirklich ein Skalde bist!"

Rune nickte und zeigte sich einverstanden. Was blieb ihm auch anderes übrig.

„Ich spürte es schon auf dem Hof des Thorleif, es besteht großer Hass zwischen euren Sippen", sprach Rune zu dem Bauern, und dieser nickte. „Ja, so ist es. Ein Streit, den schon unsere Väter austrugen. Einst war wohl meine Mutter der Grund dafür, dass sich die Nachbarn zerstritten. Damals ließ ein Onkel des Thorleif sein Leben, und seither herrscht blutiger Streit zwischen den Sippen."

Tryggve nahm auf seinem Stuhl Platz und bot auch Rune an, sich zu setzen. „Doch einen Angriff hat der Feigling noch nie gewagt, denn ich habe vier Söhne und er nur zwei. Dazu habe ich noch einige wehrfähige Knechte, denn durch den Bootsbau bin ich kein armer Mann."

„Ich denke, ich kenne den Grund für diese üble Tat", mutmaßte der Skalde. „Er hofft, dass Jarl Siegmar seine Krieger aussendet, um nach mir zu suchen. Was wird wohl geschehen, wenn diese mich als Sklaven auf deinem Hof finden?"

Plötzlich traten die beiden Brüder wieder in die Halle.

„Er ist fort", sprach Thoke ärgerlich. „Wir sahen noch sein Schiff auf See."

„Der Kerl hatte es eilig, fortzukommen", fügte Thoralf hinzu.

„Mir scheint, deine Geschichte entspricht der Wahrheit", befand Tryggve und lächelte. „Ich will keinen Streit mit einem Jarl. Nicht wegen eines Silberlings. Sei also mein Gast, Skalde Rune!"

„Ich danke dir, Tryggve. Das soll dein Schaden nicht sein! Thorleif Björnsson wird nicht ungeschoren davonkommen. Das verspreche ich dir!"

„So, was willst du tun?", fragte der Bauer neugierig.

„Dieser Thorleif besitzt etwas, das mir gehört! Und das werde ich mir zurückholen. Ja, bei den Göttern, ich werde es mir zurückholen!"
Rune war fest entschlossen, und die sonst eigentlich sanften Züge seines Gesichtes zeigten nun Härte und Unnachgiebigkeit. „Du besitzt doch sicher ein Schiff, mit dem du mich nach Vestfold bringen kannst?"
„Ich besitze in der Tat ein Schiff, schließlich bin ich Schiffsbauer, doch sind meine beiden anderen Söhne damit nach Haithabu[39] gesegelt. Du siehst, du wirst vorerst meine Gastfreundschaft in Anspruch nehmen müssen", antwortete der Bauer. „Nun, dann will ich gerne dein Gast sein, bis es mir möglich ist, heimzukehren! Ich danke dir, Tryggve Egilsson!"

Lauthals rief Tryggve: „Begrüßen wir unseren Gast, wie es sich gebührt! Feiern wir ein Fest! Noch heute!"
Sofort hatte er Thoke und einen Knecht losgeschickt, um seine befreundeten Nachbarn für den Abend auf seinen Hof zu laden, denn er war der Meinung, wenn schon ein Skalde auf seinem Hof weilte, wäre es nicht verkehrt, auch einen Nutzen daraus zu ziehen. Tryggve Egilsson war ein geselliger Mann und recht beliebt, und so hatten die meisten der Geladenen ihr Kommen zugesagt. Natürlich wurde Thorleif Björnsson nicht eingeladen, obwohl Tryggve dies gern getan hätte, um ihm zu zeigen, dass sein Ränkespiel gescheitert war.
Bald herrschte im Haus des Bauern reges Treiben, denn er hatte noch einige Mädchen aus einem nahe gelegenen Dorf herangeholt, die bei den Vorbereitungen helfen sollten. Das gefiel besonders seinen Söhnen. Sie schlachteten einige Schafe und Ziegen, brachten ein großes Fass mit Bier in das

---

[39] Haithabu – auch Hedeby, großer Handelsplatz an der Schlei gelegen, heute Schleswig-Holstein/Deutschland

Langhaus, kochten Grütze und backten frisches Brot.
Tryggve war für seine Feste und seine Freigiebigkeit bekannt, und das sollte auch so bleiben.
„Es ist besser, zufriedene Freunde zu haben als zufriedene Feinde", sagte er grinsend und gab wie immer den Befehl, nicht mit der Nahrung zu geizen.
So kam der Abend, und das Fest fand statt. Rune trug eine neue Tunika und eine saubere Hose. Eine Magd hatte die Kleidung, die dem Thoralf gehört hatte, mit ihren fleißigen Händen geändert, sodass sie nun dem Skalden passte.
Die Halle des Langhauses füllte sich mit Gästen, und diese nahmen an den beiden großen Tischen Platz, die der Bauer in das Haus hatte bringen lassen. An einem kleineren Tisch, der quer zu den beiden großen stand, saßen Tryggve selbst, seine beiden Söhne Thoke und Thoralf, sowie der Skalde.
Man aß und trank, sang Lieder und lobte die Götter und den Gastgeber.
Irgendwann am Abend, der Bauer hatte schon sehr viel getrunken, erhob er sich und forderte Ruhe ein.
„Jeder von euch weiß, das Thorleif, dieser elende Halunke, mir nichts Gutes will, und darum hat er wieder einmal versucht, mit seinem Ränkespiel meinem Leben ein schnelles Ende zu bereiten. Doch Odin, der Allvater, war mir gnädig und wandte das Schlechte in Gutes! Trinken wir auf Odin und die Götter in Asgard!"
Er hob seinen Becher und nahm einen kräftigen Schluck.
„Dieser Mann hier, sollte mir den Tod bringen, doch nun ist er mein Gast! Dies ist der Skalde Rune!"
Rune nickte freundlich, hob seinen Becher und trank.
„Wirst du uns eine Kostprobe deiner Kunst zu Gehör bringen, Freund?", fragte Tryggve, und Rune erhob sich.
„Das will ich gerne tun, mein Gastgeber."

Rune trat hinter dem Tisch hervor und stellte sich in die Mitte des Raumes, auf dass ihn jeder der Gäste gut sehen konnte. Es wurde ruhig in dem großen Raum.
„Zuerst will ich auf das Wohl meines Gastgebers trinken, der ein freizügiger und guter Mann ist. Er gab mir neue Kleidung, Speise und Trank. Er schenkte meinen Worten Glauben und gab mir meine Freiheit zurück. Dafür danke ich dir, Tryggve! Und jetzt will ich euch die Saga meiner Reise erzählen", sprach er und begann zu dichten.

Durch stürmische See, mit großem Mut,
geraten in der Ranes Wut.
In den Fluten das große Schiff versank,
und ein jeder im kalten Nass ertrank.
Gerettet von Aegirs Hand ist einer bloß,
denn des Skalden Heil ist groß.
Stille umgibt des Geretteten Ohr,
der Blitz fuhr aus dem Hammer des Thor.
Geschlafen in des Baumes Schutz,
müd und bedeckt von des Meeres Schmutz.

Gefangen durch des Ivars Schwert,
das Leben, nun ist es nicht mehr viel wert.
Der Völva Trank und der Götter Wort,
treiben die unendliche Stille hinfort.
Nun um all seine Habe gebracht,
der Skalde wird zum Gefangenen gemacht.
Verkauft durch des Thorleifs List,
der Skalde nun ein Sklave ist.
Vom guten Tryggve er wurde befreit,
zur Rache ist der Skalde bereit.
Verkünde nun an diesem Ort,
als Gast des Tryggve das Skaldenwort.

Nachdem Rune geendet hatte, jubelten ihm die Gäste zu, und Tryggve dankte ihm für die lobenden Worte und ließ sich seinen Becher füllen, um mit Rune anzustoßen.
Noch einige Verse musste Rune an diesem Abend zum Besten geben, und diese waren von deftiger Art und belustigten die Gäste sehr.
Dann aber trat ein Mann neben den Skalden und fragte: „Du bist der Skalde des Jarl Siegmar? Jenem Jarl aus Frigghavn im großen Fjord von Vestfold?"
Rune nickte und erwartete nun eigentlich ein Gespräch mit dem Mann, doch dieser wandte sich wortlos ab und trat zu dem Bauern Tryggve.
„Weißt du, wen du da unter deinem Dach beherbergst?", fragte der Mann den Tryggve. Der Bauer lachte auf.
„Natürlich weiß ich das!"
„Oh, das glaube ich nicht", widersprach der Gast, und sein Gesicht zeigte wenig Fröhlichkeit. „Wie du weißt, treibe ich oft Handel in Tunsberg und dort erzählt man sich Geschichten von einem mörderischen Skalden."
Nun sah der Bauer den Gast fragend an, und sein Lachen war verstummt. „Was soll das denn heißen?"
„Die Messerklinge des bösen Skalden Jarl Siegmars soll nicht weniger flink sein als seine Zunge. Man sagt, er mordet für den Jarl. Schnell und ohne Gnade!"
Nun sah Tryggve den Mann erstaunt an. „Dieser Mann da? Ein Meuchelmörder?"
„Glaube es oder lass es", sprach der Nachbar des Bauern ein wenig beleidigt, denn er spürte, dass Tryggve ihm wenig Glauben schenkte. „Ich rate dir zur Vorsicht, Nachbar! Vielleicht ist er gar kein Gefangener des Thorleif gewesen!"
„Wer sagt, dass dieser Mann der ist, von dem du sprichst?"
„Frage ihn, ob er von Geburt ein Sachse ist. Der Skalde des Siegmar kam als Sklave aus dem Saxland, sagt man", schlug der Nachbar dem Bauern Tryggve vor.

„Ach, was redest du? Es interessiert mich nicht, was der Skalde für seinen Jarl tut. Und ich glaube auch nicht, dass er mir Böses will! Er ist ein guter Skalde und ein guter Gast. Mir steht nicht der Sinn danach, einen Jarl zum Feind zu haben, weil ich seinen Gefolgsmann tötete. Also komm, trink und amüsiere dich!" Tryggve klopfte dem Mann auf die Schulter und ließ ihn stehen.

Am nächsten Morgen, es war längst hell, erwachte Rune mit heftigen Kopfschmerzen, einem schalen Geschmack in seinem Mund und dem Kopf eines Weibes auf seiner Brust. Das junge Weib war unbekleidet, und auch Rune trug keine Hose, und sein bestes Stück war unbedeckt. Auch fehlte ihm jede Erinnerung an den vergangenen Abend.
Er lag auf dem Boden des großen Raumes, ein Fell unter sich, und er stellte fest, dass er schon bequemer gelegen hatte, aber auch viel unbequemer. Jeder Knochen in seinem Leib schmerzte ihn, und die Erinnerung an das dunkle Kerkerloch wurde wieder wach. Nicht weit von ihm, nahe der Feuerstelle, lag Thoke, auch er mit einem Weib an seiner Seite.
Sanft hob er den Kopf des Weibes von seinem Körper, und das Weib legte sich grunzend zur Seite. Er besah sich den nackten, schlanken Körper und ihr schlafendes Gesicht. Dann schüttelte er seinen Kopf. Eine Schönheit war sie nicht!

\*

Zwei kräftige Männer hoben den triefenden Schwimmer über die Reling an Bord. Jemand brachte ihm etwas Heißes zu trinken, denn das Wasser der See war kalt.
Ein anderer brachte eine Decke und legte diese dem nassen Seefahrer über die Schultern. Sofort bestürmte ihn Sigrun.

„Hast du Rune gesehen? Lebt er?" Der Mann schüttelte seinen Kopf und atmete schwer.
Die Schnigge lag in einer kleinen Bucht vor Anker, und nicht weit von dem Ort befand sich die Siedlung des Jarl Gunnar. Seit zwei Tagen lagen sie nun hier, und Thorbart hatte es vorgezogen, nicht an Land zu gehen. Stattdessen hatte er einen Kundschafter ausgeschickt, der erkunden sollte, was vor sich ging. Nun endlich war der Mann zurückgekehrt und sollte berichten.
„Ich wagte mich nicht in das Dorf hinein, aber ich fand einen alten Schäfer, der in einer Hütte am Rande des Dorfes haust", begann der Späher Thorbarts zu berichten.
„Ich verbrachte die Nacht als Gast des Schäfers in dessen Hütte, und dieser war sehr redselig. In der Siedlung herrscht große Aufregung, denn der Jarl Gunnar ist noch nicht zurückgekehrt!"
Thorbart hob erstaunt seine Augenbrauen.
„Es tobte vor einigen Tagen ein starkes Unwetter, und es gibt Leute, die befürchten, dass die Ran den Gunnar geholt haben könnte!"
Bei diesen Worten war der schönen Sigrun das Entsetzen in ihr Gesicht geschrieben. Der Gedanke, Rune könnte in den Fluten ertrunken sein, quälte sie und ließ ihren Körper erschaudern. „Oh nein, ihr Götter, das darf nicht sein!", rief sie laut aus, und Tränen rannen über ihr Gesicht. Thorbart trat neben die junge Schildmaid und nahm sie tröstend in die Arme. „Wenn dies sein Schicksal ist, so hätten wir sowieso nichts daran ändern können, Sigrun. Doch das Heil dieses Mannes ist groß. Er wird von den Göttern geliebt! Und darum werden wir die Suche noch nicht aufgeben, das verspreche ich dir!"
Er wandte sich seinen Männer zu und rief: „Lasst uns zurücksegeln! Anker einholen und die Rahe hoch!"

So segelte die Schnigge durch den großen, dänischen Sund nach Norden, entlang der Küste von Götaland. Sie ließen den Gau Ranrike hinter sich und erreichten noch vor der Dämmerung die Gestade von Vingulmark.
Thorbart stand, wie so oft, am Vordersteven des Schiffes und sah auf einen langen, hellen Sandstrand, und in nicht allzu weiter Ferne erkannte er dünne Rauchsäulen, die in den Himmel stiegen.
„Dort scheint mir ein Hof oder ein Dorf zu sein", sagte er zu einem der Seefahrer und zeigte mit dem Finger in die Richtung. „Vielleicht sollten wir dort die Nacht verbringen. Ein gutes Stück Fleisch zwischen den Zähnen wäre nicht zu verachten."
„Also nehmen wir Kurs auf den Strand?"
Thorbart nickte. „Ja, es wird sowieso bald dunkel, und hier in diesen Gewässern, hat Ran gern ihre Netze gespannt. Gehen wir also an Land!"
Nachdem der Kiel des Schiffes auf dem Strand lag und die Zelte errichtet waren, begab sich Thorbart mit fünf Männern auf den Weg, den Hof zu erkunden, in der Hoffnung, dort ein großes Stück Fleisch zu bekommen.
Und sie fanden bald, wonach sie suchten!

„Wer seid ihr und was wollt ihr hier? Braucht eure Schwerter gar nicht zu ziehen, denn ich bin ein armer Mann", rief der alte Bauer unfreundlich, als die fremden Männer seinen Hof betraten. Argwöhnisch sah er auf die Schwerter, die die Männer im Wehrgehäng trugen.
„Wir sind Reisende", antwortete Thorbart freundlich, obwohl ihm der Ton des Hofherrn gar nicht gefiel. „Höre, uns giert es nach einem guten Stück Fleisch, wir waren lange auf See. Wärest du bereit, uns ein oder zwei Hammel zu verkaufen?"

„Zwei Hammel? Bist du wirr im Kopf, Fremder? Meine Schafe gebe ich nicht her", empörte sich der Bauer. „Du kannst zwei Ziegen haben, wenn du willst!"
„Nun ja, dann nehmen wir halt diese", zeigte sich der Schiffsführer einverstanden, obwohl er Ziegenfleisch nicht sonderlich mochte. Der alte Mann nickte zustimmend.
„Na, dann kommt und trinkt einen Becher Bier mit mir!", lud der Bauer die Seefahrer ein, und diese folgten ihm vor seine Hütte.
„Sag, woher kommt ihr?", fragte der unfreiwillige Gastgeber den Thorbart.
„Wir sind aus Frigghavn im großen Sund von Vestfold!"
„Aus dem Vestfoldfjord seid ihr? Das ist mal ein Zufall! Vor einigen Tagen war ich Gast im Hause des Tryggve Egilsson, und dort lebt nun ein Kerl, der wie ihr aus dem Fjord im Norden kommt. Er ist ein Skalde, und Tryggve gab ein Fest, um mit ihm anzugeben."
Der Bauer schüttelte belustigt seinen Kopf. „Gefällt es euch nicht mehr in eurem Fjord, dass es euch hierher treibt?"
Er lachte über seinen eigenen, schlechten Witz.
Wie erstarrt sah Thorbart den Mann an. „Was sagst du da? Ein Skalde?"
„Ja, ein Skalde, und ein guter dazu", sprach der Bauer nickend. „Ihn hat wohl die Ran auf den Strand gespuckt, wenn ich seinen Vers richtig verstanden habe."
„Weißt du seinen Namen?"
„Ach, Namen! Namen kann ich mir schlecht merken. Und dann trank ich auch noch viel Bier. Tryggve ist nicht geizig, es gibt immer viel Bier bei ihm. Na ja, der Kerl ist jedenfalls aus dem Fjord von Vestfold, aus dem auch ihr kommt!"
Der Alte führte die Männer in seine Hütte, und die Seefahrer sahen sich erfreut an.
Reich war der Alte in der Tat nicht, hatte weder Knecht noch Magd, und sein Weib war ihm längst verstorben. So

war er nun allein, denn Kinder hatte ihm sein Weib nicht geboren, und darum wartete er darauf, dass die Hel ihn endlich zu sich rief. „Es ist immer eine Freude, wenn man mich auf ein Fest einlädt. Und der Bauer Tryggve ist ein guter Nachbar und ein ehrenvoller Mann! Und arm ist er auch nicht, denn die Götter haben ihm die Gabe verliehen, ein guter Schiffsbauer zu sein."
Einige Zeit blieben Thorbart und seine Männer unter dem Dach des Bauern, fragten ihn aus und ließen ihn erzählen. Als sie mit den zwei Ziegen, die sie an Stricken mit sich führten, von dem Hof aufbrachen, sprach Thorbart zu den Männern: „Sprecht noch nicht über das, was wir erfahren haben. Die Sigrun wird uns sonst zum Aufbruch drängen. Ich will aber in Ruhe die Nacht verbringen, schließlich wissen wir nicht, was uns erwartet."
Die Männer zeigten sich einverstanden zu schweigen, denn auch sie zogen es vor, in Ruhe zu essen und zu schlafen, bevor sie ihre Suche fortsetzen würden.

Die Nacht verging. Gesättigt vom Fleisch der Ziegen hatten alle tief und fest geschlafen, hatten neue Kräfte gesammelt und waren nun bereit, wieder in See zu stechen. Jetzt war der Zeitpunkt gekommen, die Jarlstochter in das Wissen um den Skalden einzuweihen.
Anfangs war Sigrun hocherfreut über diese Nachricht, und sie fiel dem Thorbart um den Hals, doch dann besann sie sich und begann fürchterlich zu schimpfen.
„Du hast es am gestrigen Tage schon gewusst und hast es mir verschwiegen!", rief sie zornig, doch der Thorbart antwortete in aller Ruhe: „Ja, so ist es! Doch ich wollte, dass du ruhig schlafen kannst. Wir wissen nicht, was geschehen wird und brauchen Kraft. Außerdem ist es noch fraglich, ob dieser Mann wirklich Rune ist!"
Er legte Sigrun beruhigend seine Hand auf die Schulter.

„Aber heute werden wir es erfahren. Der Hof dieses Tryggve Egilsson ist nicht weit von hier. Der Alte wies uns den Weg, und er sagte, wir könnten den Hof nicht verfehlen!"

Da sprach der Steuermann der Schnigge grinsend: „Lasst uns endlich das Lager abbauen und herausfinden, ob dieser Mann unser Skalde ist."

*

# 11

## *Runes Wut*

Auf dem Hof des Tryggve Egilsson wurde Rune mit größter Freundlichkeit behandelt, und da es ihm langweilig wurde, bot er dem Bauern seine Hilfe an.

„Ich sah, dass ihr an einem Schiff baut und dachte mir, vielleicht brauchst du einen Schmied, der dir zur Hand geht?", fragte er den Tryggve eines Morgens, als er mit dem Bauern, dessen Söhnen und dem Gesinde das Morgenmahl einnahm.

„Du beherrscht das Schmiedehandwerk?" Erstaunt sah Thoke den Gast an, und dieser nickte.

„Ja, das tue ich! Mein Vater war ein Schmied, und so erlernte auch ich dieses Handwerk."

„Na, dann kannst du gleich mit uns zum Bootshaus gehen. Für einen Schmied gibt es immer etwas zu tun", freute sich der Sohn des Bauern. „Du musst wissen", sprach nun Tryggve, „wir haben hier keinen auf dem Hof, der schmieden kann. Was wir brauchen, fertigt der Schmied aus der Siedlung."

„Hast du einen Amboss?", fragte Rune, und Thoke begann zu grinsen. „Ja, manchmal kommt der Schmied hierher, um seine Arbeit direkt hier zu verrichten. Darum haben wir auch eine Feuerstelle gebaut, unten am Bootshaus."

„Dann soll es so sein", sprach Rune erfreut. „Lasst die Glut schüren, wir brauchen es heiß. Sehr heiß!"

Die Sonne stand hoch im Zenit, und Rune stand an der Feuerstelle, die ihm bis zu den Hüften reichte und einem Brunnen aus Stein glich. Der Schweiß rann über sein verschmutztes Gesicht, und wieder und wieder schob er das

Eisenstück mit einer langen Zange in die Glut, um es dann wieder auf den Amboss zu legen. Mit kräftigen Schlägen ließ er den Hammer darauf tanzen.

„Man sieht es dir nicht an, aber du bist ein kräftiger Kerl", frotzelte Thoke über den schmiedenden Skalden, doch dieser grinste nur.

„Sag mir, ist es wahr, was man sich über dich erzählt?", fragte der Sohn des Bauern plötzlich mit strenger Stimme. „Du sollst für deinen Jarl nicht nur Gedichte verfassen?"

„Ich verstehe deine Frage nicht, Freund!" Rune runzelte seine Stirn.

„Nun, es geht das Gerücht, du seiest jener Skalde, der für seinen Herrn unliebsame Mitmenschen beseitigt!"

Rune wollte gerade antworten, doch da trat die Magd, die sich dem Skalden willig hingegeben hatte, an die Feuerstelle. „Möchtest du Wasser?", fragte sie den Rune mit leuchtenden Augen und goss aus einem Krug das Nass in den Becher ein. Der junge Sachse nahm den Becher und trank. Plötzlich zeigte die Magd auf das Meer hinaus und rief erregt: „Da seht! Es kommt ein Schiff!"

Mit geblähtem Segel steuerte eine Schnigge auf die Küste zu, und es würde sicher nicht mehr lang dauern, bis sie den Strand erreichten.

„Los, geh auf den Hof!", befahl Thoke der Magd, dann wandte er sich seinem Vater zu. „Tryggve, was denkst du, sollen wir tun?"

Der Bauer, der damit beschäftigt war, einen Baumstamm zu bearbeiten, stützte sich auf seine Axt und sah gelassen auf die See hinaus. „Schon wieder Besucher? Vielleicht braucht jemand ein neues Schiff?"

Langsam traten die Männer zusammen, hielten ihre Äxte in Händen und gingen auf den Anlegesteg zu. Da kniff Rune die Augen zusammen, und plötzlich erkannte er das Schiff.

„Das ist…", er stockte und sprach dann leise zu sich selbst, „das könnte ein Schiff Jarl Siegmars sein."

„Die Rahe runter!", rief der Schiffsführer, und mit vereinten Kräften holten die Männer das große Segel ein. „Lasst die Riemen ins Wasser und bringt uns an den Steg!"
Rune erkannte den Mann sofort, der am Vordersteven stand, als der Großsegler näher kam. „Das ist ja Thorbart", murmelte er.
„Was sagst du?", fragte Thoke, den beim Anblick der fremden Schnigge ein ungutes Gefühl überkam. Thoke war weniger sorglos als sein Vater. Er trat neben Rune auf den Anlegesteg, und dieser sprach: „Das ist Thorbart! Es ist ein Schiff Jarl Siegmars, das da kommt!"
Rune hob die Arme und begann zu winken, in der Hoffnung, Thorbart würde ihn erkennen. Und so geschah es auch! Der Schiffsführer hatte nicht weniger gute Augen als der junge Mann auf dem Anlegesteg. „Dort steht Rune und erwartet uns!"
Als Sigrun dies hörte, sprang sie vom Mastfisch auf und lief zum Vordersteven. „Er lebt! Oh, ihr Götter", entfuhr es ihr, und sofort erkannte auch sie den Mann, den sie sich zum Gatten gewählt hatte. „Thorbart, er lebt!"
„Ja, Sigrun, er lebt!"
Der raubeinige Krieger lächelte dem Weib zu. Dann aber sah er sie ernst an. „Lass mich sprechen! Du bist mir zu hitzig, wenn es darum geht, zu verhandeln. Und lass dein Schwert, wo es ist, Schildmaid!"

Bald kam das Schiff näher, und die Männer zogen die Ruder ein, sodass die Schnigge von den Wellen getragen den Anlegesteg erreichte.

„Thorbart!", lachte Rune, und er war höchst erfreut, den Krieger des Jarls zu sehen. „Bei allen Göttern, euer Anblick ist eine wahre Freude!"
„Die Götter sind dir also immer noch gewogen, wie ich sehe, Skalde", antwortete Thorbart grinsend.
Da sprang Sigrun noch vor dem Schiffsführer über die Reling auf den Steg und rief erbost: „Und was ist mit mir? Bin ich Luft für dich?"
So wie damals, als Rune sie zum ersten Mal gesehen hatte, stand Sigrun auf dem Anlegesteg. Ihr braunes, langes Haar war zu strammen Zöpfen geflochten, sie trug ihre hirschlederne Hose, einen knielangen Kirtel[40] und ihr Wehrgehäng mit dem Schwert und dem Messer. Sie war ein ebenso schöner wie beeindruckender Anblick, fand der Skalde. Wortlos trat er auf die Schildmaid zu, nahm sie in den Arm und küsste sie innig.
„Du hast unser Erscheinen ihr zu verdanken! Sie hat einen harten Kampf mit dem Jarl ausgefochten, bis er endlich nachgab und uns ziehen ließ", sprach Thorbart grinsend, als er neben die beiden trat. „Und wie ich sehe, bedarf es keiner Klinge, um dich zu befreien!"
„Nein, hier bin ich Gast, nicht Gefangener", sagte Rune lächelnd, fügte aber ernst hinzu: „Doch die Klingen werden nicht heimkehren, ohne mit Blut benetzt worden zu sein, denn es ist viel geschehen! Doch das erzähle ich dir später!" Dann stellte er den Bauern Tryggve und seinen Sohn Thoke vor, und diese luden die Ankömmlinge in das Langhaus ein.
„Oh, Rune, wie dankbar bin ich den Göttern, dass du lebst", hauchte Sigrun dem Skalden in sein Ohr, als sie den Strand hinauf gingen, und glücklich nahm sie seine Hand.

---

[40]Kirtel – langärmlige Jacke, die bis über die Hüften reichte und von einem Gürtel zusammen gehalten wurde

Die Tochter des Jarls hatte natürlich neben Rune Platz genommen, und Tryggve ließ, so wie er es immer tat, wenn Gäste in seinem Haus weilten, ein Mahl bereiten. Als alle saßen, begann Rune zu berichten von all dem, was geschehen war. Vom Tode Gunnars und seiner Männer in den Wellen des Meeres, davon, dass Thor ihm sein Gehör nahm und wie er es zurückerlangte, von Thorleif und seinen Söhnen, die ihn für ihr Ränkespiel missbrauchten, und natürlich von Tryggve Egilsson, dem Mann, der ihn freundlich aufnahm.

„Du hast viel erlebt in der kurzen Zeit, und wieder haben die Götter ihre Hände schützend über dich gehalten. Du bist wahrlich ein besonderer Mensch, Rune", sprach Thorbart tief beeindruckt, nachdem Rune geendet hatte.

„Jarl Siegmar wird es freuen, dich wiederzusehen! Er hat es zwar nicht zugegeben, aber das Abkommen mit dem Götaländer hat sehr an ihm genagt."

„Das höre ich gerne, und ich bin ihm auch nicht gram, weil er mich fortgab", sprach Rune lächelnd. „Sag Thorbart, hast du einen Silberling für mich?"

Erstaunt über diese Bitte um Geld hob der Schiffsführer seine Brauen, fischte aber sofort in seiner Geldkatze[41] nach einer Münze und reichte sie dem Skalden. „Du hast nun meinen gesamten Besitz, Freund!"

„Sei unbesorgt, Thorbart, du bekommst es zurück." Rune wandte sich an den Bauern und reichte diesem das glänzende Geldstück. „Nimm es, Tryggve! Ich will nicht, dass du einen Nachteil bei dieser Geschichte hast!"

Der Bauer nahm den Silberling dankend an und sprach: „Vielleicht hätte ich dich doch als Sklaven behalten sollen, denn ein Schmied käme mir gerade recht." Er lachte auf und hob seinen Becher, um mit Rune anzustoßen.

---

[41] Geldkatze – kleiner Lederbeutel

„Das wäre dir schlecht bekommen, Bauer!", drohte nun Sigrun unverhohlen. „Denn den Schwiegersohn eines Jarls bekommt kein Bauer ungestraft zum Sklaven!"
Es war nicht nur der scharfe Ton in der Stimme der Sigrun, der den Skalden erschrecken ließ, sondern es waren die Worte selbst. Rune sah das Weib erstaunt an, jenes Weib, das in ihm einmal mehr nur einen Sklaven sah, der ihr gefügig sein musste. „Ja, Rune, du hast richtig gehört! Ich will, dass du mein Gatte wirst. Oder bin ich dir etwa nicht gut genug?"
„Das ... das ... natürlich", stammelte Rune. „Doch deine Entscheidung überrascht mich, und was wird Jarl Siegmar dazu sagen?"
„Meinen Vater kannst du getrost mir überlassen! Er soll dich ja nicht freien!"
„Dann hatten wir ja den Gesippen eines Jarls zum Gast. Darauf müssen wir anstoßen!", rief da Tryggve und war schon wieder in bester Feierlaune.

Am nächsten Morgen, die Sonne schien und der Himmel war blau, begannen einige der Männer von Frigghavn schon früh, das Schiff seeklar zu machen.
Diesmal war es Sigrun gewesen, die an der Seite des Rune geschlafen hatte, und als sie zusammen das Morgenmahl einnahmen, sah der Skalde den Schiffsführer ernst an und sprach: „Es gibt noch etwas zu erledigen! Darum bitte ich dich, verweigere mir meinen Wunsch nicht."
Neugierig gemacht, sah Thorbart den Skalden an. „Welchen Wunsch hast du denn?"
„Rache! Es ist der Wunsch nach Rache, und der, mein Eigentum zurückzubekommen."
Mit festem Blick sah Rune sein Gegenüber an, wandte sich dann an den Bauern Tryggve und sagte: „Ich werde dir

einen Gefallen tun, denn du bist ein guter Kerl. Deinen Zwist mit dem Thorleif werde ich beenden. Noch heute!"

„Rune, mein Freund, ich trachte dem Thorleif nicht nach dem Leben", sprach der Bauer, „aber es ist natürlich deine Angelegenheit, wenn du das Unrecht, das seine Sippe dir antat, rächen willst. Und abbringen kann ich dich sicher nicht von deinem Vorhaben!"

„Nein, das kannst du nicht, denn er trägt mein Schwert, und beim Odin, das werde ich mir zurückholen", brummte Rune böse, doch dann lächelte er wieder. „Er und seine Söhne werden ihrer Strafe nicht entgehen. Und du wirst fortan vor ihm Ruhe haben."

Da trat Thoke an den Tisch. „Ich bitte dich, Freund, verschone Una! Tue den Frauen kein Leid an."

Thorbart begann zu grinsen, und auch Sigrun hatte sofort verstanden. „Da geht noch jemand auf Freiersfüßen, wie mir scheint", sprach sie, und Thorbart legte dem Rune seine Hand auf die Schulter. „So wie du, Rune!"

Erstaunt blickte Tryggve seinen Sohn an, denn von einer Liebelei des Thoke mit der Tochter des Nachbarn wusste er nichts. „Willst du damit sagen, Una und du ...?"

„Ja, die Freya hat es wohl so gewollt. Wir lieben uns!", antwortete Thoke mit fester Stimme. „Und wäre Thorleif nicht so ein Hundsfott, wäre sie sicher schon mein Weib!"

„Dann wollen wir die Freya nicht erzürnen!"

Thorbart grinste belustigt. „Sei unbesorgt, ihr wird sicher nichts geschehen!"

Nun wandte sich Rune dem Thoke zu. „Es sind Thorleif und seine Söhne, besonders dieser Ivar, die meinen Zorn spüren sollen. Wenn diese zur Hel gehen, steht deiner Liebe mit Una sicher niemand mehr im Wege." Rune sah den Tryggve mir ernstem, forderndem Blick an, und dieser nickte. „Nun, dann soll es so sein!"

Bald darauf, segelte die Schnigge nach Norden, doch die Fahrt war nur kurz, und bald erreichten sie den Strand, an dem Rune vor nicht allzu langer Zeit angespült worden war. Von dem Unglück, das Jarl Gunnar und seine Männer das Leben gekostet hatte, gab es keine Spuren mehr. Keine Planke lag mehr am Strand, kein Seil, kein lebloser Körper!
„Es wird nicht einfach werden, denn der Björnsson hat seinen Hof befestigt wie eine Burg", berichtete Rune, als die Männer und auch die Schildmaid auf dem Strand standen.
„Wenn sie uns kommen sehen, werden sie sich verschanzen, und es wird schwierig, einzudringen. Mit nur einer Hand voll Männern könnte es ihnen gelingen, den Hof zu halten", warnte Rune.
Dann müssen wir listig vorgehen", meinte Thorbart. „Wo liegt dieser Hof?"
Rune wies in die Richtung, in der die Bäume des Waldes standen, dort, wo ihn dieser Ivar und sein Bruder gefangen nahmen. „Hinter diesem Wald dort!"
„Vielleicht sollten wir den Hof zunächst ausspähen", schlug Sigrun vor, und die Männer teilten ihre Ansicht.
„Wenn unsere Ankunft unentdeckt blieb, ist das sicher die beste Lösung", stimmte Thorbart ihr zu.
„Wir lagern hier am Strand, und nur wenige gehen in den Wald. Sollte man uns hier entdecken, wird man glauben, wir seien Reisende, die eine Rast einlegen", fügte Sigrun noch hinzu.
„Ihr habt sie gehört!", rief Thorbart. „Baut die Zelte auf und lasst Speere und Schilde vorerst an Bord. Nichts darf auf einen Überfall hinweisen."

Noch bevor es dunkel wurde, machten sich Thorbart und Rune sowie einer der Männer auf den Weg, denn sie wollten den Hof mit eigenen Augen beobachten, um dann einen Plan zu fassen. Und bald schon hatten sie einen geeigneten Platz

gefunden im Dickicht am Rande des Waldes unter einem Haselnussstrauch, von dem aus sie den Hof des Thorleif Björnsson gut überblicken konnten.
Sie sahen einen Knecht, der einige Kühe durch das Tor auf den Hof trieb, und danach blieb es lange ruhig. So wie es schien, war ihre Anwesenheit am Strand unentdeckt geblieben.
Plötzlich erschien ein einzelner Mann, um das Tor in dem Palisadenwall zu schließen.
„Ivar", entfuhr es dem Rune leise, und ein Gefühl von Hass stieg in ihm auf. Er verspürte den unbändigen Drang, diesen Mann zu töten, ihm sein Eisen in die Rippen zu stoßen und in aller Ruhe zuzusehen, wie er starb. Solche Gefühle hatte er selten, und ein bisschen überkam ihn die Angst.
Angst vor seinem eigenen Tun! Vor seinen Gedanken! Vor seiner Mordlust! Denn in seinem Herzen war Rune ein gutmütiger Mensch, so glaubte er von sich.
Diesen Kerl aber wollte er unbedingt töten, und ohne auch nur einen flüchtigen Gedanken an Gnade zu verschwenden, ließ er seinem Hass freien Lauf.

Es geschah nichts mehr in dieser Nacht, und die drei Männer schliefen tief und fest. Erst als der neue Tag zu dämmern begann, erwachten sie. Das Krähen des Hofhahnes drang an ihr Ohr, und sie öffneten einer nach dem anderen ihre Augen.
„Thorbart, wach auf", wollte Rune den Krieger wecken, doch dieser sprach: „Ich bin doch längst wach, oder glaubst du bei diesem Gekrähe kann man noch schlafen?"
„So fern und doch so nah", scherzte Rune und erhob sich.
Sie mussten nicht lange warten, bis etwas geschah, denn bald schon wurde das Tor geöffnet. Es war Björn, Rune hatte ihn erkannt, der vor den hohen Zaun trat und sich

umsah. „Mir scheint, als seien es immer die Söhne des Bauern, die das Tor öffnen und schließen."
„Und das nicht lange nachdem dieses Federvieh gekräht hat", bemerkte der dritte Krieger noch ein wenig verschlafen.
„Vielleicht ist dies der richtige Zeitpunkt, um in den Hof einzudringen?" Rune hatte seinen Gedanken laut ausgesprochen und war sogar ein wenig verwundert, dass ihm Thorbart antwortete. „Dazu müssen wir aber näher heran. Doch sieh dir die große Wiese an, da gibt es kaum Deckung. Und wenn sie uns kommen sehen, ist das Tor schnell wieder zu!"
„Vielleicht die niedrigen Büsche dort und der flache Felsen dahinter." Mit dem Finger zeigte er dorthin, wo er glaubte, dass sich ein Krieger verbergen konnte.
„Die Dunkelheit soll uns verbergen", sprach da der dritte Mann, der den Hof beobachtete. „Einige von uns müssen an der Palisade sein, bevor das Tor geöffnet wird. So kann der Kerl es nicht mehr rechtzeitig schließen!"
„So könnte es gehen, wenn Odin will!"
Thorbart nickte und strich sich über den Bart. „Gut, dann morgen!"

\*

Es würde nicht mehr lang dauern, bis sich die Sonne am Horizont zeigte, und so begann der Mann, der die letzte Wache innehatte, die anderen zu wecken. Und alle erhoben sich, der ein oder andere allerdings nicht ohne zu murren. Die Kleidung wurde gerichtet, so mancher wusch sich in der kalten See, so wie es Sigrun tat. Und dann holten sie ihre Waffen vom Schiff!
Nur wenige der Männer aus der Siedlung und von den Höfen, die sich der Fahrt angeschlossen hatten, besaßen

Helme und Brustpanzer, so wie der Thorbart und die Krieger des Jarls.

Sigrun allerdings war im Besitz eines solchen ehernen Kopfschutzes und einzig der fehlende Bart ließ nun erahnen, dass sich unter dem Helm, der fast das gesamte Gesicht verbarg, ein Weib verbarg.

Bald schon machte sich die Horde der Seefahrer auf den Weg, um dem Rune zu helfen, seine ersehnte Rache zu nehmen.

Verborgen im Dickicht an jener Stelle des Waldes, von der aus sie den Hof ausgespäht hatten, warteten die Krieger in der Dämmerung auf den neuen Morgen.

Friedlich lag der Hof inmitten der großen Wiese, und gespannt verfolgten ihre Augen die vier Männer, die sich vorsichtig dem Hof näherten. Einer nach dem anderen huschten sie von Deckung zu Deckung, und als sie die Palisadenwehr erreichten, war es nicht nur Sigrun, die aufatmete.

Zu beiden Seiten des Tores hatten sie sich postiert, und das laute Gebrüll der Kühe war ein untrügliches Zeichen dafür, dass der Hof bald zum Leben erwachen würde.

Die Anspannung der vier Männer stieg, und langsam zog Rune nun die kurzstielige Axt aus seinem Gürtel, die ihm einer der Männer überlassen hatte. Sie sollten dafür Sorge tragen, dass das Tor geöffnet blieb. Außerdem wollte Rune verhindern, dass ihm einer der Krieger zuvorkam und sich um den Ivar kümmerte. So war er es, der die Vorhut führte.

„Ich bitte euch, tut den Weibern kein Leid an", hatte Rune noch im Lager am Strand zu den Männern gesprochen, und der Schiffsführer Thorbart hatte zustimmend genickt.

„Ihr habt Rune gehört", mahnte er die Gefolgschaft.

„Weibern, die keinen Widerstand leisten, wird kein Haar gekrümmt!"

Nun kauerten die vier Männer neben dem Tor, dicht an die Palisade gedrängt, und warteten darauf, dass etwas geschah. Plötzlich vernahmen sie den Schrei des Hahnes, und Rune wusste, jetzt konnte es nicht mehr lang dauern, bis der verhasste Ivar erschien. Vorausgesetzt, seine Vermutung war richtig, dass dieser die Aufgabe innehatte, jeden Morgen das Tor zu öffnen!

Nun aber kroch die Zeit, und es war ihm wie eine Ewigkeit vorgekommen, bis er eine Stimme vernahm, die lauter und lauter wurde. „Diesem dämlichen Hahn sollte man den Hals umdrehen! Ich hasse dieses Vieh!"

„Das geht dem Thorbart nicht anders", hätte Rune fast gesagt, doch er hielt an sich. Jetzt machte sich jemand an dem Tor zu schaffen, und der Skalde gab mit einer Handbewegung zu verstehen, dass die Männer noch warten sollten.

Der erste Torflügel schwenkte in den Hof. „Warum muss eigentlich ich jeden Morgen das Tor öffnen? Björn, der faule Sack, kann liegen bleiben! Vielleicht sollte ich dem Alten auch in den Arsch kriechen!"

Es war die Stimme des Ivar, die Rune sofort erkannt hatte, und nun vernahmen sie ein hölzernes Knarren. Das zweite Tor wurde geöffnet!

Plötzlich sah der Skalde den Thorbart und die Krieger über die Wiese heranstürmen. Und auch Ivar hatte diese entdeckt!

Sofort versuchte er, das Tor wieder zu schließen, rief dabei laut aus: „Überfall! Wir werden angegriffen! Zu den Waffen!"

„Jetzt!" Die Stimme Runes hallte den Männern entgegen, während er sich gegen das Tor warf. Doch Ivar reagierte schnell. Schneller, als es Rune erwartet hatte.

Noch bevor die vier Krieger ihn zu fassen bekamen, lief er fort, und auch Runes geschleuderte Axt verfehlte ihr Ziel. So erreichte der Bauernsohn unversehrt das Langhaus. Schwer atmend fanden sich die Angreifer vor dem Langhaus des Thorleif Björnsson ein. „Und was nun?", fragte Sigrun und nahm den Helm von ihrem Haupt.

„Zünden wir das Haus einfach an, dann werden sie schon herauskommen. Und wenn nicht …!", sprach einer der Krieger des Jarls.

„Ich bin hier, weil dieser Dreckskerl mein Schwert in seinen Händen hält, und ich will es zurück", fauchte Rune zornig.

„Das ist dein Problem, Sklave! Nicht das meine", antwortete der Krieger des Jarls barsch, dann wandte er sich erzürnt dem Thorbart zu. „Ich weiß nicht, warum sich der Sklave als Anführer aufspielt? Das gefällt mir nicht!"

Thorbart wollte antworten, doch Sigrun drängte sich vor.

„Weil dieser Sklave, wie du ihn nennst, bald mein Gatte sein wird! Darum!"

„Aber noch ist er ein Sklave, und darum nehme ich von ihm keine Befehle entgegen", trotzte der Mann den Worten des Weibes.

„Schluss jetzt!", schnauzte der Anführer und sah sich um. „Dort … ist das euer Gesindehaus?" Er sah Rune fragend an, und dieser nickte.

„Los, bringt mir alle Knechte, Mägde und Sklaven her!"

Mit den Äxten war die Tür schnell eingeschlagen, und unter größtem Gezeter und Geheule führten die Krieger das Gesinde vor das Langhaus.

„Was geht da draußen vor sich?", fragte Thorleif seinen Sohn Ivar, der an der Pforte des Hauses stand und durch einen Spalt hinaussah. „Kannst du sehen, wer das ist? Kennst du die Kerle?"

„Nur einen", zischte Ivar böse.

„Nun rede schon, du einfältiger Ochse!", schimpfte Thorleif laut.
„Es ist dieser Skalde! Dieser Rune! Die anderen kenne ich nicht!"
„Hm, dann ist unser Plan wohl nicht aufgegangen", brummte Björn und strich sich nervös über seinen Bart.
„Was wird nun geschehen?" Das Weib des Bauern wandte sich aufgeregt an ihren Gatten. „Thorleif, unsere Kinder! Der Hof! Oh, ihr Götter, seid gnädig!"
Dann sah sie ihren Mann böse an. „Der Skalde ist ein von Odin geliebter! Er hat es gesagt! Und du missbrauchst ihn für dein Ränkespiel!"
Wortlos starte Thorleif auf das Schwert in seinem Wehrgehäng, und er wusste, dass sein Weib recht hatte.
Plötzlich drang von außen eine Stimme an das Ohr des Bauern.
„Bauer Thorleif! Ivar Thorleifsson! Björn Thorleifsson! Ich bin gekommen, um zu holen, was mir gehört! Und ich komme auch, um euch zu geben, was ihr verdient!"
„Das ist Rune", sprach Ivar, der immer noch durch den Schlitz lugte. „Dieser elende Dreckskerl!"
„Zeigt Mut und kommt heraus! Kämpft und sterbt wie Männer, oder wollt ihr euch hinter den Röcken der Frauen verstecken?"
„Damit ihr uns wie Vieh abschlachten könnt? Du bist ein Narr, Skalde!", antwortete der Sohn des Bauern zornig.
„Der Narr bist du! Kommt ihr nicht heraus, werden wir sehen, wie viel euch an eurem Eigentum gelegen ist", drohte nun Thorbart lautstark.
„Sie schleppen das Gesinde vor das Haus", berichtete Ivar seinem Vater. „Was hat dieser räudige Köter vor?"
Thorbart trat vor die Gefangenen und sah die Menschen abschätzend an, dann griff er nach dem Arm eines jungen Weibes. Er zerrte diese vor die Tür, zog sein Messer und

legte es dem Weib an die Kehle. Doch da trat Rune hinzu. Er lächelte die wimmernde Magd an und sprach zu dem Anführer: „Diese nicht!"
Thorbart begann zu grinsen, und er ahnte, warum Rune sie verschonen wollte. Die Magd war jene, die mit Rune das Schlaflager geteilt hatte, und er wollte sie nicht sterben sehen. Stattdessen zeigte der Skalde auf den Knecht, der ihm nie wohlgesonnen war, und der ohne dass Rune dies wusste, ihn an den Gunnar ausgeliefert hatte.
Ein Krieger stieß den Mann vor den Anführer und zwang ihn in die Knie.
„Nun gut!" Thorbart schob das Weib zurück, sah den Skalden dabei aber streng an und sprach: „Tue du es!"
Er gab einem der Krieger einen Wink, und dieser reichte dem Skalden eine langstielige Axt. Da trat Rune an den Knecht heran.
„Ich hatte gehofft, dich nie wiedersehen zu müssen, Sklave", sprach der Knecht voller Verachtung für den Mann, in dessen Hand die schwere Axt lag.
„Die Götter haben dich erhört. Das musst du nun nicht mehr!" Ohne zu zögern hob Rune die Axt und schlug diese dem Knecht tief in sein Haupt. Es platzte auf und gab den Umstehenden sein Inneres preis, ehe der Mann zur Seite fiel. Vor Entsetzen schrien die Mägde und Sklavinnen auf, und auch die Männer des Gesindes überkam die Angst. Einer kotzte sich gar auf seine hölzernen Klotschen. Da wurde die Tür des Langhauses aufgerissen, und Ivar stürmte mit dem Schwert in der Hand, auf den Skalden zu.
„Du räudiger Hund! Ich werde dich töten!"
„Dann haben wir Ähnliches im Sinn, Ivar!", rief Rune dem Heranstürmenden entgegen und hob die Axt. Kraftvoll fing das Blatt die Klinge des Bauernsohnes ein, und Rune drohte von der Wucht des Hiebes sogar zu stolpern.

Sofort wollten ihm einige Krieger zu Hilfe eilen, doch Thorbart hielt sie zurück. „Lasst ihn! Es ist sein Kampf!"
Dann sah er zu der Pforte des Hauses, die immer noch offen stand. „Los, holt alle raus aus dem Haus!"
Sofort stürmten die Männer, angeführt von der Schildmaid, in das Langhaus, und der Kampflärm, der nach draußen drang, deutete darauf hin, das sich Thorleif und Björn zur Wehr setzten.
Doch der Skalde schenkte seine ganze Aufmerksamkeit dem Ivar, der wie besessen auf ihn einschlug und der keinen Zweifel daran aufkommen ließ, dass er willens war, seinen Gegner zu töten.
Mit der Axt erwehrte sich der Sachse der Hiebe, wich zurück, um dann blitzschnell vorzustoßen und mit der Langstieligen nach dem Ivar zu schlagen.
Dieser aber war ein nicht weniger geschickter Kämpfer als Rune selbst, und die Länge seiner Schwertklinge verschaffte ihm einen Vorteil. Er machte einen schnellen Ausfallschritt, und die Axt verfehlte seine Schulter nur um Haaresbreite.
Dafür hatte Rune weniger Glück, denn der erneute Angriff seines Gegners bescherte ihm einen Stich in den Oberarm. Zwar färbte sich seine Tunika rot, doch den Schmerz konnte er ertragen. Die Wunde schien ihm nur klein zu sein, da das Blatt der Axt Schlimmeres vermieden hatte.
Die Wut des Ivar aber wuchs mit jedem Schlag, und er ließ die Klinge wieder und wieder auf seinen Feind niederfahren, doch nun war es Rune genug.
Er hob die Langstielige, ließ diese kreisen und stürmte vor, sodass er näher an seinen Gegner heran kam und nun endlich das scharfe Axtblatt ein Bein des Bauernsohnes traf. Ein gellender Schmerzensschrei bewies das!
Da sah Rune auch schon, wie sich das Hosenbein des Ivar mit Blut tränkte und sein Gesicht zeigte, dass er gegen die Schmerzen ankämpfte. Er hinkte zurück.

„Du elender Dreckskerl!", fluchte er zornig und hieb mit dem Schwert nach seinem Gegner. Diesen Schlag fing Rune aber erneut mit dem Blatt der Axt ein, drückte die Klinge des Schwertes nieder und schlug mit der Faust zu. Diese traf den Ivar am Hals, und er wankte röchelnd zurück.
Nun war Rune nicht mehr zu halten! Er ergriff den Stiel wieder fest mit beiden Händen, ließ die Axt kreisen und schlug das Eisen dem Ivar in sein bereits lädiertes Bein. Dieser jaulte auf wie ein geprügelter Hund, doch kaum hatte er den Schmerz verspürt, schlug die Axt ihm in die Schulter. Aus klaffenden Wunden strömte der Lebenssaft nun über den Körper, und das Schwert entglitt seiner Hand. Da versagten ihm die Beine den Gehorsam, denn in seinem Oberschenkel spaltete ein blutiges Loch das Fleisch. Ivar fiel auf die Knie!
„Du bist ein übler Kerl, Ivar Thorleifsson! Soll sich Odin weiter mit dir herumärgern. Hier in Midgard[42] ist für dich kein Platz mehr!"
Da spuckte der Bauernsohn verächtlich sein Blut vor Rune in den Staub. Jedoch war dies das Letzte, das er in der Welt der Menschen tat, denn im selben Moment schlug ihm die Axt in die Brust und gleich darauf noch in den Schädel. Nun war es Rune, der nur noch einen verächtlichen Blick für den Bauernsohn übrig hatte.
Dann stürmte auch er, vom Blutrausch getrieben, in das Langhaus. Thorleif, der Bauer, lag bereits erschlagen in seinem Blut, und sein Weib hockte jammernd neben dem Toten. Sie war verletzt, hatte es wohl gewagt, sich zur Wehr zusetzen, kam aber mit dem Leben davon. Es fiel dem Skalden schwer, seine Wut zu zügeln, denn er selbst war es, der den Bauern töten wollte.
Björn Thorleifsson aber lebte noch!

---

[42] Midgard – Die Welt der Menschen

Er erwehrte sich gegen vier Angreifer, die ihr Spielchen mit ihm trieben, denn aus unzähligen Wunden floss schon sein Blut. Sie stachen mit Speeren und Schwertern nach ihm, achteten aber darauf, ihn nicht zu töten. Und dann bemerkte Rune, was ihm zuerst entgangen war, und dies zügelte seinen Blutdurst, denn es gefiel ihm nicht, was er sah.

Dort, wo der große Tisch stand, wo die Podeste mit den weichen Fellen darauf standen, auf denen Rune geschlafen hatte, machten sich die Männer über die Mägde und Töchter des Bauern her.

„Was geht hier vor sich?", schnauzte er die Sigrun an, die tatenlos dem Treiben zusah.

„Was schon? Sie haben ihren Spaß!", gab sie ruhig zur Antwort. „Und du solltest dich besser zügeln, mein Gatte, denn diese Männer kamen um dich zu befreien!"

Die Jarlstochter hatte recht, das wusste Rune, und gegen dieses Gebaren war er machtlos. Er musste sie gewähren lassen, denn noch war er nur ein Sklave.

Voller Zorn und Enttäuschung wandte er sich um, ging zu dem toten Bauern, sah erst schweigend in dessen blutiges, geschundenes Gesicht und dann dessen Weib an. Er beugte sich herab und nahm dem Toten das Schwert aus der Hand. Da ergriff die Hausherrin seinen Arm. „Du Scheusal! Die Götter sollen dich strafen!"

„Weib! Ihr selbst habt euer Schicksal bestimmt! Ihr seid es, die die Götter bestrafen", sagte Rune leise und richtete sich auf. Fast liebevoll strich er über die Klinge des Blutlechzers und verließ dann das Langhaus.

Doch er wollte trotzdem nicht untätig bleiben und trat neben den Thorbart, der mit einigen Kriegern auf dem Platz vor dem Haus stand und die Sklaven begutachtete.

„Ich denke, ein paar von ihnen nehmen wir mit uns. So treten wir nicht mit leeren Händen vor den Jarl."

Er sah den betrübt dreinschauenden Rune fragend an. „Was ist mit dir? Du hast bekommen, was du wolltest, also zeig ein wenig Freude!"
„Natürlich bin ich erfreut. Doch erinnere dich, was wir Thoke versprachen", gab Rune zu bedenken. „Ich will mir nicht die Göttin Freya zur Feindin machen!"
„Du und deine Götter!" Der Anführer begann zu lachen. „Also sag schon, was ist?"
„Die Männer… sie vergreifen sich an den Frauen!" Rune zeigte zum Langhaus. Da schüttelte Thorbart erbost den Kopf und ging mit schweren Schritten in das Haus des Bauern. Bis auf den Hof hinaus hörte der Skalde die tiefe Stimme des bärtigen Kriegers. „Schluss jetzt! Raus hier!" Nach und nach traten alle ins Freie, und so mancher Kerl musste noch seine Beinkleider richten.
„Die Weiber dort rüber!", befahl Thorbart den Frauen sich zu dem Gesinde zu stellen. „Welche von euch sind die Töchter des Bauern?"
Langsam und zaghaft erhoben sich drei Hände. „Geht ins Haus und kümmert euch um eure Mutter", sprach der Anführer streng, und die jungen Frauen gehorchten. Dann zeigte er mit dem Finger auf das Gesinde. „Du und du!" Zwei junge Weiber traf die Wahl, darunter auch die Magd, die dem Rune einst so zugetan war. „Der Kerl da auch", fiel seine Wahl auf einen kräftigen Burschen.
„Ich bin kein Sklave! Ich bin ein freier Knecht!", beschwerte sich dieser, doch Thorbart winkte ab. „Das war einmal! Nun bist du ein Sklave Jarl Siegmars! Und danke Odin, dass du lebst, blöder Kerl!"
Da gesellte sich Sigrun neben den Rune. „Ich bin ein wenig verwundert", sprach sie.
„Verwundert? Warum?", fragte er und verstand nicht.
„Siehst du die üppige Blonde? Ich hätte wetten können, dass sie mit uns fährt!"

„Du meinst diese da, mit den großen Titten?"
Sigrun nickte und musste grinsen. „Sie ist sicher genau nach Thorbarts Geschmack!"
Plötzlich drehte sich der Anführer der Wikingfahrer noch einmal um, denn er hatte sich bereits von dem Gesinde abgewandt. Er ging schnurgerade auf das üppige, blonde Weib zu. Musterte sie, fasste in ihr Haar und sprach: „Du, mein Täubchen, kommst mit mir!"
Da mussten Sigrun und Rune lachen, doch plötzlich erstarrte das Gesicht des Skalden. „Wo ist Björn?"
Ohne eine Antwort abzuwarten, lief er zurück in das Langhaus. Der Bauernsohn kauerte an eine Wand gelehnt, und Una versorgte seinen mit Wunden übersäten Körper. Als Rune eintrat, erschrak sie. „Tritt zur Seite, Weib!", befahl er streng, doch Una blieb bei ihrem Bruder.
„Hab Mitleid! Das kannst du uns nicht antun!"
„Hast du vergessen, was deine Brüder und dein Vater mir antun wollten? Geh beiseite!", schrie Rune das junge Weib wütend an, dann trat er vor, griff in ihr langes Haar und zog die Schreiende von ihrem Bruder fort.
„Tue ihr kein Leid an", stammelte plötzlich Björn, der bisher geschwiegen hatte. Der hohe Blutverlust hatte den Mann schon arg geschwächt, und das Sprechen fiel ihm schwer. Da wandte sich der Skalde wieder dem Verwundeten zu. Fest umklammerten seine Finger den Griff des Blutlechzers, und ohne ein weiteres Wort zu verlieren, schlug er kräftig zu. Der Kopf des Björn Thorleifsson fiel, nur noch von wenigen Muskeln gehalten, auf die Brust des Mannes, und sein Blut strömte über den leicht zuckenden Körper. Una, ihre Mutter und die Schwestern schrien vor Entsetzen auf, doch Rune wandte sich ungerührt ab und ging.

*

## 12

## *Siegmars verhängnisvoller Fehler*

*E*in halber Mond war vergangen, seit Sigrun und Thorbart den Skalden nach Frigghavn zurückgeholt hatten. Und der Jarl war, wie es Thorbart vermutet hatte, recht froh darüber, den Skalden wieder auf seinem Hof zu haben. Nicht nur der Dichtkunst wegen.
Dem jungen Weib war es bald nach der Ankunft in Frigghavn auch gelungen, ihrem Vater die Erlaubnis zur Vermählung mit Rune abzuringen. Doch hätte Siegmar je erfahren, wie seine Tochter dies angestellt hatte, so hätte die Angelegenheit sicher ein böses Ende genommen.
Einige Tage hatte Sigrun mit ihrem Vater, aber besonders mit Asrun, seinem Weib, auf das Heftigste gestritten. Und schnell erkannte sie, dass es die Einflüsterungen der jungen Jarlsgemahlin waren, die es ihr so schwer machten, den Vater umzustimmen. Immer dann, wenn sie glaubte, Siegmar würde einwilligen, änderte der Jarl am nächsten Tag seine Meinung. Manchmal wurde der Streit der beiden jungen Frauen, denn Asrun war ja nur um wenige Jahre älter als ihre Stieftochter, so rasend, dass der Jarl einschreiten musste.

Oft saß Rune nun mit dem Thorbart beisammen, denn dieser war ihm ein wahrer Freund geworden.
„Nun, wie geht es mit eurer Vermählung voran?", fragte dieser, als die Männer wieder einmal vor dem Langhaus saßen. Rune schüttelte traurig seinen Kopf. „Nicht gut! Die Schildmaid rast vor Wut und wünscht die Asrun zur Hel!"
„Die Asrun?", fragte Thorbart erstaunt.

„Nun ja, so wie es scheint, entscheidet sich unser Glück auf des Siegmars Schlaflager", antwortete Rune.
„Ah... ich verstehe!" Thorbart konnte sich ein Grinsen nicht verkneifen. „Asrun kämpft mit den Waffen eines Weibes, und Siegmar, der geile Bock, will nicht auf ihre Möse verzichten."
Da musste auch Rune grinsen. „So ist es wohl!"
Er kratzte sich seinen Bart. „Was hat dieses Weib bloß gegen mich? Ich habe ihr nie etwas Böses getan!"
„Welcher Mann kann schon sagen, was im Kopf eines Weibes vor sich geht?", sprach Thorbart leise. Dann schwiegen die Männer.

Bald aber wurde Sigrun ruhiger. Sie bedrängte ihren Vater nicht mehr und wich auch Runes Fragen aus, bis er sie nicht mehr mit seiner Neugier bedrängte. Die Streitereien der beiden Frauen hörten auf, und Asrun fühlte sich ohne Zweifel als Siegerin.
Fortan trat die Stieftochter der Jarlsgattin besonders freundlich entgegen, und Jarl Siegmar zeigte sich zufrieden. Rune und auch dem Thorbart aber schien die Ruhe trügerisch. Und sie sollten recht behalten.
An einem trüben Herbsttag rief der Jarl den größten Teil seiner Krieger zusammen, um mit diesen in den Norden zu reiten, denn wieder einmal weigerte sich ein Häuptling, die Abgaben zu zahlen, die der Jarl verlangte und auch brauchte, um selbst die Steuern an den König entrichten zu können. Und diesmal wollte der Herr von Frigghavn die Angelegenheit selbst in Ordnung bringen, denn dieser Häuptling war eigentlich nicht als aufsässig bekannt.
Auch Thorbart und Rune waren unter den Kriegern, die Jarl Siegmar begleiteten, so waren nur noch Knechte und Sklaven auf dem Hof.

Noch am Abend des Tages, an dem die Männer den Hof verlassen hatten, schritt Sigrun zur Tat. Sie betrat die große Halle und begab sich geradewegs in einen der hinteren, kleineren Räume, in dem Asrun an einem großen Webrahmen nahe der Feuerstelle stand und arbeitete. Mit flinken Fingern ließ diese das Webschiffchen durch die gespannten Fäden gleiten.

„Ah, Sigrun", begrüßte sie die Stieftochter freundlich, „willst du mir helfen?"

Die Schildmaid aber zögerte nicht, zog ihr Messer aus der ledernen Scheide und ergriff die Asrun bei den langen Haaren. Kräftig zog sie das Weib zurück, sodass diese aufschrie, aber sofort wieder verstummte, denn nun lag die scharfe Klinge an ihrem Hals.

„Nur zu gern würde ich deinem Leben jetzt ein Ende setzen", zischte Sigrun leise in das Ohr der Stiefmutter. „Doch ich will dich unter einer Bedingung verschonen!"

„Sigrun, was soll das? Ich bin deine Mutter", empörte sich das Weib des Jarls. „Das bist du nicht! Das wirst du nie sein" zischte Sigrun gefährlich. „Du bist die Hure meines Vaters. Das Weib, das ihm den Schwanz lutscht! Mehr bist du nicht!"

Nun begann Asrun zu zappeln, versuchte sich aus dem Griff der Schildmaid zu winden, doch diese fasste nur kräftiger zu und drückte die Messerklinge fester gegen den Hals des Weibes, sodass diese spürte, wie es zu schmerzen begann.

„Dein Leben gehört fortan mir", sprach Sigrun böse.

„Solltest du es noch einmal wagen, gegen mich Intrigen zu spinnen, wird mein Vater eine neue Hure brauchen! Hast du das verstanden?"

Asrun nickte, und nun ließ Sigrun sie aus dem Griff frei. Schwer atmend setzte sich das Weib des Jarls auf das Schlaflager. Sie zitterte am ganzen Körper und fasste sich an die kleine, leicht blutende Wunde an ihrem Hals.

Sigrun aber lächelte böse, reichte der Widersacherin ein Tuch und sprach: „Falls mir etwas zustoßen sollte, wird es Rune sein, der dich tötet! Und du weißt, er ist darin sehr geschickt!"
Dann wandte sie sich um und verließ die Kammer.

Nachdem der Jarl einige Tage später wieder in seiner Halle weilte, er hatte es tatsächlich geschafft ohne Kampf die Abgaben des Häuptlings im Norden einzutreiben, war die Stimmung der Sigrun nicht weniger gedrückt wie die der Asrun. Aufmerksam beobachteten sich die Frauen, es schien gar als belauerten sie sich wie Katzen vor dem Sprung, und die Blicke der Sigrun ließen die Jarlsgattin verstehen, dass sie die warnenden Worte nicht vergessen sollte.
Und Asrun überlegte, wie sie sich aus dieser misslichen Lage befreien könnte. Doch sie wagte es nicht, den Jarl von der ungeheuerlichen Tat seiner Tochter zu unterrichten.
Und das freundliche Lächeln des Rune erschien ihr wie eine Warnung.
Dieser ahnte natürlich nichts von den Gedanken der Jarlsgattin, denn er war genauso unwissend, wie der Jarl und alle anderen.
Noch zwei Tage wartete Sigrun ab, dann begann sie wieder ihren Vater wegen der Vermählung mit dem Rune zu bedrängen. Und da Asrun es nicht mehr wagte, sich einzumischen, und der Jarl den Wünschen seiner Tochter nie lange widerstehen konnte, willigte Siegmar letztendlich ein.

So kam es, dass der Jarl an einem Abend, den er mit einem Teil seiner Gefolgschaft in der Halle seines Hauses verbrachte, seine Stimme erhob und sprach: „Rune, komm her!"

Der Gerufene, der an einem der Tische saß und mit Thorbart Bier trank, erhob sich und trat vor den Hochstuhl.

„Ruhe, ihr alle!", rief der Jarl laut, und nun hatte auch der Letzte in der Halle bemerkt, dass Siegmar etwas zu sagen hatte. Männer und Frauen schwiegen nun neugierig.

„Sigrun, komm!", befahl er, und so trat auch seine Tochter vor.

„Lange habe ich mit mir gerungen", sprach er laut, „und wie jeder von euch weiß, ist Rune einer, den die Götter lieben. Besonders Odin selbst scheint sich seiner anzunehmen, denn er schenkte ihm die Gabe der Dichtkunst. Es ist sicher unklug, sich den Göttern zu widersetzen! So habe ich nun beschlossen, dem Sklaven die Freiheit zu schenken."

Er reichte der Sigrun einen Armreif und forderte sie mit einem Nicken auf, diesen dem Rune anzulegen. Lächelnd ergriff das junge Weib den Arm des Sklaven und legte ihm den Reif um das Handgelenk. „Dies soll das Zeichen deiner Freiheit sein, Rune!", sagte sie laut.

Nun begannen die Anwesenden zu jubeln, denn Rune war inzwischen ein fester Teil der Bevölkerung von Frigghavn geworden. Es dauerte eine Weile, bis Siegmar wieder das Wort ergreifen konnte. „Ruhe! Ich habe noch mehr zu verkünden!"

Er sah Rune streng an und fragte dann: „Du bist nun ein freier Mann, also frage ich dich: Bist du bereit, mir den Eid der Gefolgschaft zu schwören? Mich als deinen Anführer anzuerkennen und meinen Befehlen zu folgen?"

„Ja, mein Jarl, das will ich tun", sprach der Skalde. „Vor allen Göttern schwöre ich, dich als meinen Anführer anzuerkennen!"

Jarl Siegmar nickte zufrieden, und wieder dröhnte der Jubel durch die Halle des großen Langhauses.

Beschwichtigend hob der Jarl seine Arme, und es kehrte wieder Ruhe ein. „Es sind nicht nur die Götter, die Rune lieben! Auch mein einziges Kind, meine Tochter Sigrun, hat ihre Liebe zu dem Skalden entdeckt", sprach der Jarl lächelnd. „Und so soll es sein, dass Rune mein Gesippe wird. Wir feiern Vermählung!"

*

Sechsmal war die Winterzeit über das Land gezogen, seit Rune und Sigrun Hochzeit gehalten hatten, und sie hatte ihrem Mann bisher zwei schöne Kinder geboren. Eine Tochter namens Sif, die nun fünf Winter zählte, und im Jahr darauf einen Sohn, dem Rune den Namen Thorun gab.
Beide Kinder waren kräftig und gesund.
Nicht weit der Siedlung Frigghavn hatte Rune einen kleinen Hof erbaut, denn nicht lange nach den Feierlichkeiten zur Vermählung der Jarlstochter brach der Zwist der beiden Frauen auf dem Hof des Jarls wieder aus. So hatte Siegmar bestimmt, dass Rune und sein Weib nun einen eigenen Hof bewirtschaften sollten. Und Rune folgte dem Wunsch seines Gesippen.
Oft kam es nun vor, dass der Skalde im Sommer sein Heim verließ und sich auf die Höfe und Burgen der Jarls und Häuptlinge in ganz Thule begab. Dort gab er seine Kunst zum Besten und wurde dafür meist gut belohnt. Lange blieb er aber nie an einem Ort. Er ließ es sich für einige Tage oder manchmal auch Wochen gut gehen, erfreute sich an den Speisen, den Getränken und auch mal an einem schönen Weib, lobte den Herrn des Hauses auf dessen Festen in seinen Versen, und zog dann irgendwann weiter auf den Hof eines anderen reichen Mannes.

Doch keinem dieser Männer war er bereit, den Eid der Gefolgschaft zu leisten, wenn sie auch noch so darauf drängten.
„Es tut mir leid, aber auch wenn ich euch gerne diene, mein Herr ist Jarl Siegmar von Frigghavn!"
Manchmal schickte ihn auch Jarl Siegmar, um einen unliebsamen Zeitgenossen zu beseitigen, oder er schloss sich raubfahrenden Kleinkönigen an und achtete dabei sehr darauf, dass seine Geldkatze sich gut füllte. Wenn Rune dann vor der kalten Jahreszeit heimkehrte, tat er dies meist als reicher Mann. Und so wurde sein Name auf vielen Höfen in Thule bekannt.

Die Pfaffen schrieben das Jahr 991 n. Chr., und Rune zählte nun fünfundzwanzig Winter. Die politische Lage des Landes hatte sich geändert, denn es war nun nicht mehr Harald Gormsson, den man Blauzahn genannt hatte, der über das Land herrschte. Fünf Sommer zuvor hatte sein Sohn Sven, den Harald mit einer Magd gezeugt hatte, seinen Vater herausgefordert, hatte sein Erbe verlangt und damit einen Bürgerkrieg entfacht, um seinen Vater vom Thron zu stoßen.
Harald Gormsson starb, und Sven regierte mit harter Hand das Dänenreich. Und er war ein glühender Anhänger des Glaubens an die alten Götter des Nordens!
So wurde in seinem Herrschaftsbereich wieder den Asen geopfert. Die Kleinkönige und Jarls mussten dem Christengott wieder abschwören, und die Pfaffen, die als Missionare wirkten und die Harald Blauzahn in das Land geholt hatte, sollten das Dänenland verlassen.
Viele Menschen hatten das Hin- und Her aber längst satt! Aus ihnen waren nun wahre Christen geworden, und diese wollten sie auch bleiben, wollten weder Tier noch Mensch auf den Opfertisch legen.

Und was noch schlimmer für Sven Haraldsson war: Den Herrschern des großen Saxlandes im Süden missfiel es, dass der neue König die christlichen Priester aus dem Land verwies. Die Heeresmacht des deutschen Adels war groß, und würde der Papst in Romaburg[43] es befehlen, so würden sich ihre Armeen sicher gen Norden wenden.
Da bedrängten die Berater den dänischen König, er möge doch Rücksicht auf den ausbleibenden Handel und auch auf die Bedrohung eines Einfalls der christlichen Heere nehmen. Er solle den Christusanbetern ihren Glauben lassen, und Sven, den man Gabelbart nannte, willigte zähneknirschend ein.
Doch es geschah anders, als es Sven Gabelbart oder seine Berater erwartet hatten. Das Unheil kam nicht aus dem Süden, sondern aus dem Norden, und es trug sich zu, dass Erik der Siegreiche, König über das Reich der Schweden, seine Hand nach dem Dänenreich ausstreckte.
Bereits im Sommer des Jahres 990 n. Chr. war dieser mit einer gewaltigen Heeresmacht in die Herrschaft des Sven Gabelbart eingefallen und hatte diesen zur Flucht gezwungen.
Nun waren die Gaue des Landes am Nordweg von den Schweden besetzt. König Sven Gabelbart hatte sich mit seiner Wikingerflotte in das Danelag[44] auf die Insel der Angelsachsen begeben, saß nun in seiner Burg in Yorvik und sann auf Rache. Die Jarls und Kleinkönige Norwegens waren fortan dem schwedischen Königshaus abgabepflichtig.

*

---

[43] Romaburg - Rom
[44] Danelag – von den Dänen besetzte Gebiete Südostenglands mit der Hauptstadt Yorvik (York)

Es war ein kühler Tag im Herbst des Jahres 991 n. Chr., an dem sich das Leben des Skalden und Bauern Rune verändern sollte. Doch dies ahnte er nicht, als ihn sein Weg nach Tunsberg geführt hatte und ihm dort die Gerüchte von den Vorgängen in Frigghavn zu Ohren kamen.

Eine Schnigge war in die kleine Bucht gesegelt und hatte am Steg in Frigghavn festgemacht.
Am Mast wehte das Banner des mächtigen Jarls von Tunsberg, der über die Handelsstadt und den ganzen Gau des großen Fjordes herrschte. An Bord dieses Schiffes war der Steuereintreiber, der durch den Fjord zog und für den Vogt des Schwedenkönigs die Abgaben der anderen Jarls und Häuptlinge eintreiben sollte. Erik, der Siegreiche, forderte jährlich den Tribut, so wie es vor ihm alle anderen Herrscher auch getan hatten.
Jarl Siegmar aber war wenig erfreut über diesen Besuch, und so trat er dem Steuereintreiber wenig freundlich gegenüber.
„Dich schickt also der nächste Blutsauger, der uns das Leben schwer machen will", ranzte er den Boten an, der, es war schon spät am Nachmittag, und Siegmar hatte bereits einige Becher geleert, vor seinen Hochstuhl getreten war.
„Mein Herr wünscht dich zu sprechen, und er verlangt, so wie es befohlen ist, dass du ihm Gastrecht anbietest!", forderte der Bote streng, der, unter dem Umhang, einen ledernen Panzer trug und im Wehrgehäng ein gutes Schwert. Seinen Helm hatte er vom Kopf genommen und unter seinen Arm geklemmt.
„Gastrecht fordert er?", schimpfte Jarl Siegmar schlecht gelaunt und auch schon betrunken. Da trat sein Weib heran und legte ihm die Hand auf den Arm, denn Asrun verspürte Angst. Doch Siegmar störte dies wenig. „Meinen Met will

er trinken, der hohe Herr, und mein Fleisch essen. Und zum Dank leert er mir meine Geldschatulle!"
Der Bote war über solche Worte nicht erstaunt, doch wunderte ihn die offene Feindschaft des Jarls ein wenig. Kaum einer wagte es, sich den Steuereintreibern zu widersetzen.
„Überlege deine Worte gut, Jarl von Frigghavn", sprach der Mann ruhig, aber mahnend. „Du kennst die Gesetze so gut wie ich!"
„Gesetze, die Könige machen, um uns den Reichtum zu nehmen", schnauzte Siegmar zurück.
„Zwinge uns nicht, mit Waffengewalt zu holen, was dem König gebührt!" Nun wurde der Bote böse und scheute sich nicht, dem Jarl zu drohen.
„Was wagst du dich …!" Siegmar sprang von seinem Stuhl auf, doch er hatte Mühe, sich auf den Beinen zu halten. Nun aber traten die vier Krieger des Jarls, die den Boten in die Halle geführt hatten, an den Fremden heran, um ihm zu zeigen, dass er keine unbedachte Tat ausführen sollte.
„Nichts werdet ihr bekommen!", rief Siegmar dem Mann entgegen. „Nichts, hörst du? Sag das dem Kerl am Strand." Dann wandte er sich einem seiner Krieger zu. „Los, ruf meine Männer zusammen, wir jagen die Kerle in den Fjord zurück! Sollen sie von mir aus in den Fluten ersaufen!"
„Das wirst du bereuen, Jarl Siegmar", sprach der Bote zornig, wandte sich ab und verließ die Jarlshalle.
Die schlechten Nachrichten, die der Mann nun an den Strand brachte, gefielen dem Steuereintreiber keineswegs. So befahl er seinen Kriegern, sich für den Kampf zu rüsten.
„Erteilen wir diesem Jarl eine Lektion!", rief der Steuereintreiber und schritt seinen Männern voran. Doch sie hatten die Böschung, die den Strand von der Wiese trennte, noch nicht erreicht, da vernahmen sie den Lärm einer nahenden Kriegerschar, und als sie diese sahen, mussten sie

erkennen, dass sie den Verteidigern von Frigghavn an Zahl weit unterlegen waren. Doch für einen Rückzug war es zu spät!

„Schildwall!", dröhnte der Befehl über den Strand, und die Männer aus Tunsberg sammelten sich, um sich Mann neben Mann zu formieren. Dann begann der Kampf, denn unter markerschütterndem Kriegsgebrüll stürmten die Krieger des Jarl Siegmar gegen die Reihen der Tunsberger. Sie schlugen und stachen gegen die Schilde, manche Krieger versuchten den Wall zu durchbrechen, doch noch hielten die Krieger des Steuereintreibers stand. Aus den Angreifern waren nun Angegriffene geworden, die sich mit aller Macht zur Wehr setzen mussten, um nicht an diesem Strand ihr das Ende zu finden. Bald aber fiel der erste Krieger sterbend in den Sand. Die scharfe Spitze eines Speeres, durch die Schilde hindurchgestoßen, war tief in das Gesicht eines Kriegers gedrungen. Er schrie auf, ließ den Rundschild fallen, und sofort stießen die Krieger des Siegmar in die Lücke.
Der Schildwall brach zusammen, und die Krieger stoben auseinander. Jetzt kämpfte Mann gegen Mann!
Ein einziger Schwerthieb beendete die Schlacht am Strand von Frigghavn. Es war der Steuereintreiber selbst, der einen Arm verlor, woraufhin er den Rückzug befahl. So flohen die Männer aus Tunsberg auf ihr Schiff, und unter dem Hohngelächter der Krieger Jarl Siegmars segelten sie aus der kleinen Bucht.

Fast zwei volle Monde war Rune durch das Land gezogen, hatte seine Zeit auf den Höfen der Großbauern und Häuptlinge, ja sogar an den Tischen der Jarls im Süden verbracht. So war es bereits spät im Herbst, als er reich beschenkt von den Hausherren der Höfe und Burgen, auf denen er sein Können zum besten gegeben hatte, auf den eigenen Hof zurückgekehrt war.

Den größten Teil dieser Geschenke hatte er zuvor in Tunsberg veräußert und damit seinen Geldbeutel gefüllt. Dort hatte er dann auch mit Erstaunen und Besorgnis gehört, dass in Frigghavn ein Kampf stattgefunden hatte, und der Jarl von Tunsberg gar nicht gut auf Jarl Siegmar zu sprechen war. Sein Vorhaben, am Hof des Herrschers über die Stadt und den Gau vorstellig zu werden, um seine Kunst anzubieten, verwarf Rune daraufhin und war eher erfreut darüber, in Tunsberg unerkannt geblieben zu sein. So begab er sich eiligst auf den Heimweg, denn er sorgte sich um sein Weib und die Kinder.

Groß war die Freude, als Rune sah, dass es seiner Familie gut erging. Sigrun selbst hatte an dem Kampf nicht teilgenommen, worüber Rune sehr erleichtert war. Sie hatte selbst erst von den Ereignissen im Fjord erfahren, als sie einige Tage später den Hof ihres Vaters besuchte.
Schon bald nach seiner Heimkehr machte sich der Skalde mit seinem Weib Sigrun auf den Weg zum Langhaus des Jarls.
„Dies war eine unbedachte Tat", sprach er, nachdem er Jarl Siegmar und dessen Weib Asrun begrüßt und darüber berichtet hatte, dass man im Tunsbergfjord über die Ereignisse sprach.
„Was, wenn der Tunsberger auf Rache aus ist?"
Thorbart, der zuvor den Freund herzlich begrüßt hatte, stimmte diesem mit einem Kopfnicken zu. „Ja, das ist zu erwarten. Mögen die Götter uns beistehen!"
Siegmar aber ließen die Zweifel an seiner Entscheidung kalt. „Ach was! Dieser Schwedenvasall wird sich hüten, gegen mich anzugehen. Ich kann genug Krieger sammeln, um ihm erneut im Kampf entgegenzutreten. Und ich werde vorbereitet sein, denn noch in diesem Winter werde ich die anderen Jarls des Fjordes auf meinen Hof einladen und mit

ihnen Bündnisse schmieden, die uns vor dem Jarl in Tunsberg schützen werden."

„Du solltest diesen Mann nicht unterschätzen, Jarl", warnte Thorbart seinen Herrn. „Dies war nur eine Schiffsbesatzung des Jarl Thorleik, doch hinter ihm steht die Heeresmacht König Eriks!"

„Thorbart hat recht! Du hast Gesetze gebrochen!" Auch Sigrun war sichtlich beunruhigt über das Vorgehen ihres Vaters.

„Nun ist aber Schluss", maulte Jarl Siegmar, „ihr seid genauso schlimm wie Asrun! Ich weiß, was ich tue, und Odin wird uns schützen!"

Die Warnungen seiner Gesippen und Krieger verhallten wirkungslos in Jarl Siegmars Ohren, und im Winter tat er, was er angekündigt hatte. Er gab ein Fest nach dem anderen, lud dazu seine Nachbarn ein, vom kleinen Bauern bis zum Jarl. Und es gelang ihm, einige Jarls und Großbauern aus dem großen Fjord auf seine Seite zu ziehen.

Und es schien, als würde Jarl Siegmar recht behalten, denn den ganzen Winter über blieben sie unbehelligt.

Dann schmolzen Schnee und Eis, denn der Frühling zog ins Land, und die Arbeit auf dem Hof beschäftigte wieder die Menschen und vertrieb die Eintönigkeit des Winters.

Rune saß mit seinem Weib, den Kindern, dem Knecht und einer Magd an dem kleinen Tisch, der in dem Wohnraum seines Hauses stand, und schöpfte sich aus einem Topf heiße Grütze in seine hölzerne Schüssel. Plötzlich schüttelte er mit dem Kopf, und Sigrun fragte: „Was hast du? Schmeckt dir mein Essen nicht? Das würde mich aber nach der dritten Schüssel wundern!"

Die Kinder begannen zu kichern, und auch die Magd lachte, denn Rune schmeckte es eigentlich immer.

„Ich musste an die Worte deines Vaters denken. Er hat tatsächlich recht behalten", erklärte der Hausherr sein merkwürdiges Verhalten. „Der Jarl in Tunsberg hat sich nicht gerührt. Kein Bote, keine Forderung oder Drohung! Das habe ich nicht erwartet."
„Jetzt kommt der Frühling, und die Schiffe setzen wieder ihre Segel. Vielleicht hat Thorleik nur auf die warme Zeit gewartet", unkte der Knecht. „Ach was, Tjalf, es wäre doch ein Leichtes gewesen, mit einem Heer nach Frigghavn zu ziehen. Schon im letzten Herbst!", widersprach Rune den Bedenken des Knechts.
„Ich weiß nicht", sprach Sigrun und stimmte dem Knecht zu. „Vielleicht hat Tjalf doch recht, und es ist noch nicht überstanden!" Sie wischte sich mit der Hand eine Locke ihres braunen Haares aus dem Gesicht und sah Rune eindringlich an.
„Bleib in diesem Sommer daheim. Versprich es mir", bat sie ihren Gemahl inständig. „Wir brauchen hier jedes Schwert, wenn uns die Götter nicht gewogen sein sollten. Und es wird uns auch kein Mangel drohen, denn die Truhe ist gut gefüllt."
Ja, die kleine Geldschatulle war durchaus gut gefüllt. Zwar war Rune nicht reich, aber ein oder zwei Winter konnte seine Familie mit dem Geld sicher überstehen.
„Nun gut, wenn es dich beruhigt, bleibe ich in diesem Sommer auf dem Hof", versprach er und beugte sich der Sigrun zu, um diese zu küssen.

*

Der Frühling ging, und der Sommer kam. Es wurde warm, die Arbeit auf den Feldern war getan, und den Skalden überkam Unruhe und Langeweile.

So war er nicht wenig erfreut, als der Jarl von Frigghavn ihn in die Halle rief. Und zu seinem Erstaunen stellte Rune fest, dass er nicht der einzige war, der an diesem Sommerabend auf den Hof des Jarls geritten kam.
Die Männer erfrischten sich mit kühlem Bier und warteten darauf, was ihnen der Jarl zu sagen hatte. Doch Siegmar ließ die Männer erst einmal trinken, wartete ab. Nach einer Weile, die Stimmung unter seinen Gästen war bereits ausgelassen, erhob sich der Hausherr.
„Bis zur Ernte ist es noch lang", rief er den Männern entgegen. „Also wäre es gut, ein wenig Handel zu treiben! Ich frage euch, wer bereit ist für mich auf Handelsfahrt zu gehen?"
Sofort erhoben sich einige Männer, und nach gutem Zureden bei den Zögerern hatte der Jarl schnell eine Mannschaft beisammen.
„Und du, Rune? Was ist mit dir?" Siegmar sah seinen Schwiegersohn erwartungsvoll an. „Bist du nicht bereit, für mich zu segeln?"
„Ich habe meinem Weib versprochen, in diesem Sommer auf dem Hof zu bleiben. Du kennst ja deine Tochter!" Rune verdrehte grinsend seine Augen.
„Dein Weib bestimmt auf deinem Hof?" Hämisch klang die Stimme des Jarls. „Nun gut, dann halt nicht!"
An diesem Abend musste Rune noch so manchen Spott über sich ergehen lassen, und so verließ er noch in derselben Nacht verärgert den Hof seines Schwiegervaters und ritt nach Hause.

Das Versprechen, welches Rune seinem Weib gegeben hatte, in diesem Sommer nicht fortzugehen, konnte der Skalde trotzdem nicht einhalten. Denn es war schließlich der Jarl selbst, der Rune aufgefordert, ja ihm befohlen hatte, ihn auf einer Handelsfahrt zu begleiten. Denn nun hatte sich

Siegmar nach einem heftigen Streit mit seinem Weib Asrun, diese ging schwanger und war sehr launisch geworden, dazu entschieden, selbst auf das Meer hinauszusegeln, um gute Geschäfte zu tätigen. Und jetzt bestand er darauf, dass der Skalde ihn begleitete, denn dieser sollte bei den Geschäften für gute, wohlwollende Stimmung bei den Gastgebern sorgen.
Oft kam es ja nicht mehr vor, dass Jarl Siegmar seinen Hof verließ und fortsegelte. Meist schickte er Thorbart auf Raubzüge oder Handelsfahrten, um seinen Reichtum zu mehren. Er selbst blieb lieber in Frigghavn, denn es gab Jarls im Süden, die sich seine Herrschaft nur zu gern unter den Nagel gerissen hätten. Und in Tunsberg saß immer noch der Norweger Thorleik als Vasall des Schwedenkönigs auf dem Hochstuhl, der seine Macht in dem großen Fjord unter Beweis stellen musste, und es bestand natürlich auch noch die Möglichkeit einer Rachetat wegen des Steuereintreibers.

Als Ziel hatte Jarl Siegmar die Stadt Lade im großen Trondheimfjord erwählt, denn dort im Norden gab es gute Felle, die sich im großen Fjord leicht verkaufen ließen. Das Knarr[45] des Jarls war längst mit den Waren aus Frigghavn beladen, lag nun gut vertäut und bereit zur Abreise am Anlegesteg.
„Es gefällt mir immer noch nicht, dass du dich meinem Vater anschließen wirst." Sigrun lag schwer atmend auf dem Schlaflager. Schweißnass glänzte ihre nackte Brust. Rune setzte sich auf und sah sein Weib lächelnd an. „Er ist mein Jarl, und wenn er befiehlt, so folge ich ihm! Ich habe es geschworen!"
„Aber du hattest es mir versprochen, in diesem Sommer nicht fortzugehen!"

---

[45] Knarr, Knorr – dickbauchiges Handelsschiff

„Was soll ich tun? Dein Vater erhofft sich bessere Geschäfte, wenn ich ihm als Skalde zur Seite stehe", verteidigte Rune seine Entscheidung. „Aber es wird sicher nicht lang dauern, bis wir heimkehren, und dann bleibe ich auf dem Hof!"
Er erhob sich von dem Lager und begann sich zu bekleiden. Als Sigrun in den Wohnraum trat, stand Rune an dem Tisch, auf dem die Sachen lagen, die er gedachte mit sich zu nehmen. Da betrat auch der Knecht das Haus des Skalden.
„Ich habe Thoki gesattelt, und auch dein Gepäck habe ich verschnürt", sprach er und verließ sofort wieder den Raum. Doch Sigrun rief ihn zurück. „Sattele mir ein Pferd, ich werde Rune nach Frigghavn begleiten!"
Tjalf nickte und ging. Der Skalde lächelte sein Weib an.
„Du willst mit mir kommen? Das gefällt mir!" Er griff nach seinem Wehrgehäng mit dem Schwert Blutlechzer, schnallte sich seinen Gürtel mit der Felltasche und dem Messer um, dann zog er seine weiße Fellweste über und nahm seinen Umhang.
Sigrun trug die Kleidung, in der Rune sein Weib schon lange nicht mehr gesehen hatte. Hose und Kirtel, darüber den Gürtel mit dem Messer. Und auch das Wehrgehäng mit ihrem Schwert hatte die einstige Schildmaid angelegt. Nachdem die Herrin des Hofes der Magd ihre Anweisungen gegeben hatte, verabschiedeten sich die Eltern von ihren Kindern und traten dann auf den Hof hinaus.
Der braune Hengst mit der hellen Mähne, den Rune einmal zum Geschenk erhalten hatte, und den er Thoki nannte, wartete bereits auf seinen Reiter. An seinem Sattel hingen ein großer Beutel und auch der Schild des Skalden.
Rune trat an das Tier heran und tätschelte seinen Hals, da kam Tjalf mit dem zweiten von drei Pferden, die Rune besaß, und reichte Sigrun die Zügel.

„Achte mir gut auf die Kinder und den Hof, Tjalf", sprach der Hausherr zu dem Knecht, und dieser nickte stumm.
Dann schwangen sich Rune und Sigrun auf die Rücken ihrer Pferde. „In zwei Tagen bin ich zurück", sprach Sigrun noch, dann verließen die Reiter den Hof.
Noch am selben Abend geschah, was immer geschah, wenn Sigrun und Asrun aufeinandertrafen: Die Frauen begannen zu streiten!
Eigentlich hatte man gemütlich am Feuer gesessen, Bier wurde ausgeschenkt und Geschichten erzählt. Die meisten Männer, die mit dem Jarl segeln wollten, waren anwesend und ließen es sich gut gehen.
„Ich dachte, du hättest deinem Mann verboten, mit Siegmar zu segeln?", hatte Asrun die Tochter ihres Gatten spitz gefragt. „Vielleicht solltest auch du mitsegeln und auf ihn achtgeben?"
Seit Sigrun das Langhaus ihres Vaters verlassen hatte, war es ihr leicht gefallen, die Rolle der Hausherrin zu übernehmen. Ja, sie kostete ihre Macht als Jarlsgattin in vollen Zügen aus, was vor allem die Mägde und Knechte zu spüren bekamen. Und dies war nun noch schlimmer geworden, seit sie Jarl Siegmars Kind unter dem Herzen trug.
Das Gesicht der Skaldenfrau lief rot an. „Hüte deine Zunge, Asrun", drohte Sigrun der Gattin des Jarls. Die Frechheit dieses Weibes machte sie wütend. Ja, sie weckte den Wunsch in ihr, den sie schon so lange mit sich herumtrug, und den sie mit aller Macht unterdrückte. Oh, ihr Götter, lasst mich ihr endlich dass Schandmaul stopfen, dachte Sigrun bei sich, doch sie riss sich zusammen.
„Asrun!", wies Siegmar sein Weib mit strenger Stimme zurecht. Doch diese ließ sich nicht beirren.

„Ich soll meine Zunge hüten? Was erlaubst du dir? Ich bin die Frau des Jarls, du aber bist das Weib eines freigelassenen Sklaven", überschlug sich ihre Stimme.
Nun ging ein Raunen durch den Raum, denn Asrun hatte diesen Satz mit Absicht so laut gerufen, dass ihn jeder der Anwesenden verstehen konnte.
„Asrun, schweig!", zischte Siegmar erneut.
„Jarl Siegmar, bring dein Weib zum Schweigen!", forderte nun Rune, denn ihm gefielen die Worte der Asrun nicht besser als seinem Weib. Doch nun war es zu spät, als dass man hätte die Frauen noch beruhigen können.
„Du wirst immer die Hure des Jarls bleiben", erwiderte Sigrun nun böse. „Nicht ein Kind hast du meinem Vater geboren, nicht eines! Und das wirst du wohl auch nie, die Götter mögen es verhindern. Du warst seine Hure, und du bist heute auch nicht mehr als die Hure meines Vaters!"
„Ich trage dein Kind unter meinem Herzen und du lässt es zu, dass sie so mit mir redet!", blaffte Asrun nun ihren Gemahl an, wartete aber keine Antwort ab und rief der Sigrun in höchstem Zorn entgegen: „Ich lasse dich erschlagen, du elendes Weib!"
Jetzt, in ihrer Wut, erinnerte sich die Sigrun der drohenden Worte, die sie einst der Asrun ins Antlitz gezischt hatte, und ihre Hand glitt langsam an den Horngriff ihres Messers, das an dem Gürtel hing. „Noch ein Wort, du Natter …!"
„… was geschieht dann? Willst du mir drohen?", zischte Asrun herausfordernd. Anstatt einer Antwort riss Sigrun ihr Messer aus der ledernen Scheide und stürzte sich mit der erhobenen Klinge auf ihre verhasste Widersacherin.
Der Angriff hätte der Asrun sicher das Leben gekostet, wäre es nicht der Geistesgegenwart Thorbarts zu verdanken gewesen, der sich, den Angriff ahnend, zwischen die wütenden Frauen stürzte und die Sigrun zu Boden riss.

Für einen Moment stand Asrun da, mit starrem Blick und zitternd am ganzen Körper, doch dann plötzlich war sie wieder Herrin ihrer Sinne. „Tötet dieses Weib!", forderte sie kreischend. „Ich bin die Jarlsgattin! Ich befehle es euch!"
Um die Frauen herum war es still geworden. Kaum einer sprach noch ein Wort, stattdessen stierten die Männer und Frauen die Streitenden ungläubig an.
„Schweig, Asrun, es ist genug! Ich befehle es dir!"
Jarl Siegmar war außer sich vor Wut über sein Weib und auch über seine Tochter. „Und du", er zeigte auf Sigrun, die immer noch mit wutverzerrtem Gesicht neben Thorbart auf dem Boden kauerte, „du wagst es, mein Weib anzugreifen? Was ist in dich gefahren?"
Da erhob sich Rune, der bis jetzt noch ohne große Regung auf seinem Platz gesessen hatte, und sprach ruhig: „Es ist Asruns Schuld, warum konnte sie ihren Mund nicht halten? Du selbst warst es, der Sigrun zur Kriegerin erzogen hat!"
Einige der Männer nickten zustimmend, denn die Beleidigungen der Jarlsgattin wären ihnen allemal einen Messerstich wert gewesen. Doch keiner sprach, außer dem Thorbart, der sich erhob und auch der Sigrun wieder auf die Beine half. Mit strengem Blick sah der Krieger das Weib seines Anführers an. „Der Wille der Götter war es, dass nichts Schlimmeres geschehen ist! Lasst uns also den Streit begraben und die Becher heben. Auf das Wohl der Götter damit sie uns eine ruhige See bescheren und wir heil an unsere Feuer zurückkehren!"
Die Zornesfalten auf der Stirn des Jarls begannen sich zu glätten, und plötzlich brachte er sogar ein Lächeln hervor.
„Thorbart hat recht! Lasst uns auf das Wohl der Götter trinken!" Dann wandte er sich seinem Weib zu und sprach streng: „Ich will keinen Streit in meiner Sippe, also halte deine Zunge im Zaum, Weib!"

Er wandte sich der Sigrun zu. „Du, Tochter, wirst es nie wieder wagen, eine Klinge gegen Asrun zu erheben, sonst können nicht einmal die Götter dich vor meinem Zorn schützen!"
Da verließ die Jarlstochter wutentbrannt die Halle des Langhauses. „Sie hat es verdient, diese Natter!", rief sie noch zornig, als sie fast die Pforte erreicht hatte.
Die restliche Zeit des Abends waren alle darauf bedacht, dass Sigrun und Asrun sich nicht mehr zu nahe kamen, und am nächsten Morgen nahm Rune seinem Weib das Versprechen ab, die Asrun unbehelligt zu lassen.
Nachdem sie sich von Rune und Thorbart verabschiedet hatte, schwang sich Sigrun auf ihr Pferd und verließ den Hof ihres Vaters. Ein Zusammentreffen mit ihrem Vater aber mied sie.

*

Das Schiff Jarl Siegmars hatte längst die offene See erreicht und segelte die Küste entlang nach Westen, als drei Schniggen mit dem Banner des Schwedenkönigs Erik am Mast in den Tunsbergfjord segelten und bald darauf an den Anlegestegen der Handelsstadt festmachten. Auf jedem dieser Schiffe fuhren mehr als sechzig Krieger, die gut bewaffnet und in vollem Rüstzeug an Land gingen.
Mit großer Freude begrüßte der Herse die Schiffsführer, und bald schon hatten die Ankömmlinge ein Lager errichtet. Die Schiffsführer und Hauptleute hatte der Jarl von Tunsberg in sein Haus eingeladen und dort einquartiert. Der Herse ließ sich auch nicht lumpen und bewirtete die Gäste königlich. Das Heer aber brachte schnell Unruhe in die Stadt, und es mehrten sich die Zwischenfälle mit den Kriegern.

So wurden die Gäste dem Jarl langsam lästig, und er begann darauf zu drängen, die Krieger mögen endlich das tun, wozu er sie gerufen hatte.
Zwei Tage später ritten zehn Männer des Jarls und vierzig schwedische Krieger aus einem der Tore der Stadt nach Norden in die Gaue der norwegischen Jarls, die dem Schwedenkönig abgabepflichtig waren. Gleichzeitig legten die drei Schniggen vom Steg ab, um in den großen Fjord zu segeln. Ihr Ziel war der Strand von Frigghavn!

„Tjalf!", hallte der Name des Knechtes über den Hof. Die Magd stand unter dem Türbogen und sah suchend auf den Hof. Da kam am Zaun des Schweinegatters der Kopf des Knechtes zum Vorschein.
„Komm ins Haus! Es ist angerichtet ... und wasch dich vorher!"
„Komm, Thorun, es gibt etwas zu essen", sprach er und erhob sich, um mit dem Knaben, der ihm gerne bei der Arbeit zusah, dem Ruf der Magd zu folgen. Kaum hatten sie das Haus erreicht, hob Tjalf seinen Kopf, und der kleine Thorun sprach: „Ist das Thor, der zürnt?"
Ein tiefes Grollen drang an das Ohr des Knechtes, und er erkannte das Geräusch. Dies war das Hufgetrampel vieler Pferde!

\*

# 13

## *Eine böse Überraschung*

Siegmar wandte sich seinem Gastgeber zu, an dessen Seite er auf einem der besseren Stühle, gepolstert mit einem dicken weißen Fell, Platz genommen hatte.
„Es ist ein schönes Fest, zu dem du uns geladen hast, Häuptling Bodar!"
Weit hinauf in den Norden waren sie gesegelt, um hier ihre Waren zu veräußern, und nun saßen sie als Gäste an der Tafel eines Häuptlings in dem Gau, das man Helgeland nannte.
„Du hast uns freundlich aufgenommen, Bodar, und dafür danke ich dir!"
„Gute Geschäfte müssen doch begossen werden, mein Freund", antwortete der große Mann mit dem feuerroten Haar und zeigte wenig Respekt vor dem Gast, der als Jarl eigentlich über ihm stand. „Es kommt nicht oft vor, dass Schiffe den Weg zu uns finden. Es ist hier recht einsam, und wenn wir Geschäfte machen wollen, müssen wir einen beschwerlichen Weg zurücklegen."
Dann beugte sich der Häuptling grinsend dem Siegmar entgegen und fragte fast schelmisch: „Aber euer Ziel waren wir doch sicher nicht?"
Jarl Siegmar lehnte sich zurück, denn dieser Bodar roch schlecht, wie er fand.
„Lade war unser Ziel, doch der Sturm trieb uns an dem Trondheimfjord vorbei", antwortete der Steuermann des Knarrs, der seinem Jarl gegenüber saß, und ihn traf für seine Vorwitzigkeit ein strafender Blick des Siegmar.
„So ist es! Den Göttern hat es gefallen, uns hierher zu führen, und ich danke ihnen dafür", schmeichelte Jarl

Siegmar seinem Gastgeber. „Der Zufall brachte uns an deinen Strand, das stimmt, aber dies könnte nun anders werden, da ich weiß, dass ich hier gute Geschäfte machen kann." Er hob seinen Becher und stieß mit dem Häuptling an.

„Ja, das gefällt mir gut, Siegmar! So werden wir sicher beide reiche Männer!" Er begann lauthals zu lachen.

Siegmar hatte seine Waren fast vollständig an Bodar und die Seinen verkauft und sollte dafür gute Felle erhalten. Auch Knochen und Öl vom Wal hatte ihm der Häuptling versprochen. Diese Waren gedachte er dann in Tunsberg gewinnbringend zu veräußern. Dass ihm ein Besuch in der Handelsstadt im Tunsbergfjord Ärger einbringen könnte, war Jarl Siegmar gleich. Für ihn war die leidliche Geschichte mit dem Steuereintreiber erledigt, schließlich hatte Jarl Thorleik sich bisher nicht gerührt. So feierte er an diesem Abend ausgelassen, betrank sich und hatte großen Spaß mit einem der jungen Mädchen. Jarl Siegmar mochte junge Weiber!

Auch Rune hatte viel getrunken in dieser Nacht, denn er musste immer wieder mit Bodar und anderen Männern des Dorfes anstoßen. Seine Darbietungen hatten natürlich, so wie meist, großen Gefallen gefunden, und daher schien es den Leuten auf dem Fest ein Bedürfnis zu sein, mit dem Skalden den Becher zu heben. Irgendwann am Abend, die Reihen an den Tischen hatten sich längst aufgelöst, kam der Häuptling zu Rune. Mit sich zog er ein Weib, sicher nicht viel älter als sechzehn Sommer. „Hier, Skalde", rief er lallend. „Dies ist Ulla, eine meiner Töchter! Sie ist noch ohne Mann, du kannst sie haben, ich habe noch einige davon!" Er begann schallend zu lachen, packte das junge Weib und setzte sie neben den Skalden auf die Bank.

„Vielleicht hast du ja Glück, und sie ist noch unberührt!" Dann griff er nach einem Becher voller Bier und begab sich

wankend und lachend auf seinen Hochstuhl zurück, um sich wieder dem Jarl zu widmen.
Alle lachten mit dem großen Anführer, nur einer nicht: Der sah dem Häuptling mit entrüstetem Blick nach, denn es war sein Becher, den Bodar fort trug.
Ulla hatte helles, langes Haar mit einem rötlichen Schimmer, und sie war nicht hässlich, wie Rune fand. Dies konnte allerdings auch an dem vielen Bier gelegen haben, das Rune getrunken hatte. Das junge Weib aber ließ keine Zeit verstreichen, ergriff den Kopf des Skalden und küsste diesen innig. „Du gefällst mir recht gut, Skalde", gurrte sie und begann zu kichern. „Aber glaub nicht, ich sei leicht zu haben!"
„Wo denkst du hin, Weib?", lachte Rune, und ehe er sich versah, saß Ulla auf seinen Knien.
Plötzlich trat ein junger Kerl heran, dessen langes Haar zu einem Zopf nach hinten gebunden war. In seinem noch fast knabenhaften Gesicht spross zaghaft ein blonder Bart, und er war sicher nicht älter als das Weib auf Runes Schoß.
„Kerl, was erlaubst du dir?", raunzte er den Skalden an und schlug mit der Hand auf den Tisch. „Du wagst es, deine schmutzigen Pfoten an mein Weib zu legen?"
„Wie du siehst", erwiderte Rune frech und befasste sich wieder mit den Brüsten des Mädchens. Da griff der junge Kerl wütend nach seiner Schulter. „Los, steh auf, ich werde dir Anstand beibringen!"
„Björse, du dämlicher Hund", begann nun Ulla zu schimpfen. „Verschwinde und lass mich in Ruh!"
„Warum schmeißt du dich so einem an den Hals, Ulla? Du sollst mein Weib werden!"
„Vielleicht finde ich ja einen besseren Kerl als dich." Sie wandte sich um und rief nach einem der Männer ihres Vaters. „Kjetil, schaff diesen Knaben hier heraus, er bedrängt mich und unseren Gast!" Sie lachte auf und strich

Rune über sein Haar. „Ich will einen Mann und keinen dummen Knaben. Und ich will ihn jetzt", hauchte sie dem Skalden in sein Ohr. Da kam der Gerufene heran und ergriff den Arm des jungen Burschen. „Komm, Björse, du verärgerst nur Bodar!"
Lauthals zeternd ließ sich Björse aus dem Langhaus führen. Nun sprang das junge Weib auf, ergriff die Hand des betrunkenen Skalden und forderte, keinen Widerspruch duldend: „Komm! Wir suchen uns ein ruhigeres Plätzchen!" Rune erhob sich und ließ sich widerstandslos von dem jungen Weib durch den großen Raum zerren. Vorbei an der großen Feuerstelle, neben der Bodar und Siegmar saßen und sich besoffen. Doch es schien niemanden zu stören, dass der Skalde mit dem jungen Weib durch die Pforte verschwand. Es war dunkel, und der Platz vor dem Langhaus des Häuptlings war nur spärlich mit dem Schein einiger Fackeln beleuchtet. Angenehm warm war die Nacht, und der Himmel war wolkenlos und sternenklar.
„Komm, hier entlang!"
Ulla war nicht mehr zu halten, ihr Schoß sprudelte und es hatte sie eine Gier überkommen, die der Mann aus dem Süden sofort stillen sollte.
Vorbei an dem Gebäude, in dem das Gesinde schlief, liefen sie zu einem grasbewachsenen Hügel, sofort begann sie hastig an ihrem Kleid zu zerren, bis sie sich dessen endlich entledigt hatte. Dann ließ sie sich rücklings in das Gras fallen. „Los, worauf wartest du? Komm!"
Nun hatte auch Rune die Gier gepackt, und einen Moment später rutschten ihm die Beinkleider über die Knie. Sofort griff sie nach seinem Knüppel, und dieser verweigerte sich seiner Pflicht nicht. Wie ein ausgehungerter Wolf über seine Beute machte der Skalde sich über das junge Weib her. Küsste wild ihren Hals und die Brüste, um dann mit kräftigen Stößen in sie einzudringen. Doch Ulla stand dem

Skalden in nichts nach, und schnell hatte Rune begriffen, dass dieses Weib mitnichten unberührt war, wie es der Häuptling glaubte. Im Gegenteil, denn dieses junge Weib war eine von Freya Auserkorene. Schweißperlen standen ihm schon auf der Stirn, doch Ulla gab sich nicht so schnell zufrieden, wie es der betrunkene Rune vermutet hatte.
Sie zeigte sich unersättlich im Liebesspiel, wandte sich, drehte sich, half dem Knüppel mit flinken Fingern und spitzem Mund in die Höhe, wenn er zu erschlaffen drohte, um ihn dann wieder in ihren Schoß zu führen. Als Rune neben ihr zu Boden sank, wusste er nicht, wie viel Zeit vergangen war. Sie schmiegte sich schwer atmend an seinen schwitzenden Körper und schloss ihre Augen. Und auch von Rune forderte das Liebesspiel mit dem viel jüngeren Weib seinen Tribut.
Der wilde Liebesakt des Rune mit der jungen Ulla war nicht unbeobachtet geblieben, denn nicht weit des Hügels, auf dem es der Gast des Häuptlings mit dessen Tochter getrieben hatte, hatten zwei tränengefüllte, zornige Augen jede einzelne Bewegung im hellen Schein des Mondes beobachtet.

Der Schrei eines Hahnes ließ den Skalden seine Augen öffnen, und die frische Morgenluft, die über seinen nackten Körper wehte, ließ in frösteln. Sein Blick schweifte über den immer noch wolkenlosen Himmel, dann erst bemerkte er das Weib, das gerade seine Kleider ordnete. Langsam richtete Rune sich auf und stellte zu seiner Freude fest, dass sein Schädel den gestrigen Abend ohne die üblichen morgendlichen Schmerzen überstanden hatte. Für einen Moment betrachtete er Ulla, deren Antlitz er ja nur aus der Erinnerung eines Rausches kannte. Hässlich war sie nicht, doch auch keine umwerfende Schönheit. Sie lächelte ihn

stumm an, und Rune musste erst einmal seinen Hals freiräuspern, bevor er sprechen konnte.
„Ich ... ich habe bereits ein Weib", sagte er leise. „Und du willst doch sicher nicht meine Konkubine sein!"
Da lachte sie laut auf und sprach: „Du bist ein guter Skalde, und deine Zunge ist nicht nur geschickt, wenn du deine Verse zum Besten gibst. Auch weißt du mit deinem Schwanz eine Möse wahrlich zu erfreuen, ... aber einen Gatten suche ich wirklich nicht. Sei also beruhigt!"
Sie beugte sich herab, küsste Rune und lief lachend davon. Der Skalde sah ihr nach, schüttelte den Kopf und lachte: „Bei allen Göttern und der Schönheit der Freya!"
Dann erhob er sich, sammelte seine Kleidung ein und begann sich anzuziehen.

Hatte Rune nun aber geglaubt, die Geschichte mit Ulla wäre nun erledigt, so hatte er sich getäuscht. Noch am selben Tag zur Mittagszeit begab sich der Skalde in Begleitung seines Freundes Thorbart vom Anleger, wo das Knarr vertäut war, auf den Weg zum Langhaus des Häuptlings, denn Jarl Siegmar hatte nach ihnen gerufen. Plötzlich, als sie den Rand des Dorfes erreicht hatten, erschallte eine Stimme:
„He, Skalde! Auf ein Wort! Du hast dir etwas genommen, das mir gehört!"
Auf einem Holzpfosten, der hüfthoch aus dem Boden ragte, saß der junge Björse mit grimmiger Miene und hielt in seinen Händen eine kurzstielige Axt. Da blieb Rune stehen und sah den jungen Burschen streng an. Er hob den Finger und zeigte auf Björse. „Ja ... ich erinnere mich an dich! Du warst gestern in der Halle des Häuptlings."
„Und man hat ihn rausgeschmissen, weil er dir den Spaß nicht gegönnt hat", fügte Thorbart hinzu, legte Rune seine Hand auf die Schulter und drängte. „Komm, Siegmar wartet, oder willst du lieber mit jungen Hunden spielen?"

Die beiden Männer schickten sich an, ihren Weg fortzusetzen, doch da ertönte wieder die Stimme des jungen Björse. „Fehlt dir der Mut, Skalde?"
Er erhob sich von dem Pfosten und ließ den Schaft seiner Axt langsam durch die Finger gleiten. „Dumme Verse dichten und die Weiber anderer Männer ficken. Ist das alles, was du kannst?"
Nun wandte sich Rune wieder dem jungen Schreihals zu, und Thorbart zog seine Schultern hoch. „Er will es wohl nicht anders! Aber beeile dich!"
„Wenn ich mich recht entsinne, ist Ulla nicht dein Weib. Aber was soll es, wenn du unbedingt bluten willst, soll es so sein!"
Langsam ging Rune auf den jungen Burschen zu, doch ganz so mutig, wie er sich gab, war Björse dann doch nicht. Plötzlich pfiff er durch seine Finger, und hinter einer der Hütten traten fünf Burschen hervor, nicht älter als Björse selbst. Auch sie waren bewaffnet, trugen Äxte und Speere in Händen.
„So sieht dein Mut also aus? Bei Odin, wer ist hier der Feigling?", lachte Rune, und nun gesellte sich auch Thorbart neben den Freund. Langsam zogen sie ihre Klingen aus dem Wehrgehäng.
„Was regst du dich auf, Bursche?", grinste Thorbart frech. „Er hat die Möse ja nicht kaputt gemacht, so kannst du weiter dein Glück bei ihr versuchen!"
Anstatt einer Antwort entfuhr der Kehle des Björse ein wütender Schrei, und er stürzte sich mit erhobener Axt auf Rune. Diesem aber war es ein Leichtes, dem Schlag auszuweichen, sodass der ungestüme Angreifer an ihm vorbeistolperte. Sofort eilte einer der anderen Burschen dem Björse zu Hilfe und versuchte mit dem Speer nach Rune zu stechen. Nun hatte er einen Angreifer vor sich und einen in

seinem Rücken. Das gefiel dem Skalden keineswegs, und so ließ er nun den Blutlechzer seine Kreise ziehen.

Thorbart hatte gar nicht erst auf einen Angriff gewartet, er hatte sein Schwert erhoben und sich den Kerlen entgegengeworfen. Dies hatte zur Folge, dass zwei der Burschen sofort die Flucht ergriffen und einer mit blutendem Bein zu Boden stürzte. Der vierte Kerl war allerdings mutiger als seine Gefährten und stellte sich dem Thorbart zum Kampf. Und er war nicht ungeschickt im Umgang mit der Axt.

„Was glaubst du, wird Siegmar sagen, wenn wir die Kerle erschlagen?", rief Thorbart dem Rune zu, der gerade mit einem kräftigen Hieb den Schaft des Speeres, der nach ihm stach, durchtrennte. Die eiserne Spitze flog im hohen Bogen durch die Luft, und der Kämpfer suchte sein Heil in der Flucht.

„Wenn seine Geschäfte darunter leiden, wird ihm das nicht gefallen", antwortete der Skalde und ließ sein Schwert auf Björse niedersausen. Diesem gelang es aber, den Schlag mit seiner Axt abzuwehren.

Wollten sie keinen Ärger heraufbeschwören, durften sie die Angreifer nicht töten, soviel war nun klar. Doch die beiden verbleibenden Kerle sahen dies anders! Sie wollten durchaus ihre Gegner nach Walhalla oder besser noch in das Reich der Hel schicken und schlugen ohne Gnade zu.

„Ich will dich nicht töten, Mann!", rief Rune seinem Gegner zu. „Beenden wir den Kampf!"

Doch anstatt einer Antwort sauste das Axtblatt um Haaresbreite an Runes Nase vorbei. Da plötzlich ertönte ein markerschütternder Schrei und zog die Aufmerksamkeit des Björse auf sich. Sein Gefährte lag stöhnend im Staub, und unter ihm schwoll ein großer Blutfleck an. Der Arm des jungen Kerls lag zuckend, die Axt fest in der Hand, nicht weit seines einstigen Besitzers. In diesem Moment der

Unachtsamkeit legte Rune dem eifersüchtigen jungen Kerl die Spitze seiner Klinge an den Hals. „Ist es das, was du wolltest, du dummer Hund?", schrie er den jungen Burschen an. „Wegen eines Weibes, das dich nicht einmal will, bist du bereit zu sterben?"

Jarl Siegmar war über die Nachricht des Vorfalles wirklich nicht erfreut, und er befürchtete, dass Häuptling Bodar nun seine Gastfreundschaft überdenken könnte. So ermahnte er seine Männer zu größter Wachsamkeit, und fortan blieben sie meist in der Nähe ihres Schiffes. Doch die Sorge schien unberechtigt, denn Bodars Zorn traf einzig den jungen Björse. „Was erlaubst du dir, Björse Gunnarsson? Ihr greift meine Gäste an!", polterte Bodar in der Halle, als der eifersüchtige Freier seiner Tochter und dessen Kampfgenossen vor den Hochstuhl geführt wurden. „Ich war es, der Ulla dem Skalden gab, und du wagst es, dich meiner Entscheidung zu widersetzen? Meine Tochter will dich nicht, du elender Trollschiss!" Bodar hatte sich erhoben und trat auf die jungen Männer zu, und der Zorn in seinem Gesicht verhieß ihnen nichts Gutes. „Seid froh und dankt den Göttern, dass ihr noch lebt! Wenn ihr es wagt, meine Gäste noch einmal zu behelligen, bin ich es, der euch erschlägt! Und jetzt verschwindet!"
Bald schon fiel Rune auf, dass dieser Björse nicht mehr in der Siedlung war, und er erfuhr von Ulla, dass sich der junge Kerl auf den Weg nach Lade gemacht hatte, um sich dort einem Wikingfahrer anzuschließen. Es war ihm recht, denn so musste er nicht befürchten, hinterrücks überfallen zu werden.
Obwohl Rune sich vorgenommen hatte, die Finger von der jungen Ulla zu lassen, erlag er noch einige Male ihrer Hartnäckigkeit und wohnte ihr bei. Dann aber kam der Tag,

den die Männer aus dem großen Fjord im Süden für ihren Abschied gewählt hatten.
Das Knarr des Jarls war mit den Gütern des Nordens beladen worden, und nachdem sich Jarl Siegmar von Häuptling Bodar, mit dem Versprechen zurückzukehren, verabschiedet hatte, stach das Knarr in See.

\*

Die Götter des Meeres waren den Seefahrern in diesen Tagen gewogen, denn es wehte ein kräftiger Wind, und doch war das Wetter sommerlich schön.
Die Nornen des Schicksals aber meinten es weniger gut mit den Männern von Frigghavn. So erkannten sie bereits, als das Knarr an den Steg fuhr, dass etwas in der Siedlung nicht stimmte. Nur wenige Menschen waren gekommen, um die Seefahrer zu begrüßen. Und in ihren Gesichtern war keine Freude!

Groß waren Trauer und Wut, als die Heimkehrer erfuhren, was während ihrer Abwesenheit geschehen war.
Es waren nicht viele gewesen, die in die Berge flüchten konnten!
Einige Weiber und Kinder, auch ein paar alte Männer, doch die meisten Bewohner von Frigghavn waren im Kampf um die Siedlung gefallen. Nun, da sie das Knarr ihres Jarls hatten kommen sehen, und dieser am Anlegesteg festgemacht hatte, waren sie an den Strand gelaufen, um ihr Leid zu klagen und von dem Überfall zu berichten.
Und Jarl Siegmar schrie seine Wut laut heraus.
Mit geballten Fäusten reckte er seine Arme gen Himmel und rief: „Oh, ihr Götter, warum tut ihr mir das an? Mein Weib, mein ungeborenes Kind! Warum?"

Rune trat neben seinen Schwiegervater und legte diesem seine Hand auf die Schulter. Er wollte einige tröstende Worte sagen, doch es fielen ihm keine ein. Schließlich wusste Rune nur zu gut, dass dieser Überfall zu erwarten gewesen war. Warum hätte sich der Jarl in Tunsberg diesen Gesetzesbruch von Jarl Siegmar ohne Folgen bieten lassen sollen? Dieser hatte schließlich die Heeresmacht des Schwedenkönigs hinter sich, wenn er diese brauchte. Langsam verbreitete sich die Nachricht unter der Besatzung, und es gab kaum einen Mann an Bord, der nicht um seine Liebsten bangen musste.

Da ergriff der Jarl von Frigghavn seinen Hauptmann Thorbart bei seinem Kirtel. „Wir werden Rache nehmen! Ja, bei Odins Auge, wir werden uns rächen! Dieser Thorleik wird dafür büßen! Das schwöre ich!"

„Lass uns erst hören, was geschah", sprach Thorbart ruhig und bedacht. „Los, rede und lass nichts aus", verlangte er von einem der Männer, die vor ihnen standen.

„Zuerst haben sie die Höfe in der Gegend überfallen, und viele der Überlebenden sind zu uns in die Siedlung geflohen", berichtete einer der Älteren, die, nachdem sich die Schweden zurückgezogen hatten, in die Siedlung zurückgekehrt waren. „Bauern mit ihren Familien, Knechte, Mägde, Sklaven, kamen hierher nach Frigghavn, um Schutz zu suchen. Man könnte fast denken, dass dies der Plan der Schweden war, um uns zusammenzutreiben."

Der Jarl sah den Mann mit drängendem Blick an, schwieg aber.

„Viele Höfe sind im Feuer verbrannt!" Der Alte sah den Skalden an. „Wohl auch deinen Hof fraßen die Flammen!" Da war es plötzlich mit der Ruhe des Skalden vorbei. Er packte den Mann. „Was sagst du da? Was ist mit meinem Weib geschehen? Was ist mit meinen Kindern?"

Der Mann schüttelte schweigend sein Haupt. Nun war es Rune, dessen Kehle ein schriller Schrei entfuhr, und weinend sank er auf die Knie. Thorbart, der neben Rune gestanden hatte, legte dem Freund die Hand auf die Schulter. „Erhebe dich, Freund! Soll man dich im Staub liegen sehen?"
Er schob seine Hand unter den Arm des Skalden und zog diesen empor. „Du kannst den Weg, den die Nornen vorbestimmt haben, nicht ändern. Aber wir werden sie rächen! Das verspreche ich dir!"
Mit starrem Blick sah der Jarl auf den Mann, den Thorbart hielt, und nur langsam begriff er, dass es seine Tochter war, die Rune betrauerte. Siegmars Blick aber blieb starr, nur eine Träne rann über sein Gesicht.
„Mit drei Schniggen kamen sie an unseren Strand, und später kamen aus dem Landesinneren noch einmal Krieger", berichtete der Alte weiter. „Diese brachten auch Gefangene mit sich."
„Wir haben gekämpft! Doch die Übermacht der Schweden war zu groß, und wir waren zu schwach!" Einer der jüngeren Männer, ein Krieger des Jarls, der wegen einer Wunde in Frigghavn geblieben war und der die Bewohner der Siedlung in die Wälder geführt hatte, hatte das Wort ergriffen. „So blieb uns nur die Flucht", sprach der Krieger fast entschuldigend. „Wir haben uns in die Wälder geschlagen, wo wir Schutz fanden."
„Sie töteten aber nicht alle derer sie habhaft wurden", sprach der junge Krieger zu dem Jarl. „Mir schien es, als seien sie auf Sklaven aus, denn die jungen Frauen, Mädchen und Knaben fingen sie ein!"

Da trat ein altes Weib neben den Rune, zog an seinem Arm, sodass er sich ihr zuwandte. Sie war das Weib eines Fischers aus der Siedlung und hatte ihre besten Lebensjahre

längst erlebt. Wie durch ein Wunder war es dem Weib gelungen, sich im Dorf zu verstecken, und so hatte sie den Angriff überlebt. Die Götter schienen sie wohl zu lieben! Was sonst sollte erklären, dass sie den Schwertern der Schlächter entkommen war? Als Sklavin zu alt, niemand hätte das Weib gekauft, so wäre ihr der Tod sicher gewesen, hätte man sie entdeckt. Rune kannte die Frau nicht besonders gut, allerdings schien sie ihn zu kennen.
„Skalde, höre", sprach sie leise. „Dein Weib lebt! Und auch die Kinder!"
„Was sagst du da?"
„Ja, Sigrun wurde verschleppt! Ich habe gesehen, wie sie und die Kinder mit den anderen fortgeführt wurden!" Dann wandte sie sich dem Jarl zu. „Und auch dein Weib nahmen sie mit sich!"
„Hast du das gehört, Siegmar? Sie leben!", rief Rune freudig aus. „Wir müssen sie suchen, bevor es zu spät ist!"
„Das werden wir, Freund. Das werden wir", sprach nun Thorbart beruhigend. „Aber zuerst müssen wir wieder Herr unserer Sinne werden!"
„Thorbart hat recht", stimmte der Jarl seinem Hauptmann zu, wischte sich mit dem Ärmel Schmutz und Tränen aus dem Gesicht, und fuhr fort: „Wir müssen erst wieder einen klaren Gedanken fassen können."
So gab der Jarl den Befehl, dass sich alle kampffähigen Männer bei Thorbart zu melden hatten. Er musste wissen, wie stark sein Gefolge noch war, ehe er den Hersen von Tunsberg herausfordern konnte.
Doch nach einigen Tagen zeigte sich, dass viele Männer des Gaus sich gegen ihren Jarl stellten, da sie der Meinung waren, er sei schuld an dem Unglück, da er dem Schwedenkönig die Abgaben verweigert hatte. So reichte die Gefolgschaft nicht einmal, um die beiden Schiffe des Siegmar zu bemannen.

Viele Hütten und Häuser in Frigghavn waren der Wut der Angreifer zum Opfer gefallen, waren in Flammen aufgegangen oder verwüstet, doch das Langhaus Jarl Siegmars war fast unberührt geblieben. Dort saß nun der Jarl auf seinem Hochstuhl und hatte seine Krieger um sich geschart, denn es galt zu beraten, wie man vorgehen wollte.

„Auch wenn es dir nicht gefällt, Jarl Siegmar, aber ein offener Kampf ist ausgeschlossen", sprach Thorbart. „Es wäre sicher eine Reise ohne Rückkehr!"

Einige Männer nickten zustimmend, andere machten ihrem Unmut durch Murren Luft. „Bist du zu feige, Thorbart, dass du den offenen Kampf scheust? Gehen wir also alle nach Walhalla, wenn das der Wunsch der Götter ist!"

Thorbart wandte sich dem Mann zu, der ihn der Feigheit bezichtigte. „Es wundert mich nicht, solche großspurigen Worte aus deinem Mund zu hören, Ole. Du magst ein mutiger Mann sein, aber besonders schlau bist du nicht. Darum bin ich der Hauptmann, und nicht du! Es ist der Asrun und auch der Sigrun wenig geholfen, wenn wir alle tot im Staub liegen!"

„Thorbart hat recht! Also halt dein Maul, Ole!", blaffte der Jarl den Krieger an. „Aber was sollen wir also tun?"

„Wenn einer weiß, wo die Schweden die Sklaven hinschaffen, dann ist es sicher der Jarl in Tunsberg", dachte Rune laut.

„Genau, mein Freund." Thorbart legte Rune seine Hand auf die Schulter. „Von ihm werden wir erfahren, wo wir suchen müssen."

„Aber wie?", fragte Siegmar mit unwissendem Blick.

„Oh, wir hätten da jemanden, der es sicher an die Tafel des Hersen schaffen könnte", grinste Thorbart und sah dabei Rune an. „Ein guter Skalde ist bei den Jarls doch gern gesehen."

Da strahlte das Gesicht des Herrn von Frigghavn. „Ja, natürlich! Rune!"
„Aber man kennt mich als den Skalden von Frigghavn", gab Rune zu bedenken. „Vielleicht bin ich in Tunsberg längst bekannt."
„Warst du schon einmal Gast in Thorleiks Haus?", fragte Thorbart, und Rune schüttelte seinen Kopf. „Das nicht, aber…!"
„Ach was, dann kann er dich auch nicht erkennen", winkte der Freund ab. „Aber es ist natürlich nicht ungefährlich! Wenn dich also dein Mut verlässt?"
Verstimmt sah Rune den Freund an. „Du weißt nur zu gut, das ich die Gefahr nicht scheue, also beleidige mich nicht!"
Thorbart legte dem Freund seine Hand auf und sprach grinsend: „Keiner zweifelt an deinem Mut, Sachse, und jeder weiß, dass du ein Liebling der Götter bist! Darum kann es nur einen geben, dem der Streich gelingt!"
Nun musste Rune lachen: „Du bist ein Fuchs, Thorbart, also höre auf, mir Honig um den Bart zu schmieren. Ich werde diesem Jarl auf den Zahn fühlen!"
Da sah Siegmar grimmig drein. „Wenn es dir möglich ist, töte ihn! Ich befehle es!"
Rune nickte nur stumm.

*

## 14

## *Von den Göttern verlassen*

Das Haus seines Hofes war, wie Rune es befürchtet hatte, in Flammen aufgegangen, und der Anblick des heruntergebrannten Gebäudes weckte längst vergessene Erinnerungen in dem Mann aus dem Saxland. Lange hatte der Skalde darüber nachgedacht, ob er selbst schuld daran trug, dass seine Familie den Sklavenfängern in die Hände gefallen war. Er hatte das Versprechen, welches er seinem Weib Sigrun gegeben hatte, gebrochen, und kämpfte nun mit seinem Gewissen. Hätte sein Schwert verhindern können, was die Götter vorbestimmt hatten?
Allein war er zu seinem Hof geritten, wollte seine Gedanken ordnen und darüber nachdenken, ob und wie er dem Jarl in Tunsberg beikommen könnte.
Langsam schritt er durch die Trümmer seines Hauses, und plötzlich war ihm, als hielte etwas seinen Fuß. Sein Blick schweifte hinab, und er erstarrte. Ein kalter Schauer fuhr dem Mann aus dem Saxland über den Rücken, denn es war eine verkohlte Hand, die sich in den Riemen seines Schuhs verfangen hatte. Zwischen verkohlten Holzbalken lag ein bis zur Unkenntlichkeit verbrannter Körper, und nur durch den ehernen Thorshammer, der mit dem verkrusteten Leichnam verschmolzen war, erkannte Rune, wen er vor sich hatte.
„Tjalf", sagte er leise und kniete neben seinem toten Knecht nieder. „Du warst mir ein guter Knecht! Mögen dir deine Götter im Tode gewogen sein."
Ihm wurde gewahr, dass er nicht einmal wusste, woher Tjalf stammte, aus welchem Land er, so wie einst Rune selbst, als Sklave in das Land am Nordweg gekommen war. Tjalf, oder wie auch immer der wahre Name dieses Mannes gewesen

sein mochte, hatte in seinem Leben jedenfalls weitaus weniger Glück gehabt als der junge Sachse Bran es gehabt hatte.

Langsam erhob sich Rune, und plötzlich ließ ihn ein Geräusch herumfahren, und seine Hand schnellte an den Griff des Schwertes. Doch seine bisher strengen Gesichtszüge entspannten sich, und ein Lächeln huschte über sein Antlitz. „Thoki!" Der Braune mit der blonden Mähne stand nicht weit der Ruine, hatte sich zu dem Pferd gesellt, das Rune von Siegmar erhalten hatte, und scharrte nun mit den Hufen. Langsam trat der Skalde auf seinen Hengst zu und tätschelte dem Tier den Hals. „Bist ihnen entkommen, mein schlauer Freund!"

Noch eine Weile blieb Rune auf seinem Hof, sah sich suchend um, und fand hinter dem Stall die Kadaver seines Viehs. Die Kuh, seine Schafe und Ziegen, sowie zwei seiner drei Pferde hatten die Angreifer in ihrer Wut abgeschlachtet und als Fraß für die Fliegen liegenlassen. Zorn überkam den Herrn des heruntergebrannten Hofes, und nun war er sich ganz sicher, dass er den Jarl in Tunsberg bestrafen musste.

So ließ Rune nicht mehr viel Zeit verstreichen, und nur wenige Tage, nachdem er wieder im Langhaus seines Jarls eingetroffen war, machte er sich auf den Weg in die Handelsstadt. Auf seinem Braunen ritt er früh morgens nach Süden.

„Was ist mit dir, Thorbart?", fragte Jarl Siegmar seinen dunkelhaarigen Gefolgsmann, der mit besorgter Miene an einem der Tische in der Halle des Langhauses saß und an einem Becher Bier nippte.

„Schmeckt dir mein Bier nicht, oder warum schaust du so griesgrämig drein?"

„Es ist wegen Rune", antwortete der Krieger. „Ich habe kein gutes Gefühl bei der Sache! Wir hätten ihn nicht allein dorthin schicken sollen."

„Ach was! Die Götter sind ihm gewogen", wiegelte Siegmar ab. „Das waren sie immer. Er wird es schaffen! Und wenn nicht ..." Der Jarl sprach nicht weiter, zog stattdessen ein wenig gleichgültig die Schultern hoch.

„Ja ... was wenn nicht?", fragte Thorbart mit bösem Blick. „Schließlich nahm man ihm seine Familie! Und darum befürchte ich, die Götter haben ihr Heil von ihm genommen!"

Plötzlich erhob er sich, trat vor den Hochstuhl und sprach mit fester Stimme: „Ich werde ihm folgen! Er wird mich brauchen!"

„Ich bin der Jarl, und ich verbiete es!" Siegmar gefiel der Vorstoß seines Kriegers und Hauptmannes überhaupt nicht. Er wollte nach dem Überfall auf Frigghavn alle Männer an seiner Seite wissen und auf keinen verzichten.

„Keinen Mann kann ich hier entbehren. Frigghavn braucht jetzt Schutz!"

Doch Thorbart ließ sich nicht mehr von seinem Vorhaben abbringen. „Dann gehe ich allein!"

„Ich will, dass du bleibst", polterte der Jarl, erbost über die Missachtung seines Befehls, doch Thorbart ließ sich nicht beirren. „Ich bin ein freier Mann, Jarl Siegmar, und wenn du mich nicht gehen lässt, war ich die längste Zeit dein treuer Gefolgsmann!"

Für einen Moment schwieg Siegmar beleidigt, dann aber gab er nach.

„Wagt es nicht, ohne mein Weib heimzukehren!"

Thorbart nickte und verließ die Halle, um bald darauf Frigghavn zu verlassen und nach Süden zu reiten, in der Hoffnung, Rune einzuholen, bevor dieser Tunsberg erreichen würde.

Rune war die Küste des großen Fjordes entlang geritten und dann nach Westen abgebogen, sodass er bald den Tunsbergfjord erreichte, in dem auf einer Halbinsel die Stadt erbaut war. Das Ziel vor Augen, begann er nun darüber nachzugrübeln, wie er es an den Hof des Hersen schaffen könnte.
Die Stadt glich einer Ringburg, denn ein hoher Palisadenzaun umgab kreisrund auf einem Erdwall den Stadtkern, in dem sich natürlich auch das Langhaus des Jarls befand. Doch auch außerhalb der Palisade standen Häuser, denn Tunsberg wuchs von Jahr zu Jahr. Bis hinunter zum Hafen der Handelsstadt erstreckte sich eine weitläufige Wiese, auf der das Vieh weidete. Auch gab es dort eine große Koppel, in der die Pferde standen. Wenn dies ein Anzeichen für die Stärke der Kriegerschar des Jarls war, so wäre ein Angriff auf die Stadt sicher ein schwieriges Unterfangen gewesen, denn die Zahl der Tiere war nicht gering. Und Rune wusste, dass noch nicht einmal jeder Krieger ein Pferd besaß. Ja, eines war also nun Gewissheit: Hier hätte sich Jarl Siegmar einen blutigen Schädel geholt.

Nachdem Rune den Hügel verlassen hatte, von dem aus er die Handelsstadt gut überblicken konnte, ritt er die Küste des Tunsbergfjordes entlang auf eines der Tore zu, welche dem Landesinneren zugewandt waren. Ein großes Zeltlager säumte den Weg, den er nach einiger Zeit erreichte, und der ihn zum Eingang von Tunsberg führen sollte. Bereits hier herrschte reges Handelstreiben!
Rune war aus dem Sattel gestiegen und ging langsam den mit Menschen gefüllten Weg vorbei an den Hütten von Kaufleuten und Handwerkern bis zu der großen, geöffneten Pforte, die in den Kern der Stadt Tunsberg führte. Mehrere Krieger versahen hier ihren Wachdienst, doch kontrollierten

sie die vielen Menschen, die ein und aus gingen nicht, sondern unterhielten sich angeregt mit einem jungen Weib. Einzig der strenge Blick eines der Männer traf Rune, als er, Thoki am Zügel führend, durch den breiten Durchlass ging. Es war ein warmer Sommertag, und der Skalde sehnte sich nach einem kühlen Trunk, und da er noch nicht wusste, wie er sich dem schwedischen Jarl nähern konnte, zog er es vor, eine Schänke aufzusuchen. Und nachdem er Thoki gut versorgt wusste, fand er auch eine solche!
Vor dem Gebäude saßen auf Bänken aus halbierten Baumstämmen etliche Männer im Freien und tranken Bier aus hölzernen und tönernen Bechern. Auch einige Frauen waren unter ihnen, die sich mit den Männern vergnügen wollten. Es war wohl die Wärme des Tages und die Enge in dem Haus, das sie ins Freie getrieben hatte.
Rune aber trat ein und sah sich um. Der Raum war so gut wie leer, keine Podeste und Schlafstellen, wie es sonst normal war, und es war warm und stickig. An der hinteren Wand standen zwei große Fässer, aus denen der Schankwirt und ein junges Weib mit einer hölzernen Kelle die Becher füllten, die auf einem Tisch standen.
„Was willst du?", fragte der Schankwirt knapp und richtete seinen Blick wieder auf die Kelle. Rune zeigte auf die Becher. „Bier!", antwortete er genauso mundfaul wie sein Gegenüber. Der Wirt gab dem Weib einen Wink. „Gib ihm eins!"
Das Weib reichte ihm einen gefüllten Becher und nahm eine Münze entgegen. Hier war nicht viel in Erfahrung zu bringen, also wandte sich Rune ab und ging ins Freie. Er setzte sich auf eine der Bänke und hörte den Männern zu, die ausgelassen ihre Späße machten. Und schnell hatte er aus ihren Gesprächen erkannt, dass dies Krieger des herrschenden Jarls waren. Plötzlich erhob er sich und begann laut einen Vers vorzutragen. Einen mit anzüglichem

Inhalt, der unter den Kriegern größte Freude und Begeisterung hervorrief. Als er geendet hatte verbeugte er sich und nahm unter Beifallsbekundungen wieder Platz.
Es dauerte nur eine Weile, da trat ein Mann neben ihn und sprach: „Dies war ein großer Spaß! Bist du ein Skalde?"
„Ja, das bin ich! Man nennt mich Bran!"
„Woher kommst du, Bran?", fragte der Mann neugierig.
„Ich weiß nicht, was dich das angeht? Ich kenne nicht einmal deinen Namen", antwortete Rune frech. Der Krieger sah Rune streng an, begann dann aber zu grinsen. „Du hast recht, ich bin unhöflich! Mein Name ist Astrad, und ich bin ein Hauptmann des Jarl Thorleik!"
Rune nickte zufrieden. „Ich komme aus dem Dänenreich, nicht weit des Danewerk", log er dem Mann vor und hoffte darauf, dass er unerkannt blieb, denn der Skalde von Frigghavn war am großen Fjord nicht unbekannt.
„Was hat dich hierher geführt, Bran?"
„Ich bin ein reisender Skalde, biete den Herren meine Dienste an und ziehe dann weiter! Ich bin frei wie ein Vogel!"
„Es scheint mir, dass du gern gesehen bist auf den Höfen, denn das Schwert an deinem Gürtel zeugt davon, dass man dich gut bezahlt!" Astrad zeigte auf den Blutlechzer und grinste.
„Nun ja, ich werde meist satt", sprach Rune und begann zu lachen.
„Ich denke, es würde dir gefallen, wenn unser Jarl dir seine Aufmerksamkeit schenkt."
„Ja, das würde es wohl. Ich ziehe die Gesellschaft eines Jarls in seiner Methalle der einer Kuh im Stall natürlich vor!"
Astrad fasste den Wirt, der gerade vorüber ging, bei der Schulter. „Gib diesem Mann bis Morgen Obdach. Der Jarl wird es dir danken!"

„Warum sollte ich das tun, ich kenne den Kerl doch gar nicht?", empörte sich der Wirt.
„Weil ich, als Hauptmann der Wache, es dir sage. Darum!" Er zog eine Münze aus dem Lederbeutel an seinem Gürtel und reichte sie dem Wirt. „Hier! Und bring uns noch Bier! Hör zu, Bran, ich werde beim Jarl für dich ein gutes Wort einlegen, und schon morgen speist du dort, wo ein guter Skalde hingehört … am Hof eines reichen Mannes!"

*

Die Nacht hatte Rune in der Schänke verbracht. Er musste zwar lange warten, bis die letzten Gäste gegangen waren, aber danach konnte er ruhen. Nachdem auch der Wirt verschwunden war, hatte er sein Lager in einer Ecke des Schankraumes aufgeschlagen, hatte in der Feuerstelle ein Feuer entfacht und aus seinem letzten Proviant ein Mahl bereitet. Nachdem er sich gestärkt hatte, war er eingeschlafen.
„Hey! Erhebe deinen Arsch!"
Es war der Wirt gewesen, der Rune am nächsten Morgen äußerst unfreundlich weckte. Verschlafen folgte er der Aufforderung, erhob sich, rollte seinen Schlafsack zusammen und verstaute seine Sachen in dem Ledersack.
„Wo kann ich mich waschen?", fragte er den Besitzer des Hauses.
„Hinter dem Haus steht ein Regenfass. Wenn du Glück hast, ist noch Wasser drin. Ansonsten musst du zur Quelle gehen, die ist nicht weit der großen Methalle! Oder du gehst hinunter zum Strand!"
Fragend sah Rune den Mann an, denn diese Seite der Stadt kannte er nicht. „Geh dem breiten Weg nach, er führt dich zum Stadtkern oder zum Tor, das dich zum Hafen führt", erklärte der Wirt den Weg. „Ich danke dir dafür, dass ich

hier nächtigen durfte. Auch wenn du dies nur wegen der Drohung des Astrad erlaubtest", bedankte sich Rune, nahm sein Bündel auf und verließ das Haus.

Bald schon erreichte Rune den Teil der Stadt, in dem der Jarl von Tunsberg und seine Krieger lebten. Im Zentrum eines großen Platzes stand ein riesiges Langhaus, welches die Methalle und die Behausung des Jarls war, wie Rune wusste. Er folgte dem breiten, mit Holzplanken gepflasterten Weg, der zu dem großen Platz führte, auf dem der Markt stattfand. Doch zu so früher Stunde war es hier noch ruhig, außerdem war heute wohl nicht Markttag.

In jeder der vier Himmelsrichtungen stand am Rande des Platzes nicht weit der Methalle ein großes Langhaus, in denen die Krieger des Jarls lebten.

Diesen Marktplatz kannte er noch gut, und er weckte jedes Mal böse Erinnerungen, wenn Rune zu einem Besuch in Tunsberg weilte, denn hier hatten ihn die Wikinger Ubbe und Gunnar an den Schmied Askold verkauft, als er als Sklave in dieses Land kam. Viel Zeit war seitdem vergangen, und viel war geschehen. Rune war nun wieder ein freier Mann!

Von nun an kannte er auch den Weg, den er jetzt in Richtung Hafen ging. Nach einer Weile hatte er die Quelle gefunden, deren Wasser erst in einen Teich und dann in einem Bach durch die Stadt floss. Hier entkleidete er sich und begann seinen bereits nach Schweiß riechenden Körper zu waschen. Einige Leute, meist Sklaven und Sklavinnen, gingen vorüber oder holten mit Kübeln Wasser aus dem Teich, doch niemand stieß sich an Runes Nacktheit. Erfrischt und gesäubert machte er sich wieder auf den Weg zu der Schänke, denn dort sollte er ja auf Astrad warten. Erst jetzt wurde ihm wirklich bewusst, wie viel Glück er gehabt hatte, diesen Mann zu treffen. Er konnte der Schlüssel zur Tür der Methalle sein!

Die Sonne stand schon hoch im Zenit, es war ein genauso schöner und warmer Tag wie der vorherige, da kam Astrad zu der Schänke. Rune hatte die Zeit damit verbracht, einiges aus dem Wirt herauszukitzeln. Dieser war zwar immer noch recht mundfaul, antwortete aber auf die Fragen des Skalden, wohl aus Angst vor dem Hauptmann. „Es gibt viele Krieger hier in Tunsberg", stellte Rune fest, und der Wirt sprach wenig erfreut: „Wen wundert das? Dieser Thorleik ist nicht bei allen beliebt. Er ist ein Mann vom Nordweg, und doch leckt er dem Schwedenkönig den Arsch! Das gefällt nicht jedem, und so braucht er Schutz!"
Dann schüttelte er den Kopf. „Ich rede zuviel!" Fortan beachtete er den Skalden nicht mehr.
Rune blieb genug Zeit, einen Vers auf den Jarl zu dichten, und er hatte sich überlegt, wie er am besten vorgehen konnte, um zu erfahren, wo sein Weib und die Kinder waren. Und dann war da ja noch der Befehl Jarl Siegmars, diesen Schwedenvasall zu töten.

„Verzeih mir, Skalde, doch ich konnte nicht eher kommen", entschuldigte sich Astrad, der mit etwa dreißig Wintern nicht viel älter als Rune war. Dieser Mann musste ein mutiger Kerl sein, dass er es zum Hauptmann im Gefolge des Thorleik gebracht hatte, dachte Rune.
„Es hat lange gedauert, bis ich mit dem Jarl ein Wort wechseln konnte." Dann begann er zu grinsen. „Aber ich war erfolgreich. Er wünscht dich zu sehen!"
„Ich danke dir, Astrad, du weißt nicht, wie sehr du mir geholfen hast!" Rune nickte zufrieden.
Als die beiden Männer den Weg gingen, den Rune an diesem Morgen schon einmal gegangen war, sprach Astrad:
„Jarl Thorleik liebt die Kunst des Dichtens! Er sagt, Skalden sind von Odin Geliebte!" Dabei zwinkerte er mit

dem Auge. „Vielleicht erhofft er sich so ein wenig mehr Heil vom Allvater!" Astrad zog seine Schultern hoch. „Jedenfalls ist seine Neugier geweckt!"

\*

Thorbart war es nicht gelungen, Rune einzuholen, und so hatte er, nicht mehr weit des Tunsbergfjordes entfernt, ein Feuer entfacht und sein Lager aufgeschlagen. Doch schon, als die ersten Sonnenstrahlen über den Horizont krochen, erwachte er vom Gesang der Vögel und machte sich wieder auf den Weg. Bald sah er was einen Tag vor ihm Rune zu Gesicht bekommen hatte. Verärgert war er am Abend unter einem Baum eingeschlafen, denn da er seinen Freund nicht mehr erreicht hatte, fragte er sich nun, wie er ihn im Gewühl der Handelsstadt wiederfinden sollte.
Hatte es Rune bis an den Jarlshof geschafft? Irrte er vielleicht genauso planlos durch Tunsberg, wie es Thorbart bevorstand? Ihm blieb nichts anderes übrig, als dorthin zu reiten und sich in der Stadt aufzuhalten, in der Hoffnung, Rune beistehen zu können, sollte dieser Beistand brauchen. Da aber kam Thorbart eine Gedanke. Ein ihm bekannter Tischler, der sogar seiner Sippe entstammte und schon seit vielen Wintern in Tunsberg seinem Handwerk nachging, konnte ihm Unterschlupf gewähren. So hätte er ein Dach über dem Kopf und würde nicht auffallen. Ein wenig Scham überkam ihn zwar bei dem Gedanken, dem Gesippen und seiner Familie bisher wenig Aufmerksamkeit geschenkt zu haben, doch er vertraute darauf, dass die Familienbande dick genug sein würden.
Zur Mittagszeit hatte der Krieger aus Frigghavn das Haus des Mannes, der ein Sohn seines Vaterbruders war, erreicht. Dieses Haus stand außerhalb der Palisadenwehr, in dem Viertel, das nicht weit dem Hafen gewachsen war, und in

dem viele Handwerker und vor allem Fischer lebten. Und der Verwandte, der sich zu Thorbarts Schande gut an seinen Gesippen erinnerte, sowie seine Familie, zeigten tatsächlich große Freude über den Besuch.

„Thorbart! Mein Vetter, Thorbart!", rief der Gesippe, dessen Name Thordur war. „Wie lange ist es her, dass wir uns zum letzten Mal sahen?"

„Nun ja", begann Thorbart ein wenig verlegen. „Es sind schon einige Winter ins Land gezogen."

„Was führt dich hierher, Vetter?"

„Ich suche einen Mann, einen Freund, der vielleicht meine Hilfe braucht", sprach Thorbart vorsichtig, denn zuviel wollte er nicht verraten. Schließlich wusste er nicht, wie sein Gesippe zu dem Jarl stand. „Vielleicht kannst du mir Obdach bieten, solange ich in Tunsberg bleibe?"

„Wir haben zwar nicht viel Platz, aber du bist mein Gast!"

Nachdem sie ein Mahl zu sich genommen hatten, machten sie sich auf den Weg, um das Pferd Thorbarts auf eine Koppel zu bringen.

„Wir bringen es zum alten Snörre, seine Koppel ist nicht weit. So müssen wir nicht zum Hafen runter", schlug Thordur vor, und sein Vetter war damit einverstanden, obwohl er auch einen längeren Weg in Kauf genommen hätte, wenn er sein Pferd gut versorgt wüsste.

Snörre war ein alter Mann mit einem langen, grauen Bart, doch er kannte sich gut mit Pferden aus und besaß eine kleine Koppel, auf der mehrere Tiere standen, die man bei ihm unterstellte. So verdiente sich Snörre seinen Lebensunterhalt. Thorbart hatte Thoki, den Braunen mit der blonden Mähne, sofort erkannt, und nun wusste er: Rune konnte nicht weit sein!

Mit listigen Fragen hatte Thorbart schnell herausgefunden, das sein Vetter wenig für den Jarl, der dem Schwedenkönig so ergeben war, übrig hatte, und so konnte er frei sprechen.

Thorbart musste berichten, von dem, was in Frigghavn geschehen war, denn das Gerücht, das der Jarl von Frigghavn gewagt hatte, sich dem Jarl von Tunsberg zuwidersetzen hatte im letzten Herbst für Unruhe gesorgt. Und als die Krieger des Schwedenkönigs nach Tunsberg gekomen waren, wusste jeder, wem dieser Besuch gelten sollte.
Von den Sklaven wusste der Gesippe nichts zu erzählen, nur soviel erfuhr Thorbart, dass die Schweden nach dem Angriff auf Frigghavn nicht nach Tunsberg zurückgekehrt waren. So blieb nur die Hoffnung, dass Rune etwas über den Verbleib der Gefangenen herausfinden würde.

*

Astrad führte den Gast zur Methalle, und der Skalde war nicht wenig beeindruckt, als er die Halle betrat. Hier hatten schon viele Jarls residiert und dafür gesorgt, dass der Strom der Steuerabgaben für ihre Könige nicht abriss. Neben dem reichlich verzierten Hochstuhl des Stadthersen stand auch ein Hochstuhl für sein Weib, doch beide Stühle waren leer.
„Warte hier", befahl Astrad und begab sich durch eine bisher geschlossene Tür in den hinteren Teil des Gebäudes. Plötzlich trat ein Mann in die Halle, sah Rune streng an und rief: „Wer bist du, und was tust du hier?"
Mit schnellen Schritten kam er näher, und es war dem Skalden, als müsse er sich gegen diesen stürmischen Kerl zur Wehr setzen. Seine Rechte schnellte an den Griff seines Schwertes und zog die Klinge ein Stück aus der Scheide.
„Bleib stehen, oder du wirst den Gott, zu dem du betest, in diesem Moment zu Gesicht bekommen!"
Der Kerl, der von furchterregender Gestalt war und einen Mann sicher mit der bloßen Faust zu töten vermochte, blieb stehen.

„Du kleiner Troll, ich zerdrücke dich wie eine Wanze!",
drohte der Mann, der von Jotunheim[46] den Weg nach
Midgard gefunden haben musste.
„Burislav", erschallte da eine tiefe Stimme. „Der Mann ist
mein Gast!"
Der Kerl verbeugte sich. „Wenn du das sagst, Jarl
Thorleik!" Er sah den Skalden noch einmal böse an und
verließ dann die Halle.
„Dies, Jarl, ist der Skalde Bran", stellte Astrad den Gast
vor, und der Jarl nahm kopfnickend auf seinem Hochstuhl
Platz. „Du musst entschuldigen, Burislav ist mein bester
Sklave und sehr um mein Wohl besorgt", sprach der Jarl,
dessen dunkles Haar bereits mit silbernen Strähnen
durchzogen war, entschuldigend. „Du bist also der Skalde,
von dem mir Astrad vorgeschwärmt hat?"
Nun war es Rune, der nickte.
„Woher kommst du?"
„Ich komme aus dem Süden, doch ziehe ich frei wie ein
Vogel durch die Lande", log der Skalde frech. „Mal bin ich
hier, mal dort, und besinge die Krieger, Helden und Götter!
Viele Jarls schätzen meine Worte, und ich trage die Sagas
ihrer Taten in das Land hinaus!'"
„Wärest du bereit, mir eine Kostprobe deiner Kunst zu
geben?", fragte der Jarl freundlich, und Rune begann mit
einem Vers über ein Gebet der Freya an Odin und Thor.

> Huld und Hilfe vergönnt er den Seinen,
> der Allvater sie mit Gaben bedenkt.
> Dem Hermodur, Helm und Harnisch,
> den Siegmund, mit scharfer Klinge beschenkt.

> Dem einen den Sieg, dem anderen Besitz,
> dem Skalden Gesang, die Worte, und Witz.

---

[46] Jotunheim – Heimstatt der Riesen in Udgard

Stürmischen Wind dem Segler er bringt,
Mut und Geschick manchem Manne winkt.

Dem Sohne gerne Opfer ich bringe,
aus Liebe Odin und Thor ich besinge,
Bitte Thor, er möge Wohl dir erweisen,
senke mein Haupt, um die Götter zu preisen.

„Nun ja, das war ja nicht übel, aber …", sprach der Jarl ein wenig enttäuscht.
„Herr, ich gebe zu, Gebete sind nicht meine Stärke. Darum bitte ich dich, schenke mir noch einmal dein Ohr", bat Rune und trug nun den Vers vor, den er auf den schwedischen Jarl gedichtet hatte, ohne diesen zu kennen. Und es schien, als würden die Worte des Skalden wie schon so oft die Eitelkeit des Besungenen treffen.
Thorleik schlug sich mir der flachen Hand auf sein Knie.
„Bei Odin, du bist ein schlauer Bursche. Schmierst mir Honig um den Bart, um mich einzulullen. Aber Astrad hat recht, du bist ein guter Skalde! Sei mein Gast, Bran!"
Astrad grinste zufrieden, denn er hoffte, so weiter in der Gunst des Jarls zu stehen. Und Rune war nicht weniger zufrieden, hatte er doch den Schritt an den Hof des Jarls von Tunsberg geschafft.
„In einigen Tagen werde ich ein großes Fest geben", sprach Thorleik, „da kommst du mir gerade recht." Er kratzte sich seinen langen Bart, in den ein Zopf mit silbernen Perlen eingeflochten war. „Du musst wissen, dass ich es nicht leicht habe hier in Tunsberg. Erik, der König der Schweden, verlangt von mir die Abgaben, und manche Jarls im Umland sind störrisch, wenn es an ihren Reichtum geht. Erst im letzten Herbst hat es einer gewagt, meinen Steuereintreiber mit Waffen ins Meer zu jagen. Doch er bekam seine Strafe!"
Thorleik trat auf Rune zu, legte ihm seine Hand auf die

Schulter. „Aber lassen wir solch ein unschönes Thema! Ich werde also für die Jarls meines Gaus ein Fest geben, denn es sind nicht alle solche Hurensöhne wie der Jarl von Frigghavn! Und du wirst meine Gäste belustigen!"
Er rief nach Burislav und befahl diesem, dem Skalden ein gutes Quartier im Gesindehaus zu geben.

*

Viele Menschen hatten sich in der großen Halle des Jarls und Hersen von Tunsberg versammelt, saßen an den Tischen und ließen sich von den Mägden des Hausherrn gut bewirten. Und der Jarl zeigte sich als großzügiger Gastgeber, schließlich sollte niemand schlecht über ihn reden. So hatten die Mägde alle Hände voll zu tun, dass die Kehlen der Gäste nicht trocken wurden. Rune saß nicht weit des Hausherrn und seiner Familie.
Die Verse, die er vorgetragen hatte, und auch das Gedicht, welches er auf den Jarl verfasst hatte, schien bei allen Gästen Gefallen gefunden zu haben, und mancher der Anwesenden hatte ihm anerkennend auf die Schulter geklopft. Der Skalde fühlte sich also nicht unwohl als Gast dieses Mannes, den er eigentlich vom Leben zum Tode bringen sollte.
An seinem Tisch saß ein Bauer mit seinem Weib, der wohl ein Nachbar aus der Gegend war, wie Rune vermutete, und dieser war sehr redselig. In kürzester Zeit kannte der Skalde die familiären Verhältnisse des Mannes so gut, wie sie ein naher Verwandter nicht besser hätte kennen können. Und daran war nicht nur das Bier schuld, welches der Bauer in großen Mengen in sich hineinschüttete. Auch sein Weib, deren Name Rune längst wieder vergessen hatte, war ein rechtes Plappermaul und stand ihrem Gatten in nichts nach.

So kam es Rune gar nicht so unrecht, dass der Jarl nach ihm rief. Einer der Männer des Thorleik war an den Tisch getreten und hatte den Skalden aufgefordert, ihm zu folgen. Da klopfte Rune dem Bauern, der sicher ein reicher Mann war, freundschaftlich auf die Schulter und erhob sich. „Ihr müsst eine Weile ohne mich auskommen, denn der Jarl verlangt nach mir."

„Ja, Freund", rief dieser, „gib uns noch was zum Besten!"
Der Jarl grinste Rune erwartungsvoll an, als dieser vor den Tisch trat, hinter dem der Hausherr auf seinem Hochstuhl saß. „Du bist ein guter Skalde, Mann! Bringst du uns noch etwas zu Gehör? Es soll dein Schaden nicht sein!"

„Es freut mich, das dir meine Kunst gefällt, Jarl Thorleik und es ist mir eine Freude, dich und deine Gäste zu unterhalten", antwortete Rune freundlich, doch auch er musste sich eingestehen, dass der Trunk langsam seine Wirkung zeigte.

Da erhob sich der Jarl und rief laut: „Ruhe!" Doch es brauchte eine weitere Aufforderung, bis der Jarl die Aufmerksamkeit der Gäste auf sich zu lenken vermochte.

„Haltet euer Maul und hört zu! Mein besonderer Gast wird uns noch ein wenig unterhalten!", rief er leicht lallend aus. Rune wandte sich den Gästen zu und begann zu sprechen. Diesmal aber waren seine Verse von anderer Machart. Es war keine Lobhudelei auf den Jarl oder Geschichten aus seinem Leben. Vielleicht lag es an dem Bier, oder es war der Übermut, der ihn packte, jedenfalls wurden die Dichtungen und Heldenlieder immer deftiger und trieben nicht nur so manchem Weib die Schamesröte ins Gesicht. Die Stimmung aber wurde nun immer ausgelassener. Lachend und grölend zollten die Gäste dem Skalden Beifall und reichten ihm einen Becher nach dem anderen. Doch aus den Augenwinkeln beobachtete Rune immer wieder den

Gastgeber. Dieser aber schien sich köstlich zu amüsieren und äußerst zufrieden über die Darbietung des Skalden. Als Rune geendet hatte, wischte sich Thorleik die Tränen aus den Augen und schüttelte lachend mit dem Kopf. „Du bist ein guter Skalde, Mann. Bleib mein Gast, solange es dir gefällt!" Er suchte nach einer Magd. „Du, Smale! Komm her!", befahl er, und das junge Weib gehorchte.
„Los, bring dem Mann ein Geschenk!" Die Sklavin sah den Jarl fragend an, denn diesen Befehl verstand sie nicht. Woher sollte sie jetzt ein Geschenk nehmen? Da erhob sich die Jarlsgattin von ihrem Stuhl und sah die Sklavin streng an. „Komm!", befahl sie, und die Frauen verließen die Halle.
„Das ist aber nicht nötig, Jarl Thorleik. Ich bin zufrieden, wenn ich dein Gast sein darf", sprach Rune ein wenig beschämt, obwohl es oft vorkam, dass er von den Gastgebern beschenkt wurde, und außerdem hatte sein Aufenthalt in diesem Haus ja einen Grund, der dem Jarl weniger gefallen sollte.
„Ach was, rede nicht. Ich will es so!" Er hob den Arm und zeigte auf seine ausgelassen feiernden Gäste. „Du hast dazu beigetragen, dass dies ein Fest ist, von dem man lange reden wird, und das bringt mir viel Lob und Ehre!"
Mit seinen Worten hatte Thorleik sicher nicht unrecht, denn das Fest ließ keine Wünsche offen. Alle hatten gut gespeist, durften trinken, soviel sie mochten oder konnten, wurden mit Spielen und von einem Skalden unterhalten, und nun, wie Rune sah, frönten sogar einige der Fleischeslust, denn Sklavinnen gab es nicht wenige in der Halle.
Es dauerte gar nicht lang, da erschienen die beiden Frauen wieder in der Halle. Die Jarlsgattin nahm wieder Platz und sah die Sklavin fordernd an. „Na los, gib es ihm!"
Die junge Frau trat vor den Skalden und reichte ihm einen wollenen Kirtel. Rune ergriff das Kleidungsstück und besah

es sich genau. Aus dicker, grauer Wolle war der Rock gefertigt und mit einer schwarzen, von Goldfäden durchwirkten Borte verziert. Dies war ein kostbares Geschenk, und es würde Rune im Winter sicher warm halten. Doch noch war es Sommer.
Er bedankte sich und wollte an seinen Platz zurückkehren, da hörte er die Worte des Jarls, die dieser zu der Sklavin sprach: „Du wirst dem Skalden, solange dieser auf meinem Hof weilt, nicht von der Seite weichen! Sei ihm gefällig, und wenn er es verlangt, spreize deine Beine für ihn!"
Das junge Weib nickte gehorsam und folgte Rune an den Tisch, an dem immer noch der Bauer und sein Weib saßen.
„Sag mir, wie ist dein Name?", fragte der Skalde freundlich, und die Sklavin antwortete: „Man nennt mich Smale! Weil ich aus Smauland stamme."
„Das ist im schwedischen Reich", erklärte Rune, was Smale sowieso wusste. „Wie kommst du hierher, und dann noch als Sklavin?"
„Ich kam vor zwei Wintern hierher. Mein Vater war ein armer Bauer und konnte seine Schulden nicht bezahlen. So gab er mich stattdessen, und ich wurde auf dem Markt verkauft."
„Das ist kein schönes Schicksal!" Rune erinnerte dies an sein eigenes Leben, welches nur zu oft in Ketten stattgefunden hatte, und so empfand er Mitleid für die junge Frau. Diese aber schüttelte den Kopf. „Es geht mir gut hier! Die Herrin ist milde und der Jarl kein schlechter Mensch. Ich habe zu essen und ein Dach über dem Kopf", sie lächelte den Skalden an. „Und manchmal habe auch ich mein Vergnügen!"
Rune hatte wahrlich kein abstoßendes Äußeres, und er gefiel der jungen Sklavin, sodass der Befehl des Jarls ihr nicht schwer fiel.

Da lächelte auch der Skalde, hob seinen Becher und stieß mit dem jungen Weib an. Die Gesellschaft der hübschen Schwedin war auch Rune nicht unangenehm, und sie war ihm allemal lieber als dieser geschwätzige Bauer, der immer wieder darauf drang, der Skalde möge doch den einen oder anderen Vers noch einmal vortragen.
Plötzlich trat Astrad an den Tisch. „Du bist ein glücklicher Kerl, Bran! Die schöne Smale hätte Thorleik gerne für sich, aber sein Weib ist äußerst eifersüchtig. Darum wagt er es nicht, sie zu besteigen!"
Er ergriff den Becher des Skalden, leerte ihn in einem Zug und ging.

Zu Runes Glück sank der Kopf des Bauern bald auf die Tischplatte, woraufhin sein Weib sich erhob und schwankend die Halle verließ. Ihren Gatten ließ sie besoffen zurück!
Rune besah sich den Mann, und ihm wurde klar, wollte er das junge Ding in dieser Nacht noch besteigen, und das wollte er, wäre es sicher gut, die Feier bald zu verlassen. Dies aber wollte er nicht tun, bevor der Jarl selbst gehen würde. Allzu lange musste er zu seiner Freude nicht mehr darauf warten, schließlich hatte Thorleik sehr viel gesoffen. Und dieser Moment kam, denn Thorleik sackte immer wieder auf seinem Hochstuhl zusammen, sodass sein Weib den Burislav rief und ihm befahl, den Jarl auf sein Schlaflager zu bringen.
Jetzt endlich konnte Rune das Fest verlassen. „Komm, lass uns gehen!", sprach er zu Smale, und diese lächelte wissend.

„Na, hat dir das Fest gefallen?", fragte Astrad am nächsten Morgen den Skalden, als dieser im Gesindehaus saß und ein Morgenmahl aß. „Ja, das hat es!"
„Und? Hast du es Smale ordentlich gegeben?"

Der Hauptmann grinste frech.

„Ich glaube eher, es war andersherum", antwortete Rune und schüttelte mit dem Kopf. „Ist ein feines Weib!"

„Ja, das ist sie! Vielleicht könnte sie bald dir gehören", grinste Astrad, und Rune sah ihn fragend an. „Ja, der Jarl bietet dir an, in seine Gefolgschaft zu treten, und er würde sich sicherlich großzügig zeigen, wenn du ihm den Gefolgschaftseid leistest! Ich könnte ihm erzählen, was dir gefällt, und sicherlich würde er es dir geben!"

Rune verzog sein Gesicht. „Ich weiß nicht! Als Reisender fühle ich mich eigentlich wohl, und einem Herrn zu dienen ist nicht mein Wunsch. Andererseits ist Smale ein schönes Weib und hätte ich noch ein Haus dazu …! Ach, ich weiß nicht!"

„Überlege es dir, wie ich schon sagte, Jarl Thorleik ist großzügig!"

„Wie ist es mit dem Kämpfen? Ich bin ein Mann der Worte, nicht so sehr des Schwertes", log Rune, da zeigte Astrad auf den Blutlechzer und sprach: „Du trägst solch ein Schwert und willst mich glauben machen, du würdest es nicht beherrschen? Nein, nein … ich glaube, du bist geschickt mit der Klinge!"

„Nun, ich sagte nicht, dass ich die Klinge nicht beherrsche, ich kämpfe nur nicht gern! Was war mit dem Jarl in Frigghavn, da musstest du sicher …"

„Oh nein", unterbrach Astrad den Skalden. „Damit hatten wir nur wenig zu tun. Thorleik rief die Schweden, und diese kamen, um den Jarl zu bestrafen. Als Lohn schlug ihnen Thorleik vor, die Bewohner als Sklaven in Birka zu verkaufen. So brauchte er die Schweden nicht zu entlohnen. Er ist schon listig, unser Jarl! Du siehst also, für ein Schwert gibt es in Tunsberg wenig zu tun!"

„Ich werde darüber nachdenken", versprach Rune, und der Blick des Hauptmannes zeugte davon, dass ihm diese

Antwort gar nicht gefiel. So trollte er sich ein wenig beleidigt.
„Birka also!", sprach Rune zu sich selbst. Nun wusste er, was er in Erfahrung bringen sollte. Jetzt galt es noch, den Befehl Jarl Siegmars auszuführen.

*

Allein saß Thorleik auf seinem Hochstuhl und döste vor sich hin. Kein Mensch war zugegen, und der Jarl bemerkte das Augenpaar nicht, das ihn aus der hintersten Ecke des großen Raumes beobachtete. Es war Astrad, der Hauptmann, der dem Skalden von der Angewohnheit des Jarls erzählt hatte, dass dieser oft seine Ruhe allein in der Methalle suchte.
Als Rune zuvor die Halle betreten hatte, war diese noch menschenleer, und so wollte er wieder gehen, doch da hörte er, wie jemand sich der Halle näherte, und er zog sich in das Dunkel zwischen den Podesten und Tischen der hintersten Ecke zurück.
Es war tatsächlich der Jarl, der in die Halle trat und sich auf seinen Hochstuhl setzte. Und nun saß er dort mit geschlossenen Augen, und es schien, als schliefe er. Sollte dies der Moment sein, die Gelegenheit, den Befehl Jarl Siegmars auszuführen?
Langsam zog Rune das Saxmesser aus der Scheide und schlich sich entlang der Podeste vor. Hinter den Jarl musste er gelangen, sodass er ihm den Mund verschließen konnte, wenn die Klinge ihm durch den Hals fuhr, denn ein Schrei des Mannes, hätte sicher schlimme Folgen für den Skalden gehabt.
Bald war er nah herangekommen, und Jarl Thorleik hatte ihn noch nicht entdeckt, denn sein leises Schnarchen verriet, dass er eingeschlafen war. Das Ende der Podestreihe hatte Rune erreicht, und nun lag zwischen ihm und dem

Hochstuhl nur noch die längliche Feuerstelle, die etwa zwei Manneslängen von den Plätzen des Jarls und seines Weibes entfernt war. Dieses kurze Stück, so nah bei dem Jarl, musste er noch hinter sich bringen. Noch einmal sah sich Rune um, und er entschied sich, nicht den Weg über die Feuerstelle zu wählen. Auf leisen Sohlen schlich er an der Wand entlang und erreichte unbemerkt die Kopfwand hinter dem Mann, der sein Opfer sein sollte.

Er hätte tief Luft holen mögen, doch sein Atem blieb ruhig. Rune hatte es geschafft, unbemerkt hinter den Jarl zu gelangen. Und nun war es soweit!

Langsam, Schritt für Schritt, kam er näher an sein Ziel. Das Messer fest in der Faust, so fest, dass sich die Knöchel seiner Hand bereits weiß färbten. Noch eine Armeslänge, dann ist es vollbracht, dachte Rune, da drang ein Schnauben in sein Ohr. Er wandte sich um und sah den bulligen Körper des Burislav, der sich auf ihn stürzte. Der Sklave hatte aus dem hinteren Bereich, dort wo die Wohnräume des Jarls lagen, die Halle betreten, und der Anblick des Skalden mit dem Saxmesser in der Faust hatte ihn vor Wut rasen lassen. Obwohl der Slawe dem Rune eher als einfältiger Ochse vorgekommen war, hatte dieser doch sofort erkannt, welche Gefahr seinem Herrn drohte, und ohne lange zu überlegen, stürzte er sich auf Rune, um den Tod seines Herrn zu verhindern.

Geistesgegenwärtig riss Rune die Klinge empor und streckte diese dem Angreifer entgegen. Ein unmenschlicher Laut schallte durch die Halle, der den Jarl erwachen und hochschrecken ließ. Ein Schlag hatte Rune getroffen und ihn im hohen Bogen von dem Hochstuhl wegbefördert. Nun lag er benommen auf dem Boden der Methalle und sah aus den Augenwinkeln den slawischen Hünen wanken. Langsam erhob er sich, der Schlag des Hünen hatte Rune weiche Knie beschert, doch Burislav hatte dafür mit seinem Leben

bezahlt. Das Messer des Sachsen steckte tief in seiner Brust, und der Sklave lag röchelnd in den Armen seines Herrn. Langsam wurde Rune wieder Herr seiner Sinne, doch es war zu spät, denn plötzlich stürmten mehrere Krieger, vom Lärm angelockt, in die Halle.
Der Schlag, den Astrad dem Skalden versetzt hatte, brachte Rune erneut zu Fall, und bevor er versuchen konnte, benommen auf die Beine zu kommen, traf ihn ein zweiter Schlag, der ihm die Augen schloss.

Es war ein Schwall kalten Wassers, der den Skalden erwachen ließ. Prustend öffnete er seine Augen und erblickte das Antlitz von Jarl Thorleik. Ihn schmerzten alle Knochen, und ihm wurde klar, das man weiter auf ihn eingeschlagen hatte, obwohl er bereits besinnungslos war.
„Bist du der Kerl?" fragte der Jarl. „Ja, du bist der böse Skalde aus Frigghavn!"
Rune sah von einem zum anderen, denn es standen neben dem Jarl auch dessen Weib, Hauptmann Astrad, und einige andere Krieger vor ihm und glotzten ihn an wie Fische.
„Du hast Burislav getötet, und ich weiß, dass ich dein Ziel war. Ist das die Rache des Jarl Siegmar?", fragte Thorleik zornig. „Haben die Schweden es euch also ordentlich besorgt!"
„Sie nahmen meine Frau und meine Kinder", sprach Rune leise.
„Ha ... das kann dir jetzt einerlei sein, denn du wirst sterben!", keifte die Jarlsgattin den Gefangenen an.
„Aber auch deren Schicksal wird wenig schön sein, denn man wird sie als Sklaven verkaufen", lachte Thorleik sein Weib an. „Da braucht ihm das Sterben nicht so schwerzufallen!"
Er wandte sich an Astrad und sah diesen böse an. „Du hast ihn hergebracht, und du wirst die Axt führen, Astrad! Und

nun schafft mir diesen elenden Kerl aus den Augen. In sieben Tagen fällt sein Kopf!"
Der Jarl und sein Weib schickten sich an zu gehen, doch Thorleik wandte sich noch einmal um. „Es ist schade, du bist ein guter Skalde!"
Bald darauf hatte man Rune auf den Platz vor der Methalle gezerrt, wo er mit Armen und Beinen an ein Holzgestell gebunden für alle Bewohner gut sichtbar auf den Tod warten sollte. Der tiefe Ton aus dem großen Signalhorn rief die Menschen zusammen.
Thorleik und sein Gefolge waren aus dem Langhaus herausgetreten und warteten bis sich der Platz gefüllt hatte.
„Dieser Kerl hat es gewagt, mich zu hintergehen!", rief Jarl Thorleik den Bewohnern wütend zu, die sich, von Neugier getrieben, neben vielen Kriegern aus Tunsberg, auf dem Platz vor der großen Methalle eingefunden hatten.
„Er hat meine Gutmütigkeit und die Fähigkeit, die ihm der Allvater schenkte, dazu genutzt, um mir den Tod zu bringen. Doch mein Heil war groß, und ich lebe! Bran, der Skalde, aber wird dafür sterben! Sieben Tage soll er hier zur Abschreckung hängen, bevor wir ihn mit der Axt in das Reich der Hel schicken!"
Rune hatte herausgefunden, wohin man seine Familie verschleppt hatte, das ja, aber was nutzte ihm das jetzt noch, den Tod vor Augen?

„Ich muss handeln, viel Zeit bleibt mir nicht", sprach Thorbart, der neben seinem Gesippen in der Menge stand.
„Aber wie willst du ihn befreien, ohne dass man dich dabei tötet? Die Krieger des Thorleik sind zahlreich! Und er wird sicher gut bewacht werden!"
Nachdenklich nickte Thorbart, denn er wusste in diesem Moment nicht, was er tun konnte.

„Lass uns gehen." Er mochte den Anblick des Freundes nicht, der geschunden und ohne Kleidung an dem Holzgestell hing.

Abwechselnd wachten Thorbart und sein Vetter Thordur nun in den folgenden Nächten nicht weit des großen Platzes im Schatten eines Stalles, von dem aus sie den Gefangenen, der im Schein einer Fackel an dem Holzgestell hing, gut sehen konnten. Zwei Männer bewachten den Geschundenen, einer zog seine nächtlichen Kreise zwischen den Langhäusern der Krieger und der Methalle, der andere blieb meist nah bei dem Skalden.
In der vierten Nacht geschah es aber, dass sich dem Thorbart eine Gelegenheit bot. Fast wäre er in seinem Versteck eingeschlafen, als ein stöhnendes Geräusch seine Aufmerksamkeit forderte. Der eine Wächter hatte kauernd in der Nähe des Gefangenen gesessen und sich nun aufgrund seiner Fülle mühsam erhoben. Er streckte seine Glieder und verschwand dann im Dunkel hinter der Methalle.
„Odin, ich danke dir!", flüsterte Thorbart und verließ sofort sein Versteck. Wo war der Kerl hingegangen?, schoss es dem Mann aus Frigghavn durch den Kopf. Wo war der andere Wächter, der seine Kreise zog? Gut, dieser war vor nicht allzu langer Zeit erst bei dem Gefangenen gewesen, so hoffte Thorbart, dass es noch eine Weile dauern würde, bis er seine Runde hinter sich gebracht hatte. Aber der Dicke? Wahrscheinlich musste er nur pissen und würde bald zurück sein. Darum galt es jetzt schnell zu handeln! Thorbart verzichtete darauf, sich im Schatten der Häuser heranzuschleichen. Um nicht zuviel Zeit zu verlieren, lief er, so leise er konnte, über den Platz, und erreichte ungesehen den gefangenen Rune.

„Thorbart!", sprach Rune leise. „Still!", zischte der Krieger, und als er erkannte, dass Rune nicht angekettet, sondern mit Seilen gefesselt war, fiel ihm ein Stein vom Herzen.
Mit schnellen Schnitten durchtrennte er die Seile und stützte den geschwächten Freund.
Kaum waren sie aus dem Schein der Fackel im Dunkel der Hauswand verschwunden, trat der dicke Wächter ins Licht. Abwesend und wohl auch müde, hatte er zuerst die Flucht des Gefangenen gar nicht bemerkt. Nun stand er mit offenem Mund und großen Augen vor dem Holzgestell, an dem die durchtrennten Seile hinunterhingen.
Dies aber hatten die Flüchtenden nicht mehr gesehen, nur den Alarmruf des Wächters hörten sie noch durch die Gassen hallen.

Unbemerkt hatten die beiden Männer das Haus des Thordur erreicht und waren darin verschwunden.
„Wie hast du das fertig gebracht?", fragte der Tischler erstaunt.
„Mit Odins Hilfe", antwortete Thorbart. „Doch was nun? Bald wird es hier von den Kriegern des Thorleik nur so wimmeln!"
Da begann Thordur zu grinsen. Plötzlich erhoben sich die Kinder verschlafen von ihren Lagern, und sein Weib trat heran. „Schlaft weiter", befahl Thordur.
„Was tust du? Wir werden alle sterben!" Sie sah den entkleideten Rune streng an.
„Schweig, Weib!", fuhr Thordur sie an. „Niemand wird sterben! In zwei Tagen werden sie verschwunden sein, dann kann uns nichts mehr geschehen." Er wandte sich den beiden Männern zu. „Kommt!"
Die Männer verließen den Wohnraum durch eine weitere Tür im rückwärtigen Bereich und begaben sich in einen nach hinten offenen Teil des Hauses. Dies war die Werkstatt

des Handwerkers, in der allerlei Gerätschaft herum stand und lag, sowie Bretter, fertige Rundschilde und andere Hölzer. In einer Ecke standen Holzstiele und Schäfte für Äxte. „Komm, fass mit an", forderte Thordur und begann damit, diese beiseite zu räumen. Hinter den vielen Hölzern kam eine Mulde zum Vorschein, die sich über die gesamte Breite der Wand erstreckte.

„Dies war einmal der Stall für die Schweine", erklärte der Vetter Thorbarts. „Als ich dieses Haus kaufte, machte ich meine Werkstatt daraus." Die Mulde diente wohl dereinst als Trog und war breit genug, dass zwei Männer darin liegen konnten. Plötzlich wurde die Tür geöffnet, und die Männer fuhren erschrocken zusammen.

„Weib, was willst du?", fuhr Thordur sein Weib an, als diese in die Werkstatt trat. „Es wird laut in den Gassen! Die Krieger des Jarls sind auf der Suche", sprach sie besorgt.

„Los, hilf mir! Es wird schon hell", verlangte Thordur, und nachdem sich die beiden Männer in die Mulde gelegt hatten, legte er eine breite Bohle darauf und begann, diese wieder mit den Hölzern zuzustellen. „Los, hol mir ein Stück Fleisch!"

„Fleisch? Was willst du mit dem Fleisch?", fragte sein Weib entsetzt, denn schließlich gab es nicht oft Fleisch, und sie hatte es erst eingekauft, um den Gast angemessen bewirten zu können. Doch ihr Mann gab keine Antwort mehr und schob das Weib zur Tür. Von Rune und Thorbart war nichts mehr zu sehen. Das Versteck schien seinen Zweck zu erfüllen.

Besorgt sah Thordur hinaus, bald würde es hell werden, und nun vernahm auch er den Krach, der sich seinem Haus näherte. Hundegebell, Schreie und Flüche!

Sie durchsuchen die Häuser!, dachte er, da kam sein Weib mit einem Stück Fleisch in der Hand. „Alles bekommst du nicht, was immer du auch damit willst!"

Thordur nahm das Fleisch und begann, damit Gegenstände und die Wände einzureiben, ausgenommen die Wand, an der das Versteck der Männer lag. Dann ließ er das Fleisch zwischen einigen Brettern verschwinden. Der Vetter Thorbarts ahnte, was kommen würde, und er sollte recht behalten.

„Thordur!", erschallte der Ruf an der Tür seines Hauses. „Los, Tischler, mach auf!"

Mit verschlafenem Blick und zerzausten Haaren öffnete der Gerufene die Tür. „Was brüllst du hier herum, mitten in der Nacht? Was gibt es, das nicht bis zum Sonnenaufgang warten kann?"

„Rede nicht dumm daher", ranzte der Krieger des Jarl Thorleik, der bereits hinter den Zaun getreten war, sein Gegenüber an, und der große, graue Hund, den er an der Kette führte, begann böse zu knurren.

„Musst du deinen Köter ausgerechnet vor meinem Haus zum Pissen ausführen?", beschwerte sich Thordur, da der Hund sein Bein gehoben hatte und nun an den Zaun pinkelte.

„Ich muss dein Haus durchsuchen, Tischler!"

Der Krieger wartete keine Antwort ab und zerrte seinen Hund mit sich in das Haus. Die Kinder saßen auf ihrem Schlaflager und stierten ängstlich auf den großen, grauen Wolfshund.

„Sagst du mir jetzt endlich, warum du uns aus dem Schlaf reißt, beim Thor!", beschwerte sich Thordur erneut, doch der Krieger schwieg und ließ stattdessen den Hund herumschnüffeln. Dieser zog sofort kräftig an und den Krieger zu der Tür, die hinaus zur Werkstatt führte.

Das Gesicht des Weibes wurde bleich, und nun wurde es auch dem Thordur ungemütlich. Der Krieger öffnete die Tür, und der große Wolfshund zog wieder kräftig an und begann zu bellen. Das Tier wandte sich in die Richtung, in der das Versteck der beiden Männer aus Frigghavn war, schnüffelte und zog dann dorthin, wo Thordur die Fleischspur gelegt hatte. Wie wild begann der Hund zwischen den Hölzern zu graben und zu kratzen. „Was ist mit dir, du blödes Vieh?", schnauzte der Krieger und zog an der Kette. Doch der Hund ließ sich nicht von seiner Spur abbringen.

„Sicher ein Rattenloch!", sprach Thordur. Der Krieger nickte mürrisch und zog den Hund aus der offenen Werkstatt hinaus ins Freie.

Tief atmete Thordur ein, als der Krieger des Jarls um die Ecke des Hauses verschwunden war.

*

## 15

## *Flucht und Hoffnung*

*L*angsam schob sich die Sonne über den Horizont, als Thorbart und Rune den Hügel erreichten. Und wie Thordur es versprochen hatte, standen nicht weit einer riesigen Esche, bei einer Quelle, die beiden Pferde und grasten friedlich, als würden sie auf ihre Besitzer warten. Der Vetter Thorbarts hatte den Ort gut beschrieben, und so hatten die beiden Männer kein Problem, die Pferde zu finden.
Sie hatten den größten Teil des Tages in der Mulde unter dem Holz verbracht und waren unentdeckt geblieben. Als die Sonne dann endlich untergegangen war, hatte Thordur sie ins Haus geholt. Nun konnten sie sich stärken, und das Weib brachte Kleidung für Rune.
„Es ist nicht sehr angenehm, neben dir in einem Loch zu liegen, wenn du nichts am Leib hast", scherzte Thorbart, und Rune lachte verkniffen. Ihn schmerzte der ganze Körper, und die Zeit unter dem Holz hatte es auch nicht besser gemacht.
„Ich werde eure Pferde nun von Snörre holen und sie aus der Stadt bringen", hatte er gesagt, erklärte den Weg und den Ort, wo sie die Tiere finden würden und ging. Als der Vetter zurückkehrte, lag bereits Dunkelheit über Tunsberg.
„Heute Nacht führe ich euch aus der Stadt", sprach er. „Es gibt einen Weg, der an den Wachen vorbeiführt. Nur wenige kennen dieses Schlupfloch, und es ist besser, wenn dies auch so bleibt!"
Die beiden Männer aus Frigghavn verabschiedeten sich herzlich und mit großem Dank von der Familie des Thordur und folgten dann dem Tischler in die Dunkelheit.

Nur wenige Gassen in Tunsberg waren durch den Schein von Fackeln und Feuerkörben erleuchtet, und so erreichten sie ungesehen die hohe Palisadenwehr. Eine Weile gingen sie entlang der Wehranlage, immer wieder Deckung suchend, wenn der Schein des vollen Mondes durch die Wolken stieß und die Wiesen und Wege in ein fahles Licht tauchten.

Dann sah Rune einen breiten, dunklen Schatten, der sich hoch in den Himmel erhob und der ihn an einen Riesen erinnerte. Drei hohe Kiefern, breit und in der Dunkelheit fast furchteinflößend, zwischen denen ein alter, längst vergessener Schuppen stand, sollte ihr Ziel sein.

„Folgt mir", befahl Thordur und verschwand neben dem Schuppen unter den tief hängenden Ästen der Baumgruppe. Nun waren sie direkt an dem Erdwall, auf dem die Palisadenwehr stand. „Wir müssen uns beeilen, denn es dauert nicht mehr lange, dann wird die Wache auf dem Wehrgang hier vorbeikommen!"

Thordur begann an einem Gebüsch zu zerren, das direkt an dem Wall wuchs, wie man glauben mochte. Doch der Busch ließ sich recht einfach beiseite ziehen, und es kam ein Loch zum Vorschein, gerade so breit, dass ein nicht zu dicker Körper hindurch passte. „Geht in die Zeltstadt, und dann hinaus auf die Wiese. Nehmt nicht den Weg. Und nun viel Glück, mögen die Götter euch Schutz gewähren!"

Thorbart umarmte seinen Vetter und kroch dann in das dunkle Erdloch. Auch Rune dankte dem Thordur und folgte dann seinem Freund.

Blind wie die Maulwürfe krochen sie durch den düsteren, engen Stollen. Und nach einer Weile erkannte Thorbart das Licht des Mondes. Vier Manneslängen maß der Tunnel, doch den Flüchtenden kam es weitaus länger vor.

Was, wenn gerade jetzt der Wachmann auf der Wehr seinen Posten bezog? Rune erschauerte es!

Doch sie hatten weiterhin das Heil der Götter auf ihrer Seite, denn alles blieb still, als sie in die Nacht horchten. Nur einige Hunde bellten in der Ferne. Zügig krochen sie aus dem Loch und schlichen dann den Wall entlang, bis sie im Schatten einiger Hütten den Weg fanden, den sie gehen sollten.

Auch über der Zeltstadt lag die Ruhe der Nacht. Einige Feuer brannten noch, doch keine Menschenseele begegnete ihnen, bis sie den Rand der großen Wiese erreichten.

„Dort müssen wir hin." Thorbart zeigte in die Dunkelheit und war davon überzeugt, dass dies der richtige Weg war, der sie in den nahen Wald führen würde. Zügig schritten die Männer voran, und tatsächlich erreichten sie den Rand des Waldes, der sie auf den Hügel führen sollte. Langsam stieg der Weg an und wurde immer steiler, und sie waren sich sicher, nicht verfolgt zu werden.

„Ich danke dir, mein Freund", sprach Rune leise. „Ich danke dir, dass du mir gefolgt bist!"

„Siegmar war darüber wenig erfreut", antwortete Thorbart kopfschüttelnd. „So einen Gesippen wünscht man sich nicht! Aber wir hatten ja das Heil der Götter auf unserer Seite!"

„Und deinen Vetter", sprach Rune und begann zu lächeln. Dies war das erste Mal, seit sie Tunsberg verlassen hatten, dass ihm ein Lächeln gelang.

„Ja, es war eine glückliche Fügung, dass Thordur uns half. Es hätte dich wahrlich deinen Kopf kosten können, Skalde." Plötzlich sah Rune Thorbart traurig an. „Es hat mich zumindest mein wertvolles Schwert und meine Habe gekostet. Mein schöner Blutlechzer!"

„Jammer nicht! Dein Schwert ist nun mal fort, und du wirst es auch sicher nicht zurückbekommen. Aber wie steht es mit unserer Aufgabe, die Jarl Siegmar uns stellte? Er wird nicht

glücklich sein, das Thorleik noch unter den Lebenden weilt!"
„Dieser Thorleik interessiert mich nicht mehr, und Jarl Siegmar ist mir ebenso einerlei. Die Sklaven sind von den Schweden nach Birka verschleppt worden, und somit auch mein Weib und die Kinder! Das ist es, was für mich zählt", begehrte Rune auf. „Ich werde nach Birka reiten, um mir meine Familie zurückzuholen."
„Und ich werde dich begleiten!"

Es war immer noch im Sommer des Jahres, das die christlichen Pfaffen das Jahr 992 n. Chr. nannten, als die beiden Reiter endlich die Siedlung im Norden des großen Fjordes erreichten.
Besonders erfreut war Jarl Siegmar nicht über das Gehörte, hatte er doch gehofft, dass der verhasste Jarl von Tunsberg unter der Klinge seines Skalden sterben würde.
„Ihr nehmt zwanzig Männer und segelt nach Birka", befahl der Jarl, doch Rune wiegelte ab. Er war nun wieder fast der Alte, hatte sich ausgiebig gesäubert und auch frische Kleidung bekommen, die bei weitem besser war als die, welche ihm das Weib des Thordur gegeben hatte.
Den Verlust seines Schwertes hatte Rune nicht überwunden, denn dieses war nicht mit einer neuen Klinge gut zu machen. So trug er nun in seinem Gürtel eine kurzstielige Axt.
„Ich gehe allein", sprach Rune mit fester Stimme. „Was sollen zwanzig Männer in Birka schon ausrichten? Nein, es ist besser, ich gehe allein!"
„Allein? Bist du nun völlig wirr im Kopf? Das ist doch Lokis Werk!", rief Jarl Siegmar beleidigt aus.
„Und ich werde reiten, nicht segeln!"
„Ich bin der Jarl, und ich befehle …", rief Siegmar erbost, doch Rune unterbrach ihn in seiner Wut. „Mir befiehlst du

nicht mehr! Ich bin ein freier Mann, und wenn ich Sigrun befreit habe, werden wir an einem anderen Ort unser Glück suchen! Dieses Unglück ist ganz allein deine Schuld, Jarl von Frigghavn!"
„Das wagst du mir ins Gesicht zu sagen? Nach allem, was ich für dich tat!"
„Was du für mich tatest? Ich habe den Mord an Askold nicht vergessen, und auch die Nächte in dem kalten Loch da draußen kann ich dir nicht verzeihen", erhob Rune nun seine Stimme, sodass die Krieger in der Halle über die Dreistigkeit des Skalden staunten. „Einzig deiner Tochter verdankst du es, Schwiegervater, dass ich dir nicht die Kehle durchschnitt! Doch eines sollst du wissen, Siegmar, Jarl von Frigghavn, wenn ich meine Familie nicht zurückbekomme, wird dich meine Rache treffen!"
„Das ... das ...! Du elender ...! Tötet ihn! Sofort!"
Die Stimme Siegmars überschlug sich, als er von seinem Hochstuhl aufsprang. Doch keiner der Männer in der Halle rührte sich. Es war so still, dass man hätte den Atem einer Maus hören können. Da plötzlich trat einer der Krieger vor, und seine Hand schnellte an den Griff seines Schwertes. Doch Thorbart trat ihm in den Weg und schüttelte stumm seinen Kopf. Da hielt der Krieger inne.
Mit bösem Blick sah der Jarl in die Runde. „Nun gut, ihr feiges Gesindel", zischte er. „Verschwinde aus meinem Dorf. Verschwinde aus dem Gau, bevor ich meine Meinung ändere!"
Da wandte sich Rune ab und ging.
Schnell war das Bündel gepackt, denn viel besaß Rune ja nicht mehr, so nahm er sein Pferd Thoki, hängte seinen Schild an den Sattel, saß auf und verließ die Siedlung, um nach Osten zu reiten.
Allzu weit war Rune noch nicht geritten, da drang Hufgetrampel an sein Ohr. Er riss die Zügel herum und zog

die Axt aus seinem Gürtel, doch der Angriff, den der Skalde erwartet hatte, blieb aus.

„Hast du geglaubt, ich lasse dich alleine gehen?", rief Thorbart vergnügt und brachte sein Pferd neben Thoki zum stehen.

„Schickt dich Siegmar?", fragte Rune gereizt.

„Wo denkst du hin? Er hat getobt und dir die Pest an den Hals gewünscht", berichtete Thorbart. „Wollte jeden belohnen, der ihm deinen Kopf bringt!"

„Und du willst dir den Lohn verdienen?"

„Rede nicht dumm daher, blöder Kerl!", wiegelte der Krieger mit dem dunklen Bart ab. „Ich habe jedem Mann versprochen, ihn höchstpersönlich nach Walhalla zu schicken, sollte er es wagen, uns zu folgen!"

„Das heißt …!"

„Ja, das heißt es. Ich begleite dich, denn ohne mich bist du doch ein toter Mann!" Thorbart lehnte sich herüber und schlug Rune auf die Schulter, dann spornte er sein Pferd an.

\*

Es war ein langer, anstrengender Weg, den die beiden Reiter hinter sich gebracht hatten, doch endlich sahen sie das Ufer des großen Mälarsees. Nun konnte es nicht mehr weit sein, bis sie die große Handelsstadt Birka erreichen würden.
Das Wetter zeigte sich nun nicht mehr von seiner schönen Seite, denn es regnete viel, der Wind hatte kräftig aufgefrischt, und es war nun merklich kühler geworden.
Als sie einen Hof erreichten, wurde es bereits dunkel, und so beschlossen die beiden Reiter, hier um Obdach zu bitten. Sie lenkten die Pferde vor das Haus, dessen Giebel an der Spitze zwei geschnitzte Pferdeköpfe zeigte, und dessen Dach mit Gras bewachsen war und zu beiden Seiten bis tief hinunter reichte. Seit dem frühen Nachmittag hatte es geregnet, und

so waren sie durchnässt bis auf die Haut, und auch ihre Mägen knurrten, denn der Proviantbeutel war leer.

„Ist jemand zu Hause?", rief Thorbart, nachdem er aus dem Sattel gestiegen war. Er trat an die Tür, und klopfte kräftig an das Holz, dann trat er einige Schritte zurück. Nach einer Weile öffnete sich die Tür und ein Weib erschien. In ihrer Hand hielt sie eine Axt und fragte nun sichtlich verängstigt: „Wer seid ihr? Was wollt ihr hier?"

„Wir sind Reisende auf dem Weg nach Birka", sprach Thorbart ruhig. „Von uns hast du nichts Böses zu erwarten, doch sieh uns an: Wir suchen ein Dach über dem Kopf für die Nacht!"

„Bei mir gibt es nichts zu holen. Also trollt euch!"

„So höre doch, Weib, wir suchen nur einen trockenen Platz zum Schlafen", sprach nun Rune. „Wo ist der Herr des Hauses?", versuchte nun Thorbart noch mal sein Glück.

„Hol mir deinen Mann her!"

„Er ... er ist nicht hier", stotterte das Weib, fügte aber schnell hinzu: „Er kommt bald heim!"

Plötzlich erschallte eine tiefe Stimme aus dem Inneren des Hauses. „Nun lass sie schon rein, bevor sie ersaufen in dem Regen!"

Noch zögerte das Weib, trat aber dann zurück. „Kommt!"

In dem Haus brannte ein gemütliches Feuer, und es roch nach frischgekochtem Essen. An der Feuerstelle saß ein alter Mann auf einem Stuhl, und mehrere Kinder spielten auf den Podesten. Sofort traten Thorbart und Rune an das Feuer, um sich zu wärmen. „Ihr müsst die nassen Sachen ausziehen, bevor ihr euch den Tod holt", sprach der Alte.

„Ich bin Ingbert, und das ist meine Tochter Inga. Wer seid ihr?"

„Ich bin der Skalde Rune, und dieser hier ist Thorbart, mein Gefährte", stellte Rune sich vor.

„Ihr habt sicher Hunger! Inga, gib ihnen zu essen!"

„Aber Vater", trotzte das Weib.
„Ich sagte, du sollst ihnen zu essen geben!", fauchte der Alte seine Tochter an, und diese brachte wortlos zwei hölzerne Schüsseln und füllte diese aus einem ehernen Topf, der über der langen Feuerstelle auf einem Dreibein stand. Rune und Thorbart hatten ihre Umhänge und auch die Kirtel ausgezogen und auf den Rand der Feuerstelle gelegt. Sofort begannen die feuchten Kleidungsstücke in der Nähe der Wärme des Feuers zu dampfen.
„Was führt euch hierher?", fragte der alte Ingbert, und Rune gab ihm Antwort. „Mein Weib und die Kinder wurden von schwedischen Kriegern verschleppt, und wir erfuhren, dass man sie nach Birka bringen würde!"
„Das ist hart, Junge! Waren es Wikinger?", fragte Ingbert, und Rune schüttelte den Kopf. „Nein, es waren Krieger des Königs!"
„Eriks Männer also!" Der Alte überlegte einen Moment. „Suche nach einem Sklavenhändler, den man Gisli, den Dicken, nennt. Er kauft die meisten Sklaven, die die Schergen des Königs nach Birka bringen."
„Woher weißt du das alles?", fragte Rune verwundert.
„Ich stand einmal in Diensten des Gisli, doch ich wurde dem Dicken zu alt, da schickte er mich fort. Nun muss ich meine Tage hier auf diesem Stuhl fristen und darauf warten, bis ich den Strohtod sterbe!"
„Wo ist der Herr dieses Hauses?", wagte nun Thorbart die Frage und sah dabei Inga an. Doch diese schwieg.
„Er ist auf See, mit einem Sklavenfänger. Und wenn du mich fragst, wird er von dort nicht mehr zurückkehren", sprach Ingbert spöttisch. „Zu lange warten wir schon. Wenn du also ein Weib suchst, Inga ist fleißig und gehorsam. Allerdings würdest du mich dazu bekommen!"
Da lachten die Männer. „Nein, Ingbert, ich habe schon eine Familie, und die werde ich mir wiederholen", lehnte Rune

dankend ab. Noch lange sprachen sie mit dem Alten, bis sie müde auf dem Podest ihr Schlaflager fanden.

Am folgenden Tag regnete es nicht mehr, und als die beiden Männer in die Sättel stiegen, waren sie gesättigt, und ihre Kleidung war getrocknet. Sie hatten sich von Ingbert und seiner Tochter verabschiedet und sich herzlich bedankt. Dann setzten sie ihre Reise fort, und noch bevor es Mittag wurde, erreichten sie das Tor von Birka, dem großen Handelsplatz an den Ufern des Mälarsees.
Mehr als ein voller Mond war seit dem Überfall der Schweden vergangen, und die beiden Männer hatten nur wenig Hoffnung, Sigrun sowie ihre Kinder hier noch zu finden. Doch sie wollten nicht aufgeben, das hatten sie vor Odin geschworen.
So wie in jeder Handelsstadt herrschte auch in Birka reges Treiben auf dem Marktplatz und am Strand. Kaufleute aus dem Süden, aus dem Land der Dänen und der Deutschen, Händler aus dem Osten, dem Kiewer Reich der Rus[47] und aus den Gebieten der Slawen, und sogar Reisende aus dem Orient fanden den Weg hierher.
„Es wird das Beste sein, wenn wir uns trennen, um nach deinem Weib zu suchen", schlug Thorbart vor, und Rune nickte. „Geh du an den Strand, und ich gehe auf den Markt!"
Damit war Rune einverstanden, und so trennten sich ihre Wege, um später wieder zusammenzufinden.

Thorbart war der, der den dicken Sklavenhändler fand. Langsam und als sei er an den Sklavinnen interessiert, schlenderte er von einer zur anderen. Nicht weit der

---

[47] Rus – schwedische Wikinger die das Gebiet um Kiew (Känugard) besiedelten

männlichen Sklaven, die an einigen in den Boden gerammten, mannshohen Holzpfosten angekettet waren, blieb er vor einem Weib stehen. Sie war noch jung, aber von recht fleischiger Statur und eigentlich nicht gerade eine Augenweide. Sofort kam einer der Männer des Händlers heran und grinste Thorbart wissend an. „Du magst die kräftig Gebauten, wie ich sehe. Diese hier ist aus dem Land der Slawen!"

„Ich suche den Sklavenhändler, den man Gisli, den Dicken, nennt", sprach Thorbart beiläufig und besah sich abschätzend das Weib. Er schüttelte hin und wieder nachdenklich mit dem Kopf und ließ seinen Blick zu den männlichen Sklaven schweifen. Und er hatte den Knaben zwischen den Männern sofort erkannt und musste an sich halten, um nicht lauthals seine Freude darüber, dass der Knabe noch lebte, herauszubrüllen. Ja, den Göttern sei gedankt, dieser Knabe konnte der Sohn Runes sein.

Sein Gesicht war zwar verschmutzt, und er sah hungrig aus, doch dieser Knabe war Thorun, da war sich der Krieger sicher!

Dieser fette Schwede hatte den Knaben, der gerade einmal fünf Winter zählte, also von seiner Mutter getrennt, denn Sigrun sah Thorbart nicht.

„Da bist du hier richtig", sprach der Mann, riss damit den Krieger aus seinen Gedanken und zeigte auf den Händler, der seinem Beinamen alle Ehre machte. „Dieser da ist mein Herr Gisli!"

„Man sagte mir, er hat die besten Sklaven in Birka", log Thorbart, und der Knecht nickte zustimmend. „Da hat man dir die Wahrheit gesagt!"

„Da bin ich aber anderer Meinung! Ist das alles, was du zu bieten hast?", tat Thorbart enttäuscht.

Der Knabe Thorun Runesson hockte mit dem Kopf auf den Knien an den Pfosten gelehnt und hatte den dunkelhaarigen

Krieger seines Großvaters und Freund seines Vaters noch nicht erblickt.

„Nun, was ist, willst du sie kaufen?", drängte der Händler beleidigt, doch der Käufer zögerte. „Ich gebe ja zu: eine Schönheit ist sie nicht, aber dafür kann sie arbeiten wie ein Pferd."

Der Markt von Birka war groß, und wenn eine Ware zuhauf angeboten wurde, dann waren es Sklaven. So war die Konkurrenz groß, und das wusste auch der junge Händler.

„Ich versichere dir, sie hat eine Möse wie jedes andere Weib, und ich mache dir dazu einen guten Preis."

Da trat plötzlich der dicke Gisli, der wohl bemerkt hatte, dass sein Knecht sich schwertat, den Käufer zu überzeugen, hinzu. „Nun, gefallen dir meine Sklaven nicht, oder warum zögerst du?", fragte er frech.

„Ist das die Ware des berühmten Gisli? Das enttäuscht mich doch sehr", sprach Thorbart großspurig. „Etwas Besseres hast du mir nicht anzubieten?"

„Willst du mich beleidigen, Mann?", empörte sich der Sklavenhändler. „Du kommst zu spät, du Narr! Gestern noch hatte ich die schönsten Weiber hier, doch die habe ich bereits verkauft. An einen Dänen und einige an einen Rus! Aber ich will dich überzeugen, dieses Weib zu kaufen. Mich zieht es heute noch heim auf meinen Hof, und darum sollst du sie ausprobieren, bevor ich sie dir für den halben Preis gebe!" Gisli wandte sich an das Weib. „Los, auf die Knie und lutsch ihm den Schwanz! Und mach es ordentlich, sonst bekommst du die Peitsche zu spüren!"

Sofort trat das Weib auf den Thorbart zu, doch dieser wiegelte ab: „Lass es gut sein, Gisli, ich will dieses Weib nicht! Sie wird nicht schöner, auch wenn sie meinen Schwanz in den Mund nimmt!"

„Was bist du für ein sturer Hund, Norweger? Vielleicht willst du sie lieber ficken?"

„Jetzt reicht es mir, beim Thor! Ich will sie nicht!",
beschwerte sich Thorbart. „Bessere hast du nicht? Vielleicht
auf deinem Hof?"
„Nein!", meckerte der dicke Gisli. „Und nun reicht es mir,
verschwinde, wenn du nicht kaufen willst!"
Da nickte Thorbart. „Ich denke, wir werden uns
wiedersehen, Sklavenhändler!"
„Besser nicht! Auf solche Kunden kann ich verzichten!"

An dem vereinbarten Platz trafen sich die beiden Freunde
wieder. Thorbart war der Erste, der sich eingefunden hatte,
und musste einige Zeit auf Rune warten.
„Ich war erfolglos", sprach der Skalde enttäuscht. „Aber ich
gebe die Suche nicht auf!"
Da begann Thorbart zu grinsen. „Ich war nicht ganz so
erfolglos", begann er. „Ich habe Gisli gefunden. Leider
waren Sigrun und Asrun nicht bei ihm."
Enttäuscht sah Rune den Freund an, und er kämpfte mit den
Tränen, was dem Thorbart nicht entging. „Aber ich fand
deinen Sohn!"
Da blickte Rune auf. „Du hast Thorun gefunden?"
„Ja, er ist noch bei dem Dicken, und wir werden ihn uns
holen! Heute noch!"
Thorbart legte dem Sachsen seine Hand auf die Schulter.
„Ich habe in Erfahrung gebracht, dass der Sklavenhändler
noch heute Birka verlassen wird, um auf seinen Hof
zurückzukehren. Wir werden ihm folgen und uns deinen
Sohn zurückholen!"
Sofort machten sie sich auf den Weg, und nicht weit des
Lagers des dicken Gisli suchten sie einen Platz, von dem aus
sie den Dicken und sein Gefolge im Auge behalten konnten.
Der Schwede hatte bereits begonnen, sein Lager abzubauen.
„Er hat zwei Knechte, und die drei Kerle da", Thorbart
zeigte auf drei bewaffnete Männer, die sich immer in der

Nähe des Dicken aufhielten, „die sind wohl seine Leibwache."
„Die Kerle sind mir egal", grunzte Rune böse. „Wenn ich nur so meinen Sohn aus den Klauen dieser fetten Kröte retten kann, werden die Kerle eben sterben!"
„Er wird ihn uns nicht freiwillig überlassen, und bezahlen werden wir nicht für das Kind. Trotzdem sollten wir vorsichtig sein, denn die Kerle könnten erfahrene Krieger sein! Außerdem sind sie fünf und wir nur zwei!"
„Das ist mir gleich", sprach Rune trotzig. „Sie werden sterben!"

Lange hatten die Knechte des dicken Gisli nicht gebraucht, bis die Zelte abgebaut und auf einem Wagen verstaut waren. Der eine Knecht ergriff den Knaben Thorun und setzte ihn hinten auf den Wagen, die anderen Sklaven band er mit einem Seil aneinander und befestigte dieses dann an dem Wagen. Mit der Hilfe des anderen Knechtes bestieg auch der Dicke den Karren, der Knecht ergriff die Zügel des Pferdes, sodass die kleine Karawane sich in Bewegung setzte. Rune und Thorbart nahmen ihre Pferde bei den Zügeln und folgten ihnen, hielten aber Abstand, denn sie wollten unentdeckt bleiben. Schließlich kannte Gisli den Thorbart ja nun.
Als sie das Tor passierten, durch das sie am Morgen in die Stadt gekommen waren, waren der Dicke und sein Gefolge noch dicht vor ihnen. So mussten sie eine Weile warten. Dann aber schwangen sie sich in die Sättel und trieben die Pferde herunter von dem Weg, der nach Süden führte, und ritten, den Zug des Sklavenhändlers im Auge, unbeobachtet hinterher.
Als sie glaubten, weit genug von der Stadt entfernt zu sein, sodass dem Gisli niemand zur Hilfe eilen konnte, trieben sie die Pferde an und ritten dem Sklavenhändler voraus.

„Sollten wir nicht warten, bis er seinen Hof erreicht?",
fragte Rune. „Vielleicht sind die Frauen ja noch dort."
„Nein, er hat sie verkauft!", antwortete Thorbart. „Einem
Dänen oder einem Rus! Bete zu den Göttern, dass es der
Däne war!"
„Wann, beim Auge Odins, wolltest du mir das erzählen?"
Rune schüttelte seinen Kopf und trat Thoki seine Hacken in
die Flanke.
Als sie sich sicher waren, dem Dicken um ein schönes Stück
voraus zu sein, ritten sie zurück auf den Weg, und an einer
Gabelung, die die Straße in zwei Richtungen teilte, machten
sie Halt. An einem Strauch banden sie die Pferde fest und
warteten dann darauf, dass die Karawane des Schweden
auftauchte. Rune hockte auf dem Boden und zog mit einem
Stein die Klinge seiner Axt ab. Thorbart ging auf und ab,
sah immer wieder in die Richtung, aus der die Karawane
kommen musste. Dann endlich, in der Ferne, nach einer
Biegung, erschienen die sehnlich Erwarteten.
„Wie wollen wir vorgehen?", fragte Rune, und Thorbart
zog die Schultern hoch. „Erschlag zuerst die Krieger! Was
dann geschieht, wissen nur die Götter!"
Es dauerte noch eine ganze Weile, bis der Karren die beiden
Männer am Wegesrand erreichte. Thorbart hatte ihnen den
Rücken zugewandt, sodass ihn Gisli nicht sofort erkennen
konnte. Erst als der Zug des Dicken an ihnen vorbeizog,
drehte sich Thorbart um. „Du!"
Der dicke Schwede hatte seinen Kunden sofort
wiedererkannt. „Hast du es dir anders überlegt, oder juckt
dich nur der Schwanz?", versuchte er den Mann mit dem
dunklen Bart zu verspotten. Wortlos näherte sich Rune
einem der Krieger, und ohne zu zögern riss er die Axt aus
dem Gürtel und schlug zu. Der Hieb traf den Beschützer des
Sklavenhändlers tief in die Brust. Noch während der Mann
starb, hatte auch Thorbart sein Schwert gezogen und war

dabei schneller als der Krieger, der den Zug anführte. Diesen traf die Klinge am Arm, denn es gelang ihm noch, sich wegzudrehen. Er jaulte kurz auf, hatte es aber geschafft, sein Schwert zu ziehen, und schlug nun seinerseits auf Thorbart ein. Unter den Entsetzensschreien der Sklaven sowie dem Gebrüll des dicken Schweden, kämpften die Männer erbittert um ihr Leben. Mit dem Namen des Allvaters auf den Lippen, stürzte sich Rune auf den dritten Krieger, der um den Karren herum gelaufen kam und sich zum Kampf stellte. Sofort hieb er mit dem Schwert auf den Skalden ein, der alle Mühe hatte, mit der kurzstieligen Axt die Schläge abzuwehren.

„Seid ihr wirr? Elende Wegelagerer!", rief der Dicke, blieb aber auf dem Bock des Karren sitzen. „Tötet die Hunde! Schickt sie zur Hel! Los, helft ihnen", befahl er den beiden Knechten, die dazu aber wohl wenig Lust verspürten. Einer zog sein Messer und näherte sich dem Rune von hinten. Doch Thorbart hatte die Absicht des Knechtes erkannt und dem Rune zugerufen. Dieser wehrte einen Hieb des Schwertes ab, drehte sich und schlug zu. Das Blatt seiner Axt schlug dem Mann in die Schulter. Rune ergriff ihn und zog den Knecht als Schutz vor seinen eigenen Körper. Gerade noch zur rechten Zeit, denn das Schwert des Angreifers schlug dem Knecht in sein Haupt und hätte Rune sicher nicht verfehlt. Der tote Knecht fiel zu Boden, und als der zweite Knecht dies sah, lief er davon.

Thorbart hatte wohl den besten der drei Krieger erwischt, denn dieser machte es dem erfahrenen Schwertkämpfer recht schwer und forderte seine ganze Aufmerksamkeit. Mit heftigen Schlägen belegt, musste er sich auf die Abwehr der Hiebe beschränken und hoffen, dass der Arm des Schweden schneller erlahmte als sein eigener. Doch es war ausgerechnet der dicke Gisli, der ihm den tödlichen Streich bescherte. Dieser glaubte, er müsse seinen Beschützer

antreiben und rief diesem seinen Namen zu, woraufhin der Kämpfer unachtsam nach dem Dicken schaute. Dieser Moment war sein letzter!
Thorbarts Klinge schlug ihm in diesem Moment der Unachtsamkeit gegen die Schulter und fraß sich tief in das Fleisch. Ein schnelle Drehung des Kriegers aus Frigghavn, und die Klinge durchtrennte dem Gegner den Hals, sodass er kopflos zu Boden fiel. Wieder war das Geschrei der Sklaven groß!
Und auch Rune war erfolgreich, denn der Krieger, der nun sah, dass er allein gegen zwei Angreifer stand, holte noch einmal zu einem Hieb aus und lief dann, wie bereits einer der Knechte, davon. Das Gezeter des dicken Gisli hätte man sicher in Asgard gehört, doch Thorbart stopfte ihm schnell das Maul. Er legte ihm die Spitze seines Schwertes an die Kehle und brüllte: „Halt dein Maul und höre zu, wenn du leben willst!" Da schwieg der Schwede.
Nun war Rune an den Karren getreten. „Thorun, sieh mich an", sprach er zu dem kleinen Burschen, der verängstigt und mit abwesendem Blick auf dem Karren saß. „Thorun, ich bin es: dein Vater!"
Er griff nach dem Knaben und hob ihn vom Wagen. „Du bist wieder frei, mein Sohn! Es wird dir nichts mehr geschehen." Glücklich nahm er sein Kind in den Arm, dann aber wandte er sich dem Schweden zu.
„Zwei Weiber!", begann er mit fester Stimme. „Eine ging mit einem Kind. Und ein kleines Mädchen! Wohin hast du sie verkauft?"
„Warum sollte ich dir sagen, wohin ich die Mutter von dem kleinen Bastard verkauft habe?", zischte der Sklavenhändler. „Vielleicht, damit dein stinkender Kadaver weiterhin in Midgard wandeln kann?", fauchte ihn Thorbart an. „Also, rede!"
„Kein Wort wirst du von mir hören!", trotzte der Schwede.

„Dann hören wir wenigstens dein Gebrüll", rief Rune böse und schlug mit der Axt zu. Die Hand des Dicken fiel zu Boden, und der Mann, dem dieser Körperteil einmal gehörte, starrte mit weitaufgerissenen Augen auf den blutenden Stumpf. Dann erst begann er zu schreien!
„Rede, du fettes Schwein! Oder ich schlage dir Stück für Stück die Glieder ab!", brüllte Rune zornig.
„Ein Däne ... es war ein Däne!" Gisli konnte sich nicht mehr widersetzen, und er wollte nicht lebendig in Stücke gehauen werden. „Ein Kerl von den Ufern der Slie[48], ein Jarl, der mit Sklaven handelt! Er nahm sie alle!"
„Weißt du seinen Namen?"
„Styrbjörn Arnarsson!", rief Gisli rasch. „Jarl Styrbjörn!"
Thorbart, der sich des Knaben Thorun angenommen hatte, musste den Freund zurückhalten, denn er war in seinem Zorn kaum zu halten, was für den dicken Gisli wohl doch noch das Ende bedeutet hätte. „Lass ihn, Rune! Wir haben, was wir wollten!"
Da trat der Skalde hinter den Wagen und hieb das Seil, welches die Sklaven an den Karren band, mit der Axt entzwei. „Verschwindet", rief er. „Ihr seid frei!"

*

---

[48] Slie – Schlei, Fluss in Schleswig-Holstein

## 16

## *Kampf in Haithabu*

Die Reise zu Pferd würde sehr lange dauern, das wusste Rune, doch ihre Geldmittel waren so gut wie aufgebraucht und hätten für eine Überfahrt von Birka nach Haithabu nicht ausgereicht. Sie hätten auch nach Frigghavn zurückreiten können, um dort Jarl Siegmar um ein Schiff zu bitten. Doch so weit wollte sich Rune nicht erniedrigen.
So ritten sie nach Süden, bis in den Gau Vingulmark, denn nun hatte Rune einen Plan erdacht. Von der großen Stadt Sotenäset aus ritten sie die Küste entlang und erreichten die Gegend, in der Rune die unschöne Begegnung mit den Thorleifsson-Brüdern hatte.
„Ich glaube nun, deine Gedanken zu kennen, mein Freund", grinste Thorbart wissend. „Du willst dem Tryggve einen Besuch abstatten!"
Rune nickte, strich dem Thorun, der vor ihm im Sattel saß, über den Kopf und sprach: „Tryggve Egilsson ist ein guter Mann! Von ihm können wir sicher Hilfe erwarten."
„Das ist wohl wahr!", stimmte der dunkelhaarige Krieger seinem Gefährten zu.
„Vielleicht kann er uns mit dem Schiff nach Haithabu bringen", hoffte der Skalde.
Der Weg, den sie ritten, führte dicht an der Küste der See entlang, und bald wurde aus dem steinigen Ufer ein heller, breiter Strand. Und nach einer Weile sah Rune schon von weitem das Bootshaus des Tryggve Egilsson, in dem er für den Schiffsbauer die Schmiedearbeiten erledigt hatte. Auch wenn der Grund für ein Wiedersehen mit dem Bauern Tryggve kein schöner war, so überkam Rune doch große Freude, denn er mochte diesen Kerl.

„Ich hoffe, dass der Bauer immer noch so gastfreundlich ist", lachte Thorbart. „Mein Magen knurrt, und gegen einen Becher mit kühlem Bier hätte ich auch nichts einzuwenden." Sie trieben ihre Pferde an, den Weg hinauf, welcher entlang der Wiese zum Hof des Bauern führte. Der Hof hatte sich nicht verändert. Ruhig lag er in der Mittagssonne, die das Land angenehm erwärmte. Durch die Lücke in der flachen Steinmauer, die den Hof umgab, ritten sie bis vor das Langhaus, und kaum waren sie aus den Sätteln gestiegen, wurde die Tür geöffnet, und ein Mann trat heraus.
„Was wollt ihr hier?", fragte er streng.
Die beiden Reisenden sahen sich erstaunt an, denn diesen Mann kannten sie nicht. Rune hob den kleinen Thorun vom Pferd und trat dann vor den jungen Mann. „Du musst Egil sein! Der Sohn des Tryggve!"
Der Angesprochene zog seine Brauen empor. „Woher weißt du das?", fragte er erstaunt.
„Er weiß es, weil ich ihm von dir erzählte, mein Sohn!"
Tryggve Egilsson trat aus dem Haus und schob sich an dem Egil vorbei, um Rune herzlich zu umarmen. „Rune, mein Freund! Hast du dich entschieden, mein Schmied zu werden?", lachte er vergnügt.
„Leider nicht, mein Freund, aber wer weiß, was die Götter für uns vorgesehen haben!"
„Ja, wer weiß, wer weiß! Dies ist mein ältester Sohn Egil", er legte dem jungen Mann seine Hand auf die Schulter. Egil war etwas größer als sein Vater und sah seinen Brüdern Thoke und Thoralf sehr ähnlich. Dann wandte sich Tryggve dem Thorbart zu. „Ah, der Krieger aus Frigghavn! Sei mir gegrüßt, Thorbart. Wie ich sehe, bist du immer noch an der Seite des Skalden! Und wer ist dieser kleine Krieger?"
Er zeigte auf Thorun.

„Dies ist mein Sohn", sprach Rune, und nun wurde sein Blick ernst. „Auch er ist der Grund, der uns zu dir führte. Doch es gibt noch viel zu berichten!"
„Dann lasst uns erst einmal die Kehlen befeuchten, dabei spricht es sich besser!"
Sie traten in das Langhaus ein, und Rune sah, dass sich hier nichts verändert hatte. Gemeinsam setzten sie sich an den Tisch, und Tryggve rief: „Asta! Bring uns Bier!"
Rune sah den Bauern verwundert an.
„Ja, da staunt ihr. Ich habe mir ein Weib zugelegt", lachte der Bauer. „Sie war eine Sklavin, die Thoralf von einer Fahrt nach Haithabu mitbrachte. Scheinbar gefiel es den Göttern, dass sie mein Herz eroberte, und nun ist sie mein Weib."
Die Gerufene trat aus dem hinteren Teil des Hauses mit einem großen Krug in den Händen. Sie grüßte die Gäste knapp und füllte die Becher, die bereits auf dem Tisch gestanden hatten. „Das ist mein Weib Asta", stellte Tryggve die Frau vor und nannte auch die Namen seiner Gäste.
Sie war keine Schönheit, aber auch nicht hässlich. Ihr Haar war dunkelblond und zu Schnecken aufgedreht an den Seiten des Kopfes befestigt. Und wie es schien, mochte es der Bauer drall. Asta hatte ein freundliches, ruhiges Wesen, und sie nahm sofort neben dem kleinen Thorun Platz, mit dem sie zu spielen begann.
„Es wird dir gefallen zu hören, das mein Sohn Thoke die Una zum Weib nahm und nun der Herr auf dem Hof Thorleifs ist. So wie du es verspracht, herrscht nun Ruhe und Frieden, mein Freund", erklärte Tryggve zufrieden.
„Wir nahmen auch die Schwestern der Una in unsere Sippe auf. Doch dem Weib des Thorleif war nicht beizukommen: Sie hat den Hof bei Nacht und Nebel verlassen und ist dorthin zurückgegangen, wo sie einst hergekommen ist."

„Das höre ich gerne", sprach Rune und leerte seinen Becher. „Und nun erzähle, was führt dich zu mir?", fragte nun Tryggve neugierig.
„Ich komme, um deine Hilfe zu erbitten, mein Freund", begann Rune und berichtete von dem Überfall auf Frigghavn und von der Verschleppung seiner Familie.
„Meinen Sohn hier fand ich in Birka und konnte ihn aus den Fängen des Sklavenhändlers befreien. Mein Weib und meine Tochter Sif aber hatte der Kerl bereits verkauft. Nun sind wir auf dem Weg nach Haithabu, denn ein Mann namens Stybjörn Arnarsson kaufte die beiden. Du hast ein Schiff, und ich hoffe, du wirst uns in das Dänenreich bringen!"
Plötzlich traten zwei Männer in das Langhaus, und der eine zeigte sich von dem Besuch sichtlich erfreut.
Es war Thoralf!
Der andere Mann war der vierte Sohn des Tryggve, dessen Name Björn war. Björn unterschied sich im Aussehen sehr von seinen Brüdern, es schien, er kam nach der Mutter oder entsprang wohl einem Seitensprung des Tryggve. Außerdem hatten die Gäste sofort erkannt, dass Björn hinkte, denn er hatte seit einem Schwertstreich des Ivar ein steifes Bein.
„Jarl Styrbjörn! Ist das der Mann?", sprach nun Thoralf zu Rune, der die Worte beim Eintreten gehört hatte.
„Du kennst den Kerl?", fragte Thorbart erstaunt.
„Nun, ich fahre ja oft nach Haithabu und wenn du Jarl Styrbjörn meinst, dann sage ich: Ja, ich kenne den Mann!" Thoralf nahm einen Schluck aus seinem Becher. „Er ist kein angenehmer Kerl! Styrbjörn herrscht nur über eine kleine Siedlung, nicht weit des Handelsplatzes."
„Er führt sich aber auf, als sei er ein König!", fügte Egil mit ernstem Blick hinzu, griff nach dem Krug und füllte sich den Becher nach, doch Rune drängte. „Was weißt du noch über den Mann?"

„Er handelt oft in Haithabu mit Sklaven, nur mit Sklaven, und hat sogar Menschenfänger auf dem Meer, die ihm frische Ware bringen. Manchmal, wenn seine Männer erfolglos heimgekehrt sind, kauft er aber auch Sklaven auf anderen Märkten, um sie mit Gewinn woanders weiterzuverkaufen!"

„Du bist wirklich gut informiert, Thoralf", bemerkte Thorbart und sah den Sohn des Bauern misstrauisch an.

„Ja, das bin ich wohl, denn ich habe Augen und Ohren!", antwortete dieser frech.

„Da wir nicht mit Sklaven handeln, hatte ich bisher wenig mit dem Styrbjörn zu schaffen, doch man hört so einiges über ihn in Haithabu, denn seine Männer sind gefürchtet."

„Wie finden wir diesen Kerl?", fragte Rune, und er konnte seine Aufregung kaum verbergen.

„Das ist nicht schwer. Du musst von Haithabu aus die Slie weiter nach Westen segeln, und die erste Siedlung auf dem linken Ufer, die du zu Gesicht bekommst, das ist die des Styrbjörn Arnarsson. Wenn du aber zu einem der Markttage in Haithabu bist, wirst du ihn sicher antreffen, denn er ist ein gieriger Mann und versucht immer, seinen Reichtum zu mehren. Aber hütet euch vor seinen Kriegern."

„Es wäre sicher gut, wenn du einige Männer mit dir nimmst, Rune", stellte Tryggve fest. „Ich kenne da einige Männer, die keinen Streit scheuen, und die sicher bereit wären, dir beizustehen."

„Ich danke dir, Tryggve, aber dies ist eine Angelegenheit, die ich und Thorbart allein regeln werden. Es wäre uns schon Hilfe genug, wenn dein Schiff uns dorthin bringen könnte."

„Wenn du allein auf dein Heil vertrauen willst, so muss es wohl so sein. Ich hoffe, Odin ist dir weiterhin gewogen, mein Freund. Doch denke ich, es wäre gut, du würdest deinen Sohn in meiner Obhut lassen. Asta ist sicher bereit,

sich des Kleinen anzunehmen, bis du mit seiner Mutter zurückkehrst!" Er sah sein Weib an, und diese sprach lächelnd: „Oh, das wäre mir eine Freude. Sei unbesorgt, Skalde, dem Thorun wird es hier gut gehen!"
Asta hatte sich längst ein Kind gewünscht, doch obwohl es Tryggve ihr an Zuneigung nicht fehlen ließ, blieb sie noch ohne Kind.
„Dies wäre uns sehr recht", sprach Thorbart für seinen Freund. „So würden wir ihn keiner Gefahr aussetzen!" Das Gesicht des Skalden sprach etwas anderes, doch seine Worte stimmten dem Vorschlag zu. „Ich danke dir, Asta!"
„Gut, dann ist das geklärt", sagte der Bauer. „Thoralf, mache das Schiff klar und hole Thoke, er wird mit euch segeln."
„Morgen in der früh setzen wir Segel!" Thoralf erhob sich und verließ das Haus, nicht aber, ohne noch schnell einen Becher zu leeren.

\*

„Sei gehorsam, mein Sohn", sprach Rune am Morgen zu seinem Kind. „Die Asta wird gut auf dich achten, und hier wird man dir kein Leid antun!" Und das Kind versprach, folgsam auf die Rückkehr seines Vaters zu warten.
Rune hatte den Knaben geweckt, um sich von dem Knaben zu verabschieden, bevor er zum Strand ging. Es war noch dunkel, als Rune und Thorbart hinaus auf den Hof traten.
„Es wird ein gutes Ende nehmen, Thorbart, ich weiß das. Odin selbst wird uns seinen Schutz gewähren", sprach Rune zu seinem Waffengefährten. „Gestern Abend brachte ich ihm ein Opfer dar, und ich bin sicher, er nahm es an!" Thorbart schüttelte seinen Kopf. „Du und Odin, was soll mir da noch geschehen?" Er begann belustigt zu lachen, und Rune sah ein wenig beleidigt drein.

Als sie am Strand ankamen, lag das Knarr mit dem Kiel auf dem Strand. Thoralf und weitere sechs Männer, darunter sein Bruder Thoke, hatten das Schiff bereits seeklar gemacht. Freudig begrüßte der jüngere Sohn des Bauern den Skalden aus Frigghavn, und seine Freude kam wahrlich von Herzen. Dann trat auch noch Tryggve an den Strand, und an diesen wandte sich Rune noch einmal.
„Höre, mein Freund! Ich habe noch eine Bitte an dich. Sollten es die Götter für richtig halten, dass es für mich an der Zeit ist nach Walhalla zu gehen, so möchte ich, dass du dich meines Sohnes annimmst. Willst du das für mich tun?"
„Wenn das dein Wunsch ist, so will ich diesen gerne erfüllen", antwortete der Bauer fast feierlich. „Aber dein Heil ist groß, Skalde! Ich denke, du wirst deinen Sohn selbst erziehen müssen!" Die beiden Männer umarmten sich, und dann kletterte Rune an Bord.

Der Wind blies günstig, und auch Ran war den Seefahrern wohlgesonnen, denn sie schien zu schlafen. So erreichten sie noch am Abend desselben Tages die Südküste der Insel Fünen, wo sie das Knarr an Land zogen und ihr Nachtlager errichteten. Thoralf hatte einen Platz gewählt, den er bei seiner Überfahrt schon öfter genutzt hatte, da er weit von der nächsten Siedlung entfernt lag, und sie so unbehelligt blieben. Oft war mit den dänischen Inseljarls nicht gut Kirschen essen!
Und auch dieses Mal sollte der junge Schiffsführer recht behalten. Es gelang ihnen sogar, einige Kaninchen zu schießen, die duftend am Spieß über dem Feuer bräunten. So legten sich die Männer gesättigt in ihre Schlafsäcke und erwachten erst wieder, als mit dem Sonnenaufgang der neue Tag begann.

„Sag, Rune", sprach Thoke, als das Schiff in die Mündung der Slie einbog. „Wie willst du dein Weib und dein Kind aus den Fängen des Jarls befreien? Willst du sie freikaufen?"
„Das wird mir nicht möglich sein, denn mein Geldbeutel ist leer", antwortete der Sachse. „Es gibt für mich nur eine Möglichkeit: Gibt er sie nicht freiwillig heraus, wird er sterben!"
Die Stimme des Mannes klang entschlossen, und Thoke hatte keinen Zweifel daran, dass Rune es tatsächlich auf das Leben des Styrbjörn abgesehen hatte.
„Ich hoffe nur, dass er sie noch nicht weiterverkauft oder sie gar getrennt hat. Doch egal, wohin sie gehen mussten, ich werde sie finden!"
„Du hast viel für mich getan, Rune, darum stehe ich in deiner Schuld und werde dir nicht von der Seite weichen", entgegnete Thoke, und Rune wusste, dass der Sohn des Tryggve diese Worte nicht nur so daher sprach.
Schon von weitem erblickten sie die große Bucht, von deren Ufern jeweils eine Palisadenwand halbkreisförmig in die Fluten gebaut war. In der Mitte der großen Bucht trafen die Palisaden aufeinander, und ein großer Durchlass ermöglichte die Einfahrt zum Hafen der Handelsstadt. Zwei Wehrtürme, auf denen Krieger standen, flankierten das große Tor und überwachten die Schiffe, die an ihnen vorbeizogen. Auch das Knarr des Tryggve Egilsson fuhr unter Segel unbehelligt in den großen Hafen von Haithabu, welches die Dänen auch Hedeby nannten.
Breite Anlegestege ragten bis weit in die Bucht hinaus und boten Platz für mehrere Schiffe. Nordische Knarren, einige Schniggen und auch die Handelsschiffe der Deutschen lagen fest vertäut im Hafen. Dazu noch Schiffe der Angelsachsen und Franken.

„Wir haben Glück, es ist Markttag", sagte Thoralf, der an der Steuerstange stand. „In Haithabu ist doch immer Markttag", lachte Thoke und wandte sich dem Rune zu. „Willst du erst auf den Markt, oder suchst du sofort die Siedlung des Styrbjörn auf?"
„Es wäre sicher gut, erst einmal einige Erkundigungen einzuholen. Und es wäre denkbar, dass ich mein Weib ja hier bei den Händlern finde, wenn dieser Styrbjörn ein so eifriger Kaufmann ist, hat er meine Familie ja vielleicht weiterverkauft!"
„Zumindest müssen wir in Erfahrung bringen, ob sie überhaupt noch in Haithabu sind", sprach Thorbart.
„Ich werde euch begleiten", bot Thoke an, doch Rune winkte ab. „Nein, ich will euch nicht in die Sache hineinziehen. Es reicht aus, wenn ihr hier im Hafen auf uns wartet. Haltet euch aber bereit, dass wir schnell verschwinden können, denn es könnte ja möglich sein, dass man uns auf den Fersen ist!"
„Wenn du das so wünschst, Skalde, werden wir hier warten", willigte Thoke zähneknirschend ein. Nur zu gerne hätte er dem Rune geholfen, denn er fühlte sich wegen seines Weibes Una in der Schuld des Sachsen. Bald schon hatten sie einen Liegeplatz für das Knarr gefunden, und so mussten sie nicht in der Bucht ankern.

Auf die Frage, wo man die Suche beginnen solle, gab es nur eine Antwort, und so suchten die beiden Männer eine Kaschemme auf. Eine am Rande des großen Platzes, auf dem die Händler ihre Geschäfte tätigten. Und wie sich bald zeigen sollte, hatten sie die richtige Schänke ausgewählt, denn hierher kamen die Seefahrer, die auf Sklavenfang gingen. Die Schänke war innen größer als es von außen den Anschein hatte, und es standen sogar Tische und Bänke darin, an die sich Rune und Thorbart setzten.

Junge Weiber schienen die Männer zu unterhalten, zeigten ihnen, wonach den Seefahrern dürstete, sie tanzten auf den Tischen, und für ein paar Münzen taten sie auch mehr, wie es Rune und Thorbart bald zu sehen bekamen. Ohne Zweifel waren sie in einem Bordell!

Ein Weib mit großen, ausladenden Titten, in eine schmutzige Schürze gekleidet, trat an den Tisch. Sie war nicht mehr die Jüngste, doch ihr Gesicht aber war nicht hässlich. Es war fein geschnitten, mit vollen Lippen. Sie schwitzte und roch ein wenig, sodass Thorbart seine Nase rümpfte. Was ihn aber nicht störte, war der Anblick der kaum bedeckten Brüste.

„Was kann ich euch bringen, meine Freunde?", fragte das Weib gespielt freundlich.

„Bring uns kühles Bier!"

Plötzlich rief ein Kerl dem Weib entgegen: „Hey, Eira, komm und lutsch mir den Schwanz … ich gebe dir einen Silberling dafür!"

„Gib nicht so an, Ubbe, du besitzt weder das eine noch das andere!", rief das Weib schlagfertig zurück, und die Männer, die mit Ubbe an dem Tisch saßen, lachten schadenfroh auf, während der Geneckte ein übles Gesicht machte.

Da stockte dem Skalden der Atem, und er glaubte seinen Augen nicht zu trauen. Er musterte die Kerle, einen nach dem anderen, und besonders die beiden, die ihnen am nächsten saßen, weckten sein Interesse.

„Warum stierst du die Kerle so an?", fragte Thorbart, und Rune beugte sich ihm entgegen. „Siehst du den Sax am Gürtel des Schnauzbarts? Ich kenne dieses Schwert!"

„Ein ungewöhnliches Schwert! Keine nordische Klinge! Ein Tierkopf als Knauf, aber trotzdem nur ein Sax", stellte Thorbart fest.

„Es ist ein Bärenkopf, geschnitzt von einem Mann, den ich gut kannte! Dieser Sax gehörte einmal meinem Vater Barthold, und danach war er der meine!"
Rune strich sich über seinen Bart. „Ich entsinne mich auch an den Mann, der ihn nun an seinem Gürtel trägt. Sein Name ist Ubbe! Er war einer der Wikinger, die mich damals zum Sklaven machten, als ich mit dem Friesen nach Tunsberg segelte. Oh Odin, du lässt Wunder geschehen!"
Sein Gesichtsausdruck ließ nun nichts Gutes mehr erwarten. „Auch den Kerl an seiner Seite werde ich in meinem Leben sicher nicht vergessen. Sein Name ist Gunnar!"
Thorbart sah den Skalden beunruhigt an. „Ich vermute, du willst die Waffe deines Vaters wiederhaben."
„Ja, bei allen Göttern in Asgard, das will ich!"
„Er wird dir den Sax aber sicher nicht freiwillig geben", mutmaßte Thorbart. „Ich nehme ihn auch aus seinen steifen, kalten Fingern", sprach Rune grimmig. „Sogar viel lieber!"
„Das wird sicher nicht leicht! Und es wundert mich, dass dich die Kerle nicht erkannten." Thorbart sah die beiden Wikinger abschätzend an.
„Das muss dich nicht wundern! Es ist lang her, und ich habe mich doch verändert. Oder sehe ich noch aus wie ein Sklave?", beschwerte sich Rune. „Außerdem, glaubst du, sie würden erwarten, einen ihrer Geraubten hier als freien Mann wiederzusehen?"
Thorbart schüttelte sein Haupt und griff nach seinem Becher. Da plötzlich mischte sich das Weib ein. „Fremder, du bist ein schöner Kerl, und es wäre schade um dich. Glaube mir, du willst mit diesen Männern keinen Streit, lass ihm das Schwert, so behältst du dein Leben."
Die beiden Reisenden sahen das Weib an, denn erst jetzt wurde ihnen bewusst, dass sie jedes Wort, welches sie sprachen, mitgehört hatte.

„Was geht das dich an?", raunzte Rune sie an, doch Thorbart grinste dem Weib entgegen, stierte auf ihre Titten und sprach: „Lass nur, sie hat recht! Wie willst du diesen Ubbe davon überzeugen, das er dir den Sax überlässt, ohne dass du gleich die ganze Meute auf dem Hals hast?"
Da mischte sich das Weib erneut ein. „Ich wüsste schon, wie du Ubbe rankriegst."
„Na, dann rede doch!", verlangte Thorbart.
„Du kannst ihn hier nicht angreifen, denn der Jarl mag es nicht, wenn man den Handelsfrieden bricht. Da baumelst du schnell an einem Strick", sprach das Weib, und einige Gäste begannen nach ihr zu rufen, doch sie winkte nur verärgert ab. „Aber diese Männer da gehören zum Hof des Styrbjörn, und dahin gehen sie sicher noch an diesem Abend zurück!"
„Styrbjörn?", erstaunt sah Rune das Weib an. „Du meinst Jarl Styrbjörn Arnarsson?"
„Jarl? Dass ich nicht lache! Beim Arsche des Thor, der Kerl ist sowenig Jarl wie ich eine Prinzessin bin! Ein übler Sklavenhändler ist er, mehr nicht!"
„Da hörten wir anderes", wunderte sich Thorbart.
„Nun ja, er ist wohl so etwas wie ein Jarl, aber er hat einst all seine Habe verloren und ist als Seekönig auf Wiking gefahren. So wurde er zum Sklavenfänger, erzählt man!"
Da rief wieder einer der Kerle: „Eira, was ist? Muss ich mir mein Bier selbst holen? Was hast du mit den Kerlen zu bereden? Komm lieber zu mir, meine Zeit ist kostbar!"
„Ja ja, ich komme, du versoffenes Stück!" Sie nahm den Krug vom Tisch, schüttete den beiden Männern noch einmal nach und ging, um den Krug erneut in einem großen Fass zu füllen. Dann trat sie an den Tisch des Ubbe und musste sich auch gleich der schwitzigen Hände erwehren, die nach ihr grabschten.

„Es sind sechs", sprach Thorbart und sah über seine Schulter zum Tisch der Sklavenfänger. „Denkst du nicht, wir sollten besser nach deinem Weib und der Sif suchen?"
„Vielleicht können wir ja zwei Fliegen mit einer Klappe schlagen. Das sind doch Männer des Styrbjörn!"
Da Rune bereits sein Schwert Blutlechzer verloren hatte, wollte er den Sax seines Vaters unbedingt zurückerlangen. Und wenn es sein musste, würde er dafür auch versuchen, all die Männer da zu töten. „Es wäre doch möglich, dass sie etwas über den Verbleib von Sigrun und Sif wissen."
„Nun, da hast du wohl recht", stimmte Thorbart zu.
„Trotzdem sind es zu viele für einen offenen Kampf."
Da trat das dralle Weib wieder an den Tisch, und nun musste sogar Rune grinsen, der bisher eher ein böses Gesicht gezeigt hatte, denn die Augen des Thorbart leuchteten beim Anblick des großen Busens erfreut auf. Sie beugte sich leicht zu den Männern herunter, sodass Thorbart einen noch besseren Blick auf das hatte, was ihm so gut gefiel.
„Hört zu! Ubbe muss heute noch auf den Hof des Styrbjörn, und die anderen beginnen zu meutern. Sie sind erst gestern an Land gegangen und wollen sich nun mit meinen Mädchen vergnügen."
„Sag, warum hilfst du uns?", fragte nun Thorbart, und Eira begann zu lächeln. „Weil du mir gut gefällst, mein Süßer. Dein Freund gefällt mir zwar auch, aber du bist sicher besser!" Sie begann zu lachen, doch dann beugte sie sich den Männern entgegen. „Ubbe ist ein Schwein! Er hat die Manieren eines Schweins, und er riecht auch so! Oft nehmen er und seine Kerle meine Mädchen, ohne sie zu entlohnen. Und es gibt für mich keine Möglichkeit, bei ihnen das Geld einzutreiben. Außerdem vergrault mir der Kerl die zahlende Kundschaft, denn wenn er besoffen ist, sucht er gerne Streit!"

„So, so", grunzte Rune und fuhr sich nachdenklich mit der Hand durch den Bart.
„Ich glaube, ich kenne deine Gedanken, mein Freund", grinste Thorbart. „Höre, Täubchen, vielleicht könntest du dafür sorgen, dass der Becherboden des Ubbe nicht trocken wird!"
Da grinste auch Eira, denn sie verstand. „Ihr seid schlaue Burschen!" Sie legte dem Thorbart ihre Hand auf die Schulter. „Ich glaube, du dürftest bei mir auch mal umsonst!"
Sie wandte sich ab und ging zurück an den Tisch der Sklavenfänger und füllte dort die Becher.
Rune und Thorbart konnten mit ansehen, wie dieser Ubbe und auch Gunnar immer betrunkener wurden, und das dralle Weib sah jedes Mal, wenn sie die Becher füllte, herüber, und zwinkerte belustigt mit dem Auge.
Einige Zeit verging, und Ubbe trank fröhlich mit seinen Männern weiter, als Eira wieder an den Tisch der beiden Reisenden trat. „Ich glaube, es ist an der Zeit, dass ihr euch eines von meinen Mädchen nehmt. Die Kerle werden auf euch aufmerksam", warnte sie. „Ihr trinkt nicht viel, und eure Schwänze juckt es wohl auch nicht. Man redet über euch!"
Das Weib hatte recht, sie befanden sich in einer Kaschemme, einem Bordell, und taten nichts. Das musste auffallen und die Neugier anderer wecken!
„Ich schicke dir ein Mädchen an den Tisch", sagte sie zu Rune, „tue wenigstens so, als hättest du mit ihr Spaß. Und du, mein dunkelhaariger Hengst, kommst mit mir!"
Thorbart erhob sich und folgte dem Weib grinsend. Sie gab einem der Mädchen ihre Befehle und zog den einstigen Hauptmann von Frigghavn in einen Raum, der sich hinter einem Fellvorhang im hinteren Teil des Hauses befand.

Der Raum war nicht groß, auf den gegenüberliegenden Seiten standen Podeste, auf denen Felle lagen und auf dem einen lag eine der jungen Huren bäuchlings und wurde von einem Kerl von hinten bedient. Das Eira und der Fremde eintraten, schien sie nicht dabei zu stören.
Eira öffnete ihre Schürze, setzte sich auf das Podest, sodass ihr Kunde in sie eindringen konnte.

„Mein Schöner, Eira sagt, du brauchst Gesellschaft, darum werde ich mich nun um dich kümmern!" Das Weib war sicher nicht älter als achtzehn Winter, sie hatte rotes Haar und schien von der Insel der Angelsachsen zu stammen, vielleicht aus dem Norden, dort, wo die Pikten lebten. Ihr Gesicht war mit Sommersprossen übersät, was sie aber nicht hässlich erscheinen ließ. Ungefragt setzte sie sich dem Rune auf den Schoß, nahm seinen Becher und trank. Dann begann sie mit ihren Fingern in seinem Bart zu spielen.
„Wie ist dein Name, mein Schöner?", gluckste sie.
„Rune! Ich bin Rune!", antwortete der Skalde leise.
„Willst du mich ficken, oder soll ich dir den Schwanz lutschen?"
„Ich gehe hier nicht weg", stellte Rune klar, da rutschte das Weib von seinen Knien unter den Tisch und begann an seinen Beinkleidern zu zerren. Es war nicht so, dass Rune solchen Zuwendungen abgeneigt war, doch seine Gedanken und auch seine Augen waren bei dem Mann, den er zu töten gedachte.
Gerade wollte das junge Weib, dessen Namen der Skalde noch nicht einmal kannte und auch nicht wissen wollte, damit beginnen, sich seines Knüppels anzunehmen, da sah Rune, wie sich Ubbe erhob. Dieser beschwerte sich lautstark bei seinen Gefährten, die sich strikt weigerten, ihn zu begleiten, und verließ dann leicht wankend den großen Raum.

Sofort schob Rune den Kopf des Weibes zurück und richtete sein Beinkleid. „Was … was ist? Bin ich dir nicht gut genug!"
Doch Rune beachtete sie nicht weiter und folgte dem Sklavenfänger hinaus ins Freie. Auf Thorbart konnte er nicht warten.

Schweißperlen standen Thorbart auf der Stirn, als er hinter dem Fellvorhang hervortrat und erstaunt sah, dass sein Gefährte nicht mehr an dem Tisch saß. Er bemerkte nun auch, dass Ubbe nicht mehr bei seinen Männern saß und konnte sich denken, wo Rune abgeblieben war.
Eira trat neben den dunkelhaarigen Nordmann und rief die kleine Hure herbei. „Wo ist er hin?", fragte er sie, und das junge Weib zog unwissend die Schultern hoch.
„Komm, setz dich und trink etwas! Du hast es verdient, mein Hengst! Dein Freund wird sicher hierher zurückkommen." Eira zog Thorbart zurück an den Tisch.
„Sicher wird er mit dem Ubbe allein fertig, und du behältst besser diesen Gunnar im Auge!"
Obwohl Thorbart dies wenig gefiel, so musste er sich eingestehen, dass nach dem Rune zu suchen wenig Sinn machte. So tat er, was das dralle Weib vorgeschlagen hatte.

Es war bereits spät am Nachmittag, und doch war es noch sehr warm. Kaum ein Lüftchen ging, und die Wärme hing wie eine Glocke über der Handelsstadt Haithabu, um den Menschen das Atmen schwer zu machen. Nicht einmal von der Bucht wehte ein bisschen Wind herein.
Rune war dem Schnauzbart in ausreichendem Abstand gefolgt, denn er wollte nicht von diesem entdeckt werden. Noch nicht!
Der Weg führte den betrunkenen Wikinger zum westlichen Stadttor, und bald standen die Häuser nicht mehr so dicht.

Der breite Weg, der mit Holzplanken ausgelegt war, wurde zu einem staubigen Sandpfad, der auf ein Tor in der Palisadenwand zulief. Plötzlich bog Ubbe vom Weg ab und ging auf eine kleine Koppel zu. Verärgert musste Rune mit ansehen, wie der Sklavenfänger sich ein Pferd holte, mühsam aufstieg und langsam auf den Weg zurück ritt.
Der Skalde wollte schon kehrt machen, da sah er, wie Ubbe sich vorbeugte und vom Pferd herunterkotzte.
Dies belustigte einige Männer, die an der Koppel standen, Ubbe beschwerte sich lautstark und ließ sich dann langsam aus dem Sattel gleiten. Das Pferd an den Zügeln haltend, schritt er durch das Tor hinaus, und Rune dankte Odin für sein großes Heil!
Er folgte dem Ubbe eine Weile, bis sie einen kleinen Buchenhain erreichten, durch den der Weg führte. Hier waren sie weit genug von der Stadt entfernt, und nun ging der Skalde schneller, um den Sklavenfänger einzuholen. Bald schon bemerkte dieser seinen Verfolger und blieb stehen.
„He, du Strauchdieb, bist du mir auf den Fersen?", rief der Betrunkene belustigt, doch der Spaß sollte ihm bald vergehen. Rune beschleunigte seine Schritte und stand bald darauf vor dem Wikinger mit dem dichten Schnauzbart. Der Kerl sah noch genauso aus, wie Rune ihn in Erinnerung hatte.
„So ist es wohl!", antwortete er. „Erkennst du mich?"
„Sollte ich das?", fragte Ubbe erstaunt. „Deine Fresse ist mir unbekannt!"
„Vielleicht hast du schon zu viele Menschen geraubt, dass du dich an ihre Gesichter nicht erinnern kannst. Mein Name ist Rune, und da, wo ich herkomme, nennt man mich den bösen Skalden. Doch als du mich raubtest, war mein Name Bran, und ich fast noch ein Knabe!"

„Und warum sollte das meinen Arsch kratzen? Was willst du von mir?" Ubbe wurde nun böse, doch Rune fuhr ruhig fort. „Den Sax, den du da trägst, den will ich! Er gehört mir!"

„Da irrst du dich, Bursche! Er ist mein und wird es bleiben. Und wenn du nicht wieder in Ketten leben willst, verschwinde ganz schnell!", drohte der Sklavenfänger lallend. „Mein Herr kann immer gute Sklaven gebrauchen! Also sei gewarnt!"

„Ja, das weiß ich wohl, und darum werde ich ihm auch einen Besuch abstatten. Doch zuerst will ich den Sax!" Langsam glitt Runes Hand herab an den Gürtel. „Den bekommst du nur aus meiner kalten Ha …!"

Weiter kam der Schnauzbart nicht, denn wie von Geisterhand geführt flog die kurzstielige Axt aus dem Gürtel in die Hand des Skalden, und ohne zu zögern schlug das scharfe Blatt dem Ubbe mitten in sein Haupt. Weitaufgerissene Augen starrten den Skalden an, der Mund öffnete sich, doch er blieb stumm. Das Blut floss in dünnen Bächen aus seinem Schädel und rann ihm über sein Gesicht. Mit einem kräftigen Ruck zog Rune die Axt aus dem Kopf, und Ubbe fiel zu Boden. Schweigend zog der Skalde sein Messer aus der Scheide, durchschnitt den Gürtel des Toten, nahm den Sax an sich und befestigte ihn an seinem eigenen Gürtel. Dann nahm er auch das Pferd, stieg auf und folgte dem Weg, von dem er hoffte, er würde ihn zum Hof des Styrbjörn Arnarsson führen.

\*

# 17

## *Wieder vereint*

*T*horbart saß immer noch an dem Tisch in dem Bordell, nippte an dem Becher Bier, sprach ab und an mit Eira, die sich zu ihm gesellte, und beobachtete das Treiben der Männer um den Rotbart Gunnar. Diese feierten ausgelassen, besoffen sich, nahmen sich die Huren, wenn ihnen danach war, und schienen keinen Gedanken daran zu verschwenden, dem Ubbe zu folgen.
„Sieh dir die Dreckskerle an! Sie saufen und ficken meine Mädchen, aber wenn es ans Bezahlen geht, verschwinden sie", klagte das dralle Weib dem Thorbart ihr Leid. „Aber so ist das, wenn kein Kerl für Ordnung sorgt!"
„Da kann ich dir vielleicht behilflich sein", grinste Thorbart, und es kam tatsächlich so, wie es Eira befürchtet hatte. Irgendwann am Abend erhoben sich die Kerle und wollten grölend die Kaschemme verlassen. Da trat Eira ihnen in den Weg. „Gunnar, ihr seid mir noch etwas schuldig!"
„Eira, mein Täubchen, es tut mir leid, aber ich kriege jetzt keinen mehr hoch!" Die Kerle begannen zu lachen.
„Ich rede nicht von deinem kümmerlichen Schwanz. Ich will mein Geld!", forderte sie böse, doch der Wikinger schien wenig beeindruckt zu sein.
„Wir sind dir doch so liebe Gäste, da kannst du von uns kein Geld verlangen!"
Gunnar hatte den Satz kaum ausgesprochen, da packte ihn eine kräftige Faust, riss ihm den Kopf zur Seite und drückte diesen fest auf die Tischplatte. Gleichzeitig spürte er die

Klinge eines Messers in seinem Nacken. „Rede nicht so dumm daher! Bezahle!"
Sofort begannen die Männer sich lautstark zu beschweren, wagten aber beim Anblick des Messers im Nacken ihres Gefährten keinen Angriff.
„Bezahle, oder ich schneide dir deinen hässlichen Kopf ab", drohte Thorbart.
„Ja ja, es ist gut, ich bezahle", jammerte Gunnar lallend. Da lockerte Thorbart seinen Griff, dies tat er aber nicht, ohne dem Rotbärtigen seine Klinge an die Kehle zu halten. Nervös begann dieser an seinem Gürtel nach der Geldkatze zu suchen, ohne dabei aber die Klinge aus den Augen zu verlieren. Er fischte einige Münzen hervor und reichte diese der Eira, die das Geld dankend annahm.
„Und jetzt trollt euch!", rief sie grinsend.
„Wir sehen uns wieder!", versprach Gunnar noch, als er ins Freie trat, und Thorbart erwiderte lachend: „Das glaube ich auch!"
Eira umarmte Thorbart und sprach: „So einen wie dich könnte ich hier gut gebrauchen. Wie wäre es Thorbart? Ich biete dir guten Lohn und mich dazu!"
„Ich weiß nicht! Dein Angebot ist zwar verlockend, aber ich muss mir darüber erst meine Gedanken machen. Außerdem habe ich noch etwas zu erledigen!" Er legte ihr seine Hand auf die Wange und folgte dann den Männern des Styrbjörn.

Einen Wehrturm erkannte er schon von weitem, und dann sah Rune auch die Dächer der Siedlung. Ein großes Langhaus oder sogar eine Methalle nannte Styrbjörn wohl sein eigen. Einige Häuser und Hütten, die bis hinunter an das Ufer des Flusses gebaut waren. Wie sollte er nun vorgehen? Rune wusste es nicht! Er hatte keinen Plan und ritt doch Schritt für Schritt weiter, als würde er von einem

unsichtbaren Band gezogen. Welche Macht auch immer ihn dazu trieb, allein dorthin zu gehen, sie war ein starke!
„Wer bist du? Was willst du hier?", schallte dem Reiter vom Wehrturm eine Stimme entgegen. „Ich bin ein reisender Skalde und suche eine Mahlzeit für einen Vers!"
„Für einen Vers? Dass ich nicht lache", machte sich der Wächter lustig. „Aber versuche nur dein Glück beim Jarl. Der wird seine wahre Freude an dir haben!"
Der Mann lachte lauthals heraus, ließ den Reiter aber passieren. Langsam ritt Rune durch die Siedlung, begleitet von neugierigen Blicken. Vor dem großen Langhaus machte er Halt, stieg aus dem Sattel, band das Pferd an und wurde auch sofort von einem Krieger in Empfang genommen.
„Wer bist du?", fragte dieser schroff, und Rune nannte seinen Namen und bat um eine Mahlzeit.
„Ein Skalde bist du", grinste auch dieser Mann frech.
„Styrbjörn ist kein Mann der Dichtkunst, aber versuche ruhig dein Glück. Er ist in der Halle!"
So konnte Rune unbehelligt in die Jarlshalle eintreten, ohne dass ihn jemand begleitete.
Langsam ging er auf den leeren Hochstuhl zu, als eine tiefe Stimme ihn aufforderte, stehen zu bleiben. „Wer bist du, und was wagst du dich, hier einfach einzutreten?"
Der Mann, der aus einer Ecke heraustrat, war um einen ganzen Kopf größer als Rune und sicher um zehn Winter älter. Sein Bart war so wie sein Haar von heller Farbe, und sein Gesicht zierte eine dicke Narbe.
Wieder sagte Rune seinen Spruch auf, und plötzlich stockte Rune der Atem, denn was er sah, zeriss ihm fast das Herz. An einem der Stützpfeiler für das Dach lag, angekettet wie ein Tier, sein Weib Sigrun. Sie war halb entkleidet und verkrustetes Blut zeigte dem Skalden, dass man sie geschlagen hatte. Wie festgenagelt hing sein Blick an dem Weib.

„Eine störrische Sklavin! Sie hat es gewagt, sich mir zu widersetzen", sprach der Mann, der sich selbst den Titel eines Jarls verliehen hatte.
„Aber bis jetzt weigert sich das Weib. Sie hat es sogar gewagt, mich anzugreifen, dieses Biest! Eigentlich wollte ich sie für mich behalten, aber ich glaube, ich gebe sie fort!" Rune wandte sich von dem Styrbjörn ab und trat vor die auf dem Boden kauernde Sigrun. „Höre, Weib! Bei mir könntest du es gut haben, wenn du dich nicht bockig zeigst!"
Er ergriff ihr Kinn und zog den Kopf empor, sodass Sigrun ihn ansah. „Vielleicht kaufe ich dich", sprach er schnell, in der Hoffnung, sie würde sich nicht durch einen überraschten Freudenschrei verraten.
Leise sprach sie: „Ich will zu meiner Tochter!"
Nun wandte sich Rune wieder dem Jarl zu. „Sie sagt, du hast auch ihre Tochter! Wie viel willst du für beide Sklavinnen haben?"
Da begann Styrbjörn lauthals zu lachen. „Du kommst, um eine Mahlzeit zu erbetteln, und nun willst du plötzlich Sklaven kaufen?"
„Nun, es ist doch für einen Skalden nicht ungewöhnlich, das er um Gastrecht bittet. Ich war an den Höfen großer Jarls zu Gast. Niemand hat gesagt, dass ich ein armer Mann bin", beschwerte sich der Skalde. „Also, sag schon, wie viel willst du für die Weiber?"
„Ach, ich weiß nicht! Vielleicht sollte ich sie doch für mich behalten, sie ist ja nicht hässlich." Styrbjörn überlegte, oder zumindest tat er so, denn Rune wusste ganz genau, dass der Händler nur den Preis in die Höhe treiben wollte.
„Aber gut, für zwei Silberlinge sollst du sie haben. Das Balg gebe ich dir als Dreingabe dazu."
Zwei Silberlinge waren eine große Summe, davon konnte ein Mann einen ganzen Winter überleben. „Nun gut", willigte der Skalde ein. „Ich bin einverstanden, doch ich

muss das Geld erst von meinem Schiff holen. Wo ist das Kind?"
„Sie arbeitet in der Küche, aber mach dir darum keine Gedanken. Besorge du lieber das Geld!"
Woher sollte er nun die zwei Silberlinge nehmen?, dachte Rune, denn seine Geldkatze war leer. Doch er würde eine Lösung finden.
Plötzlich trat der Krieger in den großen Raum, der Rune bereits vor dem Langhaus empfangen hatte. Er sah den Skalden böse an, trat neben den Styrbjörn und sprach:
„Mit dem Kerl stimmt was nicht! Er reitet Ubbes Pferd!"
Dann zeigte er mit dem Finger auf Rune. „Und seinen Sax trägt er auch!"

Thorbart hatte es nicht anders gemacht als zuvor Rune. Er war den fünf betrunkenen Sklavenfängern in einem angemessenen Abstand gefolgt. Diese waren aber so mit sich beschäftigt, dass sie ihn nicht bemerkt hätten, selbst wenn er neben ihnen gelaufen wäre. Doch dies sollte sich bald ändern, denn sie erreichten den kleinen Buchenhain und entdeckten dort den Leichnam ihres Schiffsführers. Dieser lag, nur halb von Buschwerk bedeckt, nicht weit des Weges. Rune hatte sich die Arbeit erspart, den Toten zu verstecken.
Keiner scherzte mehr, und die Aufregung war groß. Sie fluchten, schimpften, drohten und sahen sich um, in der Hoffnung, den Mörder noch zu finden.
Thorbart hatte sich in die Büsche geschlagen, und im Schutz der grünen Sträucher beobachtete er grinsend den Veitstanz von Gunnar und seinen Gefährten. Nach einer Weile des Entsetzens ergriffen sie den Toten und setzten den Weg fort, und Thorbart konnte sich ein Lachen nicht verkneifen, denn er wusste, wer Ubbe auf dem Gewissen hatte.

Plötzlich hielten die fünf Männer wieder inne. „Wo sind eigentlich unsere Pferde?", fragte plötzlich Gunnar, und erst jetzt fiel ihnen auf, dass sie in ihrem Suff vergessen hatten, die Tiere aus der Koppel zu holen.

*

Hatte Odin plötzlich sein Heil von Rune genommen, oder wollte der Allvater, dass Blut fließt? So schnell, wie Thor seine Blitze schleuderte, zog der Skalde Axt und Sax aus dem Gürtel, sprang katzengleich dem Krieger entgegen, und ehe dieser sich dessen bewusst wurde, sah er auf die Klinge des Saxschwertes, die aus seiner Brust ragte. Nur einen Wimpernschlag später traf den mit überraschtem Blick dreinschauenden Styrbjörn die Axt am Kopf, und er sank auf dem Hochstuhl in sich zusammen. Ein schmales Rinnsal seines Blutes lief ihm über das Gesicht, und Rune glaubte auch ihn tot. Eilig befreite er sein Weib und reichte ihr den Sax, den er zuvor aus dem Leib des toten Kriegers gezogen hatte. „Komm, wir holen Sif! Wo ist Asrun?"
„Er hat sie verkauft, an einen Rus!", sprach Sigrun und fügte böse hinzu. „Sie ist fort, die Schlange!"
Gemeinsam stürmten sie in einen der hinteren Räume, in dem an einem offenen Feuer eine Magd saß und in einem Topf rührte, während die kleine Sif damit beschäftigt war, Gemüse zu schneiden. Als Rune und sein Weib in die Küche gestürmt kamen, schrie das Weib kurz auf, doch ein kräftiger Schlag Runes ließ sie sofort verstummen.
Sigrun umarmte ihre Tochter, doch Rune drängte: „Wir müssen fort von hier, bevor jemand den Tod des Sklavenhändlers bemerkt!"
Vorbei an den beiden Erschlagenen liefen sie eilig hinaus ins Freie. „Langsam, wir dürfen nicht auffallen", mahnte der Skalde. Sein Weib stieg auf das Pferd und nahm auch ihre

Tochter mit in den Sattel. Rune nahm den Zügel und ging ruhigen Schrittes den Weg, den er gekommen war.
Auch im Dorf kamen ihnen Menschen entgegen, die ihnen aber wenig Beachtung schenkten, allerdings näherten sie sich dem Wehrturm, und hier erwartete Rune ein Problem.
„Oh Odin, schenke mir dein Heil", bat er leise. „Oh Thor, verleihe mir Kraft!"
An dem Turm standen nun zwei Krieger, bewaffnet mit Speer und Schild, und einer war immer noch hoch oben auf dem Turm.
„Halt!", befahl der eine. „Wo wollt ihr hin?" Gerade begann Rune zu sprechen, da erschallte von oben die Stimme des Mannes, der ihn schon bei seiner Ankunft angesprochen hatte. „Na, hat dich Styrbjörn fortgejagt?", lachte er.
„Das nicht gerade", antwortet Rune grinsend. „Eine Mahlzeit gab er mir nicht, aber er verkaufte mir zwei Sklaven!"
„Und die lässt du reiten, während du zu Fuß gehst? Du bist ein komischer Kauz, Skalde!" Belustigt lachte der Wächter auf. „Lasst ihn passieren!", rief er den anderen Kriegern zu, und unter dem Hohngelächter der Männer des Styrbjörn Arnarsson zog Rune, das Pferd an den Zügeln führend, aus der Siedlung.
Schritt für Schritt entfernten sie sich mehr und mehr von dem Dorf, und Rune erwartete jeden Moment den Alarmruf, denn irgendwann mussten sie die Toten im Langhaus ja entdecken. Doch es blieb ruhig!
Sie waren schon eine ganze Weile gegangen, da erkannte Rune weit vor sich auf dem Weg eine Schar von Männern, und erst als sie näher kamen, erkannte er, wer sich da näherte.
Der Rotbart Gunnar führte die Männer an, die einen Toten mit sich schleppten. „Wir werden kämpfen müssen", zischte

Rune seinem Weib zu. „Ich tötete den Mann, den sie tragen!"
Langsam näherten sie sich an, und Rune konnte ihre Stimmen bereits verstehen. „Ist das nicht der Kerl aus dem Bordell?", fragte einer, der Rune wohl erkannt hatte. „Sieh mal, Gunnar, das Pferd, ist das nicht der Klepper von Ubbe?"
Nun war es ausgesprochen, und der Skalde wusste, was nun geschehen würde. Doch jetzt war es Sigrun, die das Heft in die Hand nahm. Sie schob die kleine Sif aus dem Sattel, schlug dem Pferd ihre Hacken in die Flanke und ließ den Sax kreisen. Wild ritt sie in die Schar der Männer, die erschrocken auseinanderstoben. Und Rune folgte seinem Weib, zog Messer und Axt aus dem Gürtel und stürzte sich auf den Gunnar, während das Kind zurück blieb.
Die Saxklinge hatte einem der Kerle bereits den Hals durchtrennt, doch da griffen einige Hände nach dem Weib und dem Pferd, zogen das Tier zu Boden, und Sigrun fiel aus dem Sattel. Sigrun aber hatte nichts von ihrer Gewandtheit verloren, und schnell stand die einstige Schildmaid wieder auf ihren Beinen, um den Kampf weiterzuführen.
Das viele Bier hatte den Kriegern um Gunnar sehr zugesetzt, dazu kam die Wärme des Sommers, die ihnen die Luft raubte. So waren die noch verbliebenen vier Krieger nicht im vollen Besitz ihrer Kräfte, und plötzlich erschallte ein lauter Kriegsruf, der die Aufmerksamkeit der Kämpfenden auf sich zog. Thorbart kam mit erhobenem Schwert angelaufen, um seinen Freunden beizustehen, und die Überraschung kostete dem nächststehenden der Krieger um Gunnar das Leben. Noch bevor er sein Schwert erheben konnte, schlug ihm die Klinge des Kriegers aus Frigghavn in die Schulter und trennte ihm fast den Arm vom Rumpf. Ein zweiter Hieb brachte ihm den sofortigen Tod.

„Thorbart!", rief Rune erfreut aus und wurde für die Unachtsamkeit im Kampf sogleich bestraft. Das Schwert des Gunnar traf ihn in die Seite, er taumelte und fiel zu Boden, direkt neben den leblosen Körper des Ubbe, den die Männer von sich geworfen hatten. Axt und Messer waren ihm aus den Händen geglitten, und Gunnar erhob sein Schwert zum tödlichen Schlag. Mit all seiner Kraft riss Rune den Körper des Ubbe auf den seinen, und die Klinge des Rotbarts grub sich tief in das tote Fleisch seines Anführers. So traf den Skalden lediglich die Spitze des Schwertes in die Schulter und verursachte ihm weitere Schmerzen. Einen weiteren Schlag des Gunnar fing die Klinge Thorbarts noch in der Luft ab und ließ den Wikinger aufjaulen.

„Jetzt schicke ich dich nach Walhalla, Rotbart", drohte der Krieger aus Frigghavn und ließ sein Schwert ein ums andere Mal auf den Sklavenfänger niedersausen, und dieser hatte es schwer, sich zu schützen. Und plötzlich wandte er sich ab und lief los.

„Der elende Feigling flüchtet!", rief Thorbart belustigt und wollte sich den beiden anderen Kriegern zuwenden, doch diese machten gerade die Erfahrung, dass mit der Schildmaid kein einfacher Gegner vor ihnen stand.

Der Sax wirbelte durch die Luft, und obwohl die Klinge kürzer war als die der Schwerter der Wikinger, gelang den beiden vom Bier gezeichneten Männern kein einziger Hieb. Sie mussten sich ihrer Haut erwehren, und als sie sahen, dass Gunnar fortlief, ergriffen auch sie die Flucht. „Bleibt hier, ihr jämmerlichen Feiglinge!", rief Sigrun ihnen wütend nach, und erst jetzt sah sie, dass sich Thorbart und Sif über den verletzten Rune beugten.

Thorbart hatte den Freund vom Körper des toten Schiffsführers befreit, der dem Skalden wohl sein Leben gerettet hatte, und besah sich nun die Wunden. Erschrocken kam Sigrun heran, und warf sich auf die Knie.

„Es ist alles gut, Weib", versuchte Rune sie zu beruhigen, und Thorbart half ihm dabei den Kirtel abzustreifen. Zwei klaffende Wunden kamen zum Vorschein. „Wir müssen dich verbinden, bevor du zu viel Blut verlierst", sprach der Mann mit dem dunklen Bart.
„Wir müssen fort von hier. Dieser Hundsfott wird die Schmach nicht auf sich sitzen lassen und Verstärkung holen", sagte Rune und verzog sein Gesicht, weil Sigrun mit dem Stoff ihrer zerschlissenen Schürze die Wunden reinigte.
„Wenn sie sehen, was ich in dem Langhaus angerichtet habe, werden sie alles daran setzen, um uns in die Finger zu bekommen!"
Thorbart konnte sich gut vorstellen, was Rune mit seinen Worten meinte und half diesem, sich aufzurichten. Der Schnitz in der Schulter war weniger gefährlich, doch die Wunde in der Seite sah nicht gut aus und bedurfte dringender Versorgung. Sigrun entledigte sich ihrer Schürze und riss diese in Streifen. Damit verband sie die Wunden ihres Gemahls, doch sie wusste, dass Rune eines Kräuterweibes bedurfte.

Als sie die Stadt erreichten, wurde es bereits dunkel, und ein Wächter stand am Tor. „Was ist mit dem Kerl?", fragte er und zeigte auf Rune, den Thorbart auf seinem Rücken trug.
„Es gab einen kleinen Streit, und nun suchen wir ein Kräuterweib", antwortete Sigrun.
„Streithähne haben wir nicht so gerne in unserer Stadt!"
Der Wächter sah zuerst die Sigrun, dann den Thorbart streng an. „Aber der da wird wohl keinen Ärger mehr machen! Ihr könnt passieren!"
„Wie habt ihr uns gefunden?", fragte Sigrun plötzlich. „Ich habe geglaubt, die Nornen hätten mein Schicksal besiegelt!"
„Glaubtest du tatsächlich, der von Odin Geliebte würde nicht nach seinem Weib suchen?", empörte sich Thorbart

grinsend. Verschämt sah Sigrun ihn an. „Doch wie geht es nun weiter?"

„Odin ist uns gewogen! Im Hafen wartet ein Schiff auf uns. Doch jetzt gehen wir erst einmal zu Eira", entschied Thorbart. „Sie wird uns helfen."

„Wer ist Eira?", fragte Sigrun erstaunt. Thorbart begann zu grinsen. „Sie betreibt eine Kaschemme. Naja, es ist wohl eher ein Bordell. Aber sie ist ein gutes Weib!"

Nun grinste auch Sigrun, denn sie kannte ja die Vorlieben des einstigen Hauptmannes von Frigghavn.

„Wenn wir von ihr Hilfe erwarten können, ist es mir recht!" Sie strich ihrer Tochter über den Kopf und folgte dem Thorbart, der ihr nun unter der Last des Freundes mit stockendem Atem erzählte, wie sie hierhergekommen waren.

Die Kaschemme war gut gefüllt, als sie in den großen Raum traten. Und als Eira sah, wer da kam, begann sie zu grinsen. Dann aber erkannte sie den blutenden Rune und kam sofort heran gelaufen, dabei klopfte sie einem ihrer Gäste auf die Schulter. „Komm, hilf!"

Der Mann nahm dem Thorbart wortlos den Verletzten vom Rücken. „Bring ihn nach hinten", sprach Eira und ging voran. „Los, raus hier!", befahl sie streng, nachdem sie hinter den Fellvorhang getreten war und einen Kerl erblickte, der in einem ihrer Mädchen steckte.

„Leg ihn dort ab." Sie zeigte auf das Podest, und der Mann tat was Eira verlangte. „Was ist geschehen?"

„Du hast einige Gäste weniger, aber da sie nicht zahlten, ist der Verlust gering", antwortete Thorbart grinsend. „Jedoch hat es Rune teuer bezahlen müssen!"

„Ist Ubbe bei der Hel?"

Thorbart nickte.

„Dann ist es gut!" Eira war zufrieden, wandte sich um und rief den Namen eines ihrer Mädchen. Die Sklavin erschien auch sofort. „Geh, hol die Völva, aber schnell! Sag ihr, es gibt eine Wunde zu versorgen!"

*

„Wir haben uns schon gesorgt", sprach Thoke, als er im Schein der Fackel den Thorbart erkannte. „Ich sehe, ihr ward erfolgreich." Da fiel sein Blick auf Rune, der von seinem Kampfgefährten gestützt wurde. „Was ist mit dir?"
„Nur ein paar Schrammen, die ich mir durch meine Unachtsamkeit verdient habe", sprach Rune mit gequältem Gesicht. Thoralf und ein weiterer Mann der Besatzung halfen dem Verwundeten an Bord. Die Völva hatte seine Wunden gesäubert, hatte Salben und Kräuter auf die Blutungen gelegt und dem Skalden versichert, wenn es der Wille der Götter sei, würde er genesen.
Als auch Sigrun und Sif an Bord gegangen waren, sprach Thorbart ruhig: „Meine Reise ist hier zu Ende, Freund. Ich komme nicht mit euch, denn das Angebot der Eira ist verlockend, und ich will mich als Wirt versuchen!"
„Thorbart!"
Rune war entsetzt, doch er fasste sich und sah den Freund grinsend an. „Ich wünsche dir Glück, alter Freund. Wir werden uns wiedersehen!"
„Wenn die Götter dies wollen, sicher!" Thorbart hob zum Abschied seine Hand, denn das Knarr hatte bereits abgelegt.
„Thorbart, vergiss uns nicht!", rief Sigrun, und die plötzliche Trennung von dem alten Freund, der sie die längste Zeit ihres Lebens begleitet hatte, ließ die Schildmaid weinen. Und auch über das Gesicht des Skalden rann eine Träne die Wange hinunter.
Rune, Sigrun und die kleine Sif saßen engumschlungen am Bug des Schiffes. Sie sprachen nur wenig, obwohl sie die Freude über den gelungenen Streich und das Wiedersehen

hätten bejubeln können. Es hatte eine Weile gedauert, bis Sigrun dem Skalden ein Liebesgeständnis in das Ohr hauchte. Plötzlich begann Sigrun zu weinen, und Rune strich ihr tröstend über das Haar. „Warum weinst du?"
„Es ist der Verlust unseres Sohnes, den ich betrauere."
Und nun wurde Rune gewahr, dass er seinem Weib noch gar nicht berichtet hatte, dass Thorun in der Obhut der Asta in Vingulmark auf ihre Rückkehr wartete.
„Du weißt doch, dass ich ein von Odin Geliebter bin, und daher ist mein Heil groß. Unser Sohn lebt, und er ist frei!"
Überglücklich küsste Sigrun ihren Gatten, und Rune musste von der Befreiung des Knaben berichten.

Thorbart begab sich zurück in die Stadt, an den Ort, der ihm ein neues Zuhause sein sollte. An eine Rückkehr nach Frigghavn dachte er nicht mehr, denn zu lange schon missfiel ihm die Gefolgschaft des Jarl Siegmar und außerdem war er bei diesem durch sein eigenmächtiges Handeln sowieso in Ungnade gefallen. Und so entschied sich Thorbart für die drallen Titten der Eira, anstatt weiterhin dem Siegmar ein Gefolgsmann zu sein. All dies konnte kein Zufall sein, sondern war von der Göttin Freya gewünscht, so dachte Thorbart.
Nachdem er die Kaschemme verlassen hatte, war der Eira gar nicht mehr wohl zumute, und sie gestand sich ein, dass dieser grobe Kerl genau der richtige für sie gewesen wäre. Mit diesem Mann hätte sie gern ihr Leben geteilt, und umso erstaunter war sie, als Thorbart plötzlich vor ihr stand. Zuerst sah Eira den weitaus älteren Mann streng an, dann aber lachte sie freudig auf. „Komm, ich zeige dir das Schlaflager!"

\*

# 18

## *Von Lust und Streit*

Groß war die Freude, als das Knarr der Egilsson-Brüder am Anleger festmachte und die Männer, die in dem offenen Bootshaus gearbeitet hatten, legten ihre Arbeit nieder, um die Ankommenden zu begrüßen. Tryggve selbst trat als erster auf den Steg, grinste von einem Ohr zum anderen, und zeigte sich bester Laune.
„Ihr habt es also geschafft! Ich habe nichts anderes erwartet", rief er, als er die Sigrun und die kleine Sif auf dem Schiff sah. Zuerst begrüßte er seine Söhne, umarmte diese sogar, dann wandte er sich dem Rune zu. „Ich sehe, du hast dich erfolgreich geschlagen, Skalde. Doch wo ist Thorbart?"
„Er hat es vorgezogen, der Wirt eines Bordells zu werden", antwortete Rune und richtete sich auf. Da sah Tryggve, dass der Mann verbunden war und trat heran, um ihm von dem Schiff zu helfen. „Was ist das?", fragte er mit besorgtem Blick.
„Das ist nicht der Rede wert! Odin hat wohl schon einen guten Skalden, und daher wollte er mich noch nicht an seiner Tafel!"
Da verließen auch Sigrun und ihre Tochter das Knarr, und ohne den Tryggve zu begrüßen, fragte sie: „Wo ist mein Sohn, wo ist mein Kind? Geht es ihm gut?"
„Sorge dich nicht, Sigrun, mein Weib Asta hat sich gut um Thorun gekümmert. Sie ist ganz verliebt in den Knaben!"
Da zeigte sich Sigrun zufrieden, und Tränen rannen über ihr Gesicht.

„Lasst uns in mein Haus gehen, ihr werdet Ruhe brauchen" schlug Tryggve vor und ging voran. „Ein Becher Bier wird dir sicher nicht schaden, mein Freund!"
Es war herzzerreißend anzusehen, als Sigrun und Sif den kleinen Thorun in ihre Arme schlossen, und Tryggve legte dem Rune anerkennend seine Hand auf die Schulter.

So vergingen die Tage, und oft hatte Rune mit dem Bauern zusammen gesessen oder versucht, im Bootshaus seine Hilfe anzubieten. Da es Sommer war, gab es noch nicht viel auf dem Hof zu tun, und so hatte Tryggve damit begonnen, ein Schiff zu bauen. Noch war Rune aufgrund seiner frischen Verletzungen nicht in der Lage, richtig zu arbeiten. Doch Tryggve hatte seine Worte von einst nicht vergessen, und so versuchte er erneut, den Rune zu überreden, in Vingulmark zu bleiben.
„Was wirst du jetzt tun?", fragte der Schiffsbauer, als er am Abend mit dem Rune, der Sigrun und seiner Familie in dem Langhaus saß. „Wirst du nach Frigghavn zurückkehren, um für Jarl Siegmar den Büttel zu mimen?"
Rune sah nachdenklich drein, schüttelte dann seinen Kopf.
„Das werde ich sicher nicht. Wohin wir gehen werden, das weiß ich noch nicht."
„Ich habe dir schon einmal vorgeschlagen, dass du hier bleiben kannst. Ich könnte einen Schmied für den Schiffsbau sehr gut gebrauchen, und wenn die Zeit der Feldarbeit kommt, könntest du als Skalde umherziehen!", sprach Tryggve eindringlich. „Deine Familie wäre hier sicher!"
„Ich bin dir schon lang genug zur Last gefallen, mein Freund", sprach Rune verschämt. Da lachte Tryggve auf.
„Rede nicht dumm daher! Es wäre mir eine Freude, wenn ihr bleibt, und ich weiß auch eine Lösung für deine Bedenken!"

Da mischte sich Thoralf in das Gespräch. „Ingves Hof! Du meinst Ingves Hof!" Und der Bauer nickte, während Rune und Sigrun sich fragend ansahen.

„Ingve war eine alte Witwe", begann Tryggve zu erklären. „Sie starb im letzten Sommer, und seitdem ist ihr Hof verwaist!"

„Es gab keine Kinder, die den Hof hätten übernehmen können", fügte Thoralf noch hinzu.

„Der Hof steht auf meinem Land, nicht weit von hier und ihr könntet dort eine Heimstatt finden!" Der Hausherr schlug dem Rune gegen die Schulter, und dieser verzog schmerzverzerrt sein Gesicht, denn es war die verwundete Seite. „Morgen, mein Freund, werden wir dorthin reiten und du kannst entscheiden, ob du den Hof willst oder nicht."

Und so geschah es!

Am nächsten Morgen ritten die beiden Männer landeinwärts zu dem Hof der Ingve, und Rune war erstaunt, denn er hatte eine verfallene Hütte erwartet. Doch das Gebäude war ein Langhaus, nicht so groß wie das des Tryggve, aber ausreichend für eine große Familie. Und das Haus war in besserem Zustand, als Rune es erwartet hatte. Dazu gab es eine Koppel und einen Stall. Eigentlich gefiel Rune der kleine Hof recht gut, aber Bauer werden wollte er nicht.

„Ich bin nicht zum Bauern geschaffen, Tryggve!"

„Das sollst du ja auch nicht! Du wirst mein Schmied sein, und ich werde dich gut entlohnen, denn so kann ich mehr Schiffe bauen, die mich zu einem reichen Mann machen werden", lachte Tryggve. „Und wenn es dich beruhigt, werde ich dir den Hof und das Land, auf dem er steht, verkaufen!"

Gerade wollte Rune widersprechen, da fuhr ihm Tryggve über den Mund. „Ich bin mir sicher, du wirst deine Schulden bei mir, wenn du als Skalde auf den Höfen der Jarls deine Kunst zum Besten gibst, schnell beglichen haben!"

Der Hof gefiel Rune wirklich gut, und Tryggve war ein angesehener Mann in dieser Gegend. Es schien ihm auch hier keinen Jarl zu geben, der versuchte, das Volk zu seinen Gunsten auszubeuten, was natürlich nicht hieß, dass auch Tryggve an den Jarl von Sotenäset seinen Zehnten abgeben musste. Aber trotzdem schienen die Menschen hier von dem Vogt des Königs unbehelligt leben zu können.
„Wenn Sigrun einverstanden ist, werden wir bleiben", nickte Rune zustimmend.
Doch die Tochter des Jarls von Frigghavn zeigte sich wenig bereit, in Vingulmark zu siedeln, denn sie hatte gehofft, bald nach Hause zurückzukehren. Als sie aber erfuhr, wie sich Rune und auch Thorbart von Jarl Siegmar getrennt hatten, zeigte sie sich bereit, zu bleiben. Ihren Hof gab es nicht mehr, und so wären sie dem Wohlwollen des Jarls ausgesetzt gewesen, und das wollte die Schildmaid auf keinen Fall. Der Anblick des Hofes, der bald ihr Hof sein sollte, ließ dann die letzten Zweifel schwinden.

Das Haus war schon bald recht ansehnlich geworden, und die Arbeit als Schmied gefiel dem Rune auch ganz gut, denn je mehr Zeit verging, umso besser heilten seine Wunden, die ihn bei der Arbeit an der Feuerstelle behinderten. Doch er vermisste die Zeit, die er an den Höfen der Reichen verbracht hatte. Die Zeit, die ihm die Taschen füllte!
Und als der Ährenmonat, die Zeit der Ernte anbrach, hatten sie das Boot fertig gebaut, und so bekam Rune von Tryggve seinen Lohn, denn das Schiff hatte dem Schiffsbauer einen guten Gewinn beschert.
Nun war es für den Skalden an der Zeit, auf die Reise zu gehen!
„Du willst uns verlassen?" Sigrun war wenig erbaut vom Wunsch ihres Gatten. „Es sind erst wenige Monde vergangen, seit wir hierher kamen, und es ist an der Zeit, für

den Winter vorzusorgen. Wir besitzen noch nicht einmal Vieh!"

„Der Winter ist noch weit, und ich bleibe nicht länger als einen vollen Mond fort", versprach Rune. „Und wenn Odin mir zur Seite steht, können wir es uns nach meiner Rückkehr leisten, Vieh und Getreide zu kaufen."

Sigrun wusste nur zu genau, dass es wenig Sinn machte, Rune zu halten. Außerdem hatte er recht, denn die Münzen, die er von Tryggve erhalten hatte, würden nicht ewig reichen. So gab Sigrun ihr Einverständnis und ließ den Skalden ziehen.

Rune ritt nach Norden, wollte sich erst einmal in Sotenäset umsehen, denn auch hier gab es einen Jarl, der für den König die Zügel in der Hand hielt. Noch war dieser König Erik von Schweden, den man den Siegreichen nannte, doch dies konnte sich schnell ändern, schließlich saß Sven Gabelbart auf der Insel der Angelsachsen. Und dieser wollte sicherlich sein Erbreich und auch die Gaue Südnorwegens wieder unter seine Herrschaft bringen.

Der Jarl, der in Sotenäset, der alten Königsstadt von Norwegen herrschte, empfing den Skalden gern, gab ihm Unterkunft und ließ ihn auf seinen Festen die Gäste unterhalten. Dafür entlohnte er ihn gut, und nach einem halben Mond zog Rune weiter, hinauf in das Grenzgebiet nach Schweden. Von dort war er gekommen, als er Birka verlassen hatte. Auch hier verdingte er sich am Hof eines Jarls, doch dieser zeigte sich geizig, und gab ihm zum Lohn eine Nacht mit seiner jüngsten Tochter.

So trug Thoki seinen Reiter weiter nach Schweden hinein, und bald war der volle Mond vorüber. Und während Sigrun auf dem Hof wartete, dass Rune heimkehrte, zog dieser immer noch von Hof zu Hof. Und bald erreichte er eine Siedlung, die am Fuß eines kleinen, dicht bewaldeten

Gebirges erbaut war. An einem kleinen Weiher stieg er aus dem Sattel und tränkte seinen Braunen mit der blonden Mähne. Plötzlich trat ein Weib an seine Seite und sprach: „Das ist ein schönes Tier!"
Rune blickte sie an, und ihm gefiel, was er sah. Aus großen braunen Augen erwiderte sie den Blick, und er schätzte, dass das Weib sicher um fünf Winter jünger war als er selbst. Ihr weißes Leinenkleid umhüllte eine schlanke Statur. Langes, leichtgelocktes, blondes Haar reichte ihr hinab bis zu den Hüften und ihr freundliches Lächeln zog den Reisenden widerstandslos in ihren Bann.
„Sein Name ist Thoki, und er ist mir ein treuer Freund!" Das Weib legte dem Pferd ihre Hand auf den muskulösen Hals. „Thoki ist ein schöner Name! Wie ist der Name seines Herrn?", fragte sie lächelnd.
„Ich bin Rune, der Skalde!", stellte sich der Reisende vor.
„Ein Skalde bist du?"
Rune nickte. „Und willst du mir auch deinen Namen verraten?"
„Ich bin Thurid! Ich lebe hier, nicht weit von der Siedlung dort." Sie zeigte mit dem Finger den Berg hinauf.
„Das trifft sich gut. Dann kannst du mir vielleicht sagen, wer der Herr der Siedlung ist und ob er der Dichtkunst zugetan ist!"
„Dichtkunst? Dieser grobe Klotz?" Thurid lachte auf. „Oh Skalde, da wirst du kein Glück haben! Sven, der unser Häuptling ist, mag nur die Kriegskunst und grämt sich jeden Tag darüber, dass die Siedlung zu weit vom Meer entfernt ist, sodass er schlecht auf Wiking ausfahren kann. Stattdessen zieht er mit seinen Männern raubend durch das Dänenreich oder nach Vestfold und Vingulmark hinüber. Er ist ein übler Kerl!"
„Dann hat er für mich wohl keine Verwendung."

Rune zog seine Schultern hoch. „Ich hatte auf eine Mahlzeit und ein Dach über dem Kopf gehofft, es wird in der Nacht nun doch schon recht kalt!"

„Wenn du ein Dach über dem Kopf suchst, Skalde, dann folge mir. Ich lasse dich nicht in der Kälte schlafen", lachte die Thurid mit ihren schönen Augen und ging voran. Rune nahm verwundert die Zügel, und Thoki trottete neben ihm, um dem schönen Weib zu folgen. Diese schlug aber einen Weg fort von der Siedlung ein, und nach einer Weile, die sie gegangen waren, erreichten sie, umgeben von Bäumen, ein kleines Haus.

„Hier lebe ich", sagte sie knapp.

„Wo ist dein Mann?", wunderte sich Rune, als sie in das Haus eintraten.

„Es gibt ihn nicht", antwortete Thurid grinsend. Dies erstaunte den Skalden beim Anblick des schönen Weibes doch sehr, doch er wollte nicht weiter fragen, schließlich war er ihr Gast.

„Geh hinter das Haus und versorge dein Pferd, ich bereite derweil ein Mahl für uns!"

Wortlos gehorchte der Mann und tat, was ihm das schöne Weib aufgetragen hatte. Hier gab es eine kleine Koppel, auf der bereits ein Pferd stand und von den Bäumen Flechten nagte.

Als er zurückkehrte, zog ein köstlicher Duft durch den Raum. Jetzt erst sah er sich genauer um und begann zu begreifen. Ausgestopfte Tiere sah er, getrocknete Pflanzen hingen in Bündeln von der Decke, zwei hölzerne Statuen, die wohl die Göttinnen Frigg und Freya darstellten, standen zu beiden Seiten neben einem kleinen Altar, und dann lehnte da noch der Völr, der Stab einer Völva, an der Wand.

„Du ... du bist eine Völva", stellte er erstaunt fest.

„Ja, das bin ich", lächelte sie Rune an.

„Du bist noch sehr jung", wunderte sich Rune, denn die Völven, die Kräuterweiber und Zauberkundigen, die ihm bisher begegnet waren, hatten die Zeiten der Jugend längst hinter sich gebracht.

„Seit Kindesbeinen lehrte mich meine Mutter die Geheimnisse einer Völva, so ist mein Wissen nicht geringer als das einer alten Frau."

„Ich wollte nicht an deiner Kunst zweifeln, Thurid, ich bin lediglich verwundert."

„Das habe ich auch nicht geglaubt, und nun komm, setz dich zu mir!"

Beide nahmen an der Feuerstelle inmitten des Raumes Platz, denn einen Tisch gab es nicht. Ein breites Podest stand an der Wand gegenüber des Altars, auf dem weiche, dicke Felle lagen und über dem kleine Bündel getrockneter, wohlriechender Kräuter hingen.

„Woher kommst du, Skalde?", fragte sie, während sie Rune eine Schüssel mit dampfendem Brei reichte. Der Duft der Kräuter, die in dem Brei verkocht waren, zog dem Reisenden in die Nase, und er löffelte diesen mit Heißhunger.

„Mein Hof steht in Vingulmark, nicht weit des Gaus von Ranrike", sprach er mit vollem Mund. „Dort helfe ich einem Schiffsbauer als Schmied!"

„Ein Schmied bist du auch! Aber du bist kein echter Nordmann", stellte sie fest.

„Nein, das bin ich nicht! Ich kam als junger Sklave aus dem Saxland, doch nun bin ich ein freier Mann!" In der Stimme des Sachsen klang Stolz.

„Hast du eine Familie?"

Rune nickte. „Ja, ich habe ein Weib und zwei Kinder, die daheim auf mich warten!"

„Und doch ziehst du als Skalde durch das Land?" Ihr Blick musterte den Skalden, und ihr schien zu gefallen, was sie sah.
„In manchen Zeiten wird mir das Haus zu eng, und es zieht mich fort. Es gibt einen Mann, dem ich meinen Hof bezahlen muss! Außerdem hat mir Odin die Gabe der Dichtkunst geschenkt. Würde ich mich dieser verweigern, würde der Allvater sicher sein Heil von mir nehmen", erklärte Rune dem Weib, und diese nickte zustimmend.
Sie sprachen noch bis spät in die Nacht, der Skalde trug dem Weib einige seiner Verse vor, die ihr seine Geschichte erzählten, sie tranken süßen, gewürzten Met, und bald war dem Rune, als würde er Thurid schon seit ewigen Zeiten kennen.
Ob es die Wärme des Feuers war, die Wirkung des Getränkes oder das vertraute Gefühl gegenüber dem schönen Weib, das wusste Rune nicht, aber er stieg ohne darüber nachzudenken zu dem Weib unter das Fell.
Und der Thurid schien es nicht anders zu ergehen, denn sie hatte sich ohne Scham vor dem Gast entkleidet und ihn eingeladen, mit ihr das Schlaflager zu teilen. Ob sie dies tat, um der Göttin Freya zu gefallen, der sie als Völva huldigte, das wusste Rune nicht, und es war ihm auch egal.
Der betörende Duft der Kräuter und die Nähe des Weibes, ihre sanfte Haut, ihre kleinen, aber wohlgeformten Brüste ließen in Rune die Erregung steigen, und so tat er, was das junge Weib wohl von ihm erwartet hatte. Und seine Gier ließ auch nach der ersten heißen Umarmung nicht nach, so bekam er in dieser Nacht nur wenig Schlaf.

Als Rune am nächsten Morgen seine Augen öffnete, trat Thurid mit einem Becher an das Schlaflager und lächelte den Skalden an. Er nahm das Getränk gerne an, und das klare, kühle Wasser löschte seinen Durst und befeuchtete

seine trockene Kehle. Er hatte nicht bemerkt, dass sie sich erhoben hatte, hatte auch nicht gehört, wie sie das Feuer neu entfacht hatte. Tief und fest hatte Rune geschlafen.
Seine Augen wanderten über ihren immer noch unbekleideten Körper, und die morgendliche Härte seines Knüppels erregte ihre Aufmerksamkeit. So schlüpfte sie noch einmal zu dem Mann unter das Fell.
Der Tag war bereits weit vorangeschritten, als Rune endlich in seine Beinkleider glitt und sich ankleidete. Es wurde Zeit, die Pferde zu versorgen, und so öffnete er die Tür.
Das schöne Wetter des Vortages war von einem heftigen Wind fortgetragen worden, und stattdessen zeigte sich der Himmel nun grau und bedrohlich. Heftiger Regen prasselte auf die Erde nieder, und schon nach wenigen Schritten war Rune durchnässt bis auf die Haut. Eilig versorgte er die beiden Pferde, die den heftigen Regen unter den Ästen der Bäume störrisch erduldeten.
Es schien, als wollten die Götter Rune den Heimweg verweigern, denn das Wetter wurde von Stunde zu Stunde schlechter. Aus Wind war nun Sturm geworden, und dieser sollte über viele Tage anhalten. So blieb Rune Gast der schönen Schwedin und genoss weiterhin die Wärme ihres Schlaflagers.
Doch der Tag des Abschieds kam, und so sattelte Rune morgens sein Pferd.
„Werden wir uns wiedersehen, Thurid?", fragte der Skalde, und die Völva nickte. „Ja, das werden wir! Ich habe die Götter befragt, und so weiß ich, was geschehen wird. Doch ich schweige, denn es ist nicht gut, wenn ein Mensch seine Zukunft kennt."
Rune nickte stumm, nahm sein Bündel und verließ die Hütte, die ihm mehr als einen halben Mond Heimstatt war. Thurid trat nicht hinaus, als der Skalde sich in den Sattel

schwang, und so ritt er ohne weiteren Gruß fort von der Hütte der jungen Völva nach Süden.

*

Die Geldkatze des Skalden war längst nicht so prall gefüllt, wie es sich Rune gewünscht hätte, als er den Heimweg angetreten hatte. Einige Silberlinge und eine verzierte Gewandfibel waren der Lohn für seine Skaldenkunst gewesen. Ja, er hatte seine Zeit bei der schönen Thurid vertrödelt, und lange waren seine Gedanken noch bei dem schönen Weib mit den braunen Augen. Doch als er endlich seinen Hof erreichte, war es ihm gelungen, ihr Antlitz aus seinen Gedanken zu verdrängen.
Die Begrüßung seines Weibes war frostig gewesen, und ihre Worte waren wenig freundlich.
„Wieder hast du dein Versprechen gebrochen", hatte sie ihn schon auf dem Platz vor dem Hof in Empfang genommen.
„Wo warst du so lange? Ich erwartete dich schon vor vielen Tagen zurück."
„Dein Zorn ist unberechtigt, denn es war ein Unwetter, das mir den Heimweg versagte", verteidigte Rune seine Nachlässigkeit. „Wäre es dir lieber gewesen, ich wäre im Sturm umgekommen? Oder es hätte mich Thors Wut getroffen?"
Ihr Blick zeugte von Ungläubigkeit. „Hier hat es nicht gestürmt!"
„Dort, wo ich war, schon!"
„Wo warst du denn?", fragte Sigrun.
„Jenseits der Grenze, in König Eriks Reich! Doch ich muss sagen, die schwedischen Jarls sind geizig!"
Rune nahm sein Bündel von Thokis Rücken und führte das Pferd in die Koppel, dann trat er neben Sigrun, legte ihr

seine Hand auf die Wange und sprach: „Es ist, wie ich es sage! Du musst mir verzeihen!"
Lange sah Sigrun ihren Gemahl an und begann dann gequält zu lächeln. „Ich werde es versuchen! Kommt, Kinder!", sagte sie leise und begab sich, gefolgt von Thorun und Sif in das Langhaus.
Den Erlös seiner Reise hatte Rune in zwei Hälften geteilt. Die eine behielt er für sich, die andere Hälfte brachte er Tryggve, um seine Schulden zu begleichen. Noch aber waren diese nicht getilgt!

Dann kam der Herbst mit seinen Stürmen, und wenig später kam der Winter mit viel Schnee über das Land. Und den Skalden befiel große Langeweile, doch was schlimmer war: Frigg und Freya schienen Rune und Sigrun seit seiner Rückkehr die Liebe zu verweigern. Immer seltener drang der Skalde in sein Weib ein, und diese war, wie es schien, darüber wenig erbost.
Oft zog es Rune an der Seite des Tryggve und seiner Söhne, in die nahen Wälder, um dem Wild nachzustellen. Und manchmal hatten sie sogar Erfolg!
Dann kam Tryggve seiner Lieblingsbeschäftigung nach: dem Feiern! Und so gingen sie immer öfter auf die Jagd, um immer öfter zu feiern. Rune gefiel das, denn so kam er fort von seinem Hof.
Rune trank viel, und das gefiel dem Tryggve. Der Sigrun gefiel dies aber nicht, und so kam es, dass sie oft mit ihrem Gemahl stritt, denn dieser vernachlässigte seine Arbeit auf dem Hof. Rune war aber nun mal kein Bauer!
Das Vieh, welches Sigrun während seiner Abwesenheit gekauft hatte, war ihm gleich.
Was noch weit schlimmer war als der Streit mit Sigrun, waren die Gedanken, die den Skalden in den trüben Tagen überkamen. Er dachte über sein Leben nach, gedachte des

Askold, der ihm immer wohl gesonnen war, und es überkam ihn Wut. Wut auf Jarl Siegmar, der ihm den väterlichen Freund genommen hatte. Auch die Gesichter seiner Eltern und der Schwestern sah er im Traum, und sie erfüllten ihn mit Hass auf die Pfaffen und den Landvogt in seiner einstigen Heimat. Es wäre besser gewesen, der Winter hätte nicht mehr allzu lange gedauert!
Dann endlich wurde es wärmer, die Knospen begannen zu sprießen und die Hoffnung, der Winter würde ein Ende finden war groß, doch es begab sich, dass es noch einmal heftig schneite, anstatt dass der Frühling Einzug hielt. So blieb Rune weiter an sein Haus gefesselt.
Die Erwartung, das Tryggve damit beginnen würde, ein Schiff zu bauen, musste er wegen des erneuten Schneefalls nun begraben und den Hof verlassen, um als Skalde durch das Land zu ziehen, konnte er nicht, wegen seines Weibes. Immer öfter hatte Rune gegrübelt, hatte versucht die düsteren Gedanken zu vertreiben, die wieder und wieder in seinem Kopf herumgingen.
Jetzt, da einige Zeit vergangen war, die er nicht mehr in der Gefolgschaft des Jarl Siegmar von Frigghavn verbracht hatte, gingen ihm all die schlimmen Ereignisse, die auf des Jarls Befehl hin geschehen waren, nicht mehr aus seinem Kopf. Die Zeit, die er in dem Erdloch verbracht hatte, all die Erniedrigungen, die er als Sklave hatte ertragen müssen, und vor allem der grausame Tod des Askold.
Es mochten falsche Gedanken sein, denn schließlich hatte er ja die Tochter des Jarls zum Weib genommen, doch trotzdem ließen sie ihn nicht los, überfielen ihn ein ums andere Mal im Traum und raubten ihm den Schlaf. Und so wuchs der Wunsch in Rune, Rache zu nehmen für all das Erlittene!

*